베를린
알렉산더 광장 1

세계문학의 숲 001

Berlin Alexanderplatz

베를린
알렉산더 광장 1

알프레트 되블린 지음
안인희 옮김

시공사

일러두기

1. 이 책은 1929년 출간된 알프레트 되블린(Alfred Döblin)의 《베를린 알렉산더 광장 (Berlin Alexanderplatz)》을 우리말로 옮긴 것이다.
2. 번역은 1965년도에 문고판으로 내놓은 책(Deutscher Taschenbuch Verlag GmbH & Co. 발행)의 제47쇄(2008년 7월)를 사용했다. 이 판본은 작가 아들들의 도움을 얻어 Anthony W. Riley에서 발행한 원본을 그대로 재출간한 것이다. 옮긴이 주를 달고 해설을 쓰는 데에는 Erläuterungen und Dokumente 시리즈의 《Alfred Döblin, Berlin Alexanderplatz》(Reclam Philipp Jun. GmbH & Co. 발행, 1998년)을 참고했다.
3. 본문의 주는 모두 옮긴이 주이다.

알렉산더 광장 주변의 몇 사람 · 마취 상태의 비버코프. 프란츠는 칩거한 채 아무것도 보고 싶지 않다 · 물러나는 프란츠, 프란츠가 유대인들에게 이별의 행진곡을 연주하다 · 사람의 운명은 짐승의 운명과 다를 바가 없어, 짐승이 죽듯이 사람도 죽는 것이니 · 욥과의 대화, 그건 네 탓이야, 욥아, 네가 바라지를 않으니 · 그리고 모두가 같은 숨을 쉬나니, 사람이 짐승보다 더 나을 게 없다 · 프란츠의 창문은 열려 있고, 세상엔 익살스러운 일들도 일어난다 · 달려라, 달려라, 조랑말아 다시 힘차게 달려라

알렉산더 광장에서 다시 만나다, 정말 춥구나, 내년 1929년엔 더욱 추워질 거다 · 한동안 아무 일도 없음, 휴식 시간, 건강을 회복하다 · 아가씨 거래 활황 · 프란츠는 아가씨 거래에 대해 깊이 생각하고 갑자기 그만두기로 한다, 다른 것을 원하기에 · 지역 소식 · 프란츠는 두려운 결심을 했다. 제가 쐐기풀 더미 위에 앉는다는 걸 모른다 · 1928년 4월 8일 일요일

부당한 재물이 번창한다 · 일요일 밤, 4월 9일 월요일 · 프란츠는 케이오되지 않았다, 그들은 그를 케이오시키지 못했다 · 일어나라, 너 약한 정신아, 두 다리로 서라 · 세 번째 베를린 정복 · 옷이 날개고 달라진 사람은 눈도 달라진다 · 달라진 인간은 머리도 달라진다 · 달라진 인간은 직업도 달라져야 한다, 아니면 아예 직업이 없거나 · 여자도 나타나니, 프란츠 비버코프는 다시 완전해지다 · 부르주아 사회에 맞선 방어전 · 숙녀들의 반란, 우리의 사랑스러운 숙녀들이 말한다, 유럽의 심장은 나이 들지 않는다고 · 정치는 이제 그만, 하지만 영원히 아무것도 안 하는 게 더 위험하다 · 파리가 기어오르면 모래는 몸에서 떨어지고, 머지않아 파리는 다시 날아다닐 것이다 · 앞으로 전진, 발걸음 똑바로, 북 치는 소리와 대대 · 주먹이 탁자 위에 놓이고

이 책은 베를린에서 시멘트 노동자를 거쳐 가구 운반자 노릇을 하던 프란츠 비버코프에 대한 보고서다. 그는 과거에 저지른 일로 감옥에 있다가 석방되어 다시 베를린으로 돌아왔고, 이제 착실하게 살기로 마음먹는다.

처음에는 정말로 그렇게 산다. 하지만 얼마 지나지 않아, 경제적으로는 그냥저냥 굴러가는데, 마치 운명처럼 에측할 길 없이 외부에서 나타난 일에 연루되어 진짜 싸움판에 얽혀든다.

그런 일이 세 번이나 이 사내를 후려쳐서 그의 삶의 계획을 방해한다. 그는 속임수에 넘어가고 사기를 당한다. 그런데도 다시 벌떡 일어나 꼿꼿한 자세로 선다.

어떤 비열함이 그에게 치명적인 한 방을 날린다. 겨우 일어서지만 이미 거의 무너질 지경이다.

마침내 끔찍하고 극단적인 잔혹함이 그를 침몰시킨다.

그때까지 꼿꼿하게 버티던 선량한 우리 주인공은 이로써 길게 뻗고 만다. 그는 이 판에서 패배했고, 이제 더는 어쩔 줄 모른 채로 끝장난 것처럼 보인다.

하지만 과격한 종말이 이루어지기 전에, 여기서 미리 밝힐 수 없는 어떤 방식으로 그에게 깨우침이 일어난다. 그동안 대체 무엇이 문제였는지 이제야 분명히 깨닫는다. 바로 자기 자신이 문제였던 것이다. 삶의 계획만 해도 그렇다. 그것은 별것 아닌 듯했지만 지금 돌아보니 전혀 다르게 보인다. 단순하고도 거의 자명한 것이 아니라, 아주 오만하고 아무 생각도 없고 뻔뻔하고 비겁하며, 게다가 허점투성이 계획이었다.

끔찍하던 그의 삶이 이제 새로운 의미를 얻는다. 과격한 치료법이 프란츠 비버코프를 마침내 완성했다. 마지막에 우리는 이 사내가 다시 알렉산더 광장에 선 것을 본다. 매우 달라졌고 심하게 손상을 입었지만, 어쨌든 꼿꼿한 모습이다.

프란츠 비버코프처럼 살면서 프란츠 비버코프와 같은 일을 겪는 사람들, 곧 삶에서 버터 바른 빵 이상의 것을 원하는 많은 이들에게, 이것을 관찰하고 이 이야기를 들어보는 게 쓸모 있는 일이 될 것이다.

제1권

여기서 프란츠 비버코프는 이전의 생각 없는 삶으로 인해 들어왔던 테겔 감옥을 떠난다. 베를린에 다시 발을 딛고 서기가 어렵지만, 그래도 마침내 성공하자 그는 기뻐하면서 착실하게 살기로 맹세한다.

41번 전차를 타고
시내로 들어가다

그는 석방되어 테겔 감옥의 문 앞에 섰다. 어제까지만 해도 다른 죄수들과 함께 죄수복을 입고 감자밭을 갈퀴로 골랐었다. 오늘, 그는 누런 여름 외투를 입고 밖으로 나오는데 다른 사람들은 그대로 남아 감자밭을 골랐다. 그는 자유였다. 하지만 전차가 차례로 떠나가는데도 그는 등을 감옥 벽에 기댄 채 움직이지 않았다. 감옥 문지기가 여러 번이나 그의 앞을 왔다 갔다 하면서 길을 가리켰지만 그는 꼼짝도 하지 않았다. 끔찍한 순간이 다가온 것이다. (끔찍하다니, 프란츠, 어째서 끔찍하다는 거야?) 4년이란 세월이 흘렀다. 1년 전부터 점점 커지는 반감을 품고 (반감이라니, 어째서 반감을 갖는 거지?) 바라보곤 하던 검은 쇠문 두 개가 이제 등 뒤에서 닫혔다. 그들이 자기를 다시 밖으로 내보낸 것이다. 다른 사람들은 아직 그 안에 남아 목공 일을 하고 칠하고 분류하고 붙이는 따위의 일들을 하고 있었다. 그들은 아직 2년이나 5년 더 그곳에 남아 있어야 했다. 자기만 이곳 전차 정거장에 서 있다.

바야흐로 형벌이 시작되고 있었다.

그는 몸을 흔들며 침을 꿀꺽 삼켰다. 그러곤 발을 앞으로 내딛고 마침내 전차에 몸을 실었다. 사람들 사이에 섞여서, 자 출발이다. 마치 처음으로 치과 의사 앞에 앉은 것과 같았다. 의사가 집게로 이빨 뿌리를 잡고 당긴다. 고통이 점점 커지고 머리가 터질 것만 같다. 그는 머리를 돌려 붉은 담을 바라보았지만 그를 실은 전차가 쉭쉭 소리를 내며 출발해, 이젠 그의 머리만 감옥 방향을 향하고 있었다. 차량이 커브를 돌면서 나무와 집들이 그 사이로 끼어들었다. 생동하는 거리들이 나타났다. 제 (See) 거리 정거장에서 사람들이 타고 내렸다. 내면에서 무언가가 깜짝 놀라 소리쳤다. 조심, 조심, 시작이다. 코끝이 얼얼하고, 뺨 위로 모든 것이 휙 스쳐 지나갔다. 〈12시 정오 신문〉, 〈최신 화보 신문〉, 〈베를린 라디오 방송 신문〉, "탈 사람 더 있소?" 경찰관 제복이 푸른색으로 바뀌었네. 그는 남들의 주의를 끌지 않게 조용히 전차에서 내려 사람들 사이로 끼어들었다. 대체 무슨 일이야? 아무것도 아니다. 차렷, 굶주린 돼지야, 정신 차려, 아님 내 주먹맛을 볼 테니. 혼잡한 군중. 왜 이리 혼잡할까. 마치 모두가 길을 나선 것 같다. 내 두뇌는 정말이지 활력이라곤 없다, 완전히 탈탈 말라버렸어. 이 모든 게 대체 뭔가. 구두 가게, 모자 가게, 백열등, 작은 술집들. 물론 사람들이 이렇게 돌아다니려면 구두가 필요하겠지, 우리 동네도 구두장이 작업장이 있었지, 그야 분명하다. 번쩍이는 유리창들, 번쩍이게 놔둬, 유리창이 너를 겁주진 않아, 네가 때려 부술 수도 있으니까. 그게 어떻다는 거야, 그냥 번쩍번쩍 빛나게 닦은 것뿐이라니까. 로젠탈 광장에는 도로의 포석들이 뜯겨 있었다.

그는 사람들 사이에 섞여 널빤지 위로 걸었다. 다른 사람들 사이에 섞이는 거야, 그럼 모든 게 스러지고 넌 아무것도 못 느껴, 이 친구야.

쇼윈도에는 각양각색의 양복이나 외투, 또는 치마와 스타킹과 구두를 신은 마네킹들이 서 있었다. 밖에서는 모두들 움직이는데, 저 안에는 아무것도 없다! 살아 있지—않다! 즐거운 얼굴들이 미소를 짓고, 둘이나 셋이서 아싱거 술집 맞은편 안전지대에서 신호를 기다리고, 담배를 피우고, 신문을 뒤적였다. 그것은 그렇게 등불처럼 거기 서서 점점 더 경직되었다. 그들은 집들과 하나가 되고, 모두가 하얗고, 모두가 목재였다.

로젠탈 거리를 따라 걸어가는데 두려움이 덮쳐왔다. 작은 술집에서 남자와 여자가 창가에 바싹 붙어 앉아 맥주 조끼에서 맥주를 목구멍으로 들이부었다. 그래, 그게 뭐 어쨌다고. 그들은 방금 맥주를 마시고, 이제는 포크로 고기 조각을 찍어 입으로 가져갔다. 그런 다음 포크를 도로 내려놓았는데, 피는 흐르지 않았다. 그는 몸이 바싹 오그라들었다. 이걸 떼어낼 수가 없어, 대체 어디로 가야 한다지? 답변이 들렸다. 형벌이다.

되돌아갈 순 없다, 전차를 타고 이렇게 멀리까지 왔으니. 감옥에서 석방되었으니 이제 도시로 들어가야 한다, 더욱 깊이 들어가야 한다.

그건 알고 있어, 그는 속으로 한숨을 쉬었다. 내가 이리로 들어가야 하고, 감옥에서 석방되었다는 것 말이다. 그들은 나를 내보내야만 했다. 형벌은 끝났고 질서가 있는 법이니까, 관리들은 저들의 임무를 행한 거다. 들어가고는 있다만 나는 그러고 싶지 않다, 맙소사, 그럴 수 없어.

그는 로젠탈 거리를 따라 베르트하임 백화점을 지나쳐 오른쪽으로 커브를 돌아 좁은 소피 거리로 들어섰다. 그러곤 이렇게 생각했다. 이 거리는 조금 더 어둡네, 어두운 곳이 더 낫겠다. 죄수들은 독방 감금, 감방 감금, 집단 감금 등의 처분을 받는다. 독방 감금을 당한 죄수는 다른 죄수들과 격리되어 지낸다. 감방 감금의 경우는 감방에 갇히기는 해도 다른 죄수들과 함께 옥외에서 움직이고, 수업을 듣고, 예배를 보는 등의 활동을 한다.

자동차들이 난폭하게 움직이며 경적을 울려댔다. 건물 현관들이 끝날 줄 모르고 나란히 이어졌다. 건물 위로는 지붕들이 나란히 이어졌다. 그의 눈은 어딘지 모를 위쪽을 향했다. 저 지붕들이 아래로 쏟아지지만 않으면 좋으련만, 하지만 집들은 반듯하게 서 있다. 가련한 나는 대체 어디로 가야 하나, 그는 건물의 벽을 따라 다리를 질질 끌면서 걸었다. 그 벽들이 끝없이 이어졌다. 나는 아주 멍청한 놈이다. 그래도 여기선 꼬불꼬불 걸어갈 수 있지, 5분, 10분, 그런 다음 코냑을 마시고 어디 좀 앉아야겠다. 정해진 종소리에 맞추어 곧장 노동이 시작된다. 식사나 산책, 수업 등을 하도록 정해진 시간에만 노동이 중단된다. 산책할 때 죄수들은 두 팔을 쭉 펴고 앞뒤로 흔들면서 걸어야 한다.

그 순간 건물 하나가 보였다. 그는 포석에서 눈을 떼고, 현관문을 밀쳐 열었다. 가슴에서 슬픔에 찬 "오, 오" 하는 외침이 흘러나왔다. 그는 두 팔을 꼭 그러모았다. 이것 봐, 이럼 넌 여기서 꽁꽁 얼진 않을 거다. 안뜰로 통하는 문이 열리더니 한 사람이 신발을 끌며 걸어나오다가 그의 뒤에 멈추어 섰다. 비버코프는 이제 신음하고 있었다. 신음 소리를 내자 속이 조금 편해졌다. 처음 독방 감금을 당했을 때 그는 이렇게 신음을 하면서 제 목소리를 듣고는 좋아했다. 적어도 제 소리라도 듣는 거니까. 아직 모든 게 끝난 건 아니구나. 감방에서는 많은 사람들이 그렇게 신음 소리를 냈다. 어떤 이들은 처음에, 어떤 이들은 나중에, 외롭다고 느낄 때면 말이다. 그럴 때면 그들은 신음 소리를 내기 시작했다. 그건 무언가 인간적인 것이었고, 위안이 되었다. 그렇게 이 사내는 건물 현관에 서 있었다. 거기선 거리의 끔찍한 소리가 들리지 않았고 미칠 듯이 계속되는 건물들도 없었다. 그는 침을 튀기며 웅얼거리고, 주머니 속에 든 두 손을 꽉 움켜쥐고 스스로 용기를 북돋웠다. 누런 여름 외투 속의 두 어깨가 단단히 움츠러들어 방어 태세를 갖추었다.

낯선 사람이 이끼부터 석방된 죄수 옆에 서서 바라보고 있었다. 그가 물었다.

"무슨 일이오, 몸이 안 좋은가요, 어디 아파요?"

석방된 죄수는 마침내 그의 존재를 알아채고 즉시 신음 소리를 중단했다.

"몸이 안 좋아요? 여기 이 건물에 삽니까?"

코밑과 아래턱 가득 붉은 수염을 기른 유대인이었다. 외투 차림에 검은 비로드 모자를 쓰고 손에는 지팡이를 든 작은 사내였다.

"아니, 여기 안 살아요."

그는 여기서 나가야 했다. 이곳 현관만 해도 퍽 좋았는데. 이제 다시 거리가, 건물 현관들, 쇼윈도, 바지나 밝은 스타킹 차림의 서두르는 사람들이 나타났다. 모두가 서두르고 있었고 아주 확고했다. 눈 깜짝할 사이에 벌써 다음 모습이 나타났다. 그는 굳게 결심하고, 자동차가 드나들도록 문을 활짝 열어놓은 어느 건물로 다시 들어갔다. 그런 다음 계단 바로 옆으로 난 좁은 복도를 따라 어느 아파트 쪽으로 갔다. 이곳에는 자동차가 들어올 수 없었다. 그는 난간을 단단히 움켜쥐었다. 난간을 움켜쥐고 있으면서 그는 자기가 이 형벌에서 벗어나고 싶어 한다는 것을 알았다. (오 프란츠, 무얼 원하는 거냐, 넌 그럴 수 없을걸.) 난 분명히 그렇게 할 거다. 벌써 출구가 어딘지 알아냈으니까. 그는 나직이 저만의 음악을 시작했다. 낮은 소리로 웅얼거리고 울부짖는 소리, 다시는 거리로 나가지 않을 테야. 붉은 수염 유대인이 다시 그리로 들어왔다. 처음에는 난간에 붙어 있는 사내를 찾아내지 못했다. 하지만 그가 낮게 웅얼거리는 소리를 들었다.

"말 좀 해보시오, 여기서 대체 무얼 하는 게요? 몸이 안 좋은 거요?"

사내는 난간에서 몸을 떼더니 안뜰로 걸어갔다. 안뜰로 통하는 문짝을 잡으면서 그는 상대가 다른 건물에서 만났던 그 유대인임을 알아차렸다.

"이제 그만 가요! 대체 어쩌자고 다른 사람 일에 참견이오?"

"아니, 당신이 신음을 하니까 그러잖소. 몸이 어떤지 물어봐도 안 되는 거요?"

저쪽 현관문 틈새로 온갖 건물들, 들끓는 인간들, 아래로 추락하는 지붕들이 보였다. 석방된 사람은 안뜰로 통하는 문을 열었고, 유대인이 그의 뒤를 따라왔다.

"무슨 일이 일어나든 그리 나쁘지는 않을 거요. 완전히 망가진 건 아니니까. 베를린은 커요. 수많은 사람들이 살고 있는 곳에 한 사람쯤은 더 살 수 있소."

높고도 어두운 안뜰이었다. 그는 줄지어 나란히 놓인 커다란 쓰레기통들 옆에 가서 섰다. 그러더니 갑자기 우렁찬 소리로 노래를 시작했다. 벽을 향해 노래를 불렀다. 커다란 손풍금을 돌리는 거리의 악사처럼 모자를 벗어 들었다. 벽이 소리를 반사했다. 그것이 좋았다. 제 목소리가 귀를 가득 채웠다. 감옥에서라면 절대로 할 수 없을 만큼 큰 소리로 노래했다. 그렇다면 그는 벽에 반사되도록 큰 소리로 대체 무슨 노래를 불렀던가? 〈외침 소리 천둥처럼 울리고〉라는 전쟁 노래였다. 전쟁에서처럼 확고하고 힘차게 불렀다. 그런 다음 노래에 들어 있는 "유비발레랄레라*"를 힘차게 외쳤다. 아무도 그를 지켜보지 않았다. 유대인이 문간에서 그를 맞았다.

"노래를 참 잘하네요. 정말 훌륭하게 불렀소. 그런 목소리라면 돈도 벌 수 있을 거요."

유대인이 그의 뒤를 따라 거리로 나섰다. 그의 팔을 잡고는 끝도 없이 수다를 떨면서 그를 끌고 갔다. 그들은 고르만 거리로 접어들었다. 유대인과, 여름 외투를 입은 강골에 키가 큰 사내가 함께였다. 사내는 마치 쓴물이라도 올라오는 것처럼 입을 굳게 다물었다.

*'랄랄라' 하는 후렴구.

아직 도착하지 못하다

유대인은 그를 쇠 난로에 불이 후끈하게 지핀 방으로 데려가더니 소파에 앉혔다.

"이제 다 왔으니 편히 앉으시오. 모자는 그대로 쓰고 있어도 되고 벗어도 괜찮아요. 마음 내키는 대로 하시오. 내가 어떤 사람을 데려올 텐데, 그가 마음에 들 거요. 나는 여기 살지 않소. 나도 댁처럼 여기선 손님이오. 그러니까, 방이 따뜻한 덕에 손님이 다른 손님을 데려온 거지요."

석방된 사람은 홀로 앉아 있었다. 외침 소리 천둥처럼 울린다. 칼이 쩔렁거리는 소리와 파도치는 소리처럼. 전차를 탔을 때 옆쪽으로 밖을 내다보았었지. 나무들 틈새로 감옥의 붉은 벽이 보였고 울긋불긋 물든 나뭇잎들이 비처럼 떨어져 내렸다. 그 벽이 바로 눈앞에 보였다. 소파에 앉아 그는 그 벽을 바라보고 또 바라보았다, 지치지도 않고. 그 담벼락 안에 사는 것은 큰 행운이다. 하루가 어떻게 시작되어 어떻게 지나가는지를 아니까. (프란츠, 숨고 싶진 않지, 벌써 4년이나 그 속에 숨어 살았어, 용기를 내라, 사방을 둘러봐, 숨어 사는 일은 언젠간 끝내야지.) 노래나 휘파람이나 그 밖에 소리를 내는 일은 모조리 금지다. 죄수들은 아침마다 기상 신호를 들으면 즉시 일어나서 잠자리를 정돈하고 얼굴을 씻고 머리를 빗질하고 옷을 단정히 입어야 한다. 비누는 넉넉히 공급한다. 땡, 종소리, 기상, 땡 5시 30분, 땡 6시 30분, 감방 문 열기, 땡땡, 감방 밖으로 나가 아침 식사, 노동 시간, 자유 시간, 땡땡땡 점심시간, 이것 보게, 입을 삐죽이지 마라, 여기선 살찔 틈이 없다, 가수들은 신고하라, 가수들의 등장은 5시 40분, 나는 목이 쉬었다. 6시 입실, 잘자게, 우린 오늘 할 일을 다 했다. 이 담벼락 안에 사는 일은 큰 행운이다. 그들이 나를 시궁창으로 몰아넣었다. 나는 사람을 패서 거의 죽이다시피 했다. 그냥 죽도록 팬 건데, 상처가 심해 죽음으로 끝났지, 난 아주 나쁜 놈이 되고 말았다, 악당, 떠돌이나 진배없어.

키가 크고 나이가 많고 머리를 길게 기르고, 뒷머리에 검은 모자를 쓴 유대인 한 사람이 한참 전부터 그의 맞은편에 앉아 있었다. 그때 수사 성에는 모르드개라는 한 유다 사람이 살았는데 그는 사촌누이 에스델을 키웠다. 에스델은 몸매도 아름답고 용모도 단정하였다.* 노인은 이 사내에게서 눈을 떼고는 붉은 수염 유대인에게로 머리를 돌렸다.

"이 사람을 어디서 보았나?"

"이 집 저 집 돌아다니고 있더라고요. 어떤 집 안뜰에 서서 노래를 불렀어요."

*구약성서 〈에스델〉 2장 5~7절.

"노래를 불렀다고?"

"전쟁 노래를요."

"추운가 보군."

"그럴걸요."

노인은 그를 자세히 살펴보았다. 첫 축제일에는 유다 사람 이외의 사람이 시신을 다루어서는 안 된다. 두 번째 안식일에는 이스라엘 사람도 시신을 다룬다. 이것은 신년 명절 이틀에도 해당한다.* 그렇다면 랍비들의 다음과 같은 가르침을 지은 이는 누구인가? 누구든 정결한 조류의 썩은 고기를 먹는다면 부정한 것은 아니다. 하지만 내장이나 모이주머니를 먹는다면 부정한 것인가? 노인은 누렇고 긴 손으로, 아직도 외투 주머니 속에 감춰져 있는 석방된 사람의 손을 더듬었다.

"보시오, 외투를 벗는 게 어떻소? 여긴 더워요. 우린 늙은이들이라 1년 내내 떨며 지내지, 하지만 댁한테는 너무 더울 게요."

그는 소파에 앉아 비스듬히 제 손을 내려다보았다. 거리를 통과하며 안뜰에서 안뜰로 돌아다녔다. 이 세상 어디쯤에 무엇이 있는지 알아야 하니까. 그는 일어나서 문을 찾으려고 했다. 그의 눈길이 어두운 공간 안에서 문을 찾아 헤맸다. 그러자 집주인이 그를 눌러 소파에 주저앉혔다.

"거기 앉아요, 대체 무얼 하려는 게요."

그는 나가려고 했다. 하지만 노인이 그의 손목을 잡고 거듭 힘을 주었다.

*《바빌론 탈무드》에서 인용.

"우리 두 사람 중 누가 더 힘센지 보려는 건가. 앉으려면 그냥 앉아 있어요."

노인이 소리를 질렀다.

"자, 이제 앉아 있구먼. 내가 하는 말을 잘 듣게 될 거요, 젊은 친구. 정신 차려요, 못된 사람 같으니."

그러더니 사내의 어깨를 잡고 있는 붉은 수염을 향해 이렇게 말했다.

"자넨 어서 가보시게. 내가 자네를 불렀으니 이 사람은 내가 어떻게 해봄세."

이 사람들은 대체 자기를 어떻게 할 셈인가. 그는 나가려고 했다. 벌떡 일어섰지만 붉은 수염이 다시 그를 눌러 주저앉혔다. 그러자 그가 소리 질렀다.

"대체 나를 어떻게 할 셈입니까?"

"욕을 하시오. 그럼 더 하게 될 테니."

"나를 놓아줘요. 나가야겠어."

"아마 길거리로 가는 거겠지? 또 남의 집 안뜰로?"

그러자 노인이 의자에서 일어나 옷깃 스치는 소리를 내며 방 안을 이리저리 오갔다.

"원하는 대로 소리 지르게 내버려두게. 바라는 대로 하게 두어. 하지만 내 집에선 안 돼. 그가 나가도록 문을 열어주게."

"무슨 소립니까. 보통 때는 이 집에서도 소리를 지르잖아요."

"소동을 일으키는 사람들은 내 집에 데려오지 말게. 딸애의 아이들이 아파서 저 안에 누워 있어. 나도 이제 소동은 질렸고."

"이런, 운수가 나쁘네요. 저도 몰랐으니 용서해주십시오."

붉은 수염이 사내의 두 손을 잡았다.

"이리 오시오. 랍비께서는 집안이 복잡하답니다. 손주들이 아파요. 그만 갑시다."

하지만 이번에는 사내가 일어서려고 하지 않았다.

"어서 오라니까."

그는 마지못해 일어서더니 속삭였다.

"잡아당기지 말아요. 나를 그냥 여기 내버려둬요."

"이 집엔 사람이 너무 많아요. 당신도 듣지 않았소."

"나를 좀 내버려둬요."

번득이는 눈길로, 노인은 간청하는 낯선 사내를 살펴보았다. 예레미야가 말했다. 우리는 바빌론을 낫게 하려 하지만 바빌론은 낫지 않았다. 바빌론을 떠나라, 우리는 제각기 고향으로 돌아가자. 갈대아 사람들과 바빌론의 주민들 위로 칼이 떨어지리라.*

"그가 조용히만 한다면 자네와 함께 여기 머물러도 좋아. 조용히 할 수 없다면 떠나야 하네."

"좋아요, 좋아, 소동은 부리지 않을게요. 내가 그의 곁에 앉아 있지요. 나를 믿어도 좋아요."

노인은 아무 말도 없이 방을 나갔다.

*〈예레미야〉 50~51장.

찬노비치의 예를 통한 가르침

석방된 사람은 누런 여름 외투를 입은 채 다시 소파에 주저앉았다. 붉은 수염 사내는 한숨을 쉬고 머리를 가로저으면서 방 안을 오갔다.

"노인장이 저리 냉정하게 군다고 섭섭하게 여기지 마시오. 도시 밖에서 왔소?"

"예, 그래요, 예전에……."

붉은 담벼락, 아름다운 담벼락, 감방들, 그는 동경에 가득 찬 눈길로 붉은 벽을 관찰했다. 등을 붉은 담에 딱 붙였다. 어떤 똑똑한 사람이 그것을 세웠다, 그는 그곳을 떠나지 않았다. 인형처럼 소파에서 미끄러져 양탄자 위로 내려갔다. 그가 떨어지면서 탁자가 옆으로 밀렸다.

"무슨 일이오?"

붉은 수염 사내가 소리쳤다. 석방된 사람은 양탄자 위에서 몸을 웅크렸다. 모자가 굴러 떨어져 그의 손 옆에 멈추었다. 그는 머리를 아래로 처박으며 신음 소리를 냈다.

"바닥 속으로, 어두운 땅속으로."

붉은 수염이 그를 잡아당겼다.

"맙소사, 당신은 지금 낯선 사람들 사이에 있어요. 집주인이 오기라도 하면 어쩌려고! 일어나요."

하지만 사내는 꿈쩍도 하지 않은 채 양탄자에 꼭 달라붙어 계속 신음 소리를 냈다.

"조용히만 하시오, 제발. 저 사람이 듣겠소. 우리끼리 어떻게 잘 해봅시다."

"아무도 여기서 나를 끌어내지 못해." 마치 두더지처럼.

붉은 수염은 그를 일으켜 세울 수 없음을 깨닫고 관자놀이 옆의 고수머리를 쓰다듬으며 문을 닫고는 단호한 태도로 사내 옆으로 다가와 자신도 바닥에 주저앉았다. 그는 무릎을 세우고 앞쪽 탁자 다리를 응시했다.

"이제 됐소. 그대로 있구려. 나도 이대로 있을 테니. 편하지는 않지만 안 될 이유도 없지. 당신은 분명 사정을 말하지 않을 테고, 그러니 내가 이야기를 들려주리다."

석방된 사람은 머리를 양탄자에 처박고 신음했다. (하지만 어째서 신음하는 거지? 단호히 결심해야 한다. 어떤 길이든 가야 해. 그런데 넌 아무 길도 모르는구나, 프란츠. 옛날의 쓰레기를 원하지는 않지. 감방에서는 신음하고 숨기만 했지 생각은 안 했어, 생각은 안 했어, 프란츠.) 붉은 수염이 격렬한 어조로 말했다.

"자신을 그렇게까지 높이 여기면 안 되는 법이오. 다른 사람 말도 들어야지. 당신이 그렇게 대단하다고 누가 당신한테 그럽디까. 신께서는 아무도 손에서 떨어뜨리지 않지만, 그건 그렇더라도 다른 사람들도 있는 법이라오. 대홍수가 났을 때 노아가 방주에서 무슨 일을 했는지 읽지 않았소? 세상의 모든 생명을 각기 한 쌍씩 받아들였어요. 신께서는 그들 모두를 잊지 않으셨지. 이까지도 잊지 않으셨소. 모든 존재가 신께는 사랑스럽고 귀했던 거요."

그가 아래쪽에서 낑낑댔다. (낑낑대는 거야 돈이 들지 않아. 병든 쥐도 낑낑댈 수 있거든.)

붉은 수염은 그가 낑낑대도록 둔 채 제 뺨을 쓰다듬었다.

"세상엔 많은 일이 있어요. 젊은이나 늙은이나 많은 이야기를 할 수 있지. 당신한테 찬노비치 이야기를 해주겠소. 슈테판 찬노비치요. 아마 아직 그 이야기를 듣진 못했을 게야. 좀 진정되거든 일어나 앉아요. 피가 머리로 솟구치면 건강에 좋지 않아. 돌아가신 우리 아비지는 우리에게 많은 이야기를 해주었소. 우리 민족이 다 그렇지만 그분도 두루두루 이곳저곳 많이 돌아다녔거든. 일흔 살에 어머니 뒤를 따라 저세상으로 가셨는데, 정말로 아는 것이 많은 지혜로운 양반이었소. 굶주린 애들이 일곱이나 되었는데 먹을 게 없을 때면 아버진 이야기를 해주었소. 그걸로 배가 차는 건 아니지만 그래도 배고픈 걸 잊어버리거든."

아래서 둔한 신음 소리가 계속되었다. (병든 낙타도 신음이야 할 수 있는 거니까.)

"누구나 아는 일이지만, 이 세상에 황금과 아름다움과 평화만 있는 건 아니오. 그렇다면 찬노비치는 누구냐, 그의 아비는 누구였고, 그 부모는 누구였냐? 우리 대부분이 그렇듯이 거지요, 잡상인이며, 상인이고, 사업가였지. 아버지 찬노비치는 알바니아 태생으로, 베네치아로 갔소. 그는 제가 어째서 베네치아로 갔는지 알고 있었지. 어떤 이들은 도시에서 시골로 가고 또 어떤 이들은 시골에서 도시로 간다오. 시골은 더욱 평화롭고 사람들은 모든 일에 더 수선스럽지. 여러 시간 동안 계속 이야기를 할 수 있고, 행운이 따르면 몇 푼 벌이도 할 수 있고 말이오. 도시에선 그게 어렵지. 사람들이 훨씬 많지만 그들은 시간이 없거든. 그래도 이 사람 아니면 저 사람이 있지. 황소는 없어도 빠른 말들이 마차를 끈다오. 돈을 잃기도 벌기도 하지. 아버지 찬노비치는 그걸 알고 있었소. 우선 제가 가진 것을 팔아서 그 돈으로 카드를 구해 사람들과 카드놀이를 했어. 정직한 사람은 아니었지. 도시 사람들이 시간은 없으면서 재미를 보려고 한다는 걸 이용해서 사업을 했지. 그는 그들을 즐겁게 해주었소. 물론 그들은 상당한 돈으로 그 대가를 치렀지만 말이오. 찬노비치는 사기꾼이자 도박꾼이었지만 머리가 좋았소. 농촌에서는 살기가 힘들었는데 이곳 도시에서는 살기가 더 쉬웠지. 그러다 갑자기 누군가 부당한 일을 당했다고 생각한 거요. 찬노비치는 그런 건 미처 생각지 못했었소. 주먹질이 오가고 경찰이 출동하고, 결국 그는 애들을 데리고 줄행랑을 놓아야 했지. 베네치아 법정이 그를 추적했소. 찬노비치는 법정과는 상종할 생각이 없었어. 그들은 나를 이해하지 못해, 정말 사람들은 그를 잡지도 못했소. 그는 말과 돈을 갖고 있었기에 알바니아로 돌아가 농지를 샀소. 마을 전체를 샀다고 할 수 있지. 애들은 상급 학교에 보냈고, 아주 늙어서까지 사람들의 존경을 받으며 살다가 평화롭게 죽었다오. 그게 찬노비치의 삶이었소. 농부들은 그를 위해 울었지만 그는 그들을 달갑게 여기지 않았지.

그들 앞에 자신의 물건들, 반지, 팔찌, 산호 목걸이 따위를 늘어놓으면 그들이 물건을 이리저리 뒤적이면서 만져보기만 하다가 그대로 떠나버리던 시절을 언제나 기억하고 있었기 때문이라오.

아비가 풀(草)이라면 아들은 나무가 되기를 바란다는 것 알고 계신가? 아비가 돌이라면 아들은 산이 되기를 바라는 거지. 늙은 찬노비치는 아들들에게 이렇게 말했소. 내가 여기 알바니아에 머물러 있을 때 나는 아무것도 아니었다. 스무 해 동안이나 말이다. 왜 안 그렇겠느냐? 내가 이 머리를 알맞은 데 두지 않았기 때문이지. 나는 너희를 큰 학교로 보낸다. 멀리 파도바로. 말과 마차를 타고 가라. 공부가 끝나거든 내 생각을 해라. 너희 어미와 너희를 데리고 근심이 많았고, 밤이면 너희와 함께 숲에서 멧돼지처럼 잠자던 이 아비를 말이다. 거기에 대해선 나 자신 책임이 있다. 농부들은 흉년처럼 나를 탈탈 말렸다. 난 완전히 망가졌던 거다. 하지만 나는 사람들에게로 나아갔고, 거기서 목숨을 잃지도 않았다."

붉은 수염은 혼잣소리로 웃으며 머리를 흔들고 몸통을 이리저리 흔들어댔다. 그들은 바닥의 양탄자 위에 앉아 있었다.

"지금 누군가가 안으로 들어온다면 그는 우리 둘이 미쳤다고 생각할 거요. 소파를 놓아두고 소파 앞, 바닥에 앉아 있으니 말이지. 하지만 그러고 싶다면 안 될 게 뭐겠소. 젊은 찬노비치, 슈테판은 스무 살 젊은 시절부터 이미 대단한 연설가였소. 그는 인기를 얻는 법을 알았어. 여자들을 잘 대하고 남자들한테 훌륭하게 처신할 줄 알았지. 파도바에서는 귀족이 교수들에게서 배우고, 슈테판은 귀족들에게서 배웠다오. 모두가 그에게 잘 대해주었소. 그가 고향인 알바니아로 돌아왔을 땐 아직 아버지가 살아 있었는데 그를 보고 기뻐하면서 아주 자랑스럽게 여겼지. 그러곤 이렇게 말했소. '저 애를 보게, 쟨 이 세상을 위해 만들어진 애야. 나처럼 스무 해씩이나 농부들과 상종하진 않을 게야. 아비보다 스무 해나 앞서는 거지.' 그러자 아들은 제 비단옷 소매를 쓰다듬고 이마에서 아름다운 고수머리를 걷어 올리며 행복한 늙은 아비에게 키스를 했소. '하지만 아버지가 그 고약한 20년을 면하게 해주신 거죠.' '그렇다면 그걸 네 삶에서 가장 좋은 시절로 만들어라.' 아비는 이렇게 말하며 아들을 쓰다듬고 어루만졌소.

그런 다음 젊은 찬노비치에겐 기적처럼 일이 풀렸지. 그렇지만 그건 기적이 아니었소. 어디서나 사람들이 그에게로 몰려들었던 거요. 그는 모든 사람의 마음으로 통하는 열쇠를 지녔거든. 그는 몬테네그로에 갔소. 마차와 말과 하인들을 데리고 소풍을 나가면서, 기사처럼 차려입었지. 아비는 그렇게 대단한 차림새를 한 아들을 보고 기뻐했다오. 아비가 풀이면 아들은 나무거든. 몬테네그로에서는 사람들이 그에게 백작님이니 영주님이니 하고 말을 걸었어. 그가 만일 우리 아버지 이름은 찬노비치고 우리는 파스트로비치라는 마을에 살고 있는데 우리 아버지는 그걸 자랑스럽게 여긴다고 말했더라도 사람들이 그 말을 믿지 않았을걸. 그가 파도바를 떠날 때는 귀족처럼 굴었는데, 정말 귀족처럼 보였고, 또 모든 귀족들과도 알게 되었소. 슈테판은 이렇게 말하고 웃었지. 누구든 제각기 제 뜻을 가져야 한다고 말이오. 그는 사람들을 만나면 제가 부자 폴란드 사람이라고 말하곤 했는데, 사람들도 이미 그렇게 생각했고, 그를 바르타 남작이라고 여겼소. 그러면서 사람들은 기뻐했고, 그도 기뻐했지."

석방된 사람이 갑작스러운 몸짓으로 벌떡 일어나 앉았다. 그는 무릎을 웅크리고 앉은 자세로 상대방을 지켜보았다. 그러곤 쌀쌀맞은 눈길을 보내며 이렇게 말했다.

"원숭이."

붉은 수염은 대수롭지 않다는 태도로 대꾸했다.

"그럼 난 원숭이오. 하지만 원숭이가 사람보다 훨씬 더 많은 걸 알고 있지."

상대방은 다시 바닥에 엎어져버렸다. (넌 후회해야 한다. 무슨 일이 있었는지 깨달아야 한다. 무엇이 꼭 필요한 일인지!)

"그렇다면 계속 이야기를 할 수 있겠네. 다른 사람에게 배울 게 아직도 많으니 말이오. 젊은 찬노비치는 이렇게 제 길을 계속 갔다오. 내가 그를 직접 만나본 건 아니고 우리 아버지도 그런 건 아니지만, 그래도 어쨌든 그런 사람을 생각할 수는 있지요. 나를 원숭이라 부른 당신에게 내가 묻는다면—어쨌든 신의 땅에서 그 어떤 짐승도 무시해서는 안 되는 거니까, 짐승들은 우리에게 고기를 주고 또 그 밖에도 좋은 일을 많이 해주지 않소, 말을 생각해봐요. 개나 노래하는 새들도, 원숭이는 연시(年市)에서만 보았지만, 사슬에 묶여 곡예를 하는 처지라 힘든 운명이긴 하지, 사람은 그렇게 힘든 운명을 겪지는 않지요—당신이 이름을 말하지 않으니까, 당신 이름을 부를 수는 없소만, 어쨌든 당신에게 묻겠소. 아버지 찬노비치와 아들 찬노비치는 무엇을 통해 그렇게 계속 전진할 수 있었을까? 그들은 두뇌가 있으니까, 그들은 영리했으니까, 라고 생각하시겠지. 다른 사람들도 그만큼 영리하지만 여든 살이 되어도 스무 살짜리 슈테판처럼 그렇게 출세하지 못하는 경우가 흔하지 않은가. 그러니 사람에게 중요한 건 그 눈과 그 발이란 말이오. 사람이란 세상을 볼 줄 알아야 하고 또 세상으로 나아갈 줄도 알아야 하지.

그러니 슈테판 찬노비치가 무슨 일을 했는지 들어보시오, 그는 사람들을 보았고, 사람들을 두려워할 필요가 없음을 알았다오. 사람들이 어떻게 그에게 길을 만들어주고, 거의 눈먼 사람에게 길을 가르쳐주었는지 한번 보구려. 사람들은 그가 '바르타 남작'이 되기를 바란 것이오. 좋아, 그렇다면 내가 바르타 남작이다, 하고 그가 말한 거지. 뒷날 그는 그것만으론 부족하다고 느꼈소, 아니면 사람들이 그렇게 느꼈거나. 어차피 남작이라면 그 이상이 되면 안 될 이유가 무엇이냐. 알바니아에는 유명한 이름이 하나 있소. 그 인물은 이미 오래전에 죽었지만 민중이 영웅을 추모하듯이 사람들은 그를 추모하고 있지. 바로 스칸데르베그라는 이름이오. 할 수만 있었다면 찬노비치는 자기가 스칸데르베그라고 말했을 거요. 하지만 스칸데르베그가 이미 죽은 마당이라 그는 제가 스칸데르베그의 후손이라고 말했지. 그러곤 아주 빼기면서 스스로 알바니아의 카스트리오타 공이라고 칭하였소. 자기가 알바니아를 다시 위대하게 만들 것이고, 추종 세력이 저를 기다린다고 말이오. 사람들은 그가 스칸데르베그의 후손에 걸맞은 삶을 살도록 그에게 돈을 주었소. 그가 사람들에게 좋은 일을 한 거지. 사람들은 극장에 가서 자기들 마음에 흡족하도록 잘 고안된 말들을 듣곤 하지요. 대신 돈을 지불하고 말이오. 그러니 기분 좋은 일들이 오후에 또는 오전에 일어난다면, 그리고 그들 자신이 거기 동참할 수 있다면 그것에 대해서도 돈을 지불하는 거요."

누런 여름 외투를 입은 사내가 다시 몸을 일으키더니 우울하고 주름진 얼굴로 붉은 수염을 바라보았다. 그러더니 이렇게 속삭였다. 그 목소리는 변해 있었다.

"말해봐요, 마네킹 아저씨, 아무래도 당신 지나친 거 같은데, 안 그래요? 당신 약간 돈 거 아닙니까?"

"지나치다고? 어쩌면 그럴 거요. 이미 원숭이도 되어 보았으니 이번엔 멍청이가 되기로 하지."

"어째서 여기 앉아서 내게 그런 이야기를 하는 겁니까?"

"바닥에 앉아서 일어날 생각도 안 하는 사람이 누구요? 내가 그랬나? 소파가 바로 등 뒤에 있는데? 좋아요, 당신이 헷갈린다면 이야기를 그만두지, 뭐."

그러더니 그는 방 안을 이리저리 둘러보고 나서 두 다리를 쭉 뻗고 등을 소파에 기대고는 두 손을 양탄자에 내려 놓았다.

"좋소, 이제 마음이 훨씬 편해졌군."

"그럼 당신도 이야기를 그만둘 수 있고."

"원하신다면야. 이 이야기는 전에도 자주 했으니, 나한테는 상관없는 일이오. 당신만 괜찮다면."

하지만 잠시 뒤에 상대방이 그에게로 머리를 돌렸다.

"이야기를 계속 들려주시오."

"좋소. 이야기를 해주고, 또 서로 이야기를 나눌 수도 있지. 그럼 시간이 빨리 가니까. 나는 그냥 당신 눈을 뜨게 해주려는 것뿐이오. 당신이 방금 이야기를 들은 슈테판 찬노비치는 돈을 받았소. 독일을 여행할 수 있을 정도로 많은 돈이었지. 몬테네그로 사람들은 그의 정체를 밝히지 못했거든. 슈테판 찬노비

치에게 배울 게 하나 있지. 그가 자신과 다른 사람들을 알았다
는 사실 말이오. 그러니 그는 지저귀는 새들만큼이나 죄가 없
다오. 그리고 보시오, 그는 세상에 대해서도 두려움이 없었소.
세상에 존재하는 가장 위대하고 강력하고 가장 두려운 사람들
이 그의 친구였으니까. 작센의 선제후이자 프로이센의 왕세자,
그 사람은 뒷날 위대한 전쟁 영웅이 되고, 오스트리아의 여황
제 마리아 테레지아가 옥좌에 앉아서도 그가 두려워 벌벌 떨었
던 그런 사람*이지. 찬노비치는 그 사람 앞에서도 떨지 않았소.
그리고 슈테판이 빈으로 와서 사람들을 만났을 때 그들이 그를
이리저리 조사하는데, 여황제가 손수 손을 높이 쳐들고 이렇게
말했다오. 그 젊은이를 자유롭게 놔두어라!"

*프리드리히 2세를 말한다.

예기치 않은 방식으로 이야기가 완성되고
덕분에 원래 의도대로
석방된 사람이 기운을 얻다

그러자 상대방이 웃었다. 소파에 대고 말처럼 히힝 하는 소리
로 웃으며 말했다.

"당신 이상한 사람이네요. 어릿광대가 되어 서커스에 출연
해도 되겠는데."

붉은 수염도 함께 킥킥거렸다.

"일이 어찌된 건지 알겠지요? 하지만 조용, 주인네 손주들이
있으니. 그만 소파에 앉읍시다. 어떻게 생각하시오?"

사내는 웃으며 몸을 일으켜 소파의 한쪽 구석에 앉았고, 붉
은 수염도 반대편 구석에 앉았다.

"좀 편하게 앉아요. 외투를 그렇게 구기지 말고."

여름 외투를 입은 사내는 소파의 구석에서 붉은 수염을 응
시했다.

"이렇게 짜리몽땅한 사람은 참말 오랜만에 보네요."

붉은 수염이 무심히 대꾸했다.

"어쩌면 당신이 제대로 보질 않은 게지, 그런 사람도 더러

있는데 말이오. 당신 외투가 더러워졌소, 여기선 신발을 닦지 않고들 돌아다니니까."

석방된 사람은 30대 초반의 사내로 이제는 완전히 깨어난 눈길에 얼굴에도 훨씬 생기가 돌았다.

"보십시오, 무슨 장사라도 하십니까? 달나라에 살고 있나요?"

"그것 좋지, 이젠 달 이야기를 할 참이군."

밤색 곱슬 수염을 매단 사내가 벌써 5분 동안이나 문간에 서 있었다. 그가 탁자로 다가오더니 의자에 앉았다. 젊은 유대인으로 붉은 수염처럼 검은 비로드 모자를 쓰고 있었다. 그가 손으로 공중에 아치 모양을 그리더니 날카로운 목소리를 토해냈다.

"저 사람 누굽니까? 저 사람하고 무슨 짓을 하는 거요?"

"그럼 자넨 여기서 무얼 하나, 엘리저? 그가 누군지는 몰라. 이름을 말하지 않았거든."

"그에게 이야기를 들려주었죠?"

"그게 자네한테 무슨 상관인가."

밤색 수염이 석방된 사람에게 말했다.

"그가 당신한테 이야기를 해주었나요?"

"그는 말을 안 해. 이리저리 돌아다니며 안뜰에서 노래나 부르지."

"그를 그만 내보내요."

"내가 무슨 일을 하든 자네가 무슨 상관이야."

"문간에서 다 들었어요. 그에게 찬노비치 이야기를 해주었죠? 그 이야기를 그렇게 하고 또 해대다니 대체 어쩔 셈입니까?"

밤색 수염을 뚫어져라 바라보던 낯선 사내가 낮게 으르렁댔다.

"당신은 누구요. 어디서 나타난 겁니까? 어째서 그 사람 일에 끼어드는 거요?"

"그가 찬노비치 이야기를 했나요, 안 했나요? 그가 이야기를 들려주었죠? 우리 자형 나훔은 사방으로 돌아다니며 이야기를 하죠. 제 할 일은 안 하고 말입니다."

"자네더러 내 인생 책임지라고는 안 했는데. 이 사람 몸이 안 좋은 게 안 보이나, 이런, 고얀."

"그 사람 몸이 안 좋다 해도, 신께서 자형에게 그런 임무를 준 건 아니잖아요. 그가 오기까지 신께서 기다리는 거지. 다만 신께서도 어쩔 수 없는 거지만."

"고얀 놈."

"이 사람을 멀리해요. 그가 찬노비치의 형편이 어땠는지, 그밖에도 이 세상 누구에게 행운이 닥치는지 따위를 이야기했을 거요."

"자네 당장 안 나갈 텐가?"

"사기꾼 이야기를 듣는 거죠. 나하고 얘기해요. 이게 대체 그의 집일까요? 무엇하러 찬노비치 이야기를 또 하는 겁니까, 대체 그런 놈한테서 무얼 배울 게 있다고. 자형은 차라리 우리를 위해 랍비가 되었어야 하는 건데. 우리가 생활비는 대주었을 텐데."

"자네들 적선은 필요 없어."

밤색 수염이 다시 소리를 질렀다.

"우리도 마누라 치마폭에 붙어 있는 식객은 필요 없단 말입니다. 그 찬노비치가 마지막에 어떻게 끝났는지도 얘기해주었나요?"

"이런 망할, 악당 같으니."

"그 얘기도 했어요?"

석방된 사람은 피곤한 눈길로 붉은 수염을 바라보았다. 붉은 수염은 주먹을 흔들며 문간으로 갔다. 석방된 죄수는 붉은 수염 뒤에 대고 낮게 웅얼거렸다.

"이봐요, 가지 말아요, 흥분하지도 말고요. 저 사람이 그냥 얘기하게 놔둬요."

그 순간 밤색 수염 사내가 격하게 그에게 덤벼들었다. 손을 이리저리 휘두르며 혀를 끌끌 차기도 하고 머리를 움찔거리고 순간순간 얼굴 표정을 바꾸면서 번갈아 낯선 이와 붉은 수염 사내를 향해 마구 떠들어댔다.

"그가 사람을 멍청하게 만든단 말입니다. 그 슈테판 찬노비치가 어떤 종말을 맞았는지도 얘기해야 옳아요. 그런 얘긴 안 하죠, 어째서 안 하느냐, 어째서냐고 묻는 겁니다."

"그야 자네가 고얀 놈이니까 그렇지, 엘리저."

"자형보단 나아요. 사람들은 결국 (밤색 수염 사내는 지긋지긋하다는 듯이 두 손을 높이 쳐들고 눈을 무시무시하게 부릅떴다) 찬노비치를 도둑놈 쫓듯 피렌체에서 쫓아냈어요. 왜냐? 그야 놈의 정체를 알아냈으니까."

붉은 수염이 위협하는 태도로 그에게 덤볐다. 밤색 수염이 손짓으로 그를 물리쳤다.

"이제 내가 이야기를 계속하죠. 그는 영주들에게 편지를 보냈어요. 영주마다 여러 통의 편지를 받았죠. 필적만으로는 그가 누구인지 알 수 없으니까. 그런 다음 그는 자신을 더욱 부풀려서 알바니아 공이라는 명칭을 달고 브뤼셀로 갔어요. 그러곤 정치에 끼어들었죠. 그렇게 하라고 그에게 말해준 건 분명 그에게 해를 가져오는 천사였어요. 그는 나리들에게로 갔어요, 그 젊은이가 말이죠. 그리고 전쟁을 약속했죠, 누구와의 전쟁인지 난 알아요, 10만이나 20만 명의 목숨은 어차피 문제도 아니었어요. 내각이 편지를 썼어요. 고맙지만 내각은 불확실한 사업에는 뛰어들지 않는다고 말입니다. 그러자 고약한 천사가 슈테판에게 이렇게 말했어요. '이 편지를 이용해 돈을 빌려라.' 장관이 '알바니아 공께'라는 호칭을 붙여서 전하니 각하니 부르며 써 보낸 편지를 갖고 있으니 말입니다. 사람들이 정말 그에게 돈을 빌려주었어요. 그러면서 결국 이 사기꾼은 끝장이 났죠. 당시 그가 몇 살이었느냐? 겨우 서른 살이었어요. 그 고약한 행실로 형벌을 받았을 때 말입니다. 그는 돈을 갚을 수 없었고, 그래서 브뤼셀 사람들이 그를 고발했어요. 그러면서 모든 게 밝혀졌죠. 이게 자형의 영웅이에요. 감옥에서 맞은 그의 최후 이야기도 했나요? 그가 제 혈관을 잘랐다는 거? 그는 이미 죽었는데—그야말로 멋진 삶에 멋진 종말이라고 해야겠지만—뒤늦게야 형리가 왔고, 형리는 죽은 개와 말과 고양이 따위를 싣는 수레를 가져다가 슈테판 찬노비치를 싣고 가서 저 바깥 교수대 옆에 던져버렸답니다. 그러곤 도시의 쓰레기를 그의 시체 위에 쏟아부었죠."

여름 외투를 입은 사내의 입이 떡 벌어졌다.

"그게 참말인가요?" (병든 쥐도 신음을 할 수 있다니까.)

붉은 수염 사내는 처남이 내뱉는 말을 하나하나 헤아리듯이 들고 있었다. 그는 집게손가락을 밤색 수염의 얼굴 앞에 들이대고는 손가락으로 그의 가슴을 꾹꾹 찌르고 바닥에 침을 뱉었다. 퉤, 퉤.

"그건 자네 이야기야. 자네가 그런 사람이니까. 우리 처남."

밤색 수염은 허우적대며 창가로 갔다.

"그렇다니까. 자, 그럼 말해봐요, 이게 참말 아닌가?"

붉은 담벼락은 어느새 사라져 버렸다. 천장에 램프가 매달린 작은 방에서 두 유대인이 이리저리 달렸다. 검은 비로드 모자를 쓴 밤색 수염과 붉은 수염 사내가 서로 싸움질을 했다. 그는 친구인 붉은 수염의 뒤를 쫓아갔다.

"이것 봐요, 이 사람이 얘기한 게 맞나요? 그가 죽은 이야기며, 그들이 그를 죽인 이야기 말입니다."

밤색 수염이 소리쳤다.

"죽이다니, 내가 죽였다고 했습니까? 제 스스로 목숨을 끊었다니까."

붉은 수염: "그가 스스로 목숨을 끊었지."

석방된 사람: "그럼 그들은 어떻게 했지요, 다른 사람들 말입니다?"

붉은 수염: "누구, 누구 말이오?"

석방된 사람: "그러니까 그 슈테판 같은 다른 사람들도 있었을 것 아닙니까. 모두가 장관이나 형리나 은행가는 아니었을 테니까."

붉은 수염과 밤색 수염이 서로 눈길을 교환했다.

붉은 수염: "그야 그들이 무엇을 했겠소? 그냥 구경이나 하는 거지."

덩치가 크고 누런 여름 외투를 입은 석방된 사내는 소파 뒤에 가 서서 제 모자를 집어 들고 깨끗이 털어 탁자 위에 내려놓았다. 그러더니 외투를 양옆으로 젖히고 아무 말 없이 조끼 단추를 풀었다.

"내 바지를 보십시오. 이렇게 살이 쪘었는데 지금은 말랐어요. 이제 큼지막한 주먹 두 개가 들어갈 정도죠. 허기가 져서. 모조리 사라졌어요. 배가 몽땅 사라진 거예요. 사람이 본래의 모습을 지키지 않았다간 이렇게 망가집니다. 다른 사람들이라고 사정이 더 낫다고는 생각지 않아요. 그런 건 안 믿어요. 그들은 사람을 미치게 만들려는 거예요."

밤색 수염이 붉은 수염에게 속삭였다.

"이제 알겠죠."

"내가 뭘 어쨌냐고."

"징역수잖아요."

"그야."

석방된 사람: "이런 뜻이죠. 넌 석방되었으니 오물 속으로 다시 돌아왔다. 그것도 옛날과 똑같은 오물이다. 웃을 건 없어요."

그는 조끼 단추를 다시 채웠다.

"이걸 보면 그들이 무슨 일을 했는지 알 수 있죠. 그들은 죽은 사람을 건물에서 끌어냈어요. 나쁜 놈이 개 수레를 끌고 와서 스스로 목숨을 끊은 놈을 실어다 버렸죠. 저주받은 이 짐승을 사람들이 즉시 때려죽이지 않아서 그런 죄를 지은 거란 말입니다. 누구한테나 일어날 수 있는 일이죠."

붉은 수염이 슬픔을 내비쳤다.

"무슨 말을 할 수 있겠소."

"못된 짓을 저질렀으니, 우린 아무것도 아니란 말인가요? 감옥에 있던 사람도 모두 다시 두 발로 일어설 수 있어요. 그리고 자신이 바라는 일을 할 수도 있죠."

(무슨 후회냐! 어서 털어버려야 해! 한번 해보는 거지! 그럼 모든 게 이미 지나간 일이야, 모든 것이. 두려움과 그 모든 게 말이지.)

"난 그냥 당신에게 보여주려던 것뿐이에요. 우리 자형이 이야기한 걸 모조리 그대로 믿어선 안 된다는 걸 말입니다. 자기가 원하는 대로 모든 걸 할 수는 없는 법이니까. 흔히 다른 식으로 된다 이겁니다."

"그건 공평한 일이 아니오. 사람을 개처럼 쓰레기 더미에 내다 버리고 그 위에 쓰레기를 쏟아붓는 건 말이지요. 그런 게 죽은 사람에 대한 공평함이란 말인가요, 빌어먹을. 이젠 작별을 해야겠네요. 손을 이리 주십시오. 당신은 좋은 뜻으로 말했지요, 당신도. (그는 붉은 수염의 손을 꼭 잡았다.) 난 비버코프라고 합니다. 이름은 프란츠. 나를 받아들여 주다니 정말 친절하시군요. 내 꼬마 새가 안뜰에서 신나게 노래를 했지요. 잘됐지요. 그건 이제 지나갔어요."

두 유대인은 그와 악수를 하며 미소를 지었다. 붉은 수염은 그의 손을 오랫동안 잡은 채로 환한 미소를 보였다.

"당신 이제 정말로 괜찮군요. 시간 날 때 한 번 들러주면 기쁘겠소."

"고맙습니다. 그렇게 하죠. 시간이야 날 겁니다, 돈이 없어 그렇지. 그리고 아까 본 노인장께도 인사 전해주십쇼. 그분은 손힘이 대단하더군요. 이렇게 전해주세요. 분명 옛날엔 싸움깨나 했을 것 같다고요. 아이참, 얼른 양탄자를 정리해야겠네. 완전히 엉망이군. 아니, 그냥 우리가 모조리 해치웁시다. 탁자는 이렇게."

그는 바닥을 정리하며 붉은 수염을 향해 웃음을 터뜨렸다.

"당신은 여기 바닥에 앉아 이야기를 했지요. 정말 근사한 자리였어요. 실례했습니다."

그들은 문간까지 그를 따라 나왔다. 붉은 수염은 여전히 걱정을 드러냈다.

"혼자 갈 수 있겠소?"

밤색 수염이 그의 옆구리를 쿡 찔렀다.

"그의 뒤에 대고 그렇게 말하지 말아요."

석방된 사람은 반듯한 자세로 걸어가면서 머리를 흔들고 두 손으로 제 앞의 대기를 밀쳐냈다. (털어버려야 한다, 우선 털어내자.)

"걱정 마세요. 이대로 보내도 됩니다. 눈과 발 얘길 하셨지요. 내게도 아직 눈과 발이 있어요. 아무도 그걸 뺏어가진 않았죠. 두 분 안녕히 계십시오."

그는 좁고 어지러운 안뜰을 지나 걸어갔고, 두 사내는 계단에서 그의 뒷모습을 바라보았다. 그는 높은 모자를 얼굴에 걸친 채 휘발유가 섞인 웅덩이를 건너가며 웅얼거렸다.

"낡은 독(毒)이군. 코냑이 필요해. 도착했으면 우선 무언가를 속에 털어 넣어야지. 어떤 코냑이 있는지 어디 한번 보자."

주식 매기(買氣)가 없어지다가
나중에는 강력한 시세 하락,
함부르크는 심각, 런던은 약세

비가 내렸다. 왼쪽 뮌츠 거리에서 영화관의 간판들이 반짝였다. 길모퉁이에서 그는 앞으로 나아가지 못했다. 사람들이 울짱 앞에 서 있었다. 아래로 땅이 깊이 파헤쳐졌고 전차 선로는 허공에 매달린 널빤지 위로 계속 연결되는데, 마침 전차 한 대가 천천히 그 위를 달려갔다. 이거 보게, 땅속에 철도를 건설하고 있네. 베를린에 일자리가 있겠는걸. 거기 영화관이 아직 있었다. 17세 미만 청소년 입장 금지. 거대한 현수막 위에는 새빨간 신사 한 사람이 계단에 서 있고, 아름다운 젊은 여자가 그의 두 다리를 꼭 붙잡고 있었다. 그녀는 계단에 누운 자세이고, 그는 빈틈없는 얼굴이다. 아래쪽엔 이렇게 쓰여 있다. "부모 없음. 고아의 운명 6막극."* 좋아, 저걸 보기로 하지. 자동악기가 쿵쾅거렸다. 입장료 60페니히.

*1927년에 처음으로 상영된 프란츠 호퍼 감독의 영화. 뒤에 그 내용 일부가 아이러니한 방식으로 소개된다. 되블린은 열렬한 영화광이었고, 여러 가지 영화 기법을 이 소설에도 도입했다.

어떤 사내가 카운터의 아가씨에게 말했다.

"아가씨, 배 안 나온 나이 든 예비군에게 할인 안 해줘요?"

"안 돼요. 입에 사탕을 물고 있는 5개월 미만 아이들만 할인해주거든요."

"좋소. 우리도 그렇거든. 할부로 따져보면 방금 태어난 셈이지."

"좋아요, 50페니히. 이제 들어가요."

그의 뒤에 젊은이 하나가 서 있었다. 목에 스카프를 두른 날씬한 젊은이였다.

"아가씨, 나도 돈 안 내고 들어가고 싶은데."

"나더러 어쩌라고. 엄마 무릎에나 앉혀달라지."

"그럼 들어가도 되나요?"

"어디를?"

"영화관에."

"여긴 영화관 아닌데."

"여기가 영화관 아니라고?"

그녀는 계산대 창구를 통해 문을 지키는 경비원을 불렀다.

"막스, 이리로 와서 무슨 일인지 좀 봐요."

"무슨 일인가, 젊은이? 아직 모르겠어? 여긴 가난한 사람 구제 창구야. 뮌츠 거리 담당이지."

그는 날씬한 젊은이를 창구에서 밀어내면서 주먹을 내보였다.

"원한다면 한 방 먹여주마."

프란츠는 안으로 들어갔다. 마침 휴식 시간이었다. 긴 실내는 사람들로 꽉 들어찼다. 90퍼센트는 모자를 쓴 사내들이었는데, 그들은 모자를 벗지 않았다. 천장에 붉은 램프 세 개가 매달려 있었다. 앞에는 플래카드가 붙은 누런 피아노 한 대. 자동 악기가 끊임없이 소음을 만들어냈다. 실내가 어두워지더니 영화가 시작되었다.

한 시골 소녀가 교육을 받게 되었다. 어째서인지는 아주 분명하지 않았다. 그녀가 손으로 코를 훔치고, 계단에서 엉덩이를 긁자 극장 안이 웃음바다가 되었다. 킥킥거리는 웃음소리가 주변에서 시작되자 프란츠는 놀라서 완전히 사로잡혔다. 온통 사람들, 자유로운 사람들이 즐기고 있다. 그 누구도 그들에게 뭐라고 하지 않는다. 이거 정말 멋진데, 나도 이 사람들 한가운데 있다니! 그렇게 계속되었다. 세련된 남작에게 애인이 있는데, 그녀가 해먹에 누워 두 다리를 위로 쭉 뻗었다. 바지를 입은 다리였다. 그야 그렇다 치고. 사람들이 저 지저분한 거위치기 소녀를 어떻게 하려는 거지, 접시를 핥아먹는 소녀를 말이야. 다시금 저 날씬한 다리가 비치고. 남작은 그녀를 혼자 내버려두었다. 그러자 그녀는 해먹에서 내려오더니 재빨리 풀숲으로 들어가 그곳에 오래 누워 있다. 프란츠는 멍하니 스크린을 바라보았다. 또 다른 그림이 나타났지만 그에게는 그녀가 해먹에서 내려와 오랫동안 누워 있는 모습만 보였다. 그는 혀를 깨물었다. 빌어먹을, 저게 뭐야. 거위치기 소녀의 애인이던 사내가 이 세련된 여인을 안았을 땐 마치 제가 그녀를 안기라도 한 것처럼 가슴이 뜨거워졌다. 그 뜨거운 것이 덮쳐서 그를 허약하게 만들었다.

여자다. (분노와 두려움 말고 다른 게 있다니까. 그 모든 이야기가 대체 다 뭐야? 맙소사, 그래, 여자다!) 그는 그 생각을 하지 않았었다. 감방 창가에 서서 창살을 통해 안뜰을 내다보곤 했었다. 이따금 면회 온 여자들이 지나갔다. 애들이나 청소하는 사람들. 사방에서 죄수들이 창가에 서서 바라보았다. 모든 창에 죄수들이 가득 달라붙어서 어떤 여자가 되었든 집어삼킬 듯이 바라보았다. 한 간수의 아내가 에버스발데에서 2주 동안이나 남편을 방문한 적이 있었다. 보통은 그가 2주에 한 번씩 그녀에게로 가곤 했었다. 그녀는 이 시간을 마음껏 누렸다. 그는 일하면서도 피곤해서 머리를 떨어뜨렸다. 거의 걸을 수도 없는 지경이었다.

프란츠는 비 내리는 바깥 거리에 서 있었다. 무얼 할까? 나는 자유다. 여자를 만나야겠다, 여자를. 멋진 공기다, 바깥의 삶은 좋구나. 단단히 발을 딛고 서서 걸을 수만 있다면. 다리가 휘청거리고 발밑이 꺼진 것 같았다. 저기 빌헬름 황제 거리 모퉁이, 자동차 뒤에 벌써 한 명이 보인다. 그는 어떤 여자든 개의치 않고 재빨리 그녀 옆에 가서 섰다. 맙소사, 어째서 이렇게 발이 얼어붙은 거야. 그는 아랫입술을 지그시 깨문 채 그녀와 함께 걸었다. 오한이 들었다. 먼 곳에 살면 함께 가지 않을 거야. 뷜로프 광장 건너편이었다. 울타리들을 지나 건물 현관을 지나 안뜰을 거쳐서 여섯 계단을 내려갔다. 그녀가 몸을 돌리더니 웃었다.

"맙소사, 그렇게 보채지 말아요. 사람 자빠지겠네."

그녀가 문을 잠그자마자 그가 덤벼들었다.

"맙소사, 우산 좀 내려놓고."

그는 그녀를 주무르고 누르고 쥐어짜고 두 손으로 그녀의 외투 위를 쓰다듬었다. 모자도 그대로 쓴 채였다. 그녀는 화가 나서 우산을 떨어뜨렸다.

"나 좀 놔줘요."

그는 신음 소리를 내고 거짓 미소를 지었다. 어지러웠다.

"대체 뭐가 문제야?"

"당신이 옷을 잡아당겨 망가뜨리잖아요. 옷을 벗겨야지. 그래요, 우리한텐 아무도 선물을 안 주잖아요."

그래도 그는 놓아주지 않았다.

"숨도 못 쉬겠어, 얼간이. 아무래도 머리가 돈 모양이네."

그녀는 뚱뚱하고 느리고 키도 작았다. 그는 먼저 3마르크를 주어야 했다. 그녀는 조심스럽게 돈을 옷장에 넣고는 열쇠를 지갑에 감추었다. 그는 계속 눈길로 그녀의 뒤를 따르며 이렇게 말했다.

"내가 몇 년 동안 옥살이를 해서 그래, 뚱보 아가씨. 저 바깥 테겔 말이오."

"어디요?"

"테겔. 그쯤이야 생각할 수 있을 테지."

통통한 여자가 목구멍으로부터 웃음을 터뜨렸다. 그녀는 블라우스 단추를 풀었다. 왕의 자식 둘이 나타나니 몹시 사랑스럽구나. 개가 소시지를 물고 수채를 뛰어넘는다면. 그녀가 그를 제 몸 쪽으로 잡아당겼다. 콩콩콩, 내 암탉아, 콩콩콩, 내 수탉아.*

얼마 있지 않아 그의 얼굴에 땀방울이 맺히고 그는 신음 소리를 냈다.

---

*당시 유행하던 노랫말.

"왜 그래요?"

"저 옆집에서 대체 어떤 작자가 저렇게 돌아다니는 거야?"

"어떤 작자가 아니라 우리 주인 여자예요."

"뭘 하는 거지?"

"대체 무얼 하겠어요. 부엌일을 하는 거지."

"그래, 하지만 저 여자가 저렇게 돌아다니는 것 좀 그만뒀으면 좋겠는데. 지금 저렇게 돌아다닐 이유가 뭐야. 견딜 수가 없어."

"좋아요. 내가 가서 말할게요."

땀깨나 흘리네, 이 작자가 떠나면 정말 좋겠다. 형편없는 뜨내기 같으니, 곧장 쫓아내야지. 그녀는 옆방 문을 두들겼다.

"프리제 부인, 몇 분 동안만 조용히 해주세요. 여기 신사 분과 이야기를 해야 해요. 중요한 일이에요."

우린 이제 일을 처리했다, 사랑하는 조국이여, 이제 마음 편히 내 품으로 오라, 하지만 너는 곧 날아가겠지.*

그녀는 머리를 베개에 파묻으며 생각했다. 노란 단화에 구두창을 댈 수 있을 거야. 키티의 신랑이 그 일을 2마르크에 해줄 거야, 걔가 반대만 안 한다면. 난 그를 뺏을 생각은 없으니까. 그리고 그는 단화를 갈색 블라우스에 맞도록 갈색으로 물들여줄 수도 있을 거야. 그야 이미 낡은 헝겊에 지나지 않지만. 커피를 따뜻하게 보존하는 데나 쓸 만하지. 리본들도 다려야 하고, 프리제 부인한테 말해야지, 그녀는 곧 불을 피울 거야, 오늘은 또 무슨 요리를 하나. 그녀는 코를 킁킁거렸다. 청어 요

---

*〈라인 강의 파수꾼〉이라는 노래의 한 구절.

리네.

그의 머릿속에서 노랫말이 뱅뱅 맴돌았다. 이해할 수 없는 구절이었다. 그대 수프를 끓이나, 슈타인 양, 나도 한 숟갈 먹을 수 있나, 슈타인 양. 그대 국수를 삶나, 슈타인 양, 내게도 국수 좀 주오, 슈타인 양.* 내가 아래로 떨어지나, 위로 떨어지나. 그는 큰 소리로 신음했다.

"나를 안 좋아하지?"

"왜요, 언제든 오세요, 5페니히면 사랑을 할 수 있는데."

그는 침대로 나가떨어져서 툴툴대며 신음했다. 그녀는 제목을 문질렀다.

"우스워 죽겠네. 잠깐 누워 있어요. 나한테는 방해 안 되니까."

그녀는 깔깔거리고 웃으면서 통통한 두 팔을 들어 올리고는 스타킹 신은 두 발을 침대 밖으로 뻗었다.

"나도 어쩔 수 없어요."

거리로 나가자! 숨통 좀 트이게! 아직도 비가 내리고 있네. 대체 무슨 일인가? 다른 여자를 찾아야겠다. 우선 잠을 좀 자고. 프란츠, 대체 어떻게 된 거야?

성적인 능력은 다음의 여러 가지가 결합된 통합 작용으로 생겨난다. 1. 내분비 체계, 2. 신경 체계, 3. 성기. 성 능력에 개입하는 내분비선은 다음과 같다. 뇌하수체, 갑상선, 부신, 전립선, 정낭, 부고환 등. 이 체계에서 생식선이 가장 중요하다. 대뇌 피질에서 성기에 이르기까지 전체 성 기구가 생식선이 분

---

*당시 유행가의 한 구절.

비한 물질로 채워진다. 에로틱한 인상이 대뇌 피질에 에로틱한 긴장을 만들어내고, 에로틱한 흥분은 전기 신호가 되어 대뇌 피질에서 간뇌의 중앙 통제실로 간다. 그런 다음 흥분이 척수로 전달된다. 이것은 두뇌를 출발하기 전에 장애를 유발하는 제동 장치를 통과해야 한다. 주로 영적인 장애로서, 도덕적 배려, 자신감 결핍, 수치에 대한 두려움, 전염 및 임신의 두려움 등이 그것이다.*

저녁때 엘자스 거리로 내려갔다. 망설이지 마라, 친구여, 피곤하다고 핑계 대지 마라.

"즐기려면 얼마나 드나, 아가씨?"

흑인 여인은 훌륭했다. 엉덩이도 좋고 몸매도 탱탱한걸. 아가씨에게 사랑하고 좋아하는 신사가 있다면.**

"재미있는 사람이네. 유산이라도 물려받았나요?"

"어쨌든, 1탈러*** 줄 테니."

"좋아요."

하지만 그는 두려웠다.

얼마 뒤 그녀의 방, 커튼 뒤에 꽃이 꽂혀 있는 깨끗하고 단정한 방에는 심지어 축음기도 있었다. 그녀는 축음기에 맞추어 노래를 불렀다. 벰베르크 상표 인조견 스타킹을 신은 채 블라우스를 벗은 여자는 새카만 눈동자를 지니고 있었다.

"나는 분위기를 띄우는 가수예요. 어딘지 아세요? 나한테 어울리는 곳이죠. 지금은 마침 일자리가 없지만. 난 아름다운 술

*의사이던 작가가 사용하던 당시의 의학 서적에서 인용한 것으로 보인다.
**노랫말 인용.
***3마르크짜리 은화.

집에 가서 물어보지요. 그리고 내 노래를 불러요. 내 노래가 하나 있거든요. 간질이지 말아요."

"그만 해두지."

"아니, 손 저리 치워요. 그랬다간 내 사업을 망쳐요. 내 노래라니까, 자, 잠깐 기다려봐요, 난 술집에서 경매를 부쳐요, 접시를 돌리진 않아요. 그럼 내게 키스를 할 수 있죠. 정말 환상이야. 공개적으로 술집에서. 50페니히 아래론 안 돼요. 여기 어깨에. 당신도 할 수 있죠."

그녀는 신사의 중절모를 쓰더니 그의 얼굴에 대고 환성을 지르고 엉덩이를 흔들고 두 팔을 허리에 올려놓고 노래했다.

"테오도어, 어젯밤 나를 보고 웃었을 때 무슨 생각을 한 거야? 테오도어, 샴페인과 돼지고기 요리로 나를 초대했을 때 무슨 속셈이었던 거야?"*

그녀는 그의 무릎에 앉더니 그의 조끼에서 잽싸게 담배를 꺼내 입에 물고 그의 눈을 들여다보고는 부드럽게 귓바퀴를 그의 귓바퀴에 문지르며 속삭였다.

"고향이 그립다는 게 무언지 아시나요? 얼마나 사람 마음을 찢어놓는지? 사방 모든 것이 그토록 차갑게 비어 있어요."**

그녀는 노래를 흥얼거리며 소파에 길게 몸을 눕혔다. 담배 연기를 내뿜고 그의 머리카락을 쓰다듬고 콧노래를 흥얼거리고 웃었다.

그의 이마에 땀방울! 두려움, 또다시! 그리고 재빨리 그의

---

*〈세계의 죄악〉이라는 무대에서 불리던 〈어제 산책할 때〉라는 노래의 한 구절.
**당시 어빙 베를린이 부르던 샹송의 한 구절.

머리가 옆으로 미끄러졌다. 땡, 종소리, 기상. 5시 30분, 6시, 감방 문 열기, 땡땡, 소장이 검사하면 재빨리 재킷을 솔질해야지, 오늘은 소장이 오지 않는다. 나는 곧 석방될 거야. 쯧쯧. 오늘 밤에 한 놈 도망쳤다. 밧줄이 아직 저 바깥 담벼락 위에 걸렸는데, 그들은 경찰견과 함께 간다. 그는 신음하고 머리를 쳐들고는 여자를 바라본다. 그 턱을, 그 목을. 나는 무엇 하러 감옥에서 밖으로 나왔나. 그녀는 푸른색 동그라미 연기를 그에게 내뿜고는 킥킥댔다.

"당신 사랑스러워. 이리 와요, 약초 술 맘페 한 잔 따라 드릴게, 30페니히야."

그는 그 자리에 그대로 오래 누워 있었다.

"약초 술이 무슨 소용이야? 나한텐 아무 쓸모 없어. 난 테겔 감옥에 있었어. 난 이제 인간도 아니야."

"하지만 내 곁에선 안 울겠지요. 입을 아 하고 벌려봐요, 어른은 술을 마셔야 한다니까. 우리 집엔 유머가 있어요, 여기선 즐기고 웃죠. 저녁부터 밤까지."

"그 대가로 쓰레기가 생기는 거지. 그들이 즉시 내 목을 자를 수도 있었을 텐데, 그 개자식들. 나를 쓰레기 더미에 내다버렸을 수도 있지."

"봐요, 덩치 큰 양반, 맘페 한 모금 더. 그들은 눈이죠. 맘페 있는 곳으로 가서 램프에 한 모금 부어요."

"아가씨들이 고분고분한 숫양처럼 사람 뒤를 따라오니, 그들에게 침 뱉을 것도 없어, 그런 다음 코를 박고 그냥 납작 엎드려 있지."

그녀는 바닥으로 굴러떨어진 그의 담뱃갑에서 담배 한 개비를 더 꺼냈다.

"그럼 경찰에 가서 말해요."

"나는 갈라네."

그는 바지 멜빵을 찾았다. 한 마디도 하지 않고 아가씨를 쳐다보지도 않았다. 그녀는 담배를 피우며 미소를 짓고 그를 바라보면서 발로 잽싸게 담뱃갑을 소파 밑으로 밀어 넣었다. 그는 모자를 집어 들고 계단을 올라가 68번 전차를 타고 알렉산더 광장으로 가서 술집에서 맥주 한 잔을 앞에 두고 앉았다.

법적인 보호를 받는 상표 번호 365695 테스티포르탄, 베를린 성(性)과학 연구소 보건의 마그누스 히르슈펠트 박사와 베른하르트 샤피로 박사의 처방에 따른 성 치료제. 성 불능의 주요 원인들: A. 내분비선의 기능 장애로 인한 호르몬 부족. B.지나치게 강한 심리적 장애로 저항이 심해져 발기부가 탈진함. 환자가 언제 다시 시도할 것인가는 각 사례의 전개 과정을 보아 결정할 수 있다. 보통 휴식이 소중한 도움이 된다.*

그는 실컷 먹고 실컷 잠을 잤다. 그리고 이튿날 길거리에서 저 여자 갖고 싶어, 저 여자도, 하고 생각했지만 아무한테도 다가가지는 않았다. 쇼윈도 안에 있는 여자들, 통통한 저 병마개가 나한테 어울리기야 하겠지만, 아무한테도 가지 않을 테다. 다시 술집에 웅크리고 앉아 어떤 여자 얼굴도 쳐다보지 않고 실컷 먹고 마셨다. 이제 나는 온종일 먹고 마시고 잠자는 일밖에는 아무것도 안 할 거다. 내 인생은 끝난 거니까. 끝이다, 끝.

---

*히르슈펠트는 《성의학》이라는 다섯 권짜리 책을 썼다. 베를린 성 연구소에서 작가의 동료였던 샤피로는 성 기능 장애 분야를 연구했다.

모든 면에서 승리!
프란츠 비버코프가 송아지 안심 고기를 사다

그리고 사흘째 되는 수요일에 그는 윗도리를 입었다.

이 모든 일에 누가 책임이 있나? 물론 이다다. 언제나 이다지. 그 밖에 또 누기 있겠나. 당시 나는 그 계집의 갈비뼈를 부수어 놓았고 덕분에 감방에 가야만 했다. 그녀가 자초한 거지, 그 계집은 죽었고 난 여기 남았어. 혼자 울부짖으며 추위 속에 길거리를 헤맨다. 어디로 가지? 그가 그녀와 함께 살던 곳, 그녀의 언니 집이다. 상이용사 거리를 통과해 아커 거리로, 아무도 집으로 들어가지 않을 때, 두 번째 안뜰이다. 감옥 말고, 드라고너 거리에서 유대인들과 이야기를 나누지도 않고. 그 요물은 어디 있나, 그녀 책임이다. 거리에서 주변을 살피지 않고도 그냥 집을 찾아냈다. 얼굴을 약간 씰룩이고, 손가락 경련을 조금 일으키면서 걷는다. 룸머 디 붐머 디 키커 디 넬, 룸머 디 붐머 디 키커 디 넬, 룸머 디 붐머.*

*베를린의 아이들 놀이에서 역할을 결정하기 위해 수를 헤아리는 노래. 하나 둘 셋 넷……

딩동, 벨 소리.

"누구세요?"

"나요."

"누구요?"

"문 열어요."

"맙소사, 당신 프란츠."

"문 열어."

룸머 디 붐머 디 키커 디 넬. 룸머. 혀 위에 실밥이 있네. 뱉어버리자. 그는 집 안의 통로에 섰다. 그녀가 문을 닫았다.

"여기서 무얼 하자는 거예요? 누가 계단에서 당신을 보기라도 했다면."

"유감이지. 볼 테면 보라지. 안녕하시오."

그는 저 혼자 왼쪽으로 가서 방으로 들어갔다. 룸머 디 붐머. 혀 위에 오래된 실밥, 내려가질 않네. 손가락으로 혀를 긁는다. 아무것도 없다. 그냥 손끝에 둔한 느낌뿐. 그러니까 이게 그 방이다. 판을 댄 소파, 황제의 초상화가 벽에 걸려 있다. 붉은색 바지를 입은 프랑스 사람이 황제에게 검을 바친다. 난 나 자신을 바쳤노라.*

"여기서 무얼 어쩌려고 그래요, 프란츠? 정말 미쳤나 보네."

"자리에 앉을게."

난 나 자신을 바쳤다. 황제는 검을 수여한다. 황제가 내게 검을 돌려주어야 한다, 그게 세상 이치다.

"당장 나가지 않으면 도움을 청할 거예요, 도둑이 들었다고

*19세기 애국적인 노래의 한 구절.

외칠 거야."

"어째서?"

룸머 디 붐머, 난 어차피 여기까지 와서 이미 앉아 있는걸.

"그들이 당신을 벌써 내보내주었나요?"

"그래, 끝났소."

그녀를 훔쳐보며 자리에서 일어섰다.

"그들이 나를 내보내주었기 땜에 여기 있는 거요. 나를 벌써 내보냈지. 하지만 어떻게……."

어떻게를 말하려고 했지만, 혀에 실이 잡히면서 트럼펫이 부러지고 말았다. 끝났다. 그는 떨면서 울부짖지도 못하고 그녀의 손을 바라보았다.

"대체 무얼 원하는 거예요? 무슨 일이에요?"

수천 년 전부터 산들은 거기 있었다. 대포를 지닌 군대가 그리로 넘어왔고, 섬들도 있고, 사람들이 거기 가득 차 있고, 모두가 강하다. 튼튼한 사업, 은행, 기업, 춤, 땡땡땡, 수입, 수출, 사회적 질문, 그리고 어느 날 전함에서가 아니라 이렇게 드르르르르, 드르르르르르 하면 일이 그렇게 된다. 아래서부터 저절로 뛰어오른다. 땅이 도약한다, 나이팅게일, 나이팅게일아, 너는 어찌 그리 아름답게 노래하느냐,* 배들이 하늘로 날아가고 새들이 땅으로 떨어진다.

"프란츠, 소리 지를 거야, 나를 봐줘요. 남편이 금방 돌아올 거야, 카를이 금방 올 거라고. 당신은 이다하고도 이렇게 시작했지."

*팔러슬레벤이 쓴 〈나이팅게일이 대답한다〉라는 시의 첫 구절.

친구들 사이에서 여자란 어떤 가치가 있나? 런던의 이혼 법정은, 베이컨 함장이 아내가 동료인 퍼버 함장과 간통했다는 이유로 이혼을 요구하자 이혼을 승인하고, 그가 750파운드의 손해 배상을 받도록 판결했다. 곧이어 애인과 결혼할 예정인 정절 없는 아내를 함장이 그리 높이 평가하지는 않았던 것 같다.*

오, 수천 년 전부터 산들은 조용히 서 있다. 그리고 대포와 코끼리를 거느린 군대가 그 위로 넘어왔다. 산들이 갑자기 껑충껑충 뛰기 시작하면 어떻게 할까, 아래서 드르르르르르, 룸 하기 때문에 말이지. 우린 그에 대해선 아무 말도 안 한다, 그대로 내버려두려 한다. 민나는 손을 뺄낼 수가 없다. 그의 눈이 바로 자기 눈앞에 있다. 사내의 얼굴에 선로들이 가득 차 있다. 이젠 기차가 그 위로 지나간다, 보아라, 연기를 내면서 달리는 기차를, 원거리 통행 열차, 베를린/함부르크-알토나행 기차는 18시 5분부터 21시 35분까지 3시간 30분 동안 달린다. 그럼 우린 아무것도 어떻게 할 수가 없지, 그런 사내들의 팔은 쇠로 만들어졌으니. 쇠다. 도와달라고 소리쳐야지. 그녀는 소리쳤다. 그녀는 이미 양탄자 위에 누워 있다. 수염 까칠한 그의 뺨이 그녀의 뺨에 닿아 있고, 그의 입은 그녀의 입을 들이마신다, 그녀는 고개를 돌린다.

"프란츠, 오 하느님, 자비를, 프란츠."

그리고 그녀는 제대로 보았다.

이제 그녀는 안다, 난 이다의 언니, 그는 이렇게 자주 이다

*당시 신문 기사의 한 구절.

를 바라보았었지. 그는 지금 이다를 품에 안는다. 그녀다, 그래서 그는 눈을 감고 행복하다. 이제 더는 끔찍한 매질도 이리저리 술 마시고 돌아다니는 일도 없다, 이제 감옥은 없다! 이것은 트렙토, 다이아몬드 불꽃놀이가 벌어지는 낙원, 거기서 이다를 만났고, 이다를 집에 데려다주었다. 저 작은 재봉사 아가씨, 그녀는 주사 위 놀이에서 꽃병 하나를 탔고, 복도에서 그는 열쇠를 든 그녀의 손에 키스를 했다. 그녀는 까치발로 섰다, 아마로 만든 신을 신은 채. 열쇠가 아래로 떨어져도 그는 그녀에게서 떨어질 수가 없었다. 이게 그 옛날 선량하던 프란츠 비버코프다.

그리고 이제 그는 다시 그 냄새를 맡는다. 목에서, 동일한 피부, 그 향기가 어지럼증을 일으킨다. 어디로 가나. 그리고 그 언니는 얼마나 이상한 상황인가. 그게 그의 얼굴에서 느껴진다, 자기 곁에 조용히 누운 모습에서도, 그녀는 저항하지만 그녀는 마치 변신을 한 것 같다, 그 얼굴은 긴장감을 잃고, 두 팔은 그를 밀어내지 못한다, 그녀의 입은 어찌할 바를 모른다. 남자는 아무 말도 하지 않고, 그녀는 그에게 입술을 내맡긴다, 그녀는 목욕탕에서처럼 힘이 풀린다, 나를 갖고 원하는 대로 하세요, 그녀는 물처럼 풀린다, 어차피 좋다, 어서 오라, 나는 모든 걸 알고 있다. 당신한텐 지금 언니인 나라도 좋은 거지.

마법, 경련. 수조에서 금붕어가 번쩍인다. 방이 빛나고 아커 거리도, 집도, 중력도 원심력도 없다. 사라지고 가라앉아 없어졌다. 태양력의 장에서 광선의 붉은색 방향 이동도, 기체 분자유동론도, 열이 일로 바뀌는 것도, 전기 진동이나 감응 현상, 금속의 밀도, 액체, 비금속 고형체 등도 모조리.

그녀는 바닥에 누워 몸을 이리저리 굴렸다. 그가 웃으며 몸을 쭉 뻗었다.

"이제 내 목을 졸라버려, 당신이 일을 끝낼 때까지 꼼짝도 않고 가만히 있을 테니."

"그런 꼴을 당해 싸지."

그는 엉금엉금 기어서 몸을 일으켰다. 소리 내어 웃고 행복해서, 정말 즐거워서 몸을 이리저리 돌렸다. 트럼펫이 무슨 노래를 부나,* 경기병 나와라, 할렐루야! 프란츠 비버코프가 돌아왔다! 프란츠 비버코프가 석방되었다. 프란츠 비버코프는 자유다! 그는 바지를 추어올려 다리를 하나씩 집어넣었다. 그녀는 의자에 앉아 엉엉 울 참이었다.

"남편한테 말할 거야, 카를에게 말할 거라고, 당신은 곧바로 4년 더 감옥에 들어가야 마땅해."

"남편한테 말해, 민나, 언제라도 말해."

"그럴 거야. 당장 경찰을 부를 거야."

"민나, 귀여운 민나, 사랑스러워, 난 너무 기뻐, 난 이제 다시 인간이 되었어, 귀여운 민나."

"맙소사, 당신 미쳤군, 테겔 사람들이 정말로 당신 머리를 돌게 만들었어."

"뭐 마실 거 없나, 커피나 뭐 그런 것."

"누가 앞치마 값을 물어주지, 이것 봐, 다 찢어졌어."

"물론 프란츠가, 프란츠가 물어주지! 프란츠는 다시 살아났어, 이제 돌아온 거야!"

"모자나 집어 들고 어서 가버려. 남편이 당신을 만나기라도

*하우프의 〈기병의 아침 노래〉의 한 구절.

60

하는 날이면 나는 눈탱이 밤탱이 되고 말걸. 그리고 다시는 오지 마."

"안녕, 민나."

하지만 다음 날 아침에 그는 작은 보퉁이를 들고 다시 나타났다. 그녀는 그에게 문을 열어주지 않으려고 했지만 그가 발을 문 사이로 집어넣었다. 그녀가 틈새로 속삭였다.

"당신 길을 가라고 했잖아, 맙소사."

"민나, 앞치마야."

"앞치마라니?"

"골라봐."

"그 훔친 물건들 당신이나 가져."

"훔친 거 아냐. 열어봐."

"맙소사, 이웃 사람들이 당신을 보겠어. 어서 가."

"문 열어, 민나."

그래서 그녀는 문을 열었다. 그는 보퉁이를 방으로 던져 넣었다. 그녀가 빗자루를 손에 쥔 채 방에 들어가려고 하지 않자 그는 혼자서 방으로 껑충 뛰어 들어갔다.

"난 기뻐, 민나, 하루 종일 기뻐. 밤에도 당신 꿈을 꾸었어."

그가 탁자에 보퉁이를 풀어놓자 그녀가 가까이 다가와서 천을 만져보고는 앞치마 세 개를 골랐다. 그가 손을 붙잡아도 그녀는 꼼짝도 않고 그대로 서 있었다. 그가 보퉁이를 꾸리자 그녀는 빗자루를 들고 서서 재촉했다.

"어서 빨리, 어서 가."

그는 문을 가리켰다.

"안녕, 귀여운 민나."

그녀는 빗자루로 밀쳐서 문을 닫았다.

일주일 뒤에 그가 다시 문에 나타났다.

"그냥 당신 눈이 어떤가 보려고."

"모든 게 괜찮아, 여기 당신이 찾을 건 없어."

그는 힘이 더 세졌고, 푸른색 겨울 외투를 입고 반듯한 갈색 모자를 썼다.

"이제 내 모습이 어떤지 당신에게 보여주려고."

"나하곤 상관없어."

"그래도 커피 한 잔 마시게 해줘."

그때 계단을 내려오는 발소리가 들리고 아이들이 가지고 노는 공이 계단으로 굴러 내려왔다. 여자는 깜짝 놀라 얼른 문을 열고는 그를 안으로 들였다.

"여기 서 있어. 룸케네 사람들이야. 이젠 가도 돼."

"커피나 한 잔 마시자니까. 나한테 커피 한 모금이야 주겠지."

"커피 마시려고 내가 필요한 건 아니잖아. 벌써 마신 것 같은데, 얼굴을 보니까."

"커피 한 잔만."

"당신은 다른 사람을 불행하게 만들어."

그녀는 복도의 옷장 앞에 서 있었다. 그가 부엌문 앞에서 간청하듯 그녀를 바라보자 그녀는 깨끗한 새 앞치마를 입으며 고개를 흔들고 울었다.

"당신은 나를 불행하게 만들어."

"대체 무슨 일이야."

"남편이 내 눈가의 멍을 믿지 않아. 어떻게 옷장에 그렇게

부딪힐 수 있느냐는 거야. 내가 그렇게 둘러댔거든. 하지만 옷
장에 부딪혀서 눈에 멍이 들 수도 있는 거지, 문이 열려 있으
면. 직접 시험해 볼 수도 있을 테지만, 어째선지는 몰라도 내
말을 안 믿어."

"나도 이해가 안 되네, 민나."

"여기 목에도 피멍이 있기 때문이야. 난 그걸 못 보았거든.
그가 피멍을 가리키는데 내가 대체 무슨 말을 하겠어. 거울을
들여다보고도 그게 대체 어디서 생겼는지 모르겠어."

"긁을 수도 있는 거지, 가려울 수도 있잖아. 그렇게 남편한
테 들볶이지 마. 내가 놈한테 한 방 먹여서 알려줄까."

"게다가 당신이 계속 다시 오잖아. 룸케네 사람들이 당신을
보았을지도 몰라."

"그들이 그렇게 잘난 처하면 안 되지."

"이제 그만 가, 프란츠, 그리고 다시는 오지 마. 당신이 나를
불행하게 만들어."

"그가 앞치마에 대해서도 물었어?"

"전부터 앞치마를 사려고 했는걸."

"그래, 그럼 갈게, 민나."

그는 그녀의 목을 감싸 안았고, 그녀는 그가 하는 대로 두었
다. 한참이 지나도록 그는 그녀를 누르지도 않았고 놓아주지도
않았다. 그녀는 그가 자신을 쓰다듬고 있는 것을 알아챘다. 그
녀가 놀라서 올려다보았다.

"이제 그만 가, 프란츠."

그는 그녀를 가볍게 방으로 잡아당겼다. 그녀는 저항했지만
한 발짝씩 끌려 들어왔다.

"프란츠, 다시 시작할 거야?"

"왜 그래, 난 그냥 여기 방에 앉으려는 거야."

그들은 한동안 소파에 나란히 앉아 평화롭게 이야기를 주고받았다. 그런 다음 그는 혼자 떠났다. 그녀는 문까지 그를 배웅했다.

"다시는 오지 마, 프란츠."

그녀가 울면서 머리를 그의 어깨에 기댔다.

"빌어먹을, 민나, 당신 사람을 이렇게 대할 수 있어? 어째서 내가 다시 오면 안 된다는 거야. 알았어, 그렇담 다신 오지 않을게."

그가 문을 열었다. 그녀는 여전히 그의 손을 꽉 잡은 채, 손에 더욱 힘을 주었다. 그가 밖에 서 있는데도 그녀는 그의 손을 그대로 잡고 있었다. 그런 다음 그녀는 손을 놓고 소리가 나지 않도록 잽싸게 문을 닫았다. 그는 큼직한 송아지 안심 요리를 사서 그녀에게 올려보냈다.

프란츠는 이제 돈이야 있건 없건
베를린에서 착실하게 살기로
온 세상과 스스로에게 맹세한다

그는 베를린에서 확실하게 자리를 잡았다. 옛날 가구들을 팔았고, 테겔에서도 몇 푼 가지고 나왔다. 집주인과 친구인 메크도 그에게 돈을 빌려주었다. 그리고는 진짜 힌 방 얻이맞았다. 나중에 보니 그 한 방은 그냥 종이호랑이에 지나지 않았지만. 날씨도 괜찮은 어느 날 아침, 노란 종이가 그의 책상에 놓였다. 관공서 날인이 된 타자기로 친 문서였다.

제5구역 경찰서장, 관인(官印), 위에 제출한 사건에 따른 진정서에서 위의 관인을 제시해달라는 청원이 있음. 서류가 증명하는 바에 따라 귀하는 협박, 폭력을 동원한 모욕, 신체 손상 등을 통한 사망* 사건으로 형벌을 받았으며, 따라서 공공의 안녕과 관습에 위협적인 인물로 간주됨. 그에 따라 본인은 1842년 12월 31일 제정된 법의 제2조와 1867년 11월 1일자의 자유 이

*과실 치사를 말함.

동에 대한 법과 1889년도 6월 12일자 법 및 1900년도 6월 13일자 법에 따라 내게 주어진 권한에 근거하여 귀하를 지방 경찰을 위해, 베를린, 샤를로텐부르크, 노이쾰른, 베를린-쇤베르크, 빌머스도르프, 리히텐베르크, 슈트랄라우 및 베를린-프리데나우 구역, 슈마르겐도르프, 템펠호프, 브리츠, 트렙토, 라이니켄도르프, 바이센제, 판코, 베를린-테겔 등지에서 추방하기로 결정했음. 그러므로 14일 이내에 이 지역을 떠날 것을 요구하는 바이며, 이 기간이 경과한 뒤에도 위에 지적한 지역에 있거나, 이곳으로 돌아올 경우 1883년 7월 30일자의 행정 일반에 관한 법률 2호 132조에 의거 귀하를 우선 100마르크의 벌금형, 또는 지불 능력이 없을 경우 10일간의 구류형에 처할 것을 알리는 바이다. 동시에 귀하가 베를린 주변에 위치한 포츠담, 슈판다우, 프리드리히스펠데, 카를스호르스트, 프리드리히스하겐, 오버쇠네바이데, 불하이데, 피히테나우, 란스도르프, 카로, 부흐, 프로나우, 쾨페니크, 랑크비츠, 슈테글리츠, 첼렌도르프, 텔토, 달렘, 반제, 클라인-글리니케, 노바베스, 노이엔도르프, 아이헤, 보르님, 보른슈테트 등지에 거처를 정할 경우 이 지역에서도 추방령이 내려질 것을 각오하라는 사실도 알리는 바이다. 1. Ve. 서식 번호 968a.

등골이 서늘한 소식이었다. 알렉산더 광장, 그루너 거리 1번지 교외선 옆에는 죄수들을 보살피는 사회복지기관이 하나 있었다. 그들은 프란츠를 자세히 살펴보고, 그에게 이런저런 질문을 하고는 다음과 같은 서류에 서명을 해주었다. 프란츠 비버코프 씨는 우리의 보호를 받고 있음. 대신 우린 당신이 일을 하는지, 매달 출두하는지 볼 겁니다. 좋습니다, 이만. 만사가 순조로웠다.

두려움을 잊고, 테겔과 붉은 담벼락과 신음 소리와 다른 것을 죄다 잊고, 손상도 내다 버리고, 우린 이제 새로운 삶을 시작한다. 낡은 삶은 끝났다. 프란츠 비버코프는 돌아왔고, 프로이센은 즐겁게 만세를 부른다.

그런 다음 그는 4주 동안 고기와 감자와 맥주로 배를 두둑이 채웠다. 그러고는 드라고너 거리에 있는 유대인들을 찾아가 고맙다는 인사를 했다. 마침 나훔과 엘리저가 막 싸움을 시작한 참이었다. 그가 옷차림이 완전히 달라진 데다가 살까지 찐 모습으로 소주 냄새를 풍기며 안으로 들어서자, 그들은 처음에 그를 알아보지 못했다. 그는 존경한다는 태도로 모자를 벗어 입 앞에 들고 주인장의 손주들이 아직도 아프냐고 속삭이는 말투로 물었다. 그들은 그가 모시고 간 모퉁이 술집에서 그에게 무슨 일을 하느냐고 물었다.

"내가 일이라니요. 일은 안 해요. 우리 같은 사람 형편이 그렇지요."

"그렇다면 대체 돈은 어디서 났소?"

"전에 남겨둔 비상금입니다. 저축을 좀 해두었거든요."

그는 나훔의 옆구리를 찌르고 콧구멍을 벌렁대며 간교하고 은근한 눈짓을 했다.

"찬노비치 얘기를 알잖아요. 대단한 친구죠. 그는 잘 지냈어요. 나중에 그들이 그를 죽이긴 했지만. 두 분도 다 알잖아요. 나도 그렇게 왕자처럼 가서 대학 공부도 하고 싶어요. 아니, 대학 공부는 못하죠. 어쩌면 결혼을 하겠지요."

"행운을 빌어요."

"그럼 오셔서 먹고 마시는 게 어때요."

붉은 수염 나훔은 그를 관찰하고는 자기 턱을 쓰다듬었다.

"어쩌면 이야기 하나를 더 들어야겠소. 어떤 사내가 공을 하나 가졌지, 알겠소, 그냥 애들이 갖고 노는 공 말이오, 다만 고무가 아니라 셀룰로이드로 만든 것으로 안에는 작은 납 구슬이 여러 개 들어 있지. 아이들은 그걸 흔들어서 딸랑딸랑 소리가 나게 하거나 아니면 던질 수도 있소. 그 사내는 공을 집어 던지면서 이렇게 생각했지. '이 안에 납 구슬이 있으니 던질 수가 있지. 공은 멀리 가지 않고 내가 생각한 바로 그 지점에 멈출 거야.' 하지만 그가 공을 던졌을 때 공은 그가 생각한 것처럼 날아가지 않고 한 번 더 튀면서 옆으로 두 뼘쯤 굴러갔소."

"자형, 그런 이야기 좀 하지 말아요. 이 사람은 자형이 필요한 거잖아."

뚱보 프란츠: "그 공이 어쨌다는 겁니까, 그리고 어째서 또 싸우지요? 웨이터, 이 두 사람을 좀 봐요, 내가 처음 만난 순간부터 줄곧 싸우고 있어요."

"사람 생긴 대로 그냥 둬야죠. 게다가 싸움은 간(肝)에 좋아요."

붉은 수염: "내가 한 마디 하지, 당신을 거리에서 보았소, 그리고 건물 안뜰에서도. 당신이 노래하는 걸 들었소, 노래를 아주 잘하더군요. 당신은 좋은 사람이오. 하지만 그렇게 사나워지지 마시오. 조용히 계시오. 이 세상에서 참을성을 좀 가져요. 당신 속에 있는 그 무엇이 어떤 모습인지, 그리고 신이 당신을

두고 어떤 의도를 갖고 계신지 나는 알아요. 그런데 당신이 던진 공은 당신이 바란 대로 날아가지 않지요. 공은 대충 비슷하게 날아가지만 조금 더, 또는 한참을 더 가죠. 그리고 약간 옆으로 갑니다."

뚱보 프란츠는 머리를 뒤로 젖히고 웃으면서 양팔을 활짝 벌려 붉은 수염의 목을 끌어안았다.

"당신은 이야기를 하죠, 이 사람은 이야기를 잘해요. 프란츠는 그걸 겪어봤어요. 프란츠는 인생을 알죠. 프란츠는 제가 누군지 알아요."

"나는 그냥 당신이 몹시 슬프게 노래했었다는 말을 하려던 거요."

"그야, 지나간 일은 지나간 일이죠. 이제는 우리 조끼를 가득 채울 때죠. 내 공은 잘 날아갑니다. 아무도 날 어떻게 할 수 없어요. 안녕히. 내가 결혼식을 하면 그 자리에 오십시오!"

시멘트 노동자를 거쳐 가구 운반자 노릇을 하던 프란츠 비버코프, 못생긴 외모와 모양 없이 커다란 체격의 이 거친 사내가 다시 베를린의 거리에 나타났다. 철물공 집안의 예쁜 소녀가 그를 좋아했지만, 그가 그녀를 창녀로 만들고, 마지막에는 죽도록 때려서 치명적인 상처를 입혔다. 그는 온 세상과 자기자신에게 착실하게 살기로 맹세했다. 그리고 돈이 있는 한 그는 착실했다. 하지만 돈은 떨어졌고, 그는 그 순간을 기다렸다가 마침내 제가 어떤 사람인지 모두에게 보여주게 되었다.

제2권

이로써 우리 주인공은 다행히도 베를린으로 들어왔다. 그는 이미 맹세를 했다. 그럼 우린 이제 여기서 이야기를 끝내야 하나, 하는 게 의문이다. 결말은 함정도 없이 좋아 보인다. 정말 끝난 것처럼 보이는 데다가 전체가 짧다는 엄청난 이점이 있다.

하지만 이 프란츠 비버코프는 그냥 여느 남자가 아니다. 나는 장난으로 그를 불러낸 게 아니다. 힘들지만 점차 깨어나는 진짜 삶을 체험하도록 여기 불러냈다.

프란츠 비버코프는 갈색으로 잘 태운 모습으로 이젠 만족스럽게 다리를 떡 벌리고 베를린 땅에 서 있다. 그가 착실하게 살겠다고 밀한다면 아마 그럴 것이라고 우리는 그 말을 믿을 수 있다.

여러분은 그가 여러 주 동안 착실하게 사는 것을 보게 될 것이다. 하지만 그것은 그냥 축복받은 시기에 지나지 않는다.

옛날 옛적 낙원에 아담과 이브라는 두 인간이 살았다. 그들은
하느님이 만드셨고, 하느님은 짐승과 식물과 하늘과 땅도 만드
셨다. 낙원은 저 훌륭한 에덴동산이었다. 꽃과 나무가 자라고,
동물이 뛰놀고, 아무도 다른 사람을 괴롭히지 않았다. 태양은
떴다가 지고 달도 그랬으며, 그것이 하루 종일 낙원에서의 유
일한 기쁨이었다.

그렇게 우리는 즐겁게 시작하고 싶다. 우리는 노래하고 마
음껏 움직이고 싶다. 두 손을 마주쳐 짝짝짝, 두 발로 탕탕탕,
이쪽으로 한 번, 저쪽으로 한 번, 빙글 돌아, 어렵지 않네.*

*엥겔베르트 훔퍼딩크의 동화 오페라 〈헨젤과 그레텔〉(1891)에 나오는 구절.

프란츠 비버코프, 베를린에 들어가다

상공업

도시 청소 및 운송업

국민 보건 시설

지하 건축

 예술과 교육

 교통

 저축 은행과 일반 은행

 도시 가스

 소방 시설

 세무서

슈판다우 다리 10번지 토지 개발 계획 공시.

베를린–미테 구(區), 슈판다우 다리 10번지에 위치한 건물의
거리를 향한 쪽 벽면에 장미꽃 무늬 장식을 새겨 넣는 공사 계

획이 현장 바로 옆에 모든 사람의 눈에 띄도록 공시된다. 이 기간 동안 각자 이해관계의 범위 안에서 관련 있는 사람은 누구나 이 계획에 이의를 제기할 수 있다. 또한 행정 구역의 대표도 이의를 제기할 권리를 갖는다. 이의가 있으면 베를린 C2 클로스터 거리 68번지에 있는 미테 구청 76호실에 서면으로 제출하거나 기록하도록 말로 설명해야 한다.

—나는 경찰서장의 동의를 얻어 수렵 임차인인 보티히 씨에게, 1928년도 아래 지정된 날짜에 고인물 호수* 공원 지역에서 토끼 및 해로운 동물을 총으로 사냥할 권한을 제공한다. 단 이 권리는 언제라도 취소될 수 있다. 총의 발사는 4월 1일부터 9월 30일까지 여름철에는 7시 이전까지, 10월 1일부터 다음 해 3월 31일까지 겨울철에는 8시 이전까지 가능하다. 이로써 이것을 공시하는 바이다. 위에 지정된 발사 시간에는 이 지역으로 들어가지 않도록 조심할 것. 시장 겸 수렵청장.

—모피 가공 장인(匠人) 알베르트 팡겔은 거의 30년 동안이나 명예 관리직을 맡아왔으나 이제 고령을 이유로 위탁 구역에서 물러남으로써 명예직을 그만두었다. 이 긴 기간 동안 그는 복지위원장 또는 사회사업가로서 활동하였다. 구청은 그 공로를 인정하여 팡겔 씨에게 감사장을 수여했다.

로젠탈 광장은 즐겁다.

변덕스럽긴 해도 따뜻한 겨울 날씨, 영하 1도. 독일 전역에 저기압대가 자리 잡으면서 전 지역의 날씨가 변했다. 약한 기

---

*베를린의 호수 이름.

76

압 변화를 통해 저기압대가 천천히 남쪽으로 이동하겠고, 날씨는 그에 따라 영향을 받는다. 낮 동안은 기온이 지금까지보다 더 내려갈 것으로 보인다. 베를린과 그 일대의 날씨 예보.*

68번 시가 전차는 로젠탈 광장, 비테나우, 북부역, 요양소, 베딩 광장, 슈테틴 정거장, 로젠탈 광장, 알렉산더 광장, 슈트라우스베르크 광장, 프랑크푸르트 대로 정거장, 리히텐베르크, 헤르츠베르게 정신 병원 등을 지나간다. 베를린의 세 가지 교통수단인 시가 전차, 지상 및 지하 철도, 버스 등은 공동 운임 체계를 갖추고 있다. 성인용 차표는 20페니히, 학생용 차표는 10페니히. 만 14세까지 어린이, 견습생과 초중고생, 자산이 없는 대학생, 상이군인, 구청 사회 복지사가 발급한 증명서를 가진 신체 장애자 등은 할인 요금을 낸다. 노선표를 익힐 것. 겨울철에 앞문은 승객이 타고 내릴 때 열리지 않는다. 5918호차, 좌석 39개, 내릴 사람은 미리 알릴 것. 기사는 승객과의 대화가 금지되어 있음. 차가 움직일 때 타고 내리는 것은 목숨을 위태롭게 할 수 있다.**

로젠탈 광장 한가운데서 누런 꾸러미 두 개를 든 사내가 41번 전차에서 뛰어내린다. 빈 자동차 한 대가 바로 그의 옆을 스쳐 지나간다. 경찰이 그를 살펴보는데 전차 차장도 나타난다. 경찰관과 차장이 악수를 교환한다. 하지만 꾸러미까지 무사하다니 저 친구 운도 참 좋네.

도매 가격으로 파는 다양한 과실주, 변호사 겸 공증인 베르

---

*신문의 일기 예보 인용.
**시가 전차와 정거장에 붙어 있는 안내문.

겔 박사, 인도의 코끼리 회춘제 루쿠타테 식물, 프롬 회사가 생산한 남성용 피임 기구—최고의 고무 제품, 이것을 위해 많은 고무를 사용한다.

거대한 브룬넨 거리가 로젠탈 광장에서 시작된다. 이 거리는 북쪽을 향하는데, 북쪽에는 훔볼트 초원 앞쪽 왼편에 AEG 회사가 있다. AEG 회사는 1928년도 전화번호부에 요약된 바에 따르면 다음의 부서들을 거느린 거대 기업이다. 북서부 40번지 프리드리히-카를-우퍼 2~4번지의 전기 및 발전소, 중앙 행정을 처리하는 본부, 북부 4488의 지역 운수 회사 및 장거리 운수 회사. 관리부, 수위, 전자 제품 주식회사, 조명 기구 부서, 러시아 부서, 오버슈프레 금속 부서, 트렙토 기계 공장, 브룬넨 거리 공장, 헨닝스도르프 공장, 단열재 공장, 라인 거리 공장, 오버슈프레 케이블 공장, 룸멜스부르크 대로 빌헬미넨호프 거리의 변압기 공장, 북서부 87번지와 후텐 거리 12~16번지의 터빈 공장 등.

상이용사 거리는 왼쪽으로 굽어 내려간다. 이 거리는 발트 해에서 온 기차들이 도착하는 슈테틴 정거장으로 향한다. 먼지를 뒤집어쓰셨네요—그래요, 여긴 먼지가 많네—안녕하십니까, 또 만나요—짐을 날라드릴까요, 50페니히인뎁쇼—푹 쉬셨지요—하지만 이렇게 태운 빛깔은 금방 사라지고 말건데요 뭘—사람들은 여행을 위한 그 많은 돈이 대체 어디서 난 걸까—저기 어두운 거리에 있는 작은 호텔에서 어제 새벽에 연인 한 쌍이 권총 자살을 했다는군요. 드레스덴 출신의 웨이터와 유부녀였는데, 숙박부에는 가짜 이름을 썼다네요.

로젠탈 거리는 남쪽에서 와서 광장으로 이른다. 그쪽에는 사람들이 음식을 먹거나 맥주를 마시는 아싱거 술집이 있다. 거기선 음악회도 열리고, 또 큰 빵집도 있다. 생선은 영양가가 많아서 어떤 사람들은 생선 요리를 먹으면 기뻐하지만 다른 이들은 생선을 전혀 먹지 않는다. 생선을 드십시오, 날씬하고 건강하고 싱싱한 젊음을 유지하게 됩니다.* 진짜 인조견으로 만든 여성 스타킹, 최고급 금 펜촉이 달린 만년필이 있습니다.

엘자스 거리는 작은 도랑을 빼고 도로 전체가 차단되었다. 건설을 위한 차단벽 저편에서 견인 기관차가 칙칙폭폭 소리를 낸다. 베커-피비히 건축 회사, 베를린 서부 35번지. 달그락거리는 소리, 덤프트럭들이 상업은행과 민간은행이 있는 저편 모퉁이까지 줄지어 서 있다. 유가증권 회사 L., 유가증권의 보관, 저축예금 계좌에서 입금 가능. 은행 앞에 다섯 사내가 앉아 있다. 노동자들은 땅에 돌을 박지 않는다.

로트링 거리 정거장에서 네 사람이 올라탔다. 나이가 든 부인 두 사람과 우울한 얼굴의 사내, 그리고 모자와 귀덮개를 한 젊은이 한 사람. 두 부인은 일행으로 플뤼크 부인과 호페 부인이다. 두 사람은 나이가 많은 호페 부인을 위해 복대를 사려고 한다. 그녀가 내장 탈충증을 일으키기 때문이다. 그들은 브룬넨 거리에 있는 붕대 제조인에게 갔다가 지금은 식사를 하려고 남편들을 찾아가는 길이다. 사내는 마부 하제브루크인데, 상사를 위해 구입한 고물 싸구려 전기다리미 때문에 고민 중이다. 상인이 그에게 불량품을 주었고, 그의 상사가 며칠 동안 다리미를 써보았는데, 이젠 아예 불이 들어오지 않아서 다리미

*당시 베를린 일간지에 들어 있던 광고지 문안.

를 바꾸어야 할 판이다. 그런데 상인이 바꿔주려고 하지 않는 통에 그는 오늘로 벌써 세 번째 가게를 찾아가는 중이다. 추가로 돈을 지불해야 할 것 같다. 젊은이 막스 뤼스트는 나중에 함석장이가 될 것이다. 일곱이나 되는 아이들의 아버지로, 그뤼나우에 있는 설비 및 지붕 설비 회사인 할리스 주식회사에 지분을 갖게 된다. 쉰두 살에 프로이센의 연속 복권(여러 회로 나누어 추첨하는)에서 1/4 몫이 당첨되고, 뒤이어 은퇴하고, 할리스 주식회사와 배상금 소송을 벌이던 도중 쉰다섯 살에 죽게 된다. 그의 사망 소식은 다음과 같은 내용이 된다. 마음 깊이 사랑하는 남편이자, 우리의 아버지, 또한 아들, 형제, 사위, 삼촌인 막스 뤼스트는 쉰다섯 살을 다 채우지 못하고 9월 25일 심장 마비로 갑작스럽게 돌아갔다. 뒤에 남겨진 미망인 마리 뤼스트의 이름으로 깊은 슬픔을 담아 이것을 알리는 바이다. 장례식을 치른 다음의 감사 인사는 다음과 같다. 감사문! 일일이 찾아뵙고 인사를 드리는 것이 가능하지 않기에 모든 친지와 친구와 또한 클라이스트 거리 4번지의 세입자와 모든 분께 이것으로 대신 심심한 감사의 인사를 드리는 바입니다. 충심 어린 위로의 말씀을 해주신 다이넨 씨에게 특별한 감사를 드립니다. 지금 막스 뤼스트는 열네 살이고 방금 중학교를 졸업했지만, 말을 더듬는 관계로 앞으로도 언어 장애, 청각 및 시각 장애, 지진아, 학습 부진아들을 위한 상담소를 다녀야 한다. 하지만 벌써 상당히 좋아졌다.

로젠탈 광장에 있는 작은 주점.
앞쪽에서는 당구를 치고 있고, 저 뒤쪽 구석에서는 두 사내가 담배 연기 자욱한 가운데 차를 마신다. 물컹한 얼굴과 흰머리의 한 사내는 망토 위에 케이프를 걸쳤다.

"이제 말을 해보게. 가만히 좀 앉아 있어, 그렇게 안절부절못하지 말고."

"오늘은 나를 당구대로 끌어들이지 못해요, 손이 떨리니까."

그는 마른 빵을 씹으면서 차는 건드리지도 않았다.

"그럴 필요야 없지. 여기 앉아 있는 것만으로 충분해."

"뭐 언제나 똑같은 이야기죠. 이젠 딱 그럴 때가 된 거예요."

"누구 말인가?"

젊고 밝은 금발, 팽팽한 얼굴에 팽팽한 몸매를 한 상대가 대답했다.

"물론 나죠. 겨우 그깟 것? 하고 생각하셨죠. 우린 끝장을 봤어요."

"다른 말로 하자면, 자네 쫓겨난 게로군."

"사장하고 도이치 말로 얘기했는데, 그가 심하게 호통을 치잖아요. 저녁때 내가 먼저 사표를 냈고요."

"어떤 상황에선 절대로 도이치 말을 쓰면 안 되는 법인데. 그 사람과 프랑스 말로 얘길 했어야지. 그럼 그가 자네 말을 이해하지 못했을 거고, 그럼 아직 쫓겨나지 않았을 텐데 말이지."

"아직 안 쫓겨났어요. 무슨 생각을 하는 겁니까. 난 방금 왔는데. 내가 그들의 삶을 편하게 만들어줄 거라고 생각하나요. 매일 낮 2시에 나는 그 자리에 나타나 그들의 삶을 재수 없게 만들 겁니다. 내 말 믿으세요."

"맙소사, 맙소사. 난 자네가 결혼한 줄로 알았는데."

상대방이 손으로 머리를 받쳤다.

"그게 고약한 점이죠. 아직 말을 못했어요, 말을 못하겠어요."

"어쩌면 일이 다시 진정될 수도 있지."

"아내가 지금은 상황이 달라요."

"둘째가 생겼나?"

"예."

케이프를 두른 사내는 외투를 바싹 잡아당긴 채 상대방에게 조롱의 미소를 던졌다. 그런 다음 머리를 끄덕였다.

"그야, 뭐 좋은 일이지. 애들이 용기를 주는 법이니까. 자넨 지금 용기가 필요해."

상대가 앞으로 왈칵 몸을 굽혔다.

"그런 거 필요 없어요. 무엇 하러. 빚이 여기까지 차올랐는데. 영원한 할부금. 아내한테 말을 못하겠어요. 사람을 그렇게 함부로 대하고 쫓아내다니. 나는 질서에 익숙한데, 이건 도대체가 위서부터 아래까지 망할 놈의 회사죠. 사장은 가구 공장을 갖고 있으니, 내가 구두 판매 부서에서 주문을 받느냐 못 받느냐는 그에게 어차피 상관없는 일이죠. 그게 그래요. 자동차로 치면 쓸데없는 다섯 번째 바퀴인 셈이죠. 그런데 사무실에 이리저리 서서 계속 물어보는 겁니다. 판매 가격 제안서가 좀 나갔느냐고? 대체 어떤 제안서 말입니까? 내가 여섯 번이나 말했어요. 내가 무엇 하러 고객한테 달려가느냐고요. 그건 그냥 우스운 꼴일 뿐인데. 이 부서를 없애거나 아니거나 둘 중 하나죠."

"차를 한 모금 마시게. 그럼 잠깐이라도 가라앉을 테니."

셔츠 차림의 사내가 당구대에서 걸어오더니 젊은 사람의 어깨를 건드렸다.

"한 판 어때요?"

나이 든 사람이 대신 대답했다.

"그는 방금 어퍼컷을 한 대 맞았다오."

"어퍼컷에는 당구가 좋은데."

그러면서 그는 가버렸다. 케이프를 걸친 사내는 뜨거운 차를 삼켰다. 설탕과 럼주를 넣은 더운 차를 마시며 상대방이 떠드는 소리를 듣는 게 좋다. 가게 안이 아늑하구나.

"그럼 오늘 저녁엔 집에 안 가겠군, 게오르크?"

"용기가 없어요. 그럴 용기가. 아내한테 뭐라고 말하느냐고요. 그 얼굴을 바라볼 수도 없어."

"가야지, 언제나처럼 가서 조용히 얼굴을 바라봐야지."

"그게 대체 무슨 말이죠?"

그는 케이프 끝자락을 두 손가락 사이에 잡은 채 테이블 위로 넓게 몸을 엎드렸다.

"마시게, 게오르크, 아니면 뭘 좀 먹든가. 말하지 말게. 그게 무슨 말이냐, 그런 일이라면 나도 좀 알지. 자네가 아직 꼬마였을 때 난 벌써 그런 일을 겪었어."

"누구든 내 처지가 되어봐요. 괜찮은 자린데 그들이 몽땅 망쳐버렸어요."

"나는 초등학교 교사였어. 전쟁* 전에 말이지. 전쟁이 시작되었을 땐 벌써 지금 같았어. 술집도 오늘날과 같았네. 그들은 나를 넣어주지 않았지. 나 같은 사람은 쓸모가 없었으니까. 주

---

*제1차 세계 대전을 말한다.

사를 맞는 사람들 말이야. 아니, 정확하게 말하자면 그들은 나를 넣어주었어. 내가 한 방 얻어맞을 거라고 생각했던 거지. 물론 그들이 주사기를 뺏어가고 아편도 뺏어갔지. 그런 다음 시작되었어. 난 이틀을 견뎠지, 비축분과 술이 있는 한은. 그런 다음 프로이센아, 안녕, 난 정신 병원으로 들어갔다네. 그다음 그들은 내가 도망치도록 내버려두었지. 그러니 내가 무슨 말을 하겠나. 학교도 나를 쫓아냈지. 아편쟁이니까 말이야. 이따금 환각 상태에 빠지지, 처음엔 말이네. 지금은 그런 일도 안 일어나, 유감이지만. 그럼 아내는? 아이는? 안녕, 내 사랑하는 고향 땅아. 이봐, 게오르크, 나는 낭만적인 이야기를 해줄 수도 있네."

노인은 차를 마셨다. 두 손으로 잔을 잡은 채 천천히 깊이 마시면서 차를 들여다보았다.

"여자와 아이, 그게 세상 전부인 것처럼 보이지. 난 후회하지 않았네, 죄책감도 느끼지 않아. 여러 가지 사실과, 그리고 자기 자신과도 타협을 해야 하는 법이라네. 자신의 운명을 두고 너무 호들갑을 떨면 안 되지. 나는 운명의 적이야. 난 그리스 사람이 아니고 그냥 베를린 사람이거든. 어쩌자고 그 좋은 차를 그냥 식게 만드나? 럼주를 좀 넣게."

젊은이가 손으로 유리잔을 덮었지만 상대방이 그 손을 밀쳐내고 호주머니에서 꺼낸 작은 양철 병에서 럼주 한 모금을 따랐다.

"난 이만 가봐야 해요, 고맙습니다. 화를 좀 삭여야지요."

"조용히 여기 앉아 있게, 게오르크. 조금만 마셔. 그리고 당구도 좀 치고. 혼란을 끌어들이지 말게. 그랬다간 종말의 시작이야. 집에 가보니 아내와 애는 없고, 그냥 서프로이센으로 간다느니, 빗나간 삶에 그따위 남편이니, 수치니 어쩌니 하는 편지 한 통만 찾아내고. 난 여기 왼쪽 팔에 작은 생채기를 냈어. 자살 시도처럼 보이는 이것 말이야. 무엇이든 배우기를 게을리해서는 안 되네, 게오르크. 난 심지어 프로방스 말도 할 줄 알았지만 해부학만은 못 배웠거든. 그래 맥박을 전달하는 건(腱)을 끊었을 뿐이야. 오늘날에도 방향 감각이 더 나아진 건 아니네만 이제 더는 그런 의문을 갖지 않아. 줄여 말하자면 고통이나 후회는 무의미하다는 거지. 나는 살아 있네. 아내도 살아 있고 애도 살아 있어. 심지어 아내에겐 애들이 더 생겼지. 서프로이센에서 말이야, 두엇쯤. 난 멀리 있긴 하지만 우린 모두 살아 있어. 로젠탈 광장이 즐겁고, 엘자스 거리 모퉁이에 있는 경찰관도 좋고, 당구도 좋다네. 어떤 사람이 와서는 제 삶이 더 좋다고 말하지, 난 여자들은 잘 모르겠네만."

금발의 사내는 역겨워하는 눈길로 그를 바라보았다.

"당신은 폐허요, 크라우제. 스스로도 아시죠. 당신이 무슨 모범이라고 자신의 불행을 늘어놓는 겁니까? 당신은 개인 교사를 하던 시절 배곯은 이야기도 해주었죠. 난 그렇게 파묻혀버리고 싶지 않아요."

노인은 자신의 잔을 비웠다. 케이프를 걸친 채 얼음장 같은 의자에 몸을 기대고 한동안 젊은이를 노려보더니 숨을 헐떡이며 발작을 일으키듯이 웃음을 터뜨렸다.

"아니, 모범은 아니지. 자네 말이 맞아. 난 그런 요구는 하지도 않았어. 자네에게 모범은 아니야. 잘 보게나, 그냥 파리야, 얼굴의 점들이지. 현미경 아래 놓인 파리는 스스로 말[馬]인 줄로 여긴단 말이지. 이 파리를 망원경 앞에 놓고 보아야지. 보시오, 당신 누구요, 게오르크 씨? 자네 자신을 소개해보게. XY 회사의 구두 판매 부서 담당. 아니, 그 유머는 그대로 넣어두시게. 나한테 자네 슬픔을 얘기해봐, '슬'픔을. 송아지 머리 할 때의 'ㅅ', 으스댄다고 할 때의 'ㅡ', 사납게 으스대는 거지, 그리고 루머라고 할 때의 'ㄹ' 말일세. 자넨 잘못 연결했어, 잘못 연결했다고, 완전히 잘못 연결한 거야."

젊은 아가씨가 99번 전차에서 내린다. 마리엔도르프, 리히텐라트 거리, 템펠호프, 할레 성문, 헤드비히 교회, 로젠탈 광장, 바트 거리, 제 거리 모퉁이를 돌아 토고 거리, 토요일에서 일요일로 넘어가는 밤이면 우퍼 거리와 템펠호프, 프리드리-히카를 거리 사이는 15분 간격으로 계속 혼잡해지곤 한다. 저녁 8시, 그녀는 악보철을 겨드랑이에 끼고 양가죽 칼라를 높이 세워 얼굴을 파묻은 채 브룬넨 거리와 바인베르크 길이 만나는 모퉁이에서 오락가락한다. 모피 외투를 입은 사내가 말을 걸자 그녀는 움찔하더니 서둘러 길 저편으로 건너간다. 키 큰 가로등 아래서 저편 모퉁이를 관찰한다. 저편에 뿔테 안경을 쓴 나이 든 자그마한 신사가 나타나자 그녀는 재빨리 그에게로 간다. 이제는 그의 곁에서 킥킥거린다. 그들은 함께 브룬넨 거리를 따라 올라간다.

"오늘은 집에 늦으면 안 돼요. 정말이지 안 돼. 실은 아예 나오지 말았어야 하지만. 그래도 벨을 누를 순 없어요."

"그야 안 되지, 그냥 꼭 필요할 땐 예외적으로 그럴 수도 있지만. 사무실에선 귀를 잘 기울여야 해. 이것도 당신 때문이지만, 베이비."

"나도 겁나요. 들통 나지 않겠죠, 당신 분명 아무한테도 말
안 하겠지요."

"그야 물론이지."

"아빠가 무슨 말을 듣는다면, 그리고 엄마가, 오, 맙소사."

나이 든 신사는 만족해서 그녀의 팔을 잡았다.

"들통 날 일 없어. 난 아무한테도 말 안 할 거야. 수업은 잘
들었고?"

"쇼팽이요. 녹턴을 연주해요. 당신 음악에 소질이 있나요?"

"그야 물론, 그래야 한다면."

"할 수만 있다면 당신 앞에서 연주하고 싶어요. 하지만 당신
이 무서워요."

"아니, 그런."

"난 언제나 당신이 무서웠어요. 많이는 아니고 조금. 아니,
많이는 아니고. 하지만 당신을 무서워할 필요 없는데."

"조금도 없지. 아니, 그런 말이라니. 나하고 알고 지낸 지가
벌써 석 달이나 되었잖아."

"난 오직 아빠만 무서워요. 만일 들통 난다면."

"아가씨, 당신도 이제 저녁에 몇 발짝쯤은 혼자 다닐 수 있
어야지. 이제 더는 애가 아니잖아."

"그래도 언제나 엄마에게 말하곤 했어요. 나도 외출이야 하
지요."

"우린 우리한테 어울리는 곳으로 가는 거야, 여린 아가씨."

"나를 그렇게 부르지 말아요. 그냥 말씀드린 거예요, 그러니
까 지나가는 말로요. 오늘은 어디로 가는 거죠? 9시엔 집에 들

어가야 하는데."

"저 위야. 벌써 다 왔어. 내 친구가 저기 살거든. 거리낌 없이
올라가도 돼."

"무서워요. 우릴 보는 사람이 없나요? 앞서 가세요. 뒤따라
갈게요."

위에서 그들은 미소를 지으며 서로 바라본다. 그녀는 구석
에 서 있다. 그는 외투와 모자를 이미 벗었고, 그녀는 그가 악
보철과 모자를 벗기도록 그대로 둔다. 이어서 그녀가 문으로
달려가 불을 끈다.

"하지만 오늘은 길게는 안 돼요. 시간이 없어요. 얼른 집으
로 가야 해. 옷은 안 벗을래요. 아프게 하지 말아요."

프란츠 비버코프는 탐색 중, 돈을 벌어야 한다.
돈 없이는 살 수 없다.
프랑크푸르트 그릇 시장에 대해

프란츠 비버코프는 다른 시끄러운 남자들이 여럿 앉아 있는 탁자에 친구 메크와 함께 앉아 회의가 시작되기를 기다렸다. 메크기 이렇게 말했다.

"넌 실업 수당은 못 받겠지, 프란츠. 공장에도 안 가고. 토목 공사는 너무 추워. 그저 장사가 최고야. 베를린 아니면 지방에 서라도. 물론 네 선택이지. 어쨌든 그걸로 먹고는 살아."

웨이터가 외쳤다.

"조심, 머리 치워요."

그들은 맥주를 마셨다. 그 순간 그들 머리 위에서 발소리가 울렸다. 2층에서 관리자 뷘셀 씨가 구조 본부로 달려가는 중이었다. 그의 아내가 기절했기 때문이다. 메크가 다시 말했다.

"내 이름을 걸고 하는 말인데, 여기 사람들을 잘 봐둬."

"고틀리프 메크, 착실하다는 점을 두고는 양보하지 않을 셈이다. 심장에 손을 얹고 하는 말인데 그거 착실한 직업이냐, 아니냐?"

"여기 사람들을 봐, 난 아무 말도 않겠어. 최고지. 한번 봐라."

"확실한 생계, 그게 문제야, 확실한 거."

"이거야 세상에서 가장 확실한 거지. 바지 멜빵, 스타킹, 양말, 앞치마, 그리고 스카프. 구입에서 이문이 생기는 거야."

단상에서는 등에 혹이 달린 작은 사내가 프랑크푸르트* 연시(年市)에 대해 연설하고 있었다. 연시를 바깥으로 밀어낸 일에 대해 아무리 심각하게 경고해도 모자란다는 것이다. 이번 연시는 장소를 잘못 골랐다. 특히 그릇 시장이 그렇다.

"숙녀와 신사 여러분, 귀한 동지 여러분, 지난 일요일에 프랑크푸르트 그릇 시장에 참가해본 사람은 제 말에 찬성할 겁니다. 구경꾼에게 요구할 수는 없는 일이죠."

메크가 프란츠를 쿡 찔렀다.

"그가 프랑크푸르트 그릇 시장 이야기를 한다. 하지만 넌 저기 안 갈 거지."

"해로울 건 없지. 그는 좋은 사람이야. 자기가 원하는 게 뭔지 알잖아."

"프랑크푸르트의 창고 광장을 아는 사람이라면 다시는 가지 않을 겁니다. 그건 교회에서 아멘 하고 기도하는 것만큼이나 분명한 일이지요. 그야말로 지저분한 데다 진흙투성이었어요. 저는 프랑크푸르트 당국이 기한 사흘 전까지 여유를 부렸다고 말하고 싶군요. 그런 다음 이렇게 말했겠죠. 언제나처럼

---

*우리에게 널리 알려진 마인 강변의 프랑크푸르트가 아니라 베를린에서 멀지 않은 오데르 강변의 프랑크푸르트를 가리킨다.

시장 광장이 아니라 창고 광장이 우리 자리다. 어째서 그랬을
까, 여기 계신 동지들께 한번 짐작해보시라고 말하고 싶어요.
시장 광장에선 매주 시장이 서니까 우리까지 그리로 가면 교통
장애를 일으키겠죠. 하지만 프랑크푸르트 시 당국이 이런 적은
없었어요. 이거야말로 면상을 한 방 날리는 일입니다. 그 이유
라는 게 이렇습니다. 주중에 4일 반은 주간 시장이라 이거지요.
그러니까 우리더러 떠나라는 말입니까? 어째서 우리가 떠나야
하죠? 어째서 야채 아저씨나 버터 아줌마가 가면 안 되고? 어
째서 프랑크푸르트는 시장 건물을 짓지 않는 겁니까? 과일, 야
채, 식품 상인들도 시 당국으로부터 똑같이 고약한 대우를 받
고 있어요. 우리 모두 당국의 잘못으로 고통을 받고 있는 겁니
다. 이제 끝내야겠군요. 창고 광장에선 수입이 형편없었어요,
정말 아무것도 아니었지요. 장사는 완전 헛일이었습니다. 비까
지 내리는데 그런 진흙바닥에 오는 사람이 있겠어요. 거기 참
가한 동지들은 대부분 광장에서 빠져나올 자동차 비용도 벌지
못했어요. 철도 비용, 노점 비용, 경비 비용, 들어가고 나오는
비용. 그 밖에도 이 자리에서 공개적으로 분명히 밝혀야겠는
데, 프랑크푸르트의 화장실 사정은 이루 말로 표현할 수 없을
정돕니다. 거기 가본 사람은 그에 대해 노래를 부를 수 있을 지
경입니다. 그런 위생 상태는 대도시에는 정말 어울리지 않죠.
그러니 여론이 할 수 있는 한 그렇게 낙인을 찍어주어야 합니
다. 그 지경이라면 그 어떤 방문객도 이 도시로 끌어들일 수 없
고, 또 상인들에게는 손해가 됩니다. 넙치처럼 좁아 빠진 칸막
이들이 나란히 놓여 있으니까요."

  토론 중에는 의장이 그때까지 아무 일도 하지 않았다는 이유

로 공격을 받았고, 다음과 같은 사항이 만장일치로 가결되었다.

"연시 상인들은 연시를 창고 광장으로 옮긴 일을 면상에 주먹을 얻어맞은 일처럼 느꼈다. 상인들의 이번 영업 활동 결과는 이전의 연시에 비해 현저히 떨어졌다. 창고 광장은 연시 장소로는 절대로 적합하지 않다. 화재 위험으로 상인과 그 상품들이 한꺼번에 파괴될 수 있다는 사실을 제외하더라도, 우선 연시에 찾아오는 사람들을 수용하기에 공간이 턱없이 부족하고, 또 위생 면에서도 오데르 강변의 프랑크푸르트에는 수치스러운 수준이기 때문이다. 집회에 참석한 사람들은 시 당국이 연시를 시장 광장으로 되돌려줄 것을 기대하는 바이다. 그래야만 연시 유지를 위한 경비가 나올 수 있기 때문이다. 동시에 참가자들은 시장 비용 삭감을 탄원한다. 현재 상황에서는 이 비용을 감당할 처지가 전혀 못 되고, 결국 시의 복지 비용에 부담이 될 것이기 때문이다."

비버코프는 자기도 모르는 사이에 연사에게로 눈길이 끌렸다.

"메크, 저 사람 연설가인데, 이 세상을 위해 만들어진 사람 말이야."

"그럼 그를 닦달해보지 그래. 너한테 뭔가 떨어질지 어떻게 아냐."

"그야 모르는 거지, 메크. 너도 알지, 저 유대인들이 나를 구해준 거? 난 건물의 안뜰로 가서 라인 파수꾼 노래를 불렀어. 머릿속이 그렇게 멍했던 거지. 그때 유대인 두 사람이 나를 끄집어내서 이야기를 들려줬어. 말이란 것도 좋은 거야, 메크, 그가 이야기한 것도."

"저 폴란드 놈 이야기 말이지, 그 슈테판 말이야. 하지만 프란츠, 넌 지금도 머릿속에 새 한 마리를 키우고 있구나.*"

그가 어깨를 으쓱했다.

"메크, 새야 어찌 되었건 너도 내 처지가 돼봐라, 그래야 얘기가 되지. 저기 혹 달린 작은 남자 말이야, 훌륭해, 장담하는데 정말 최고다."

"뭐, 나야 무슨 상관있나. 하지만 넌 일 걱정을 해야 할 건데, 프란츠."

"그럴 거야. 하나씩 해결할 거라고. 나도 일에 반대하는 건 아니니까."

그런 다음 그는 사람들 사이를 비집고 곱사등이 사내에게로 다가갔다. 그러곤 공손하게 정보를 요청했다.

"무엇을 원하시오?"

"정보를 좀 주십시오."

"이제 토론은 없어요. 끝났소. 이젠 끝이오. 충분히 했으니까."

곱사등이는 날카로웠다.

"당신 대체 무얼 원하는 거요?"

"저요, 프랑크푸르트 연시에 대해 많은 말이 있었는데, 선생님은 일을 아주 잘 처리하셨어요. 그냥 이 말씀을 직접 드리고 싶어서요. 전 선생님 생각에 완전히 동의합니다."

"반갑군요, 동지. 이름이 무엇인지?"

"프란츠 비버코프입니다. 선생님이 일을 진행하는 방식, 그리고 프랑크푸르트 사람들에게 한 방 먹이는 걸 기쁘게 지켜보

* '정신 나간 생각을 하는구나'라는 뜻.

았습니다."

"시 당국이지요."

"최곱니다. 선생님은 확실하게 당국을 이겼어요. 그쪽에선 찍소리도 못할 겁니다. 그들은 다시 의자에 앉지도 못할걸요."

작은 사내는 서류를 모아 들고 단상에서 시끄러운 홀로 내려왔다.

"좋소, 동지, 좋아요."

프란츠는 훤한 얼굴로 그의 뒤를 하인처럼 줄레줄레 따라갔다.

"정보를 원한다고 했소? 협회 회원인가요?"

"아닙니다, 매우 유감이죠."

"내게서 바로 회원증을 받을 수 있소. 우리 탁자로 갑시다."

프란츠는 의장이 앉는 탁자에 앉아서 벌게진 얼굴들과 함께 마시고는 곧 회원증을 손에 받아 쥐었다. 회비는 다음 달 초하루에 내기로 약속했다. 악수.

그는 멀리서부터 메크를 향해 종이를 흔들어 보였다.

"난 이제 회원이야. 베를린 분회 회원이라고. 너도 읽을 수 있지. 자 봐, 제국협회, 베를린 분회. 그리고 또 뭐더라. 독일의 이동 상인. 아주 좋은 물건이지."

"그럼 넌 뭐야, 직물 상인인가? 여기 직물이라고 쓰여 있는데. 대체 언제부터, 프란츠? 너의 직물이란 게 대체 뭐야?"

"직물이란 말은 안 했어. 그냥 양말과 앞치마라고만 했지. 그가 직물이라고 정한 거야. 잘못된 건 아니지. 다음 달 초하루에 돈을 낼 거야."

"그래도, 여기 이 신사 분들처럼 먼저 도자기를 팔거나 부엌에서 쓰는 물통이나 가축 같은 걸 팔아야지. 여러분, 이 남자가 직물 회원증을 받고 소를 팔러 간다면 이거 정신 나간 거지요?"

"소라면 나는 권하지 않겠소. 소는 거래가 없어. 작은 가축을 거래하시오."

"하지만 그는 그 무엇도 팔지 않는걸요. 정말입니다. 여러분, 그는 그냥 여기 앉아서 생각만 하는 겁니다. 이렇게 말해도 될 정도지요. 프란츠, 생쥐 덫이나 석고상을 팔아라, 라고 말입니다."

"꼭 그래야 한다면, 그게 장사꾼을 먹여 살리기만 한다면야. 쥐덫은 좀 아니지만, 약국에서도 쥐약을 파니까 그건 경쟁이 너무 심해. 하지만 석고상은 괜찮아. 석고 머리를 작은 도시로 가져가면 안 될 게 뭐겠어?"

"자, 보십시오. 그는 앞치마 허가증을 갖고는 석고 머리를 팔겠답니다."

"메크, 그렇지가 않아. 여러분, 여러분이 옳아요. 하지만 자네, 일을 그렇게 뒤틀어놓으면 안 되지. 어떤 일이든 제대로 비추어보고, 제대로 살펴보아야지. 저 작은 꼽추 남자가 프랑크푸르트의 일을 처리한 것처럼 말이야, 물론 넌 전혀 안 들었지만."

"그야 내가 프랑크푸르트와 아무 상관 없기 때문이지. 여기 신사 분들도 그렇고."

"좋아, 메크, 좋다고. 여러분, 여러분을 비난하는 게 아닙니다. 그냥 내가 하찮은 사람이라 연설을 들었어요. 그가 모든 걸 샅샅이 훑어준 방식이 아주 좋았어요. 조용하지만 힘차게, 목소리가 약했지만, 그 남자는 여기 가슴이 약하니까, 그래도 모든 게 질서 있었고, 해결책도 나왔지요. 모든 점이 깔끔하게 정리되었어요. 여러분 마음에는 들지 않았지만, 화장실에 이르기까지 모든 것이 깔끔하게 정리됐어요. 머리가 있는 거죠. 난 유대인들하고도 그런 일이 있었으니까, 너도 알지 왜. 여러분, 나는 지금도 매우 비실거리지만, 유대인 두 사람이 이야기를 해서 나를 구해주었답니다. 그들이 내게 이야기해 주었죠, 그들은 나를 전혀 모르는, 착실한 사람들이었는데, 그들이 내게 어떤 폴란드 사람 이야기를 해주었어요. 그냥 이야기에 지나지 않았지만 매우 좋았어요, 내가 처한 상황에서 그건 아주 많은 걸 가르쳐주었죠. 내 생각엔 코냑도 도움을 준 것 같지만요. 누가 알겠어요. 어쨌든 그 뒤에 나는 완전히 튼튼해져서 두 다리로 서게 되었으니까요."

가축 상인 한 사람이 담배 연기를 내뿜으며 히죽 웃었다.

"그렇담 그전에 특별히 큼직한 돌덩이가 당신 몸뚱이 위로 떨어졌겠구먼?"

"농담이 아닙니다, 여러분. 선생 말씀이 옳아요. 진짜 돌덩이였지요. 벽돌 부스러기가 머리 위로 비 오듯 쏟아지는데 마침 이놈의 다리가 허약한, 그런 일은 당신한테도 일어날 수 있어요. 그런 고약한 상황은 누구한테라도 일어날 수 있습니다. 나중에 이렇게 허약한 무릎으로 대체 무슨 일을 하겠어요. 거리를 이리저리 돌아다니는 거지요, 브룬넨 거리, 로젠탈 문, 알렉산더 광장 같은 곳으로. 이리저리 헤매는데 거리 표지판도 읽을 수 없는 일이 생길 수 있는 겁니다. 나야 영리한 사람들이 도와주었지요. 머리가 있는 사람들이 이야기를 해주었어요. 그래서 말인데요, 돈에 걸고 맹세해서는 안 됩니다. 코냑에 걸고

도, 하물며 그까짓 몇 푼 하는 회비에 걸고 맹세를 해서는 안
되지요. 핵심은 머리를 갖는 겁니다. 머리를 쓰고, 대체 무슨
일이 일어나는지 알고, 남들이 자빠뜨리려 한다고 해도 금방
자빠지지 않아야 한다는 거죠. 그럼 모든 게 아무리 나빠도 나
쁜 게 절반으로 줍니다. 그렇습니다, 여러분. 이게 제가 깨달은
바입니다."

"그럼 당신, 그러니까 동지여, 함께 건배합시다. 우리 협회
를 위하여."

"협회를 위하여, 신사 여러분 건배, 메크, 건배."

메크는 마구 웃어댔다.

"맙소사, 그래도 여전히 의문이 남는군. 다음 번 초하루에
네가 어떻게 회비를 지불할 건지 말이야."

"그럼 젊은 동지여, 이것 또한 두고 보시오, 당신도 이제 회
원증을 가진 우리 협회 회원이니, 협회가 당신이 제대로 돈벌
이를 하도록 돕는지 하는 것도 말이오."

가축 상인들은 메크와 함께 이 내기를 두고 큰 소리로 웃어
댔다.

가축 상인 한 사람: "그 회원증을 갖고 마이닝겐으로 가시
오, 다음 주에 시장이 열리니까. 내가 오른편에 서고 당신은 저
쪽 왼편에, 그럼 내가 당신 판매대의 형편이 어떤지 보겠소. 상
상해보시오 알베르트, 그가 회원증을 가진, 협회 회원으로 판
매대에 서 있는 걸 말이지. 이쪽 내 곁에선 사람들이 소리 지르
지. 비엔나소시지, 진짜 마이닝겐 과자 있어요. 그러곤 저편에
선 그가 소리를 지른단 말이오. 이리 와요, 이리 와, 이전에 한
번도 와본 적 없는 사람, 협회 회원이며 마이닝겐 시장의 엄청

난 센세이션이오. 그럼 사람들이 떼로 몰려들겠지. 야코프, 야코프, 넌 대체 왜 이렇게 바보냐."

그들은 탁자를 손으로 쳤다. 비버코프도 함께 쳤다. 그는 조심스럽게 회원증을 가슴 호주머니에 집어넣었다.

"돌아다니려면 어쨌든 구두 한 켤레는 사야지요. 나는 이문이 남는 장사를 하겠다고는 말하지 않았어요. 그렇다고 마냥 멍청한 것만은 아니지요."

거리에서 메크는 가축 상인 두 사람과 격한 말싸움을 벌였다. 두 상인은 그중 한 사람이 겪은 소송에서 제시했던 관점을 계속 내세웠다. 그는 마르크 지방에서 가축을 거래했지만, 실은 베를린에서만 활동할 권한이 있었다. 경쟁자 한 명이 어느 시골에서 그를 보고는 지방 경찰에 고발해버렸다. 하지만 함께 여행하던 두 상인은 일을 교묘하게 처리했다. 법정에서 피의자는 자신은 친구를 따라왔을 뿐이고, 친구의 부탁을 받아 일한 것이라고 설명했다.

가축 상인들은 이렇게 설명했다.

"우린 벌금 안 내요. 맹세를 했으니까. 법관 앞에서 맹세한 거요. 그가 단지 나를 따라왔을 뿐이라고 맹세했소, 이미 여러 번 그랬으니까. 이렇게 맹세했고, 그것으로 모든 게 끝났지."

그러자 메크가 머리끝까지 화가 나서 가축 상인 두 사람의 외투를 움켜잡았다.

"당신들 정말이지 미쳤군. 그야말로 멍청이 마을 사람들이오. 그렇게 멍청한 일에 맹세를 하다니, 그 뜨내기 좋으라고, 그가 당신들을 속이게 만든 거지. 그런 건 신문에 내야 해, 법정이 그쪽 편을 들다니, 그건 법도가 아니지, 외눈 안경을 쓴 나리들 같으니. 하지만 이젠 결판을 냅시다."

가축 상인 두 사람은 끝까지 고집을 부렸다.

"나는 맹세를 할 거요, 안 될 게 뭐람? 돈을 내고 또 세 단계 법정에 간다, 그럼 그 뜨내기가 재미있어할 텐데? 그냥 질투쟁이지. 나한테는 잘된 일이야, 돈 안 내고 빠져나가는 게 상책이지."

메크는 주먹으로 제 이마를 탁 쳤다.

"독일 얼간이들, 넌 똥통에 어울리니 거기 자빠져 있어라."

그들은 가축 상인들과 헤어졌다. 프란츠가 메크의 팔을 받치고, 둘은 브룬넨 거리를 비틀거리며 걸었다. 메크는 가축 상인들 뒤에 대고 협박의 말을 해댔다.

"저런 친구들. 정말 양심에 걸린다. 전 국민이 모두 저런 치들을 꺼림칙하게 여기지."

"무슨 말이야, 메크?"

"겁쟁이들이야. 법정에 가는 대신 주먹을 보여줘야지. 겁쟁이들, 전 국민, 상인들, 노동자들이 겁쟁이야, 돈 때문에."

갑자기 메크가 멈추어 서더니 프란츠를 마주보았다.

"프란츠, 우리 이야기를 좀 해야겠어. 안 그럼 난 너와 함께 갈 수가 없어. 절대로 안 돼."

"그럼 시작해봐."

"프란츠, 난 네가 누군지 알아야겠어. 내 얼굴을 들여다봐. 여기서 솔직하고 분명한 말로 말해봐, 저기 테겔에서 뜨거운 맛을 보았다고, 넌 옳은 것과 그른 것을 안다고 말이다. 그래야 옳은 게 옳은 걸로 남을 테니까."

"정말 그래, 메크."

"그럼 프란츠, 손을 가슴에 얹고, 거기서 그들이 너를 얼마나 정신 나간 놈으로 만들었지?"

"안심해도 돼, 나를 믿어. 네게 특별한 뿔이 있다면 거기선 그대로 갖고 있어도 돼. 거기선 책을 읽고 속기를 배웠지. 그런 다음 체스를 두고. 나도 그랬어."

"체스도 둘 줄 알아?"

"우린 스카트 카드놀이를 계속해, 메크. 그러니까 거기 있으면 생각할 시간이 많진 않아. 우리 가구 운반자들은 어차피 머리보단 근육과 뼈에 많은 걸 저장하지만. 그러다 어느 날 이런 말을 하는 거야. 빌어먹을, 인간들과 함께하지 마라, 그냥 너 자신의 길을 가라. 인간에게서 손을 떼라. 메크, 우리 같은 인간들이 법정이며 경찰이며 정치와 무슨 상관이냐? 감옥에 공산당원이 한 명 있었어. 1919년 사건*에 동참한 사람인데, 그는 나보다 더 뚱뚱했어. 그들이 그를 체포하진 않았지만 그도 나중에 정신을 차렸지. 그래서 어떤 과부를 알게 되어 그 여자의 사업에 뛰어들었어. 약삭빠른 젊은이라는 걸 알겠지?"

"그럼 어떡하다가 감옥에 가게 된 거야?"

"부정을 저지르려고 했어. 저 안에선 우리를 언제나 함께 묶어두거든. 그러니까 배신한 놈은 제 잘못을 보게 되어 있지. 그러나 다른 놈들과는 상종을 안 하는 게 더 나아. 그건 자살 행위야. 언제나 그냥 내버려두는 거지. 착실하게 남아서 제 일을

---

*1919년 1월 베를린에서 일어난 스파르타쿠스단(독일 사회민주당 내 분파)의 봉기를 말함.

100

하는 거야. 그게 내가 하고 싶은 말이다."

"그래."

메크가 이렇게 말하고는 그를 빤히 바라보았다.

"그렇다면 모두가 망가지겠네. 넌 정말 비겁하구나. 우리 모두 거기 걸려 망가질 거야."

"망가지고 싶은 놈은 망가지는 거지. 하지만 이건 우리가 걱정할 일이 아니야."

"프란츠, 너는 겁쟁이야. 난 그런 걸 참지 않을 거다. 그런 건 대가를 치러야 해, 프란츠."

프란츠 비버코프는 상이용사 거리를 따라 아래로 걸어 내려 갔다. 새로 사귄 폴란드 여자 친구 리나와 함께였다. 쇼세 거리 모퉁이 건물 현관에 있는 신문 판매대에 몇 사람이 서서 잡담을 했다.

"조심, 거기 멈추지 말아요."

"그럼 구경 좀 합시다."

"그걸 사요. 사람들 다니는 통로를 막지 말고."

"빌어먹을."

잡지에 붙은 여행 안내판이었다. 눈 덮인 겨울부터 초록빛이 나오는 5월 초까지 우리 북부 지방에 불쾌한 계절이 찾아오면, 저 알프스 너머 이탈리아로 가려는 욕구가—벌써 1천 년이나 된 충동—우리 마음을 사로잡는다. 겨울철의 이런 충동을 따를 수 있는 행운을 가진 사람은 누구냐.

"그 사람들에 대해 흥분하지 말아요. 요즘 사람들이 얼마나 사나워지는지 좀 보시오. 저런 사람이 전차에서 아가씨에 걸려 넘어지기라도 하는 날이면 50마르크 때문에 아가씨를 때려서 반쯤 죽일걸요."

"나도 그럴 건데."

"뭐라고?"

"50마르크가 어떤 돈인지나 아시오? 아니면 전혀 모르나. 우리 같은 사람한테는 엄청난 돈이오. 정말 큰돈이지. 당신이 50마르크가 어떤 돈인지 알게 되면 그때 이야기를 계속하지."

제국 총리 마르크스의 치명적인 연설.*

"앞으로 어떤 일이 일어나느냐 하는 것은, 신의 섭리를 따르는 나의 세계관으로 보자면 이렇습니다. 신은 모든 민족에 특별한 의도를 갖고 계십니다. 그에 비하면 인간의 일이란 한 부분에 지나지 않죠. 우리는 우리의 신념에 따라 있는 힘을 다하여 끊임없이 일을 해야 합니다. 그렇듯이 나는 충실하고 정직하게 내가 맡은 직분을 다할 것입니다. 매우 존경하는 신사 여러분, 아름다운 바이에른의 복지를 위해, 희생을 각오한 힘든 활동에서 큰 성과를 거두기를 바라는 최고 소망을 담아 이만 말을 마치겠습니다. 앞으로의 노력에 큰 성과가 있기를. 당장 죽어도 여한이 없을 정도로 잘 드십시오.**"

"자, 이제 다 읽었소?"

"왜요?"

"아예 신문을 집게에서 떼어내 당신한테 드릴까? 한번은 어

---

*여기서 되블린은 나치당 기관지인 〈민족 관찰자〉 1927년 11월 9일자 기사를 인용하고 있다.
**마지막 문장은 겔러르트의 시에 나오는 두 구절을 멋대로 섞어서 패러디한 것으로, 당시 베를린에서 유행하던 말이다.

떤 신사 분께서 편안하게 읽게 의자 좀 달라고 하더란 말이지."

"당신이 이 그림을 이렇게 매달아놓은 건 그러니까……."

"내가 내 그림으로 무얼 하든 그야 내 일이잖소. 그렇다고 당신이 내게 판매대 가격을 지불하지도 않을 거면서. 식충이들이야 뭐가 어찌 되었든 내 판매대에선 쓸모가 없어. 그저 손님이나 가로막지."

여기서 물러나 여자한테 장화나 닦아달라고 해라, 프뢰벨 거리 팔메*에서 한숨 자고는 전차에 오른다. 저자는 가짜 차표를 갖고 탔을 거다, 아니면 이미 사용한 차표를 다시 쓰려고 했거나. 그러다 잡히면 진짜 차표를 잃어버렸다고 하지. 언제나 이따위 식충이들, 저기 또 두 명. 다음엔 이 앞에다 창살을 세우든지 해야지 원. 아침을 먹어야겠는데.

반듯한 모자를 쓴 프란츠 비버코프는 통통한 폴란드 어자 리나를 팔에 매달고 걷는다.

"리나, 오른쪽을 봐, 저 현관 안을. 날씨는 실업자 편이 아니야. 우린 그림을 봐야 해, 아름다운 그림들. 하지만 여긴 바람이 세네. 동지, 말 좀 해보시오, 사업이 어때요. 여긴 얼어 죽을 지경인데."

"따뜻한 홀은 없소."

"리나, 당신은 저런 물건 속에 서 있고 싶어?"

"이리 와요. 저 사람이 더럽게 웃잖아."

"아가씨, 내 말은, 당신이 저런 현관에 서서 신문을 판다면 많은 사람들이 좋아할 거란 거요. 부드러운 손에서 서비스를

*베를린의 노숙자 쉼터.

받으니까."

돌풍이 불자 집게에 잡힌 신문들이 펄럭였다.

"동지, 여기 밖에다 우산을 펴놔야겠소."

"아무도 그 무엇도 못 보게 말이지."

"그리고 당신 앞에다 유리창도 하나 만들고."

"이리 와요, 프란츠."

"기다려봐, 잠깐만. 저 남자는 여기 여러 시간 서 있는데도 넘어지지 않았어. 사람이 그렇게 예민해선 못쓰지, 리나."

"아니, 그가 저렇게 웃고 있으니까."

"그게 내 얼굴 표정이오, 내 얼굴이 원래 그렇다니까, 아가씨. 그야 나도 어쩔 수 없는 일이잖소."

"그는 늘 웃고 있어. 들었소, 리나? 가여운 친구지."

프란츠는 모자를 뒤로 젖히고 신문팔이 사내의 얼굴을 들여다보았다. 그러다 갑자기 웃음을 터뜨리고는 리나의 손을 잡았다.

"이 사람도 어쩔 수가 없어, 리나. 그는 어머니 품에서부터 그런 걸 뭐. 당신이 웃으면 어떤 얼굴이 되는지 알고 있소, 동지? 아니, 그거 말고. 전처럼 웃으면? 알았지, 리나. 어머니 품에 매달려 있는 것 같잖아. 젖 맛이 시큼했던 게지."

"그런 일 없어. 난 병 우유를 먹었으니까."

"동지, 이 일로 얼마나 벌어요?"

"헤이, 붉은 깃발, 고맙소. 이 사람 좀 지나가게 해줘요, 동지. 머리 치워, 상자요."

"당신이 사람들을 가로막고 서 있어요."

리나가 그를 잡아끌었다. 그들은 사람들을 헤치고 쇼세 거리에서 오라니엔부르크 문으로 내려갔다.

"그건 나도 할 수 있어. 난 그렇게 시시하게 물러나지 않아. 현관에서 오래 기다리기만 하면 되지."

이틀 뒤에 날씨가 따뜻해지자 프란츠는 외투를 팔고 대신 리나가 어디선가 구해온 두툼한 내복을 입었다. 그러곤 로젠탈 광장의 파비슈 상회 앞에 섰다. 맞춤 신사복을 만드는 양복점, 세심한 가공과 낮은 가격이 우리 상품의 특징. 프란츠는 소리 높여 넥타이 고정기를 팔았다.

"어째서 섬세한 신사는 조끼에 넥타이를 매고, 프롤레타리아는 매지 않느냐? 신사 여러분, 조금 더 가까이 오십시오. 아가씨도, 그리고 당신도 남편 분과 함께 더 가까이, 청소년도 여기선 괜찮습니다. 청소년이라고 더 비싼 값을 받진 않죠. 프롤레타리아는 어째서 넥타이를 안 매느냐? 넥타이를 맬 줄 모르기 때문이죠. 그럼 넥타이 고정기를 사야죠. 넥타이 고정기를 샀는데 그게 나빠서 넥타이를 묶지 못한다, 그럼 사기죠, 그게 사람들을 실망시킵니다. 그런 일은 우리 독일을 현재 이미 비참한 것보다 더욱 비참하게 만듭니다. 예를 들면, 사람들은 어째서 이 커다란 넥타이 고정기를 달지 않을까요? 그야 커다란 쓰레받기를 목에 매달고 싶지 않아서죠. 남자도 여자도 그런 걸 원하진 않죠, 심지어 젖먹이도 대답만 할 수 있다면 싫다고 할걸요. 웃으면 안 됩니다, 신사 여러분, 웃지 마십시오, 우리는 조그만 아이의 두뇌에서 어떤 일이 벌어지는지 모르니까요. 오, 맙소사, 저 쪼*끄*만 귀여운 머리가, 저 쪼*끄*만 머리에 쪼*끄*만 머리카락이 정말 예쁘죠, 하지만 양육비를 계산해보면 웃을 일이 없죠, 궁할 땐 그런 일도 하니까요. 이런 넥타이를 티츠 백화점이나 베르트하임 백화점에서 사십시오, 유대인에게서 물건을 사고 싶지 않다면, 다른 곳에서라도 말이죠. 저로 말할 것 같으면 아리안 사내입니다만."

그는 모자를 높이 쳐들었다. 금발에 쫑긋 선 붉은 귀, 유쾌한 황소 눈.

"큰 백화점들이야 나를 통해 광고할 이유가 없죠, 그들은 나 없이도 장사를 잘하니까요. 내가 여기 맨 것 같은 이런 넥타이를 산다면 아침마다 이걸 어떻게 매야 하나 걱정하게 됩니다.

신사 여러분, 오늘날 대체 누가 아침마다 넥타이를 맬 시간이 있단 말입니까, 차라리 1분이라도 더 잠을 자지. 우리는 모두 잠을 많이 자야 합니다. 일은 많이 하고 돈은 적게 벌고 있으니까요. 이런 넥타이 고정기는 여러분이 쉽게 잠을 자게 해주죠. 이것은 약국과 경쟁 관계입니다. 내가 여기 꼽은 것 같은 넥타이 고정기를 산 사람은 수면제나 잠 잘 자게 해주는 드링크를 안 살 테니까요. 그런 사람은 엄마 품에서 잠자는 아이처럼 힘들지 않고 잠을 자지요. 내일 서두를 이유가 없음을 아니까요. 필요한 것은 이미 옷장에 완성되어 고정되어 있죠. 그냥 칼라에 슥 밀어 넣기만 하면 됩니다. 여러분은 온갖 쓸모없는 것을 위해 돈을 내지요. 작년엔 '악어' 술집에서 사기꾼을 보셨지요, 앞에는 뜨거운 소시지를 팔고, 뒤에는 졸리가 입 주변에 절인 양배추를 키우면서 유리 상자 안에 누워 있는 꼴 말입니다.* 여기 계신 여러분 모두가 그걸 보셨지요. 내가 목소리를 아낄 수 있게 앞쪽으로 조금 더 바싹 붙어주세요. 목소리를 보험에 들지 않아서요, 첫 회 불입금도 없어요. 어쨌든 졸리가 유리 상자 안에 누워 있는 것을 여러분은 보셨지요. 하지만 그들이 그에게 몰래 초콜릿을 먹이는 것은 보지 못했던 거죠. 여기선 정직한 물건을 사십시오, 이건 셀룰로이드가 아니고, 고무를 누른 거예요, 하나에 20페니히, 셋이면 50페니히.

길에서 물러나요, 젊은이, 안 그랬다간 자동차가 당신을 칠 거요. 그럼 나중에 누가 쓰레기를 치우지? 여러분께 넥타이를 어떻게 매는지 설명해드리지요. 나무망치로 머리를 때릴 필요는 없습니다. 여러분도 즉시 이해하실 테니까요. 여기 이 면에서 30센티미터나 35센티미터 정도를 잡고 넥타이를 교차시켜요. 이렇게는 말고. 마치 납작하게 누른 빈대를 벽에 딱 붙여놓은 것처럼 보이죠. 빈대 말입니다. 세련된 신사는 이런 걸 매고 다니지 않죠. 그럼 이제 이 기구를 보십시오. 시간을 아껴야 합니다. 시간이 돈이니까요. 낭만주의는 가고 다시는 돌아오지 않습니다. 오늘날 우리는 모두 그걸 생각해야죠. 매일 아침마다 천천히 가스 호스를 목에다 감을 순 없어요, 이렇게 완전히 완성된 물건이 필요합니다. 여기를 보세요, 이건 그야말로 크리스마스 선물이죠, 여러분 취향대로, 신사 여러분, 여러분을 위한 겁니다. 도스 안(案)**이 여러분한테 아직도 뭔가를 남겼다면 그야 모자 밑에 있는 머리죠, 그 머리가 이렇게 말할 겁니다, 이거야말로 너를 위한 거야, 그걸 사서 집으로 들고 가라, 그럼 위안이 될 거다, 라고 말이죠.

*졸리는 사기죄로 고소당한 단식 광대. 1928년 10월 15일자 〈베를린 신문〉에 그에 대한 기사가 실렸다.
**1924년 초에 발령된 법안. 1차 세계대전 이후 독일의 전비 배상금 지급 시기를 늦추어 극심한 인플레이션을 끝냈다. 이 안을 제출한 당시 전장배상위원회 위원장 찰스 도스의 이름을 딴 것으로, 도스는 은행가이며 뒷날 미국의 부통령을 지냈다.

신사 여러분, 우린 위안이 필요합니다. 우리 모두 말이죠, 우리가 멍청하다면 술집에서 그 위안을 찾겠지요. 이성적이라면 그런 일은 안 하죠. 그야 오늘날 술집 주인이 얼마나 나쁜 술을 술통에서 따라 내놓는지 벌 받아 마땅한 일이고, 좋은 술은 비싸죠. 그러니 이 기구를 사십시오, 여기 좁은 쪽을 찔러 넣으면 되죠, 넓은 쪽을 잡아도 됩니다. 동성애 녀석이 드라이브를 나갈 때 구두를 신는 방식으로 말이죠. 여기를 통과시켜 한쪽 끝을 잡으십시오. 독일 사내는 여러분이 여기서 보는 것 같은 진짜 물건을 사죠."

리나가 동성애 녀석에게 복수하다

하지만 프란츠 비버코프에게 그 일은 충분하지 못했다. 그는 눈동자를 이리저리 굴렸다. 통통하고 명랑한 리나와 함께 알렉산더 광장과 로젠탈 광장 사이에서 펼쳐지는 거리 생활을 관찰했다. 그러고는 신문을 팔기로 결심했다. 어째서? 사람들 말로는 리나가 도움이 될 거라고 했다. 이거야말로 괜찮은데. 이쪽으로 한 번, 저쪽으로 한 번, 빙글 돌아, 어렵지 않네.*

"리나, 난 연설을 못해, 민중을 위한 연설가가 아니야. 내가 소리를 지르면 사람들이 내 말을 이해하기는 하지만 제대로는 아니지. 정신이란 게 뭔지 알아?"

"아니."

리나가 기대에 차서 그를 바라보았다.

"알렉산더 광장과 여기 있는 저 친구들을 좀 봐. 그들은 모두가 정신을 갖지 않았어. 저기 좌판을 가진 치들도, 수레를 끌

*홈퍼딩크의 동화 오페라 〈헨젤과 그레텔〉의 한 구절.

고 있는 자들도 아무것도 아냐. 그들은 약지, 약은 친구들이야, 싱싱한 놈들이지. 하지만 상상해봐, 의회의 연설가, 비스마르크나 베벨 같은 사람들은 지금 아무것도 아니지만 그들은 정신을 가졌어. 정신 말이야, 그건 머리야. 그냥 여기 올려놓은 대가리 말고. 연설가야, 연설가."

"당신도 연설가야, 프란츠."

"나한테 그런 말을 해줘야 돼, 내가 연설가라고. 누가 연설가였는지 알아? 안 믿을걸, 당신 주인집 여자야."

"슈벵크 부인?"

"아니, 이전에 있던 집, 내가 왜 물건을 가지러 갔던 곳 말이야, 카를 거리."

"오 맙소사, 그 여자. 그런 여자하고 상종하면 안 돼."

프란츠는 이상한 방식으로 몸을 앞으로 굽혔다.

"그 여자가 연설가야, 리나, 책에 나오는 그대로지."

"그만 해. 내 방으로 들어와서는 내가 아직 침대에 누워 있는데, 한 달 치 방세 대신 내 트렁크를 가져가려고 했던 여자야."

"좋아, 리나, 잘 들어둬. 그거야 잘한 일이 아니지만, 내가 찾아가서 트렁크를 어쨌느냐고 묻자 그 여자가 말을 시작했어."

"그 여자가 늘어놓는 헛소리는 나도 알아. 그런 소린 전혀 귀담아듣지도 않지만. 프란츠, 그런 여자한테 속아 넘어가면 안 돼."

"내가 방금 이야기를 시작했잖아. 리나, 여러 조항들, 민법, 그리고 자기가 지금은 죽은 남편 몫으로 연금을 타낸 일 하며. 늙은 사내가 졸중을 일으켰지만 그거야 전쟁과 아무 상관도 없는 일이야. 대체 언제부터 졸중이 전쟁과 상관 있단 말인가. 그 여자도 그렇게 말했지. 하지만 머리를 써서 그걸 해낸 거야. 그 여자는 정신이란 걸 가졌어, 이봐 귀여운 뚱보. 자기가 원하는 걸 이룬 거라고, 그게 몇 푼 번 것보다 더 대단한 일이야. 그럼 자신이 어떤 사람인지 보여주는 거지. 그럼 숨통이 좀 트여. 제 길, 아직도 놀라워."

"당신, 이따금 그 여자를 찾아간 거야?"

프란츠는 두 손을 저어 부인했다.

"리나, 당신이 한번 가보라니까, 트렁크를 가져오려고 11시 정각에 거기 갔고, 12시 정각엔 할 일이 있는데 12시 45분에도 여전히 거기 있는 거야. 그 여자는 계속 이야기를 해대고 트렁크는 아직 못 받았고, 나중엔 트렁크를 못 받은 채로 그냥 나오는 거지. 그 여자는 말을 잘하거든."

그는 탁자의 상판 위를 바라보다가 맥주가 고인 곳에 손가락으로 그림을 그린다.

"어딘가에 신고하고 신문을 팔 거야. 그게 내가 할 일이야."

그녀는 약간 기분이 상해서 아무 말도 없이 그대로 있었다. 프란츠는 저 하고 싶은 대로 했다. 어느 날 점심때 로젠탈 광장에 서 있는데 그녀가 그에게 버터 바른 빵을 갖다 주었다. 그러고 나서 그는 12시에 사라졌다. 다리 달린 상자와 마분지 상자를 그녀의 팔에 찔러주고는 신문에 대해 물어보러 갔던 것이다.

오라니엔부르크 거리 끝의 하케셔 시장에서 나이 든 사내가 그에게 성적(性的)인 계몽을 생각해보라고 권했다. 오늘날엔 그게 대규모 사업이고 일도 잘 풀리니까.

"성적인 계몽이 뭐요?"

프란츠가 물었다. 마뜩지는 않았다. 머리 허연 사내가 벽보를 가리켰다.

"묻지 말고 봐요, 응."

"벌거벗은 아가씨들을 그린 건데 뭘."

"다른 아가씨는 없어."

그들은 말없이 나란히 연기를 내뿜었다. 프란츠는 위에서부터 아래까지 그림들을 훑어보며 연기를 내뿜었다. 사내는 그를 지나쳐 저쪽을 바라보았다. 프란츠가 그의 눈을 바라보았다.

"이거 봐요, 동지, 이게 재미있어요? 이 아가씨들 그림이? 웃기는 인생이구먼. 작은 고양이를 안은 벌거벗은 아가씨를 그리다니. 작은 고양이를 안은 아가씨가 계단에서 무얼 한다고. 수상한 여자지. 내가 방해되나요, 동지?"

잡지를 파는 상인은 접이의자에서 체념한 듯 한숨을 내쉬고는 혼자만의 생각에 빠져들었다. 진짜 낙타만큼이나 커다란 멍청이들이 있지, 훤한 대낮에 하케셔 시장을 이리저리 돌아다니다가 재수 옴 붙은 사람 앞으로 와서는 수다만 잔뜩 늘어놓는단 말이지. 흰 머리는 침묵하고 있는데 프란츠가 집게에서 몇 권을 떼어냈다.

"나도 할 수 있소, 동지. 이름이 뭐야?《피가로》, 그리고 이건《결혼 생활》, 그리고 이건《이상적 결혼》. 이건 결혼과는 또 다른 거네.《여성의 사랑》.* 모두 따로따로구나. 여기서 훌륭한 정보를 얻겠는걸. 돈이 있다면 말이지만, 정말 비싼데. 그러니까 속임수지."

---

*1920년대 말에 발간되던 각종 잡지들.

"뭐가 속임수라는 건지 알고 싶구먼. 모든 게 허용된 거요. 여기 금지된 건 없어요. 내가 파는 것에 대해선 허가증을 갖고 있고, 거기 속임수 같은 건 없어. 난 그런 건 건드리지도 않아."

"당신과 이야기할 수 있을까요, 그냥 이야기나 좀 하려고. 그림 보는 건 일이 아니오. 그런 일에 대해선 노래를 불러드릴 수도 있지. 그건 사람을 망쳐요, 누구든 망치고 말걸. 그림을 구경하는 것으로 시작해서 원한다면 나중에 당신도 그 자리에 서는 거요. 그럼 자연스럽게 되는 일이 없지."

"무슨 소린지 도무지 모르겠구먼. 잡지에 침을 묻히지 말아요, 비싼 거니까, 그렇게 계속 표지를 이리저리 주무르지 말라고. 여기를 읽어봐요. 《결혼하지 않는 사람들》. 모든 게 다 있지, 그런 잡지도."

"결혼하지 않는다고. 그래선 안 될 이유가 뭐지? 나도 폴란드 여자 리나와 결혼을 안 했는데."

"그렇다면 여기를 봐요. 그게 옳은지 어떤지 거기 쓰여 있는 건 그냥 한 가지 예야. 계약을 통해 부부간의 성생활을 통제하려는 것이나, 이와 관련하여 법이 규정하는 결혼의 의무를 지적하는 따위의 일은 생각할 수 있는 한 가장 고약하고 품위 없는 노예 제도라는 거요. 자, 어때?"

"어째서죠?"

"자, 맞아요, 틀려요?"

"틀린 것 같은데. 그런 걸 남자한테 요구하는 여자라니, 아니요, 그런 건, 그런 게 가능하기나 합니까? 그런 게 있어요?"

"그걸 읽어봐요."

"그거 너무한데. 그런 여자는 나한테 오면 안 돼."

프란츠는 당황해서 그 문장을 한 번 더 읽고 껑충 뛰고는 흰 머리에게 보여주었다.

"여기 좀 봐요. 나는 단눈치오*의 작품인 《쾌락》에서 그에 대한 예를 들겠다. 잠깐 조심, 다눈치오는 늙은 돼지라는 뜻으로, 스페인, 또는 이탈리아, 또는 미국 사람이다. 여기서 이 남자는 멀리 있는 애인 생각에 온통 사로잡혀 있기에, 그녀를 대신해 봉사하는 여자와 즐기는 사랑의 밤에 제 의지에 반해 진짜 애인의 이름이 저도 모르게 새어나온다. 거참 심한걸. 아니, 동지, 난 이런 건 안 할 거요."

"우선 그게 어디 있나, 보여주시오."

"여기. '대신해 봉사하는'이라니. 고무 대신 생고무지. 진짜 먹을 것 대신 스웨덴 순무야. 대신 봉사하는 여자나 아가씨라는 말을 들어봤소? 제 여자가 잠깐 없어서 다른 여자를 취한다, 새 여자가 그걸 알아채면 꼴좋겠네, 그 여자가 질질 짜지 않겠어? 이 스페인 사람은 이런 걸 인쇄하라고 내놓다니. 내가 식자공이라면 그런 건 인쇄하지 않을 텐데."

"그렇게 과장하지 말아요. 그런 사람, 그러니까 진짜 작가에다 그것도 스페인 아니면 이탈리아 사람이 무슨 말을 하는 건지 당신이 그 짧은 생각으로 다 이해할 수 있다고 믿어선 안 되지. 그것도 여기 하케서 시장처럼 사람이 바글거리는 데서 말이오."

프란츠는 계속 읽었다.

"커다란 공허와 침묵이 곧이어 그녀의 영혼을 채웠다. 이건

---

*이탈리아 작가 가브리엘레 단눈치오. 대표작으로 관능소설 《쾌락》을 포함하는 3부작 〈장미의 로망스〉 등이 있다.

숫제 나무 기어오르기네. 누가 나 좀 똑똑하게 만들어주오. 이 놈이야 제가 원하는 대로 말해도 되겠지. 대체 언제부터 공허와 침묵. 나도 이 사람처럼 이야기할 수 있겠는데, 아가씨들도 다른 곳과 별로 다르지 않고. 내게도 옛날에 어떤 여자가 있었는데, 그 여자가 뭔가를, 그러니까 내 수첩에서 어떤 주소를 보았어요. 동지, 당신도 여자들이 어떤지 알지 않소. 그럴 경우 그냥 여자의 말을 듣고 있어야 하지. 온 집 안에 찢어지는 소리가 나고 난리도 아니었소. 여자가 그렇게 소리를 질러대도 난 진짜로 무슨 일인지 도저히 말할 수가 없었지요. 여자는 꼬챙이에 꿴 것처럼 계속 소리를 질러대고. 사람들이 달려왔소. 마침내 벗어났을 때 난 기뻤소."

"맙소사, 도통 이해를 못하는군, 그건 전혀 다른 일이오."

"그럼 이건?"

"누군가 내게서 그 신문을 산다면 그걸 가져도 되오. 거기 헛소리가 있다고 해도 방해가 되지 않지. 그냥 그림이 사람들 마음을 끄는 거니까."

프란츠 비버코프의 왼쪽 눈이 거기에 찬성하지 않았다.

"그럼 여기 《여성의 사랑》과 《우정》이란 게 있지. 이들은 지껄여대지 않고 투쟁을 하오. 물론 인권을 위해 투쟁하는 거요."

"그들은 대체 뭐가 부족하다는 거요?"

"댁이 아직 모른다면 말인데, 175조항*이오."

오늘 란츠베르크 거리 알렉산더 궁전에서 마침 강연이 있다. 거기서 프란츠는 독일에서 매일 1백만 명의 사람들이 겪는

---

*동성애 관련 민법 조항.

불공평함에 대한 이야기를 들을 수 있을 것이다. 머리카락이 쭈뼛 솟을 거다. 그 사내가 그의 겨드랑이에 낡은 잡지들을 한 무더기 밀어 넣었다. 프란츠는 한숨을 쉬고 제 겨드랑이에 있는 꾸러미를 바라보았다. 어쨌든 가보기는 하겠소. 난 대체 거기서 무얼 하려고 하나, 이런 잡지들로 정말 장사가 될지 보러 가려나. 동성애 남자들. 그가 나한테 이런 짐을 주고는 집으로 가져가서 읽어보란다. 이 친구들을 불쌍히 여기는 사람도 있을 테지만 난 아무 관심도 없는데.

그는 큰 혼란에 빠져 물러났다. 리나에게 한 마디도 안 한 채 저녁에 혼자 버려둔 일도 그리 유쾌하지 않았다. 늙은 신문 장수가 그를 작은 홀 안으로 밀어 넣었다. 그곳에는 대부분 젊은 남자들이 앉아 있었고, 여자들도 몇 있었지만 남자와 함께 온 사람들이었다. 프란츠는 한 시간 동안 아무 말도 하지 않고 모자로 가린 채 히죽히죽 많이 웃었다. 10시가 지나자 더는 참을 수가 없었다. 그는 자신을 억눌러야만 했다. 이런 일과 이 사람들이 너무 웃겼다. 동성애 남자들이 이렇게나 많은 데다가 자기가 그들 속에 끼여 앉아 있다니. 그는 서둘러 밖으로 나와서 알렉산더 광장에 도착할 때까지 웃어댔다. 마지막에는 연사가 11월 27일에 켐니츠에서 경찰 명령이 있었다고 말하는 것을 들었다. 거기서는 동성애자들이 함께 거리로 나가면 안 되고, 공중변소에도 갈 수 없으며 잡히면 벌금을 30마르크 내야 한다고 했다. 프란츠는 리나를 찾아보았지만, 그녀는 집주인 여자와 함께 외출하고 없었다. 그는 자리에 누워 잠들었다. 꿈에서는 많이 웃고 또 욕을 했다. 멍청한 운전수가 자기를 태우고 지겔 대로변에 있는 롤란트 샘 주변을 계속 맴도는 가운데

116

운전수와 주먹질을 했다. 교통경찰이 뒤에서 따라왔다. 마지막에 프란츠는 자동차에서 뛰어내렸다. 그러자 자동차가 미친놈처럼 롤란트 샘과 그를 둘러싸고 빙빙 돌면서 멈추지 않아서 프란츠는 경찰관과 함께 서 있었다. 그들은 서로 상의했다. 우리가 저자를 어떻게 해야 하나, 저놈은 미쳤는데.

다음 날 오전에 그는 언제나처럼 주점에서 리나를 기다렸다. 잡지도 갖고 있었다. 그런 사내들이 어떤 고통을 받는지, 또 켐니츠와 30마르크 규정 등에 대해 그녀에게 말할 셈이었지만, 그런 건 아무래도 상관이 없었다. 그들이 이 조항을 받아들여야 한다. 메크도 올지 모른다. 그는 가축 상인들을 위해 무언가를 해야 한다. 아니, 나는 평화를 원한다. 그들이야 아무래도 상관없다.

리나는 그가 잠을 잘 못 잔 것을 금방 알아보았다. 그가 다소곳이 그녀에게 잡지를 밀어 보냈다. 그림이 위에 있었다. 리나는 놀라서 입을 꾹 다물었다. 그가 다시 정신에 대해 말하기 시작했다. 탁자에서 어제의 맥주 자국을 찾아보았지만 하나도 없었다. 그녀는 그에게서 물러났다. 어쩌면 그는 여기 잡지에 나오는 것 같은 그런 사람인지도 모르지. 그녀는 알 수가 없었다. 지금까지는 그렇지 않았는데. 그는 꼼지락거리면서 하얀 목재 위에 마른 손가락으로 선들을 그었다. 그러자 그녀는 잡지 꾸러미를 몽땅 탁자에서 집어 그가 앉은 벤치에 내려놓았다. 그러고는 화가 잔뜩 난 여자처럼 일어섰다. 그들은 서로 한참이나 바라보았다. 그는 꼬마 소년처럼 그녀를 올려다보았다. 그러자 그녀가 떠났다. 그는 잡지 뭉치와 나란히 앉아서 동성애 남자들에 대해 생각했다.

어느 날 저녁 대머리 사내가 산책을 하다가 티어가르텐 지역에서 예쁜 소년을 만났다. 소년이 금방 그의 팔짱을 끼고 그들은 한 시간 동안 산책을 했는데, 대머리 사내는 소망이 생겼다. 이 순간 소년을 사랑하고 싶다는 오, 충동과, 오, 열망이 참으로 거대하구나. 그는 유부남인데, 전에도 여러 번 그런 걸 느끼긴 했었지만, 그러나 이젠 분명하구나, 이거 정말 멋진데.

"그대는 나의 태양, 그대는 나의 황금."

이거 참으로 달콤하구나, 이런 게 있다는 것.

"가요, 우리 함께 작은 호텔로 들어가요. 당신이 내게 5마르크나 10마르크를 선물한다면 난 완전히 불타오를 거예요."

"그대가 바라는 대로, 나의 태양."

그는 지갑을 통째로 그에게 선물했다. 이런 게 존재한다는 것. 이게 세상에서 가장 아름답구나.

하지만 방에는 문을 통해 들여다보는 구멍들이 있으니. 주인이 무언가를 보고 여주인을 불렀고, 그녀도 무언가를 보았다. 그들은 자기 호텔에서 저런 일을 허용할 수 없다고 생각했다. 그들은 이미 목격했고 그도 부인하지 못했다. 자기들은 그런 걸 허용하지 않을 거고, 그는 사내아이를 유혹한 것을 부끄럽게 여겨야 한다. 자기들은 그를 고발할 셈이다. 호텔에서 일하는 남자와 침대를 정리하는 아가씨도 와서 히죽이 웃었다. 이튿날 대머리 사내는 유명한 아스바흐 우어알트 코냑 두 병을 사서는 출장을 떠나 헬골란트로 갔다. 취하도록 마시기 위해서였다. 비록 취해서 배를 타긴 했지만 이틀 뒤에는 다시 여자들에게로 돌아오고 그 밖에는 아무 일도 없었다.

한 달 내내, 1년 내내 아무 일도 일어나지 않았다. 그냥 한

가지 일만 일어났다. 미국의 삼촌에게서 3천 달러의 상속을 받고 즐겁게 살 수 있게 된 것이다. 하지만 어느 날 그가 온천으로 갔을 때 아내가 대신 서명하고 소환장을 받았다. 소환장에는 몰래 엿보는 구멍들에 대한 이야기와 지갑과 사랑스러운 소년 이야기가 죄다 들어 있었다. 대머리 사내가 온천에서 푹 쉬고 돌아와 보니 주변이 온통 울음바다였다. 아내와 다 큰 딸 둘이. 그는 소환장을 읽었다. 이건 전혀 사실이 아니다. 이거야말로 관료주의다. 저 카를 대제가 시작한 관료주의. 이제 그런 게 자기한테 일어났다. 그래도 그 말은 맞다.

"판사님, 제가 무슨 일을 했단 말입니까? 그 어떤 분노할 일도 하지 않았어요. 난 그냥 어떤 방에 들어갔죠. 엿보는 구멍들이 이런 노릇을 한다면 난들 어떡합니까? 벌 받을 짓은 일어나지 않았습니다."

소년이 그의 말을 확인해주었다.

"그러니까 내가 뭘 어쨌단 말입니까?"

모피 외투를 입은 대머리 사내가 눈물을 흘렸다.

"내가 도둑질을 했나요? 가택 침입을 했나요? 나는 그냥 사랑스러운 인간의 가슴에 침입한 것뿐입니다. 그에게 나의 태양이라고 말했어요. 그가 정말 그랬으니까요."

그는 석방되고 집은 여전히 울음바다.

'요술 피리' 댄스홀, 미국식 댄스홀이 1층에 있다. 개인적 축제를 위한 동양식 카지노도 있음. 크리스마스에 내 여자 친구에게 무엇을 선물할까? 여장 남자, 오랜 세월 실험 끝에 마침내 수염 뿌리와 수염 자국을 없앨 과격한 수단을 찾아냈다. 신체의 모든 부분에서 털을 없앨 수 있다. 동시에 놀랄 정도로 짧은 시간에 진짜 여성의 젖가슴을 만들어낼 방법도 알아냈다. 약물을 쓰지 않는, 절대로 안전한 방법임. 증거는 나 자신. 온갖 전선(前線)에서 사랑할 자유.*

별이 빛나는 하늘이 인류라는 어두운 장소를 바라보았다. 케르카우엔 성엔 깊은 밤의 평화가 깃들었다. 하지만 금발의 고수머리 여자가 머리를 베개에 박은 채 잠을 이루지 못했다. 아침이면, 아침이 되면 사랑하는, 마음 깊이 사랑하는 사람이 자기를 떠나려 한다. 꿰뚫어볼 수 없는 (캄캄한) 밤을 통해 속삭임이 불어갔다. 기자, 내 곁에 있어요, 내 곁에 남아요(떠나지 말아요, 멀리 가지 마, 떨어지지 말아요, 제발 앉아요), 나를 떠나지 말아요. 하지만 위안 없는 정적은 귀도 심장도 없으니(발도 코도 없지). 그리고 저쪽 겨우 담벼락 몇 개 떨어진 곳엔 창백하고 야윈 여자가 뜬눈으로 누워 있었다. 검은색 머리카락이 비단 침대 위에 어지럽게 흩어졌고(케르카우엔 성은 비단 침대로 유명하다). 냉기가 그녀를 뚫고 지나간다. 깊은 얼음 속에 잠기기라도 한 듯 이빨이 덜덜 부딪쳤다, 마침표. 하지만 그녀는 꼼짝도 하지 않고, 쉼표, 이불을 더욱 단단히 덮지도 않았다, 마침표. 얼음처럼 차가운 가는 손이 움직임 없이 (마치 깊은 얼음과 냉기 속에 있는 것처럼, 날씬한 여자가 뜬눈으로, 유명한 비단 침대) 그 위에 놓였다, 마침표. 번들거리는 그녀의 눈길이 어둠 속에서 이리저리 미친 듯이 헤매고 그 입술이 달달 떨리고, 쌍점, 따옴표, 로레, 줄표, 가운뎃줄, 로레, 가운뎃줄, 따옴표〔오리발〕, 오리다리, 양파와 함께 요리한 오리 간.**

*잡지에 나오는 광고 문구.

"아니, 아니야, 당신과 함께 가지 않을 거야, 프란츠. 이제 난 당신하고 끝이야. 당신 몸이 좀 마를걸."

"이리 와 리나, 그 사람한테 이 물건을 돌려줄게."

프란츠가 모자를 벗어 서랍장 위에 올려놓고는—그녀의 방에서—몇 번 그녀의 손을 꽉 잡자 처음에는 그의 손을 할퀴면서 울다가 그녀는 마침내 그와 함께 방을 나섰다. 그들은 그 문제의 잡지들을 각자 절반씩 들고는 로젠탈 거리, 새 쇤하우젠 거리 등을 거쳐 하케셔 시장에 있는 전쟁터를 향해 다가갔다.

전쟁터에서는 충실하고 칠칠치 못하고, 키가 덜 자라 조그만 리나가 울어서 벌게진 얼굴로 홈부르크 공(公)의 방식으로 독립적으로 전진했다. 국경 지역 출신의 고귀한 프리드리히 삼촌! 나탈리! 어서, 어서! 오 세계의 하느님, 이제 그가 끝장날 판이에요,*** 어쨌든! 그녀는 쏜살같이 달려서 곧비로 흰머리 사내의 신문 판매대로 갔다. 고귀하고 참을성 있는 프란츠 비버코프는 뒤에 남기로 결심했다. 그는 슈뢰더 수출입 회사의 담배 가게 뒤에 숨어서, 그곳으로부터 약간의 안개와 전차와 보행자들의 방해를 받으면서 이미 시작된 전투 행위 과정을 관찰했다. 영웅들은 그림처럼 완전히 그 일에 빠져들었다. 그들은 상대의 약점과 허점을 찾아보았다. 체르노비츠 출신의 리나 프르치발라, 농부 스타니슬라우스 프르치발라의 외동딸인—리나라는 이름을 붙였던 애들을 두 번이나 조산(早産)으로 잃고

**이 단락은 《여성의 사랑》이란 동성애 잡지에서 발췌한 인용문으로 괄호 속의 말을 덧붙이고 문장 부호를 사용한 말장난(따옴표=오리발)으로 그 내용을 비틀고 있다. '로레'는 여자 이름.
***하인리히 클라이스트의 희곡 〈홈부르크 공〉(1821)에서 자유롭게 인용한 것.

나서 얻은—그녀, 프르치발라 양은 사나운 몸짓으로 잡지 꾸러미를 털썩 내려놓았다. 그 이상은 거리의 소음에 섞여 잘 들리지 않았다.

"대단한 여자야, 정말 대단해."

즐거움으로 마비된 참을성 많은 프란츠는 경탄하면서 신음하듯이 내뱉었다. 예비 병력인 그가 전쟁터 중심부를 향해 다가갔다. 에른스트 큄멀리히 술집 앞에서 이미 영웅이며 승리자인 리나 프르치발라가 그를 향해 웃었다. 촌스럽지만 즐거움에 넘쳐서 소리쳤다.

"프란츠, 돌려주었어."

프란츠는 이미 그것을 알고 있었다. 술집에서 그녀는 제 생각에 그의 심장이라고 여기지만 실은 울 셔츠 아래 흉골과 왼쪽 허파의 윗날개 부분에 해당하는 신체 부위에 선 채로 기댔다. 길카 브랜디 첫 잔을 들이켜며 그녀는 의기양양했다.

"게다가 그는 그 쓰레기를 길거리에서 주워야 하니까."

이제, 오 불멸성이여, 넌 온전히 나의 것, 얼마나 대단한 광채가 퍼지나, 만세, 만세, 페르벨린 전투의 승리자인 홈부르크 공 만세! (시녀들, 장교들, 깃발들이 성의 가장자리로 나타난다.)

"일카* 한 잔 더 줘요."

*길카의 사투리 발음.

하젠하이데의 신세계,
삶이란 이것 아니면 또 다른 것,
삶이 원래 그런 것보다 더 힘들게 만들지 마라

프란츠는 방에서 리나 프르치발라 양과 함께 앉아 그녀를 바라
보며 웃었다.

"리나, 창고 관리인이란 게 뭐지?"

그러면서 그녀를 주먹으로 툭 쳤다. 그녀가 멍하니 바라보
았다.

"저 푈슈 있잖아, 걔가 창고 관리인이야. 음반 가게에서 판
들을 밖으로 날라야 해."

"내 말은 그게 아니고. 내가 당신을 슬쩍 밀치면 당신이 소
파에 눕지, 난 그 옆에 눕고, 그럼 당신이 여자 창고 관리인이
고, 난 남자 관리인이야."

"그런 거 같네."

그녀가 꺅 소리를 냈다.

우린 한 번 더, 한 번 더, 발레랄레랄레랄라, 즐겁게 보내자,
트랄랄랄라. 그렇게 우린 한 번 더, 한 번 더 즐겁게 보내자, 즐
겁게.

그들은 소파에서 일어나―당신 아직 아픈 건 아니죠, 신사분, 안 그럼 의사 선생께 가야죠―즐겁게 하겐하이데로, 그곳 신세계로* 간다. 기쁨의 불이 활활 타오르고, 가장 날씬한 장딴지 상을 주는 곳. 무대 위에는 티롤 의상을 입은 악대. 나직하게 부르는 노래.

"마셔라, 마셔, 형제여, 마셔라, 걱정일랑 집에 두고, 근심을 피해라, 고통을 피해라, 그러면 인생은 농담, 근심을 피해라, 고통을 피해라, 그러면 인생은 농담."**

그러자 음악이 다리로 들어갔다. 박자에 맞추어, 맥주 조끼들 사이로 그들은 미소를 짓고, 함께 흥얼거리고, 팔을 박자에 맞추어 흔든다.

"마셔라, 마셔, 형제여, 마셔라, 걱정일랑 집에 두고, 마셔라, 마셔, 형제여, 마셔라, 걱정일랑 집에 두고, 근심을 피해라, 고통을 피해라, 그러면 인생은 농담."

찰리 채플린이 그곳을 방문한 적이 있었다, 북동부 도이치 사투리로 말하면서, 커다란 신발을 신고 통 넓은 바지를 입고 저기 난간에 서서, 아주 젊지는 않은 여인의 다리를 꼬집고 그녀와 함께 미끄럼틀을 타고 내려왔었다. 수많은 가족들이 식탁 주변을 더럽히고, 또 종이술이 달린 긴 막대를 50페니히에 사서 온갖 연결을 만들어낼 수도 있다. 목구멍은 예민하고 오금도 예민하다. 나중에는 다리를 쳐들고 빙글 돈다. 대체 이게 다 누구야? 남자와 여자 시민들, 저쪽엔 방위병도 한 무리 섞였

*하겐하이데에 있는 댄스홀 '신세계'를 말한다.
**오늘날까지도 인기 있는 빌헬름 린데만의 이 노래는 1927년에 발표되었다.

네. 마셔라, 마셔, 형제여, 마셔라, 걱정일랑 집에 두고.

파이프, 담배, 시가 등의 연기가 구름처럼 뭉게뭉게 피어올라 거대한 홀 전체에 안개가 낀 듯하다. 연기가 심하면 연기는 그 가벼움 덕분에 위로 올라가려 하고, 연기를 내보낼 준비가 되어 있는 틈이나 구멍, 환풍기 들을 쉽게 만난다. 하지만 바깥에선, 바깥은 시커먼 밤과 추위. 그러면 연기는 제 가벼움을 후회하고 제 특성에 저항해보지만, 그러나 환풍기는 한 방향으로만 돌기 때문에 돌아갈 길이 없다. 너무 늦었다. 연기는 물리법칙에 붙잡혔다. 연기는 제 모습이 어떤지 모르기에 제 이마를 붙잡으려 하지만 이마는 없고, 생각하려 하지만 생각도 할 수 없다. 바람과 추위, 밤이 연기를 차지한다, 연기는 이미 보이지 않는다.

어떤 탁자에 두 쌍의 남녀가 앉아서 통행인들을 바라본다. 희끗희끗한 무늬의 양복을 입은 신사가 뚱뚱한 흑인 여인의 젖가슴 위로 콧수염 기른 얼굴을 기울인다. 그 달콤한 가슴은 떨리고, 콧구멍은 벌렁벌렁, 그는 그녀의 가슴을 보고, 그녀는 그의 퉁퉁한 뒷머리를 보고.

그 옆에서 노란 체크무늬 여자가 웃는다. 그녀를 동반한 신사는 팔로 그녀의 의자 주변을 둘렀다. 그녀는 훌륭한 치아를 갖고 또 외알 안경을 갖고 있어서, 안경으로 덮이지 않은 왼쪽 눈은 불이 꺼진 것 같다. 그녀는 미소 짓고, 담배 연기를 내뿜고, '당신이 무엇을 물어도' 머리를 가로젓는다. 옆 탁자에는 금발의 파마머리 젊은 여자가 앉았다. 그녀는 발육 좋은, 그러나 잘 가린 엉덩이로 낮은 걸상의 쇠판을 덮었다. 그녀는 비프스테이크와 함께 밝은 맥주 석 잔을 마신 덕에 콧소리를 내며 음악에 맞추어 흥겹게 흥얼거린다. 그녀는 수다를 떨고, 또 떨고, 팔을 그의 목 주위로 두른다. 노이쾰른 회사의 제2정비사의 목을, 그에게 이 젊은 여자는 올해만 네 번째 관계, 또는 거꾸로 보자면 그는 그녀의 열 번째, 또는 그녀의 사촌까지 포함하면 열한 번째 애인, 사촌은 그녀의 약혼자다. 그녀는 눈을 뜬다, 위에서 언제라도 채플린이 떨어질 수 있기에. 정비사는 어디서 무슨 일이 일어나든 두 손을 미끄럼대로 향한다. 그들은 소금 뿌린 프레첼을 주문한다.

작은 식품 가게를 공동 경영하는 서른여섯 살 신사가 50페니히를 내고 커다란 풍선 여섯 개를 사서 악대 앞의 통로에서 하나씩 위로 날려 보냈는데, 마침 다른 볼거리가 없는 탓에 홀로 또는 짝을 이루어 돌아다니던 아가씨, 여인, 처녀, 과부, 이혼한 여자, 간통한 여자 등의 관심을 끌어 편하게 인연을 찾아낸다. 20페니히를 내면 역기를 드는 곳으로 연결된 통로로 들어간다. 슬쩍 미래를 엿보기. 물을 촉촉이 묻힌 손가락으로 두 개의 하트 사이 화학 약품이 묻은 곳을 원이 되도록 톡톡 치고, 그 상태로 위에 비어 있는 종이를 몇 번 문질러라, 그러면 미래의 모습이 나타난다. 당신은 어린 시절부터 올바른 길에 있다. 당신의 심정은 거짓을 모르고, 그런데도 당신은 섬세한 감정 덕분에 시샘하는 친구들이 만들어내는 함정을 냄새 맡는다. 계속해서 당신 자신의 삶의 기술을 믿으시오. 당신이 이 세상에 태어날 때 빛나던 당신의 별이 언제나 안내자가 될 것이고, 또한 당신의 삶을 완전하게 만들어줄 삶의 동반자를 만나도록 도와줄 것이다. 당신이 믿을 수 있는 동반자는 당신과 동일한 특성을 가진 사람이다. 그 사람의 구애는 격렬한 것이 아니지만 그 사람 곁에서 누리는 조용한 행복은 그럴수록 더욱 지속적인 것이다.*

다음 번 홀에 있는 옷 보관소 옆의 발코니에서 악대가 아래쪽을 향해 악기를 연주했다. 이 악단은 빨간 조끼를 입은 채로, 마실 게 없다고 계속 소리쳤다. 아래쪽에는 소박한 더블 프록코트를 입은 뚱뚱한 남자가 서 있었다. 그는 특이한 줄무늬 종이 모자를 쓴 채로 노래하면서, 종이 카네이션을 단춧구멍에 꽂으려고 애썼지만, 맑은 맥주 여덟 조끼, 펀치 두 잔, 코냑 넉 잔을 마신 탓에 도무지 끼울 수가 없다. 그는 시끄러운 가운데 악대를 향해 노래를 하고, 이어서 무섭게 퍼진 늙은 여자와 왈츠를 추었다. 그는 회전목마 방식으로 점점 더 크게 원을 만들며 춤을 추었다. 이 여자는 춤을 추면서 점점 더 옆으로 멀어졌지만 그래도 폭발 직전에 세 개의 의자에 앉을 만큼의 본능은 남아 있었다.

프란츠 비버코프와 프록코트를 입은 이 사내는 휴식 시간에 음악이 맥주를 달라고 소리치던 발코니 아래서 서로 만났다. 빛나는 푸른 눈이 프란츠를 바라보았다. 사랑스러운 달아, 너는 참으로 고요히 가는구나,** 다른 한 눈은 멀었다. 그들은 각자 하얀 맥주 조끼를 치켜들었다. 상이용사가 목쉰 소리로 껑껑거렸다.

"너도 그 배신자구나, 다른 놈들은 여물통에 앉아 있지."

그는 꿀꺽 마셨다.

---

*당시 시장에서 흔히 볼 수 있던 점성술 광고 문안을 짜깁기한 것.
**노래 인용.

"내 눈을 그렇게 뚫어지게 들여다보지 말아요, 나를 봐요, 어디서 복무했나요?"

그들은 잔을 부딪쳐 건배를 했다. 악단의 연주, 우린 마실 게 없어, 우린 마실 게 없어. 이봐, 그것 좀 그만둬, 잔을 들고, 기분 좋게, 늘 기분 좋게, 건배, 건배.

"자네 독일 남잔가, 진짜 독일 남자? 이름이 뭔가?"

"프란츠 비버코프요. 이봐 뚱보 아가씨, 이 사람이 나를 모르네."

상이용사가 속삭였다. 손으로 입을 가리고 트림을 했다.

"독일 남자라 이거지, 가슴에 손을 얹고. 저 빨갱이들과 한 패는 아니란 말이지. 아님 자넨 배신자야. 배신자는 내 친구가 아니다."

그가 프란츠를 얼싸안았다.

"폴란드 놈들, 프랑스 놈들, 우린 조국을 위해 피를 흘렸건만 그게 우리 민족이 주는 감사 인사야."

그런 다음 재빨리 몸을 빼더니 거기 있던 뚱뚱한 여자와 함께 다시 춤을 추었다. 어떤 음악이 나와도 똑같은 왈츠였다. 그는 비틀거리더니 이리저리 두리번거렸다. 프란츠가 소리쳤다.

"여기요."

리나가 그를 잡았다. 그는 리나와 함께 춤을 추고 나서 그녀와 팔짱을 낀 채 바에 있는 프란츠 앞에 나타났다.

"실례합니다만, 내가 이렇게 함께 즐기는 분이 뉘신지, 성함 좀 알려주시오."

마셔라, 마셔, 형제야, 마셔라. 걱정일랑 집에 두고, 근심을 피해라, 고통을 피해라, 그러면 인생은 농담.

돼지 도가니 둘, 돼지 목살 요리 하나, 이 숙녀는 고추냉이를 먹었고, 옷 보관실, 대체 어디다 맡겼나요, 여긴 옷 보관실이 두 군데라서, 죄수들은 조사를 받을 때 결혼반지를 껴도 되나? 나 같으면 안 된다고 할 텐데. 보트 클럽은 4시까지 열었지. 저기 자동차가 다니는 길은 아주 형편없어, 거기서 자동차 지붕으로 뛰어내리는 거야, 다이빙을 하는 거지.

상이용사와 프란츠는 서로 뒤엉긴 채 바에 앉았다.

"내 자네한테 한 마디 하지. 그들이 내 연금을 줄였어, 난 빨갱이 편으로 넘어갈 거야. 불꽃 칼을 들고 우리를 낙원에서 쫓아낸 건 대장 천사, 그 뒤로 우린 되돌아가지 않아. 저기 하르트만스바일러코프*에 주둔하고 있을 때 난 중대장에게 말했어. 그는 나처럼 슈타르가르트 출신이지."

"슈토르코?"

"아니, 슈타르가르트. 난 그 카네이션을 잃어버렸네, 아니, 여기 매달려 있다."

바닷가에서 키스를 해본 사람은, 그 찰랑이는 파도 소리를 들어본 사람은 지상에서 가장 아름다운 게 무언지 알지, 그런 사람은 사랑과 이야기했어.**

프란츠는 이제 〈민족 관찰자〉를 팔았다.*** 그는 유대인에

---

*프랑스-독일 간 전략적 요충지로 1차 세계대전 때 프랑스군과 독일군이 격심한 전투를 벌인 곳. 남 포게젠 산맥에 있는 봉우리.
**당시의 유행가.
***1918년부터 발간되던 신문. 1926년 이후로 베를린 관구 지도자가 된 요제프 괴벨스가 이것을 나치당의 선전지 겸 인종주의 선동지로 만들었다.

대해 어떤 악감도 없었지만, 그래도 질서를 좋아했다. 낙원에도 질서가 있을 것이다. 그런 거야 누구든 알 수 있다. 그는 또한 철모단* 사람들을 보았고 그들의 지도자들도 보았다. 정말 대단했다. 그는 포츠담 광장의 지하철 입구에서 팔고, 프리드리히 거리의 통로와 알렉산더 광장의 기차 정거장 아래서도 팔았다. 그는 저 '신세계'에서 만났던 상이용사와 의견이 같았다. 뚱뚱한 여인과 함께 있던 저 외눈박이 사내 말이다.

강림절 첫째 주일을 맞이하여 도이치 민족에게. 너희 망상을 깨뜨리고 온갖 술수로 너희를 뒤흔드는 자들을 벌주어라! 그러면 진리가 그 권리의 칼과 번쩍이는 방패를 들고 적에게 승리를 거두기 위해 싸움터에서 일어서는 그날이 올 것이다.

"이 구절을 쓰는 동안 제국 깃발의 기사들에 맞선 공판의 날이 밝고 있다.** 저들의 강령에 퍽이나 어울리는 평화주의 발언과 또한 그런 생각에 어울리는 용기의 발언이라는 측면에서 15~20배나 우세한 이들이 겨우 몇 명밖에 안 되는 국가 사회주의자들***을 기습하여 쓰러뜨리고는 당 동지 히르슈만을 짐승과 같은 방식으로 죽였다. 당의 명령에 따라 거짓말의 권한을 갖게 된 피고들의 진술로부터, 그 당의 밑바탕에 놓인 원칙을 분명히 밝혀주는바, 얼마나 고의적인 잔혹함으로 그런 일이 이루어졌는지 드러날 것이다."

---

*1차 세계대전 마지막에 전선에서 돌아온 군인들로 구성된 조직. 나치당과 이념적으로 비슷해 서로 동맹을 맺었다.
**1924년 공화국 수호를 위해 설립된 사민당 그룹 '제국 깃발의 기사'에 맞서 1927년 뮌헨에서 소송이 벌어졌다. 이들은 1927년 5월 25일에 나치당원 히르슈만을 살해했다는 이유로 고발당했다.
***나치당원.

"참된 연방주의는 반유대주의이며, 유대인에 맞선 싸움은 바이에른의 독립적 주권을 위한 싸움이기도 하다. 시작하기 한참 전부터 이미 거대한 마태의 축제 홀은 사람이 가득 찼고, 그런데도 새로운 방문객이 계속 밀려들었다. 집회가 시작되기까지 우리의 옹골찬 악대가 빠른 행진곡과 짧은 곡들을 경쾌하게 연주하여 분위기를 띄웠다. 8시 반에 당 동지 오버레러가 충심의 인사로 집회를 시작했고, 이어서 당 동지 발터 암머가 연설을 시작했다."

그가 점심때 조심스럽게 민족 관찰자 완장을 호주머니에 넣고 엘자스 거리의 주점에 들어서자 동지들이 삐딱하게 웃었다. 그들은 그의 호주머니에서 완장을 끄집어냈다. 프란츠는 그것을 포기했다.

그가 직장을 잃은 젊은 칠물공에게 말했다. 칠물공은 놀라서 커다란 맥주잔을 내려놓았다.

"자네 나를 비웃는 건가, 리하르트, 어째서지? 결혼을 해서? 넌 이제 스물한 살이고 마누라는 열여덟이지. 자네가 삶에 대해 무얼 안다고? 마이너스 3이지. 리하르트, 우리가 아가씨들에 대해 이야기하고 있을 때 넌 벌써 아들을 하나 얻겠지, 그럼 그 애 때문에 네가 훌륭하다 치자. 하지만 그 밖에는 뭐가 있지? 어?"

파업하다 쫓겨난 서른아홉 살의 연마공 게오르크 드레스케가 프란츠의 완장을 흔들었다.

"게오르크, 완장을 자세히 살펴봐야 거기 책임 못 질 건 아무것도 없어. 나도 전쟁 때 도망쳤지. 자네처럼 말이야. 나도 그랬지만, 나중에 보니 그게 대체 뭐였냐 이거지. 누군가가 붉은 허리띠를 차거나, 황금색을 차거나, 검정-하양-붉은색을 차거나 그것으로 시가 맛이 더 좋아지는 건 아니잖나. 담배란 바깥 잎과 속잎을 그냥 제대로 잘 말아서 잘 말리는 게 중요하지. 어디 것이 되었든. 말해봐. 우리가 대체 무엇을 했나, 게오르크, 말해보라고."

그는 아주 조용히 완장을 제 앞 탁자에 내려놓고 맥주를 들이켰다. 몹시 망설이면서 이따금 말을 더듬으며 여러 번 혀로 입술을 문질렀다.

"난 그냥 자넬 보는 거야, 프란츠, 그냥 말하는 거라고, 자네를 그 옛날 아라스와 코브노 시절*부터 알고 지냈지. 그들이 너를 근사하게 속였더군."

"그 완장 때문에 그런 생각을 하는 거냐?"

"그리고 모든 것 때문에. 그만 해. 그렇게 사람들 사이로 헤집고 다닐 필요는 없잖아."

이번에는 프란츠가 일어섰다. 그러면서 초록색 학생 칼라를 단 금속공 리하르트 베르너가 마침 그에게 뭔가를 물으려는데 그를 옆으로 밀쳐버렸다.

"아니, 꼬마 리하르트, 넌 피부가 아직 뽀송뽀송하다만 이건 어른들의 일이다. 네가 투표권을 가졌다 해도 나와 게오르크의 일에 나설 형편은 못 되지."

그런 다음 그는 생각에 잠겨서 연마공 게오르크의 탁자 옆에 가서 섰다. 커다란 푸른색 앞치마를 두른 술집 주인이 코냑 선반 앞에 서서 두 손을 설거지통에 담근 채로 주의 깊게 이쪽

*1차 세계대전.

132

을 바라보았다.

"그러니까 게오르크, 아라스가 어쨌다고?"

"대체 그게 어떻다는 거야. 너는 알지. 도망친 이유를 말이야. 그런 다음 이 완장. 맙소사, 프란츠, 나 같으면 차라리 그걸로 목을 매달겠다. 그들은 정말로 너를 속인 거야."*

프란츠는 매우 확고한 눈길로 말을 더듬으며 머리를 뒤로 젖히는 연마공의 눈을 뚫어져라 들여다보았다.

"아라스 일은 나도 알고 싶어. 아직도 느껴보고 싶단 말이다. 네가 아라스에 있었다면 말이지!"

"너 정말 맛이 갔구나, 프란츠, 네가 취했다고 말하려는 건 아니지만."

프란츠는 기다리면서 생각했다. 벌써 내가 놈을 이긴 거야, 녀석은 아무것도 모른 척하면서도 제가 한 수 위라는 듯이 굴고 있네.

"그야 물론 게오르크, 우린 물론 아라스에 있었지. 아르투어 뵈제와 블룸 그리고 작은 하사관과 함께, 이름이 뭐더라, 어쨌든 웃기는 이름이었지."

"잊어버렸어."

이놈이 말하게 해야지. 이 자식이 취했다, 다른 사람들도 그걸 느낀다.

"기다려봐, 그 이름이 뭐더라, 비스타, 아니 비스크라, 뭐 그런 거지, 쪼끄만 친구였는데."

---

*노동자 계층인 프란츠는 오랜 세월 공산주의자들과 함께하다가 적당한 일거리를 구하지 못하자 이제 나치당 기관지를 팔고 있고, 그 때문에 옛날 공산주의 동지들과 갈등을 빚고 있다. 당시 베를린의 일상적 상황.

이놈이 말하게 해야 해, 난 아무 말도 않겠어, 이놈 말이 꼬이는데, 그럼 아무 말도 않겠지.

"그래, 우리 모두 그를 알았지. 다만 난 그 이야길 하는 게 아니야. 우리가 나중에 갔던 곳, 아라스 근처 말이야, 그게 어떻게 끝났지, 18년 이후에 말이야, 그때 또 다른 일이 시작되었지, 여기 베를린과 할레와 킬과 또 다른 곳에서……."[*]

게오르크 드레스케는 단호한 태도로 거부했다. 이것 참 너무 멍청한걸, 그따위 헛소리를 하려고 내가 여기 술집에 있는 건 아니지.

"아니, 그만둬, 난 금방 갈 거니까. 그런 건 저 어린 리하르트한테나 이야기해줘라. 이리 오게, 리하르트."

"내 앞에서 참 대단하게 구시는데, 남작님. 그러니까 이젠 오직 남작님들하고만 이야기를 하겠다? 저 높으신 나리께서 이런 주점엘 다 오시다니."

게오르크의 불안한 눈에 맞선 밝은 눈길.

"내 말이 그 말이야. 바로 그거다, 게오르크. 우리가 18년 이후에 아라스에 주둔하고 있을 때, 야전 포병대든 보병이든 고사포 부대든 무선 기사든 아니면 삽질을 했든 뭘를 했든 말이다. 그런 다음 평화가 오자 우리는 어디 있었지?"

나한테 알려줘 봐라, 기다려봐, 자식아, 네가 그 부분을 건드려선 안 되지.

"그럼 우선 내 맥주잔부터 조용히 다 비우고, 너, 이 새끼 프

---

[*]1918년 11월 혁명을 가리킨다. 되블린은 《1918년 11월》이라는 방대한 분량의 소설에서 이 시기 역사를 상세히 다루었다.

란츠야, 네가 그 뒤에 어디 갔었는지, 갔거나 안 갔거나, 섰거나 앉았거나, 그게 다 어디였는지는 네 서류나 뒤져봐라, 마침 갖고 있다면 말이다. 거리에서 물건을 판다면 서류쯤은 들고 다녀야지."

그래, 네가 내 말을 잘 알아들었구나, 좋다, 잘 기억해두어라. 그는 침착한 눈길로 게오르크의 간교한 눈길을 들여다본다.

"18년 이후 4년 동안 난 베를린에 있었다. 그전에 전쟁도 그보다 더 오래 걸리진 않았어, 물론 그렇다, 난 이리저리 돌아다녔지. 너도 돌아다녔고. 여기 리하르트는 아직 엄마 품에 안겨 있을 때지만. 여기 베를린에서 아라스의 일을 조금이라도 느껴본 적 있냐? 넌 그래? 우린 인플레이션을 겪었지, 종잇조각, 수백만, 수조 마르크를 내도 고기도 버터도 못 샀다, 이전보다 더 나빴지.* 우린 그런 걸 겪었어, 너도, 게오르크, 그런데 아라스는 어디 있더냐, 네 손가락으로 헤아릴 수 있다면 말이다. 그런 건 아무것도 아니다. 대체 어디 있냐? 우린 이리저리 돌아다니며 농부들에게서 감자를 훔쳤지."

혁명이라고? 깃대를 해체하고 깃발을 방수포 봉투 안에 챙겨서 옷 궤짝에 집어넣어라. 여자들한테 실내화를 갖다 달라 하고 새빨간 넥타이를 매라. 니들은 만날 혁명을 주둥이로 하지, 니들 공화국은—작업 사고다!

게오르크가 생각한다. 이거 참말 위험한 친구네. 리하르트

---

*1차 세계대전 이후의 막대한 전쟁 배상금, 그리고 프랑스가 산업적으로 몹시 중요한 라인란트 지역을 점령한 탓에 1922년부터 독일에 심각한 인플레이션이 시작됐고 이후 더 극심해지면서 1923년 가을에는 절정에 달했다. 1923년 11월 렌텐마르크 도입과 더불어 급격한 통화 가치 하락이 멎고 그로써 경제적 안정이 이루어졌다.

베르너, 이 젊은 얼간이가 계속 주둥일 놀릴 텐데.

"너야 더 좋았겠네, 그런 걸 더 좋아할 테니, 프란츠, 우린 새로운 전쟁을 한다, 니들은 그걸 우리 편에 떠넘겨주고 싶겠지만. 우린 즐겁게 프랑스를 패주려고 한다. 그럼 네 호주머니에 커다란 구멍이 뚫리겠지."

프란츠가 생각한다. 원숭이 같은 놈, 흑백 튀기, 깜둥이 낙원 같으니. 이놈은 전쟁이라곤 영화를 통해서만 알지, 머리에 한 방, 그러곤 찰칵.

주인이 푸른 앞치마에 두 손을 문지른다. 깨끗한 유리잔들 앞에 초록색 설명서가 놓여 있다. 주인은 읽으면서 숨을 헐떡인다. 손으로 수확한 케르비더—볶은 커피는 구할 수 없다! 인민 커피(2급품과 볶은 커피). 갈지 않은 순수한 커피 2.29, 산토스 순수함 보장, 1급 산토스 가정용 혼합 커피 강하고 경제적, 판 캄피나스 강한 멜랑주 순수한 맛, 탁월한 멕시코—멜랑주, 좋은 가격의 농장 커피 3.75. 철도로 수송된 것, 최소 포장, 36파운드 다양한 상품. 저 위 연통 옆 천장에서 꿀벌 아니면 말벌 아니면 똥파리 한 마리가 빙빙 돈다, 겨울철에 완벽한 자연의 기적. 놈의 혈통의 동지, 행동 방식의 동지, 기질적 동지, 종족의 동지들은 다 죽었다. 이미 죽었거나 아니면 아직 태어나지 않았다. 이 빙하 시대에 이 고독한 똥파리는 계절을 견디지만, 제가 어떻게 이리로 왔는지, 왜 하필 제가 왔는지 모른다. 소리 없이 앞쪽의 탁자와 바닥을 비추는 햇빛, '파첸호퍼 양조장'이라는 간판 덕에 두 덩이로 나뉜 햇빛은 아주 오래된 것, 그것을 바라보면 모든 게 허망하고 무의미하다. 이 햇빛은 X 마일 저 멀리서 저 항성 Y를 지나쳐 왔다. 태양은 수백만 년 전부터,

느부갓네살 왕보다 훨씬 이전, 아담과 이브보다 더 이전, 익티오사우루스보다 더 이전부터 비쳤는데, 지금은 창문을 통해 이 작은 맥줏집을 비춘다. 양철 간판 '파첸호퍼 양조장'으로 인해 두 덩이로 나뉘어, 탁자와 바닥을 비추고 보이지 않게 조금씩 다가온다. 햇빛은 그들을 비추고, 그들은 그것을 안다. 햇빛은 날개가 달려, 가볍고, 너무 가볍고, 빛처럼 가볍고, 저 높은 하늘에서 내가 온다.

헝겊을 뒤집어쓴 커다란 두 짐승, 두 인간, 두 사내, 프란츠 비버코프와 게오르크 드레스케, 신문팔이와 직장에서 쫓겨난 연마공은 탁자 앞에서 바지 속에 두 다리를 굳건히 딛고 똑바로 서서 두툼한 외투 소매 안에 감추어진 팔을 상판에 기대고 있다. 두 사람은 제각기 생각하고, 관찰하고 느낀다, 둘이 각기 다른 것을.

"그렇다면 너는 아라스란 건 아예 없었단 걸 알고 또 생각할 수 있을 거야, 게오르크. 우린 그걸 이루지 못한 거야, 우린 못했지, 그냥 조용히 그렇게 말하면 돼. 아니면 니들과 거기 있던 자들도 못한 거지. 기율도 없었고, 명령하는 사람도 없었고, 언제나 제각기 서로에게 맞섰던 거지. 난 구덩이에서 튀었고, 너도 그리고 뵈제도 함께 튀었지. 그래 여기 후방은 사정이 어땠어? 또 누가 도망쳤지? 거의 모두야. 여기 아무도 남아 있지 않았어, 너도 보았지. 어쩌면 한 줌, 한 천 명쯤이나 남았을까."

이 순간 상대가 말을 넘겨받으면서, 멍청이가 되어 그만 함정에 걸려들고 말았다.

"우리가 속았기 때문이지, 프란츠, 18년과 19년에, 높으신 분들에게 말이다. 그들이 로자 룩셈부르크와 카를 리프크네히트를 죽였다. 그러니 인민이 힘을 합쳐서 무언가를 해야 한다. 러시아를 봐라, 레닌을. 그들은 합쳐서 하나가 되었어. 하지만 기다려봐라."

피가 흘러야 해, 피가 흘러야 해, 피가 아주 왕창 흘러야 한다.

"나하곤 아무 상관없어. 세상은 기다리다가 망가지고, 너도 그럴걸. 그런 건 나한텐 상관없는 일이야. 나한텐 이게 증거야. 그들은 성공하지 못했다, 그걸로 나한텐 충분해. 저 하르트만 스바일러코프처럼 아주 작은 일도 이루지 못했어. 그에 대해선 저기서 어떤 사람이, 그 상이용사가 계속 설교를 해댔지, 그도 거기 있었다더라, 넌 그를 알지 못해, 그것조차 안 하지. 그러니까……."

프란츠는 몸을 일으켜 탁자에서 제 완장을 집어 재킷에 넣었다. 그러고는 왼팔을 이리저리 휘두르며 천천히 제자리로 돌아갔다.

"난 언제나 하는 말을 하는 거야, 알겠지, 너도 알아두어라, 리하르트. 니들이 하는 그런 일로는 아무것도 안 된다는 걸 말이다. 그런 식으로는 안 돼. 여기 이 완장을 가진 자들이 뭔가 해낼지 모르겠다. 나도 아무 말 안 했다. 하지만 그거야 다른 문제지. 이 땅에 평화를, 그게 좋아, 일하고자 하는 사람은 일을 해야 하고, 그런 멍청이 짓을 하기에 우린 너무 훌륭해."

그러곤 창가 자리에 앉아서 뺨을 문지르고는 밝은 실내를 바라보고, 귀에서 머리카락 하나를 뽑는다. 9번 전차가 모퉁이를 돌아 덜컹거리며 나타난다. 오스트링, 헤르만 광장, 빌텐브루흐 광장, 반호프 트렙토, 바르사우 다리, 발텐 광장, 크니프로데 거리, 쇤하우젠 대로, 슈테틴 정거장, 헤드비히 교회, 할레 문, 헤르만 광장. 술집 주인은 놋쇠로 된 맥주 꼭지에 몸을 기대고는 아래턱에 새로 해 넣은 납땜을 빨아보고 핥아서 약국 같은 맛을 느낀다. 딸 에밀리는 여름에 다시 시골로 가야 한다. 아니면 다른 학생들과 함께 친노비츠로 가야겠지, 아이는 벌써 병색이다. 그의 눈길이 다시 비스듬히 놓인 초록색 설명서에 떨어졌다. 그는 그것을 반듯하게 고쳐놓았다. 그러면서 약간 두려움을 느꼈다. 그는 조금이라도 비뚤어진 꼴을 못 본다. 1급 소스에 절인 비스마르크 청어, 가시 없는 부드러운 살코기, 안에 피클을 넣어 둘둘 말아 1급 소스에 담근 청어*, 젤리에 담은 청어, 큰 덩어리, 부드러운 살코기, 훈제 청어.

낱말들, 소리를 내는 파도, 내용으로 채워진 웅성거림의 파도가 실내를 통해 이리저리 오간다, 바닥을 향해 미소를 지은 채, 말더듬이 게오르크 드레스케의 목에서 나온 소리.

"그렇다면 행운을 빈다, 프란츠. 저 수도사의 말처럼 네 새로운 삶의 길에서 말이다. 1월에 우리가 프리드리히스펠데로 행진하면, 저 카를과 로자를 위해서 말이지, 너도 이전엔 왔었지, 하지만 이번엔 오지 마라."**

저놈은 말을 더듬으라지, 난 내 신문을 판다.

자기들끼리만 남게 되자 주인이 프란츠를 보고 미소를 지었다. 그는 탁자 아래서 편안하게 다리를 쭉 뻗었다.

"헨슈케, 놈들이 어째서 도망친다고 생각하죠? 완장은? 놈

*롤몹스.
**1919년 1월 15일에 사회주의자 로자 룩셈부르크와 카를 리프크네히트가 살해되었다. 그들을 추종하던 사람들이 이날을 기념하여 범행이 이루어진 장소로 행진하는 것을 말한다.

들은 지원군을 부르러 간 거예요."

이놈이 그만두지를 않네. 그들이 여기서 놈을 쫓아내겠군. 피가 흘러야 해, 피가 흘러야 해, 피가 왕창 흘러야 한다.

주인은 이빨 납땜을 다시 혀로 맛본다. 도요새를 창가로 옮겨야겠다. 저런 짐승도 햇빛을 좀 보고 싶어 하니까. 프란츠가 그를 도와 카운터 뒤에 못을 박고 주인은 퍼덕이는 짐승이 들어 있는 새장을 다른 벽에서 이쪽으로 가져온다.

"오늘 날씨 한번 어둡네. 다 높은 건물들 탓이야."

프란츠는 의자 위에 서서 새장을 걸고, 아래로 내려와 휘파람을 불고 엄지손가락을 들어 올리며 속삭인다.

"이젠 아무도 다가오지 않을 겁니다. 금방 익숙해지지요. 도요새니까."

두 사람은 아주 조용히 서로 고개를 끄덕이고는 바라보며 미소를 짓는다.

프란츠는 수준 있는 남자이니,
제가 무얼 빚지고 있는지 안다

저녁에 프란츠는 헨슈케네 술집에서 제대로 쫓겨났다. 9시에 그는 혼자 터벅터벅 걸어 도요새가 있는 곳으로 갔다. 새는 막대 끝에 앉아 날개 밑에 고개를 파묻은 채 자고 있었다. 저런 짐승은 자면서도 떨어지지 않는다니까. 프란츠는 주인에게 속삭였다.

"저 짐승에 대해 무어라고 하시겠소, 이런 소란 속에서도 잠을 자니 말입니다. 정말 대단하지 않아요, 몹시 피곤한 모양이네. 여기 이 많은 담배 연기가 새에게 좋을지 모르겠네, 저 작은 허파에 말이오."

"우리 집에선 그 밖에 다른 건 못 겪어봤다오, 여긴 언제나 연기가 자욱하지, 여긴 술집이니, 오늘은 그래도 옅은 편이오."

그런 다음 프란츠는 자리에 앉았다.

"그럼 난 오늘은 피우지 말아야겠네, 그렇지 않으면 연기가 더욱 짙어질 테니, 나중에 문을 좀 열죠, 연기가 빠져나가질 않네요."

게오르크 드레스케, 젊은 리하르트, 그 밖에 다른 세 사내
가 저편 탁자에 앉아 있었다. 두 명이 나란히 앉았는데 프란츠
가 모르는 사람들이었다. 그들 말고는 주점 안에 다른 사람이
없었다. 프란츠가 도착했을 때는 마침 대단히 떠들썩하게 연설
과 욕설이 펼쳐지고 있었다. 하지만 그가 문을 열자 곧바로 그
들은 소리를 낮추었다. 새로 온 두 사람은 자주 프란츠를 건너
다보고, 탁자 위로 머리를 바싹 붙인 채 뻔뻔스러울 정도로 등
을 돌리고 자기들끼리만 건배를 했다. 저 아름다운 눈이 깜박
이면, 가득 찬 잔들이 반짝이면, 또다시 마셔야 할 순간, 술 권
하는 노래. 대머리 술집 주인 헨슈케는 맥주 꼭지와 설거지통
에 꼭 달라붙어 있었다. 보통 때처럼 밖으로 나오지 않고 그 자
리에서 오래 꼼지락거리며 일했다.

갑자기 옆 탁자의 이야기 소리가 커졌다. 새로 온 사람 하나
가 상당한 연설을 했다. 그는 노래를 하겠다고 했다. 여기가 너
무 조용하니까, 피아노 연주자도 없고. 헨슈케가 이쪽을 향해
소리쳤다.

"대체 누구를 위해서 말이오, 사업에 이문이 되는 것도 아닌
데."

그들이 무슨 노래를 하려는 건지 프란츠는 벌써 알아챘다.
〈인터내셔널〉* 아니면 〈형제여, 빛을 향해, 자유를 향해〉를 부
르겠지. 새로운 걸 만들어낸 게 아니라면 말이다. 시작되었다.
저편에서 〈인터내셔널〉을 불렀다.

프란츠는 빵을 씹으며 생각했다. 그들은 나를 의식하는 거

*사회주의 노동자 운동의 전투 노래.

142

야. 저렇게 담배를 피워대지만 않는다면 좋을 텐데. 노래를 부르면 담배를 피우진 못하지, 작은 새에게 해가 되는 일이야. 저 오랜 친구 게오르크 드레스케가 저런 애송이들하고 어울리면서 자기를 쳐다보지도 않는 이런 사태가 가능할 거라고는 생각지 못했다. 저놈이, 결혼도 했고 정직한 놈인데, 젊은 애들 옆에 앉아서 조잘대는 소리를 듣고 있다니. 새로 온 사람 하나가 이편을 향해 외쳤다.

"이 노래가 어떤가, 동지?"

"그야 좋지. 자네 목소리가 괜찮네."

"함께 불러도 좋을 텐데."

"난 먹는 편이 더 좋아. 먹는 걸 마치면 함께 노래하든지 아니면 내 것을 부르겠소."

"좋소."

그들은 잡담을 계속했고, 프란츠는 편안하게 먹고 마시면서 리나를 생각했다. 그리고 새는 잠을 자면서도 떨어지지 않는다는 생각도 하고, 누가 저렇게 담배를 피워대나 하고 저편을 건너다보기도 했다. 그는 오늘 벌이가 아주 좋았지만 날씨가 몹시 추웠다. 저편에서 계속 누군가가 그가 먹는 것을 지켜보았다. 저들은 내가 잘못 삼켜서 사레라도 걸릴까 겁나나 보지. 옛날에 어떤 사람이 소시지 빵을 먹었는데, 소시지 빵이 위장에 이르렀을 때야 겨우 생각이 나서 다시 목구멍으로 올라와 이렇게 말했어. "겨자를 안 쳤잖아!" 그런 다음에야 제대로 넘어갔다네. 좋은 부모가 키운 올바른 소시지 빵은 그렇게 하지. 프란츠가 식사를 마치고 맥주를 입에 쏟아붓자 저편의 사내가 이쪽을 향해 소리쳤다.

"자 어떤가, 동지, 우리를 위해 노래를 부르겠소?"

저들은 노래 모임을 만들 모양이니 우린 무대에 설 수 있지, 그들이 노래하면 담배는 안 피우니까. 난 서두르지 않아, 약속한 건 지키는 사람이다. 프란츠는 생각했다. 따뜻한 곳에 들어온 탓에 흐르는 콧물을 닦아내도 소용이 없다. 프란츠는 생각했다. 리나는 대체 어디 있는 거야. 소시지 몇 개를 더 먹어야겠지만 살이 너무 찐다. 저놈들한테 무슨 노래를 불러주나, 저들은 인생이 무언지도 모르는데, 그래도 약속은 약속이지. 그리고 갑자기 그의 머리를 통해 문장 하나, 구절 하나, 시(詩) 하나가 뒤엉켰다. 그가 감옥에서 배운 시였다. 거기서 사람들은 그것을 자주 읊었고, 그 소리가 모든 감방을 통해 울렸다. 순간 그는 마법에 걸렸다. 머리가 열기로 따뜻해지면서 벌게졌다. 그는 고개를 숙인 채 진지하게 생각에 잠겼다. 맥주잔에 손을 댄 채 이렇게 말했다.

"시 하나를 알아, 감옥에서 배운 건데 죄수가 쓴 거요. 그 사람 이름이 뭐더라, 기다려봐, 이름이 뭐더라. 아, 돔스였지."

맞아, 돔스였다. 그는 감옥에서 나갔지만 아주 훌륭한 시였다. 프란츠는 혼자 탁자에 앉아 있고, 헨슈케는 설거지통 뒤에서 있고, 다른 사람들은 귀를 기울였다. 아무도 끼어들지 않았다. 원통형의 쇠 난로가 탁탁 소리를 냈다. 프란츠는 머리를 꼿꼿이 세운 채 돔스가 지은 시를 읊었다. 눈앞에 감방이 나타났다, 산책하던 뜰도, 이제 그 안에 어떤 친구들이 갇혀 있든 조용히 그것을 견딜 수 있지. 이제 그는 산책하는 뜰에서 거닐고 있다. 그것은 여기 이 친구들이 할 수 있는 것 그 이상의 일이다. 그들이 대체 삶에 대해 무얼 안다고.

그는 이렇게 말했다.

"그대는, 오 인간이여, 이 땅에서 사내다운 주체가 되려는가, 그렇다면 현명한 여자가 네 정체를 폭로하기 전에 잘 생각해라. 이 땅은 비탄의 둥지! 이미 여러 번이나 이 명청하고 거친 음식을 먹어본 이 시인을 믿어라! 괴테의 《파우스트》에서 훔친 인용문. 인간은 오직 어미 배 속에서만 제 삶을 기뻐하는 것이니! 국가라는 좋은 아버지가 있어 너를 아침부터 밤늦게까지 부려먹는다. 여러 법 조항과 금지들로 이루어진 악보에 따라 너를 괴롭히고 머리카락을 잡아 뜯는다. 그 첫째 계율은, 인간아 돈을 내라! 둘째 계율은, 주둥이를 닥쳐라! 이렇게 너는 어둠 속에서 고통스러워하며 산다. 그러면서 이따금 주점에서 맥주나 포도주를 마셔서 날선 분노를 삭이려 한다. 그럼 즉시 만취 후 두통이 찾아오지. 그러는 사이 세월이 가고, 좀이 머리카락을 먹어 없앤다. 골격에선 삐걱거리는 소리가 나고 팔다리는 축 늘어져 시든다. 두뇌 속 지력은 떨어지고 근육은 가늘어진다. 줄여 말하면 이제 가을이 왔음을 느끼지, 수저를 내려놓고 죽는 거다. 이제 떨면서 너희에게 묻노라, 오 친구들아, 인간이란 무엇이고, 삶이란 무엇이냐? 우리 위대한 작가 실러가 벌써 이렇게 말했지. '좋은 것들 중에 최고란 없다'고. 하지만 난 이렇게 말하노라. '닭이 둥우리로 올라가는 사다리와 같다, 위에서 아래로 이어진다'고."

그들은 모두 조용했다. 한동안 침묵한 다음 프란츠가 말했다.

"그래 그가 이것을 만들었소, 하노버 출신 사내가. 하지만 내가 이걸 외운 거야. 좋아, 이거야말로 쓰라린 인생을 위한 거지."

저쪽에서 소리가 넘어왔다.

"국가라, 국가라는 좋은 아버지, 당신을 부려먹는 게 국가라 이거지. 외운 거야, 동지, 그것만으론 안 되오."

프란츠는 아직 손으로 머리를 받치고 있었다. 시의 여운이 남아 있었다.

"그래, 그들은 굴과 철갑상어를 먹지 않아, 우리도 못 먹고. 그래도 제 밥벌이는 해야 하거든, 힘들게 일해야 하지. 감옥에 선 성한 두 다리만 있어도 기뻐해야지."

저쪽에서 계속 총알을 쏘아댔다. 그 친구가 벌써 깨어났다.

"사람은 여러 가지 방법으로 돈을 벌 수 있지. 옛날에 러시 아에는 스파이가 있었어, 그들은 돈을 많이 벌었지."

또 다른 신참이 나팔을 불었다.

"이곳은 사정이 전혀 다르지, 일부 자식들이 저 꼭대기에서 철밥통을 움켜쥐고 노동자 계층을 배신하면서 자본주의자들을 위해 일하고 그 대가를 받고 있어."*

"창녀보다 나을 게 없군."

"더 나쁘지."

프란츠는 자신의 시를 생각하고, 그곳 친구들은 지금쯤 무 얼 할까 생각했다. 지금쯤 신참이 많겠지, 매일 이송되어 들어 오니까. 그 순간 그들이 소리쳤다.

"자 어때! 우리 노래는 어찌 되었나? 우린 음악이 없는데, 약속을 아직 안 지켰잖소."

저들은 노래를 원한다. 나는 약속했으니 지킨다. 우선 목 좀

---

*1918년 군부와의 타협을 통해 사민당이 정권을 넘겨받자 많은 좌파 사람들이 이 렇게 느꼈다.

축이고.

프란츠는 새로 맥주 한 조끼를 주문해서 한 모금 꿀꺽 들이
켰다. 무슨 노래를 할까. 순간 건물의 안뜰에 서 있던 제 모습
이 보였다. 어디선가 안뜰 담벼락을 향해 소리를 질렀지. 지금
이 순간 무슨 생각이 떠오르나, 그게 대체 무엇이던가? 그리고
평화롭게 천천히 노래를 시작했다. 노래가 그의 입으로 흘러
들어왔다.

"내겐 동지가 있었네, 더 나은 동지는 없지. 저언투를 알리
는 북이 울렸다, 그는 내 여옆에서 발맞추어 행진했다. 발을 맞
추어서."

쉼. 이어서 2절을 노래했다.

"총알 하나가 날아왔어, 나 아니면 너를 맞추려고. 그 총알
이 그를 마앗추었지, 그는 내 바알치에 쓰러졌다, 마치 나의 일
부처럼. 마치 나의 일부처럼."

그리고 큰 소리로 마지막 구절.

"내게 손을 내밀려 했네, 나도 쓰러졌으니. 네게 손을 주울
수가 없네, 영원히 사알아라, 내 좋은 도옹지여, 나의 좋은 도
옹지여."*

그는 마지막에 몸을 뒤로 기대고 큰 소리로 장엄하게 노래
했다. 대담하고도 넉살 좋게 노래했다. 저쪽 친구들도 마침내
당혹감을 극복하고 함께 소리를 지르며 탁자를 두들기고 난리
를 쳤다.

---

*루트비히 울란트의 1809년 시 〈좋은 동지〉에 프리드리히 질허가 곡을 붙인 것
(1825). 군가로 인기 있었다.

"나의 조오은 도옹지여."

하지만 노래 도중에 프란츠는 자기가 원래 무슨 노래를 하려고 했었는지 깨달았다. 자기는 그곳 안뜰에 서 있었다. 그것을 찾아낸 게 만족스러웠다. 이젠 자기가 어디 있든 상관없다. 그는 노래에 빠져들었다. 한 번은 나와야 한다, 이 노래를 불러야 한다, 서로 싸움질하는 유대인들이 거기 있었어, 그 폴란드 사람, 그 섬세한 늙은 신사 이름이 뭐더라, 상냥함과 고마움. 그는 주점 안을 향해 큰 소리로 노래했다.

"외침 소리 천둥처럼 울리고, 칼이 쩔렁이는 소리와 파도 소리같이. 라인 강으로, 라인 강으로, 독일의 라인 강으로, 우리 모두 수호자가 되리! 사랑스러운 조국이여, 안심하라, 사랑스러운 조국이여, 안심하라. 파수꾼이 여기 굳건히 서서 지키노라, 라인 강의 파수꾼. 파수꾼이 여기 굳건히 서서 지키노라, 라인 강의 파수꾼."*

모두가 우리 편이다, 우린 알고 있어, 우린 이제 여기 있고 인생은 아름다워, 아름다워, 모두가 아름다워.

그러자 사방이 쥐 죽은 듯이 조용해졌다. 신참이 모두를 진정시키고, 그들은 노래가 끝나기를 기다렸다. 게오르크 드레스케는 고개를 숙이고 앉아 제 머리를 감쌌고, 주인은 카운터 뒤에서 앞으로 나와 코를 훌쩍이며 프란츠 옆 탁자에 앉았다. 프란츠는 노래의 마지막에 삶 전체를 향해 인사하고 맥주잔을 흔들었다.

---

*〈라인 강의 파수꾼〉. 슈네켄부르거의 시(1840)에 카를 빌헬름이 곡을 붙인 노래(1854). 1차 세계대전 때 군인들 사이에 널리 불렸으며 히틀러와 나치 당원들이 좋아했다.

"건배!"

탁자를 쾅 치고 광채를 내며 모든 것이 아주 훌륭해, 배불리 먹었고. 리나는 어디 있나, 그는 얼굴을 활짝 폈다. 프란츠는 기름기가 적당히 낀 건강한 사내였다. 침묵.

저편에서 한 놈이 의자 위에 다리를 걸치고 재킷 단추를 꼭 잠그고 허리띠를 팽팽하게 조였다. 키가 크고 꼿꼿한 사내로 낯선 자였다. 이거 난처하게 되었는데, 그자가 행군하는 자세로 이쪽 프란츠를 향해 걸어왔다. 저놈이 이쪽으로 왔다가는 대가리에 한 방 맞을걸. 그는 껑충 뛰어오르더니 프란츠의 탁자에 말 타듯이 걸터앉았다. 프란츠는 그 꼴을 보고 기다렸다.

"흠, 이 술집엔 의자도 많은데."

그자가 위에서 프란츠의 접시를 내려다보았다.

"여기선 무얼 드셨나?"

"여기 의자들이 많다고 했다, 자네가 눈이 있다면 말이지. 보아하니 아기 때 뜨거운 목욕물에 빠졌었나 본데, 응?"

"우린 지금 그 이야기를 하는 게 아니지. 당신이 무얼 드셨는지 알고 싶다니까."

"치즈 빵을 먹었다. 저기 쇠고기가 좀 남았네, 먹어보든가. 이제 그만 탁자에서 내려오시지, 버르장머리야 없지만."

"치즈 빵이란 것쯤은 냄새로 알 수 있어. 다만 어디 거냐 이거지."

하지만 프란츠는 귀가 벌겋게 달아올라 벌떡 일어섰고, 다른 탁자에 있던 자들도 일어섰다. 프란츠는 제 탁자를 손으로 붙잡고 뒤집어엎었다. 신참과 더불어 접시며 맥주잔이며 겨자 병들이 모조리 바닥으로 나뒹굴었다. 접시는 깨졌다. 집주인

헨슈케는 이미 그런 일을 예상했던 터라 깨진 조각을 발로 쾅 쾅 밟았다.

"그만. 내 집에서 치고받는 싸움질은 안 돼. 내 집에서 사람 때리는 건 안 된다고. 평화를 지킬 수 없는 사람은 어서 나가."

키 큰 사내가 벌떡 일어서더니 주인을 옆으로 밀쳤다.

"당신이나 저리 가쇼, 헨슈케, 여기선 치고받기 따윈 없소. 셈을 끝내려는 것뿐이야. 누군가가 뭔가를 부수면 값은 그 사람이 치를 거요."

난 가만히 있었는데, 하고 생각하며 프란츠는 블라인드를 친 창에 몸을 꼭 붙였다. 놈들이 나를 건드리지만 않는다면, 난 여기서 그냥 나갈 테다. 빌어먹을, 놈들이 나를 건드리지만 않는다면. 난 모두에게 친절하게 대했어, 하지만 저 멍청한 새끼가 나를 건드린다면 재수 옴 붙는데.

키 큰 사내가 바지를 추어올리고 채비를 했다. 프란츠는 무슨 일이 생길지, 게오르크 드레스케가 어떻게 할지 바라보았다. 드레스케는 거기 그냥 서서 바라보기만 했다.

"게오르크, 이게 대체 어디서 온 꼬나풀인가, 이런 건방진 놈들을 어디서 구해 데려왔냐고?"

키 큰 사내는 아직도 흘러내리는 바지를 만지는 중이었다. 아무래도 단추를 새로 달아야 하는 것 같았다. 그는 주인을 비웃었다.

"아직도 말을 하게 그냥 두네. 파시스트 새끼들은 말을 잘하거든. 놈들이 무어라 지껄이든 그거야 우리 덕에 언론의 자유를 누리는 거지."

드레스케가 뒤에서부터 왼팔로 손짓했다.

"아니, 프란츠, 난 끼어들지 않았어, 자네가 그놈의 일과 그 노래로 대체 무슨 일을 저질렀는지 보라고. 아니, 난 끼지 않을 거야, 그런 일은 아직까지 없었거든."

외침 소리가 천둥처럼 울리고, 아 그렇구나, 내가 뜰에서 불렀던 그 노래, 저들이 그걸 붙잡고 이제 한 마디 하려는구나.

"파시스트 개새끼야!"

키 큰 사내가 프란츠 앞에 대고 소리를 질렀다.

"그 완장 이리 내놔! 어서!"

이제 시작이구나, 놈들 넷이서 나한테 덤벼들려고 하는구나, 난 등을 창문에 대고 있는데, 우선 의자를 이리 잡아당기고.

"완장 이리 내놔! 내가 저 새끼 주머니에서 그걸 꺼낼 거야. 저놈의 완장을 요구한다."

다른 자들이 놈의 옆에 섰다. 프린츠는 두 손으로 의자를 잡았다. 이걸 먼저 꽉 잡아라. 꽉 잡아라, 그런 다음 나갈 거야.

주인이 키 큰 사내를 뒤에서 붙잡고 애걸했다.

"이제 가시오! 비버코프, 제발, 그냥 나가요."

저 사람은 제 가게 걱정을 한다. 그래 이 그릇들은 보험에 들지 않았구나, 그렇대도 나야 무슨 상관.

"헨슈케, 물론 베를린엔 술집이 많아. 난 그냥 리나를 기다렸소. 하지만 저치들은 여기 남는단 말인가? 어째서, 나는 매일 여기 왔는데, 그런 나를 쫓아내고 오늘 처음으로 온 저놈 둘은 여기 남는다는 거야."

주인은 키 큰 사내를 붙잡았다. 다른 낯선 자가 침을 뱉었다.

"네가 파시스트니까, 네가 호주머니에 그런 완장을 갖고 다니니까, 네가 갈고리 십자가를 따라다니는 놈이니까 그렇지."

"그래. 난 게오르크 드레스케에게 설명했어. 어째서 그러는 지. 니들은 그걸 이해 못해, 그래서 그렇게 소리를 지르는 거야."

"아니, 네가 소리를 질렀지, 라인 강의 파수꾼! 하고 말이 야."

"너희가 지금처럼 소동을 만들 거라면 한 놈씩 내 탁자에 앉 아라. 이런 식으론 세상에 평화가 전혀 없지. 이런 식으론 안 돼. 사람이 일하고 살려면 평화가 있어야지. 공장 노동자나 행상인 이나 모두 질서가 필요하다, 그렇지 않으면 일을 못할 테니까. 대체 너희는 무엇으로 살려는 거냐? 입만 살아서. 니들은 그런 말에만 취해 있는 거야! 니들은 소동밖에 못 만들고, 다른 사람 들을 심술궂게 만들지. 그럼 남들도 심술궂게 되어서 니들한테 한 방 먹이는 거고. 니들 중 누구든 험한 꼴 보고 싶으냐?"

갑자기 그도 소리를 질렀다. 무언가가 그의 안에서 솟구쳐 올라 밖으로 터져나오는지 갑자기 그가 폭발했다. 그의 눈에 핏발이 번득였다.

"이 범죄자 새끼들, 니들은 스스로 무슨 짓을 하는지도 모르 지, 니들 머리에서 그 망상을 쫓아버리려, 니들은 온 세상을 망 가뜨린다고, 무슨 일 당하지 않게 조심해, 피를 부르는 악당 놈 들아."

그의 내면에서 뭔가가 터져나왔다. 그는 테겔에 있었다, 삶 은 끔찍하고, 그게 대체 어떤 삶이냐, 저 노래를 쓴 사람은 그 걸 알지, 내게 어쩌다 그런 일이 생겼더라, 그렇지, 이다. 하지 만 그건 생각하지 말자.

그는 전율에 사로잡혀 계속 외쳐댔다. 무엇이 나타나든 물 리친다, 밟아 뭉갠다, 외쳐야 한다, 외쳐서 없애야지. 술집이

울린다, 헨슈케가 탁자에서 일어나 그의 앞에 섰지만 그에게
다가오지는 못하고 그대로 거기 서 있다. 외침이 그의 목구멍
에서 닥치는 대로 쏟아져 나온다, 게거품을 품고.

"니들은 나한테 할 말이 없어, 누구도 나한테 무어라고 말할
수 없어, 단 한 사람도, 우리 모두 그걸 잘 알지. 그러려고 저기
전선에 나갔던 게 아니야, 구덩이에 있었던 게 아니라고, 니들
은 사람을 부추기지, 선동가들아, 평온이 필요해, 고요함이 필
요하다. 그걸 니들 귀 뒤에 써놓을 수도 있지, 조용하면 족해
(그럼, 그거야, 이 점에 이르렀네, 그게 꼭 맞아), 이제 누군가
가 혁명을 하느라 우리에게 평온함을 주지 않는다면 그런 놈
들은 대로변에 줄줄이 매달아놓아야 해(검은 기둥, 테겔 도로
변에 죽 늘어선 전봇대, 나는 알지), 놈들이 그렇게 매달려 있
으면 사람들이 그걸 믿을걸. 그럼 니들도 알게 될 거다, 니들이
무슨 짓을 하는지, 이 범죄자들아. (그래, 이렇게 평온함이 오
는 거지, 이제 놈들이 조용하다, 이게 유일하게 참된 거다, 우
리도 겪을 거야.)"

프란츠 비버코프는 광란이자 마비다. 맹목적으로 목구멍에서
말을 뱉어내고, 눈길이 번들거리고 얼굴은 푸르게 부풀어 올랐
다. 침을 뱉고 두 손이 하얗게 달아오르고, 이 사내는 제정신이
아니다. 손가락으로 의자를 꽉 움켜쥔 채 의자에 꼭 달라붙어 있
다. 당장이라도 의자를 붙잡고 때려 부술 태세다.

조심, 위험이 닥쳐온다, 거리에서 물러나라, 장전, 발사, 발
사, 발사.

거기 서서 그렇게 부르짖으면서 이 사내는 제 소리를 듣는
다, 멀리서부터 저를 본다. 집들, 집들이 다시 쓰러지려고 한

다, 지붕들이 제 위로 쏟아지려 한다, 그건 안 돼, 저것들이 내게로 와선 안 돼, 범죄자 새끼들이 못 해낼 거다, 우린 평온함이 필요해.

무언가가 그의 속을 헤집는다. 곧 터져나올 거야, 난 뭔가 할 거야, 모가지를 붙잡고, 아니, 아니, 뒤집어엎고 후려 팰 거야, 잠깐, 한순간만 더 기다려. 난 벌써 세상이 평온하고 이젠 질서가 잡혔다고 생각했었지. 몽롱한 의식 속에서 그는 저 자신이 두렵다. 이 세상 뭔가가 정상이 아니다, 저들은 저기 저렇게 끔찍하게 서 있는데 그는 그것을 아주 뚜렷하게 경험한다.

옛날 옛적 낙원에 아담과 이브라는 두 인간이 살았지. 그리고 낙원이란 저 훌륭한 에덴동산이었어. 새들과 짐승들이 이리저리 뛰놀았지.

자, 놈이 미치지만 않았다면. 그들은 조용하다. 키 큰 사내도 저 뒤에서 콧구멍을 통해 조용히 숨을 쉬고, 게오르크 드레스케가 눈짓을 한다. 자, 이제 여기 탁자에 앉아 다른 이야기를 하자. 드레스케가 조용히 말을 더듬는다.

"그래, 그럼 자넨 가보게, 프란츠. 이젠 그 의자를 놔도 돼, 실컷 말하지 않았나."

그 순간 그게 잦아들면서 먹구름은 지나갔다. 지나갔다. 하느님 맙소사, 지나갔다. 그의 얼굴이 창백해지면서 긴장이 풀린다.

그들은 저희 탁자 앞에 서 있다. 키 큰 사내가 앉더니 맥주를 마신다. 목재 산업 경영자들은 서류를 고집한다, 크루프사(社)는 자사 출신 은퇴 노동자들이 굶어 죽게 내버려둔다, 실업자 150만 명, 보름 뒤에는 22만 6천 명 증가.

의자가 프란츠의 손에서 스르르 떨어지면서 그의 손이 부드러워졌다. 목소리는 평소대로 돌아왔지만 그는 아직 머리를 떨어뜨리고 있다. 그들은 이제 그를 자극하지 않는다.

"나 갈게, 그럼 잘 지내. 니들이 속으로 무슨 생각을 하든 상관없어."

그들은 아무 말도 없이 그냥 듣는다. 저 경멸스러운 변절자 새끼들이 부르주아지와 사회주의 쇼비니스트들의 박수갈채를 받으며 프롤레타리아 질서를 욕하도록 내버려두라. 그럼 유럽의 혁명 노동자들이 샤이데만* 패거리와 더욱 빨리 또한 깊이 단절하게 될 거다, 등. 억압받는 계층의 다수는 우리 편이다.

프란츠는 모자를 집어 들었다.

"유감이야, 게오르크. 이렇게 갈라지다니, 그런 일로 말이지."

그가 손을 내밀었지만 드레스케는 잡지 않고 그대로 의자에 주저앉는다. 피가 흘러야 한다, 피가 흘러야 해, 아주 왕창.

"그럼 난 가네. 얼마를 내야 합니까, 헨슈케. 잔과 접시 값도 함께요."

이것이 그의 질서다. 애들 열네 명을 위해 도자기 찻잔 하나. 중앙당 출신 복지장관 히르치퍼의 복지 규정. 이 규정의 간행은 단념할 것. 내게 주어진 수단의 미미함을 고려하여, 자녀들의 숫자가 특별히 많을 경우와―그 숫자가 12에 이른 경우―경제적 상황으로 보건대 자녀를 정성으로 양육하는 일이 아

---

*샤이데만은 독일 사민당 출신 정치가로 1918년 11월 9일 공화국의 시작을 선포했다.

주 특별한 희생을 요구하는데도 모범적으로 양육하는 경우만을 고려한다.*

한 명이 프란츠 뒤에 대고 소리쳤다.

"승리자의 관을 쓴 그대 만세, 청어 꼬리가 달린 감자들아."

저 새끼 제 궁둥이에 묻은 겨자나 닦아내지. 저놈을 혼내주지 못한 게 유감이다. 프란츠는 모자를 썼다. 하케셔 시장이 눈에 띄었다. 동성애자들, 흰머리의 잡지 판매대, 원치는 않았지만 망설이며 밖으로 나섰다.

바깥은 추웠다. 리나가 마침 가게 바로 밖에 도착했다. 그는 천천히 걸었다. 마음속으로야 안으로 도로 들어가서 놈들에게 그들이 얼마나 미쳤는지 설명하고 싶었다. 놈들은 미쳤다, 놈들은 취하게 될 거다, 아직은 전혀 아니지만, 심하게 꼬꾸라진 그 키 크고 건방진 놈도 취하지 않았지만. 놈들은 그 많은 피를 지닌 채 어디를 향해야 할지 모르는 거다, 놈들은 피가 너무 뜨거운 게지, 놈들이 저기 테겔에 들어간다면, 아니면 뭐 비슷한 일을 겪어본다면 뭔가 깨달음이 있겠지만.

그는 리나의 팔을 잡고 어두운 거리를 이리저리 둘러보았다. 가로등을 좀 더 많이 세울 수도 있으련만. 사람들은 대체 무얼 원하는 거야, 처음엔 내게 아무 상관도 없는 동성애 놈이더니 이젠 빨갱이 놈들일세. 이 모든 게 나와 무슨 상관이람, 지들끼리 그 쓰레기를 치우라지. 사람이 앉은 곳에 그냥 앉아 있게만 해도 좋으련만. 평화롭게 맥주 한 잔을 못 마시게 하니원. 당장이라도 돌아가서 헨슈케네 가게를 몽땅 때려 부수고

*1927년 12월 29일자 〈붉은 깃발〉에 실린 기사 인용.

싶다. 프란츠의 눈 속에서 다시 불꽃이 일렁이며 맥박 쳤다. 이마와 목이 부풀어 올랐다. 하지만 다시 진정되었다. 리나를 꼭 잡고 그녀의 손목에 간지럼을 살살 태웠다. 그녀가 미소를 지었다.

"그건 계속해도 돼, 사랑스러운 프란츠, 그렇게 살살 간질이는 것 말이야."

"우리 춤추러 가자, 리나, 저런 냄새나는 가게엔 안 가, 질렸어, 놈들이 담배를 어찌나 피워대는지, 저 안엔 도요새도 한 마리 있는데, 어쩌면 죽을지도 몰라, 그래도 놈들은 상관 안 해."

그러면서 그는 자기가 얼마나 올바르게 행동했는지 그녀에게 설명했다. 그녀도 그게 옳다고 생각했다. 그들은 전차에 올라타고 얀노비츠 다리로 가서 발터헨의 술집으로 갔다. 그는 지금 모습 그대로 가고 리나도 옷을 갈아입지 않아도 되었다. 그녀는 그토록 아름다웠으니. 전차를 타고 가는데 뚱보 리나가 호주머니에서 구겨진 신문 하나를 꺼냈다. 그를 위해 가져온 것으로, 일요신문 〈평화의 전령〉*이었다. 프란츠는 그 신문은 팔지 않았지만 그녀의 손을 꼭 쥐어주고 그 멋진 제목과 1면에 실린 기사를 보았다.

"불운을 통해 행운으로."

두 손을 마주쳐 짝짝짝, 두 발로 탕탕탕, 물고기야, 새들아, 하루 종일 낙원.

전차가 덜컹거리며 나아가는 동안 그들은 전차 안의 흐린 불빛 아래서 머리를 마주 대고 리나가 연필로 표시해둔 1면의

*기독교 단체에서 발행하는 주간지.

시를 읽었다.

"E. 피셔, 〈둘이면 더 낫다〉."

"홀로 가는 길 나쁜 길, 자주 발이 걸려 비틀거리고 심장이 떨린다. 둘이면 더 낫다. 네가 쓰러지려 할 때 누가 받쳐주나? 네가 고단하면 누가 너를 잡아주나? 둘이면 더 낫다. 세상과 시간을 통과해가는 너 조용한 나그네여, 예수 그리스도를 너의 동반자로 삼아라. 둘이면 더 낫다. 그분이 큰길을 알고 오솔길도 알고, 충고와 행동으로 너를 계속 도와주리니, 둘이면 더 낫다."

아직도 목이 마른데, 프란츠는 읽으면서 이렇게 생각했다. 맥주 두 잔으론 부족해. 게다가 말을 많이 해서 목구멍이 말랐어. 그러자 자기가 부른 노래가 생각났다. 그는 마음이 편해져서 리나의 팔을 꾹 눌렀다.

그녀는 아침 공기 냄새를 맡았다. 알렉산더 거리에서 목재 시장 거리로 가는 길에 그녀는 그에게 몸을 딱 붙였다. 우린 머지않아 약혼하게 될까?

프란츠 비버코프의 그릇 크기,
그는 옛날 영웅들과도 겨룸 직하다

이전에 시멘트 노동자, 이어서 가구 운반자 등을 거쳐 지금은 신문을 파는 이 프란츠 비버코프는 거의 100킬로그램이나 나가는 사내였다. 코브라처럼 강한 그는 이제 다시 육상 클럽 회원으로 가입했다. 초록색 감는 각반, 징 박은 구두에 방풍 재킷을 입었다. 돈은 그리 많지 않고 수입도 들쭉날쭉한 데다 언제나 조금씩 벌었지만, 그런데도 그를 모범으로 삼을 만했다.

이전부터 이다 같은 사람들이 그를 계속 자극한다. 양심의 가책, 악몽, 불안한 잠, 통증, 우리 조상 할머니들의 시대에서 내려온 에리니에스*일까? 어떻게 할 도리가 없다. 변화된 상황을 고려해보라. 자기 시대에 신의 저주를 받은 사내(대체 어디서 그런 걸 알 수 있지?), 어떤 범죄자, 저 오레스테스가 제단에서 클리타임네스트라를 때려죽였다. 거의 발음하기도 어려운 이름이지만 어쨌든 제 어미를 말이다. (대체 어떤 제단 말씀

---

*그리스 신화에 나오는 복수의 여신들, 본래는 죽은 자들의 영혼.

입니까? 지금 우리나라에선 밤에도 문을 여는 교회를 찾을 수 있을 건데요.) 그러니까 시대가 변했다는 말이지. 호이호 헤이, 무시무시한 야수들, 뱀 머리카락을 한 여자들,* 나아가 주둥이 마개를 씌우지 않은 개들, 정나미 떨어지는 기형 동물원이 통째로 덤벼들어 그를 물려고 하지만 그가 제단에 서 있기 때문에 다가오지 못한다. 그건 고대의 생각, 그러니 그들 전체가 그의 주변에서 화를 돋운다, 개들이 언제나 가운데 있고. 노래에 나오는 대로 하프 반주도 없이 에리니에스의 춤이 제물을 휘감는다. 광증, 감각의 마비, 정신 병원으로 가기에 꼭 맞지.

그 에리니에스들이 프란츠 비버코프를 쫓지는 않는다. 이제 털어놓기로 하자, 행복한 식사, 그는 완장을 호주머니에 집어넣고 헨슈케 주점이나 다른 곳에서 맥주를 마시고, 한 잔 또 한 잔, 그사이 마음을 활짝 열어주는 도른카트 소주도 한 잔. 지금 1927년 말, 가구 운반을 하다가 신문팔이가 된 베를린 북동부 출신의 프란츠 비버코프는 옛날의 저 유명한 오레스테스와 이렇게 차이가 난다. 누군들 그 어느 편이 되고 싶지 않으랴?

프란츠는 제 약혼녀 이다를 때려죽였다. 그녀의 성(姓)은 여기서 별로 중요하지 않다. 한창 나이 여자였다. 프란츠와 이다가 그녀의 언니 민나의 집에서 벌인 어떤 싸움 끝에 일어난 일이었다. 맨 먼저 그 여자는 다음의 장기들에 가벼운 손상을 입었다. 코끝과 코 중간의 피부, 그 아래 있는 뼈와 연골, 이것은 병원에 가서야 밝혀진 것으로 나중에 법정 심리에서 한 역할을 하게 된다. 또한 오른쪽과 왼쪽 어깨에 약간의 출혈과 더불

*에리니에스.

어 가벼운 타박상을 입었다. 그러다가 말이 거칠어졌다. "창녀나 따라다니는 색골"이니 "창녀 사냥꾼" 따위의 말은 비록 몹시 타락했어도 예민한 프란츠 비버코프를 엄청 화나게 했다. 그는 어차피 다른 이유로 이미 흥분한 상태였다.

그의 근육이 떨렸다. 그는 손에 목재로 만든 작은 생크림 휘젓개를 들고 있었다. 훈련하다가 손을 삐었기 때문이다. 나선형 철사가 달린 생크림 휘젓개를 힘껏 휘둘러서 싸움 상대인 이다의 흉곽을 두 번 쳤다. 이다의 가슴은 이날까지 전혀 손상을 입지 않은 상태였다. 이다는 바라보면 기분이 좋아지는 아주 조그만 여자였다. 하지만 그녀의 부양을 받으며 살던 이 사내가, 그녀가 새로 나타난 브레슬라우 남자를 위해 자기와 절교하려 한다고 추측한 것이 완전히 틀리진 않았다. 어쨌든 이 작은 여자의 가슴은 생크림 휘젓개와 그런 식으로 부딪치도록 만들어진 것이 아니었다. 처음 맞았을 때 벌써 그녀는 "아이쿠!" 소리와 함께 "이 더러운 뜨내기야"라는 말도 못하고 그냥 "맙소사!" 하고만 말했다. 생크림 휘젓개와의 두 번째 충돌은, 이다가 오른쪽 옆구리를 대고 돌아누운 다음 프란츠가 확고한 자세를 취한 상태에서 이루어졌다. 그러자 이다는 아예 아무 말도 못하고 입을 뾰족 내민 채 이상하게 입을 딱 벌리고 두 팔을 위로 쳐들었다.

바로 1초 전 이 여성의 흉곽에 일어난 일은 경직과 유연성의 법칙 및 충격과 반작용의 법칙에 관계된 것이었다. 이런 법칙들을 모르고는 전혀 이해가 되지 않는 일이다. 다음 공식들을 참고로 하면 좋을 것이다.

뉴턴의 제1법칙: 모든 물체는 그 상태를 변경시킬 만한 어떤 힘의 작용을 받지 않는 한 정지의 상태를 유지한다(이다의 갈비뼈에 해당). 뉴턴의 제2법칙: 운동의 변화는 작용하는 힘에 비례하며 그 힘과 동일한 방향을 얻는다(작용하는 힘이란 여기서 프란츠, 또는 그의 팔 및 그의 주먹 안에 든 내용물). 힘의 크기는 다음의 공식으로 표현된다.[*]

$$f = c \lim \frac{\overline{\Delta v}}{\Delta t} = cw.$$

힘에 의해 작용을 얻은 속도, 곧 여기서 만들어진 정지 방해의 정도는 다음의 공식이 설명해준다.

$$\overline{\Delta v} = \frac{I}{c} f \Delta t.$$

그에 따르면 다음의 결과가 예상되거니와 실제로도 그렇게 되었다. 생크림 휘젓개의 나선형 모양이 눌리면서 목재 자체가 흉곽과 충돌한다. 다른 편, 곧 관성과 저항의 편에서는 7번과 8번 갈비뼈가 왼쪽 뒷날개 선을 따라 부러졌다.

시대에 알맞은 이 관찰에서는 에리니에스가 전혀 없이 일이 진행된다. 사람들은 프란츠가 무엇을 했으며 이다가 어떤 일을 당했는지 하나하나 추적할 수 있다. 이런 방정식에서 모를 것은 없다. 과정의 진행 상황을 나열하는 일만 남았다. 그것은 다음과 같다. 이다는 수직선을 잃고 수평 상태로 넘어갔다. 이것은 상당한 충격의 작용으로 나타난 것이며, 동시에 호흡 곤란,

---

[*]공식을 포함하여 설명은 모두 당시의 물리학 교과서에서 인용.

격렬한 통증, 두려움과 생리적 균형 장애 등이 나타났다. 옆방에서 그녀의 언니가 나타나지 않았더라면 프란츠는 제가 아주 잘 아는 여자, 상처 입은 여자를 포효하는 사자처럼 때려죽였을 것이다. 언니의 욕설에 그는 물러났고, 저녁때 경찰이 순찰 도중 그의 집 근처에서 그를 붙잡았다.

"호이호, 헤이!" 옛날의 에리니에스들은 이렇게 소리쳤다. 오, 무섭구나, 바라보기가 무섭구나, 신의 저주를 받은 채 제단에 있는 남자, 두 손은 피를 뚝뚝 떨어뜨리며. 그들이 코를 고는 소리. 너 잠을 자느냐? 너의 잠을 날려보내라. 일어나라, 일어나라. 그의 아버지 아가멤논이 벌써 여러 해 전에 트로이를 출발했다. 트로이는 함락되었으니, 소식을 알리는 봉화가 멀리 그곳 이다로부터 아토스를 넘어 계속해서 관솔 횃불이 활활 타올라 소식을 진했고, 그 소식이 마침내 기테론 숲에 이르렀다.*

곁다리로 한 마디 덧붙이자면, 트로이에서 그리스로 넘어오는 이 봉화의 소식은 그 얼마나 장관인가. 바다를 넘는 불의 행진은 위대하다, 이것은 빛, 심장, 영혼, 행운, 외침이다!

검붉은 불이 고르고피스 호수 넘어 붉게 타오르고, 그러다 파수꾼의 눈에 띄면 그는 소리를 지르며 기뻐한다, 그것은 생명이다. 다시 불을 붙여 저쪽으로 전파한다. 소식과 흥분과 기쁨이 모두 한데 합쳐져 만을 뛰어넘고 질주하여 아라크네온 언덕에 당도하니, 언제나 오직 외침 소리, 네가 보는 저 광란이 빨갛게 타오른다. 아가멤논이 온다! 오늘날 우리는 이런 톱뉴

---

*되블린은 여기서 아이스킬로스의 〈오레스테스 3부작〉의 내용을 자유롭게 인용하고 있다.

스와는 겨룰 수가 없다. 우리가 훨씬 뒤로 밀린다.

우리는 소식을 전하기 위해 하인리히 헤르츠의 실험들에서 나온 몇 가지 결과들을 이용한다. 그는 카를스루에에 살았고 일찍 죽었지만, 적어도 뮌헨 그래픽 미술관의 사진에 따르면 코밑수염과 턱수염을 모조리 길렀다. 우리는 커다란 방송국에 있는 송신기를 통해 교류 고주파를 생산한다. 진동 회로의 진동을 통해 전파를 만들어내고, 진동은 동심원 방식으로 퍼져나간다. 그런 다음 유리와 마이크로 이루어진 또 다른 진공관이 있어 그 판이 때로는 많이 때로는 적게 진동하고, 이렇게 해서 처음에 기계 안으로 들어간 것과 정확하게 같은 소리가 나온다. 이것은 놀랍고 세련되고 아주 편리한 것이긴 하다. 그렇다고 그걸 보고 경탄하기란 어려운 일, 그것은 제대로 기능한다. 그것으로 끝.

아가멤논이 귀환할 때 그것을 알린 관솔 횃불은 전혀 달랐다!

그것은 불이 붙어 타오르고, 어느 순간 어느 장소에서도 말을 하고 느낀다, 모두들 그것을 보고 환호한다. 아가멤논이 돌아온다! 모든 장소마다 천 명의 사람들이 불타오른다. 아가멤논이 돌아온다. 이제는 만 명이 외치고, 만(灣)을 건너자 10만 명이 외친다.

그런 다음의 이야기를 하자면, 그는 집에 도착했다. 모든 게 변했구나, 사정이 전혀 달라졌다. 판이 돌고 돈다. 집에서 아내가 그를 맞이하더니 목욕탕으로 데려간다. 그녀는 순식간에 제가 전례 없는 요물임을 보여준다. 물속에서 물고기 잡는 그물을 그의 몸 위로 던져서 그는 이제 꼼짝도 할 수 없다. 그다음 아내는 마치 나무를 베기라도 하려는 듯 도끼를 가져왔다.

그가 신음한다. "아얏, 맞았다!"

밖에서 그들이 묻는다. "저기서 누가 소리치나요?"

"아얏, 다시 맞았다!"

고대의 야수는 그를 암살하고도 속눈썹 하나 움찔하지 않는다. 그런 다음 밖에서 다시 입을 연다.

"내가 해냈다. 그에게 물고기 잡는 그물을 던지고 두 번 내리찍었다, 두 번의 비명과 더불어 그가 쭉 뻗었고, 나는 세 번째 일격을 가해 그를 죽은 자들의 나라로 보냈다."

이어서 원로들이 근심에 사로잡혀 올바른 말을 한다.

"네 연설의 대담함이 놀랍구나."

이 여자, 고대의 야수는 아가멤논과 혼인의 즐거움을 누린 결과 한 사내아이의 어미가 되었는데, 아이는 태어나면서 오레스테스라는 이름을 얻었다. 나중에 그녀는 즐거움의 열매인 이 아들의 손에 죽음을 당했고, 그런 다음엔 에리니에스가 그를 쫓아다니며 괴롭힌다.

우리의 프란츠 비버코프는 다른 모습이다. 5주가 지난 다음 그의 여인 이다도 죽었다. 프리드리히스하인의 병원에서 복합 늑골 골절, 흉막 파열, 폐의 작은 파열, 거기에 덧붙여 나타난 염증, 흉막염, 폐렴, 오 맙소사, 열이 떨어지지 않는구나, 네 꼴이 어떤지 거울을 한번 보렴, 맙소사, 넌 끝났어, 이미 죽은 사람 꼴이야, 끝장이다. 그들은 나중에 그녀를 부검하고 나서 란츠베르크 대로에 있는 묘지에 3미터 정도 파고 묻었다. 그녀는 프란츠에 대한 미움을 안고 죽었다. 그녀를 향한 그의 분노 또한 그녀가 죽은 다음에도 가라앉지 않았다. 그녀의 새 남자 친구인 브레슬라우 사람이 아직도 그녀를 방문했다. 그녀는 벌써

5년 동안이나 땅속에 누워 있다. 등을 대고 수평으로. 널은 이미 썩고, 그녀도 진물로 삭아버렸다. 한때는 트렙토 낙원에서 흰색 범포 신발을 신고 프란츠와 함께 춤을 추고 사랑하고 또 이리저리 돌아다녔건만, 이제는 아주 조용해져서 이 세상에 더는 없다.

하지만 그는 4년간의 벌을 이미 다 받았다. 그녀를 죽였지만 그는 이리저리 돌아다니며 살고, 환하게 피어나고, 마시고 먹고, 정자를 이리저리 뿌려서 계속 생명을 퍼뜨린다. 심지어는 이다의 언니조차 그의 손길에서 벗어나지 못했다. 물론 언젠가는 그것이 그를 붙잡을 것이다. 하지만 누가 죽었든 난 몰라. 아직은 좋은 세상이 남아 있네. 그는 그걸 안다. 그사이 그는 계속 주점에서 아침을 먹고 자기 방식으로 알렉산더 광장 위의 하늘을 찬양한다. 언제부터 네 할머니가 나팔을 불고 있니, 내 앵무새는 단단한 알은 안 먹어.*

그럼 그에게 그토록 두려움을 만들어내던 테겔 감옥의 붉은 벽은 어디 있나, 그는 등을 그 벽에 붙인 채 떠나지 못했었지. 문지기가 검은 쇠문 옆에 서 있었다. 그 문은 한때 프란츠에게 심한 역겨움을 불러일으켰지만, 지금도 모든 훌륭한 문들이 그러하듯이 돌쩌귀에 잘 매달려 있다. 지금 오전에 문지기는 문 앞에 서서 파이프 담배를 피운다. 태양이 비치네, 그건 언제나 같은 태양, 언제 어디서 하늘에 떠오를지도 정확하게 알 수 있는 그 태양. 태양이 비치느냐는 구름이 끼었느냐에 달려 있다. 41번 전차에서 몇 사람이 내린다. 그들은 꽃과 작은 꾸러미를

*발터 콜로 작곡, 헤르만 프라이가 작사한 인기 있는 유행가의 첫 구절.

들고, 아마도 대로의 왼쪽으로 내려가는 요양소로 곧바로 가겠지, 모두들 몹시 떨고 있다. 나무들은 검은 줄을 이루어 서 있다. 저 안에서 죄수들은 여전히 감방에 웅크리고 있거나, 작업실에서 손으로 작업을 하거나, 산책하는 뜰에서 일렬종대로 산책을 한다. 자유 시간에는 신발과 모자와 목도리만 하고 나오라는 엄중한 명령. 소장의 감방 방문.

"어제 저녁 수프는 어땠나?"

"맛도 좀 더 낫고 양도 좀 더 많았으면 합니다."

그는 들으려 하지 않고 귀머거리처럼 행동한다.

"침대보는 얼마나 자주 바꾸나?"

마치 모르기라도 하는 것처럼.

독방에 갇힌 죄수가 편지를 썼다.

"햇빛을 달라! 이것은 오늘날 전 세계에 울리는 외침입니다. 오직 여기 감옥에서만 이 외침은 아무런 메아리도 얻지 못합니다. 우리는 햇빛을 받을 가치도 없습니까? 형무소의 건축 방식으로 인해 몇몇 날개 건물의 측면은 1년 내내 햇빛을 받지 못합니다. 북동부 날개 건물이죠. 이 감방에는 햇빛이 전혀 들지 않아 그곳 거주자는 햇빛의 인사를 구경도 못하지요. 여러 해가 가도록 사람들은 생명을 주는 햇빛을 받지 못한 채 시들어갑니다."

위원회가 건물을 시찰하고 감독관들이 방방을 돌아다녔다.

또 다른 편지. "지방 법원의 검사 여러분께. 지방 법원의 대형 형사 사건 공판실에서 나에 대한 공판이 열릴 때 지방 법원 판사 X 박사가, 내가 체포된 다음 엘리자베트 거리 76번지에 있는 내 아파트에서 어떤 익명의 인물이 내 물건들을 가져갔다고 알려주었습니다. 이것은 서류로 확인되는 분명한 사실입니다. 분명하게 확인할 수 있는 일이므로 경찰이나 검찰에서 어떤 조사를 했을 것이 분명합니다. 내가 체포된 다음 내 물건을 가로챈 일에 대해 그 어느 편에서도 내게 알려주지 않았고, 공판일에 처음으로 들었습니다. 이 조사 결과를 알려주시거나 아니면 서면으로 작성된 보고서 사본이라도 보내주십사는 간청을 검사 여러분께 드립니다. 만일 주인 여자의 태만함이 있었다면 내 쪽에서도 손해 배상 청구를 할 수 있도록 말입니다."

이다의 언니인 민나 부인에 관해 말하자면, 다행히도 그녀는 형편이 좋았다. 당신 아주 사랑스럽군요. 이제 11시 20분, 그녀는 아커 거리에 있는 누런 시장 건물에서 나오는 길이다. 이 건물에는 상이용사 거리 쪽으로도 출구가 있다. 하지만 그녀는 아커 거리 쪽으로 난 출구를 택했다. 이쪽이 집과 더 가깝기 때문이다. 꽃양배추와 돼지머리, 더불어 셀러리도 샀다. 할레 앞에 있는 어떤 자동차에서 커다랗고 통통한 넙치와 카밀레 차 한 봉지도 샀다. 언제일지 몰라도 그건 언제나 잘 쓸 수 있으니까.

제3권

착실하고 선량한 프란츠 비버코프는, 여기서 첫 한 방을 얻어맞는다. 그는 기만당하고 그 한 방이 오래간다.

비버코프는 착실하게 살겠노라 맹세했거니와, 여러분은 그가 여러 주 동안 착실하게 사는 것을 이미 보았다. 하지만 그것은 어느 정도 은총의 기간에 지나지 않았다. 그런 게 오래 지속되기엔 너무 좋은 일이라 삶이 그만 간교하게도 그의 다리를 걸어 자빠뜨렸다. 프란츠 비버코프는 이런 일을 특별히 세련된 것이라 여기지 않고, 그래서 비열하고 파렴치하고 온갖 선량한 의도와 모순되는 이런 삶을 한참 동안 싫어했다.

어째서 삶은 그토록 못된 것인지 그는 이해하지 못한다. 그것을 알기까지 아직도 갈 길이 한참이나 남았기에.

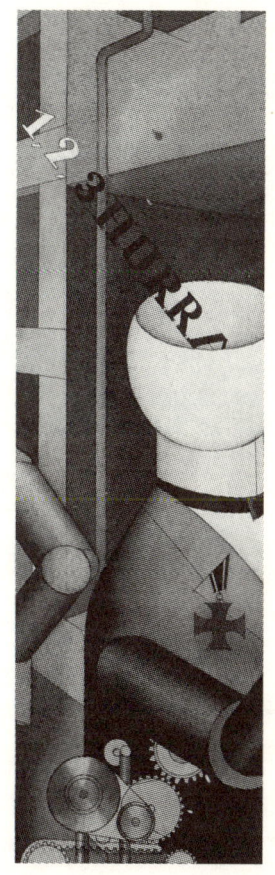

어제는 당당한 말을 타고 있었건만

크리스마스가 다가왔으므로 프란츠는 이 계절에 어울리는 온 갖 물건들로 품목을 바꾸어가며 장사를 하다가 이제는 오전이 나 오후 몇 시간 동안 신발 끈을 팔았다. 처음엔 혼자서 하다가 나중에는 오토 뤼더스와 함께 했다. 그는 2년 동안이나 일거리 가 없어서 그의 아내가 세탁 일을 하고 있었다. 뚱보 리나가 외 삼촌인 그를 데려왔다. 지난여름 몇 주 동안 술 장식이 달린 제 복을 입고 뤼더스도르프에서 박하 사내 노릇을 했었다. 프란츠 와 뤼더스는 함께 거리를 오가며 제각기 집들을 찾아가 벨을 누르고 장사를 한 다음 나중에 다시 만나곤 했다.

어느 날 프란츠 비버코프가 카페로 왔다. 뚱보 리나도 그 자 리에 있었다. 그는 아주 기분이 좋아서 뚱보가 가져온 버터 빵 을 먹었다. 입에 넣고 씹으면서 벌써 완두콩을 곁들인 돼지고 기 3인분을 주문했다. 그가 뚱보를 힘껏 껴안아 그녀는 새빨갛 게 되었다.

"뚱보가 가니까 좋은데요, 오토."

"그 앤 자기 처소가 있으니까. 언제나 자네 주위만 맴돌긴 하지만."

프란츠는 탁자 위에 몸을 기대고는 아래쪽에서 뤼더스를 올려다보았다.

"어떻게 생각해요, 오토, 무슨 일이 있게요?"

"무슨 일인데 그래?"

"어디 한 번 맞혀봐요."

"대체 뭔데?"

밝은 맥주 두 잔, 그리고 레모네이드. 새로 온 손님 하나가 카페 안에서 헐떡이며 손등으로 코를 쓱 문지르고 기침을 했다.

"커피 한 잔 주시오."

"설탕 넣을까요?"

여주인이 잔들을 씻었다.

"아니요. 하지만 빨리 좀 줘요."

갈색 스포츠 모자를 쓴 젊은이가 카페 안을 두리번거리며 지나쳐 가서는 원통형 난로에서 몸을 녹이더니 프란츠의 탁자를 살펴보고는 다음 번 탁자로 갔다.

"갈색 칼라가 달린 검은 외투 차림의 남자를 보셨나요? 모피 칼라인데."

"그가 여기 자주 오나요?"

"예."

탁자에 앉아 있던 나이 좀 더 많은 사내가 제 옆에 있는 창백한 사람에게 고개를 돌렸다.

"갈색 모피라고?"

그가 웅얼거렸다.

"그런 갈색 모피 칼라 달린 옷을 입은 사람들이 이곳에 자주 오지."

희끗한 머리 사내: "대체 당신은 어디서 왔소? 누가 당신을 보냈소?"

"그야 상관없는 일이죠. 당신이 그를 못 보셨다면 말입니다."

"여긴 갈색 모피 칼라를 단 사람들이 많단 말이오. 하지만 누가 당신을 보냈는지 알아야겠어."

"당신에게 내 용무를 이야기할 필요는 없는데요."

창백한 사내가 벌떡 일어섰다.

"당신이 저 사람한테 여기 어떤 사람이 왔었는지 묻는다면, 그도 당신한테 누가 보냈는지 물을 수 있는 거잖소."

손님은 벌써 다음 탁자에 서 있었다.

"내가 그에게 묻는다 해도 내가 누군지는 그와 아무런 상관이 없지요."

"당신이 그에게 묻는다면 그도 당신에게 물어볼 수 있는 거지. 아니면 당신은 그에게 물어볼 필요가 없는 거고."

"그렇다고 내가 무슨 일을 하는지까지 그에게 말할 필요는 없죠."

"그렇다면 그는 당신에게 그런 사람이 여기 왔었는지 말할 필요가 없는 거고."

손님은 문으로 가더니 몸을 돌렸다.

"당신이 그렇게 영리하다면 계속 그렇게 영리하게 사시오."

손님은 다시 몸을 돌려 문을 홱 열더니 가버렸다.

탁자에 앉아 있던 두 사람,

"저 친구 알아? 난 모르는데."

"여긴 온 적이 없어. 그가 무얼 원하는지 누가 알겠어."

"바이에른 사람이던걸."

"라인란트 사람이야. 라인란트에서 왔어."

프란츠는 추워서 꽁꽁 언 불쌍한 뤼더스에게 미소를 보낸다.

"짐작도 못할걸요. 내게 돈이 있을까요?"

"돈이 좀 있나요?"

프란츠는 벌써 주먹을 탁자 위에 내놓고 그것을 펼치며 호기롭게 씩 웃었다.

"얼마나 있게요?"

가련한 작은 사내 뤼더스는 몸을 굽히고 이빨 빠진 치 소리를 냈다.

"10마르크가 둘이군, 대단해."

프란츠는 탁자 위에 지폐를 던졌다.

"어때요, 15분인가 20분 만에 번 거라고요. 더 오래 걸리진 않았어요, 맹세코."

"키야."

"아니, 당신 생각과는 달라요. 암거래도 뒷구멍도 아니에요. 정직한 일이에요, 오토. 올바르고 착실한 방법이라니까요."

그들은 속삭이기 시작했다. 오토 뤼더스는 그에게 가까이 몸을 기울였다. 프란츠가 어떤 여자네 집 벨을 울렸다. 마코 신발 끈인데, 본인이나 남편 분이나 애들을 위해 필요한 것 없으세요, 여자가 신발 끈을 보고 나를 바라보았어. 과부인데 아직 살림이 실하더라고. 우린 복도에서 이야기하고 있었는데, 내가 커피 한 잔 마실 수 있느냐고 물었지. 올핸 끔찍하게 추워서 말이야. 커피를 마셨고 그녀도 함께 마셨어. 그러면서 이야기를 조금 더 했지. 프란츠는 손을 호호 불면서 코를 통해 웃고 뺨을 긁으며 오토의 무릎을 자기 무릎으로 슬쩍 쳤다.

"내 잡동사니를 몽땅 그 집에 두고 왔어요. 여자가 뭔가 알아차렸을까요?"

"누가?"

"누구긴, 뚱보 말이죠. 내가 아무 짐도 안 가져왔으니까요."

"알아채면 또 어때, 자넨 물건을 몽땅 팔았는데 무얼 더 어쩌라고?"

프란츠가 휘파람을 불었다.

"한 번 더 갈 거예요, 금방은 아니지만. 엘자스 거리 뒤편에 사는 과부야. 맙소사, 20마르크라니, 거 참 사업 되네."

그들은 3시까지 먹고 마셨다. 오토는 5마르크짜리 지폐를 잃었지만 기분이 더 좋아지지는 않았다.

이튿날 오전에 신발 끈을 들고 로젠탈 문을 지나간 사람이 누구였던가? 오토 뤼더스였다. 그는 거리 모퉁이 파비시 양복점 앞에 서서 프란츠가 브룬넨 거리를 따라 빠르게 내려가는 모습이 보일 때까지 기다렸다. 그런 다음 엘자스 거리로 갔다. 번지수가 맞다. 어쩌면 프란츠가 벌써 와 있을지도 모르지. 사람들이 모두 조용히 거리를 따라 가버리면 우선 현관 안으로 들어가야지. 만일 그가 나오면 무슨 말을 하나, 뭐라고 말하면 좋을까. 가슴이 두근거리네. 남들이 하루 종일 사람 화를 돋우는데 돈벌이는 신통찮고, 의사는 아무것도 못 찾아냈지만 난 뭔가 얻을 거야. 넝마를 걸치고 돌아다니니 사람이 자꾸 추락하는 거지, 아직도 전쟁 때 입던 군복이라니. 계단을 올라간다.

그는 벨을 누른다.

"마코 신발 끈인뎁쇼, 부인? 아니요. 그냥 물어만 보려고요. 우선 들어보십시오."

그녀는 문을 닫으려고 했지만 그가 한 발을 얼른 문 사이에 집어넣는다.

"난 혼자 온 게 아닙니다. 내 친구가, 왜 아시지요, 어제 여기 왔던 그 친구가 물건을 여기다 놓아두었다고 해서요."

"오, 하느님."

그녀가 문을 열고, 뤼더스는 안으로 들어가서 재빨리 문을 닫는다.

"무슨 일이에요, 오 하느님."

"아무 일도 아니지요, 부인. 대체 왜 그렇게 떠십니까."

그 자신도 떤다. 그렇게 갑자기 안으로 들어왔으니 이젠 앞으로 계속 가는 수밖에. 무슨 일이든 일어날 테면 일어나라, 이미 일어나고 있으니까. 상냥하게 대해야 한다, 하지만 목소리가 나오질 않는다, 입 앞과 코 아래 철망이 쳐졌나, 그것이 뺨을 넘어 이마로까지 뻗어나간다, 뺨이 굳으면 난 끝이다.

"나더러 물건을 가져오라기에."

가냘픈 부인이 옆방으로 들어가 물건을 꺼내려는데 그가 벌써 문지방에 서 있다. 그녀는 입술을 깨물며 바라본다.

"물건은 여기 있어요, 오 하느님."

"고맙소, 고마워요. 어째서 그렇게 떨고 있나요, 부인. 여긴 아주 따뜻한데. 여긴 정말 따뜻해. 나한테도 커피 한 잔 줄 수 없소?"

그냥 여기 서서 이야기하자, 그냥 나가지만 말자, 떡갈나무처럼 강하게 여기 서 있자.

야위고 가냘픈 여자가 그의 앞에서 두 손을 몸 앞에 모아 쥐고 서 있었다.

"그가 당신에게 뭐라고 말했나요? 그가 당신에게 무슨 말을 했나요?"

"누구, 내 친구 말이오?"

계속 얘기해, 말을 오래 할수록 점점 더 따뜻해지지, 이젠 철망이 코 아래쪽만 간질였다.

"아니, 그 이상은 아무 말도 안 했어요, 대체 무슨 말을 하겠소. 대체 커피에 대해 무어라고 말하겠소. 물건이야 내가 이미 가졌고."

"부엌으로 가볼게요."

그녀는 두려운 거야, 자기 커피를 갖고 내가 뭘 어쩐다고, 나 혼자서도 더 잘 만들 수 있는데, 주점에서 편하게 커피를 마실 수도 있지, 그녀는 도망치려는 거야, 기다려, 아직 안 갈 거야. 하지만 이 안에 있으니 좋구나. 하지만 뤼더스도 두려웠다. 그래서 문과 계단 쪽에, 또 위층으로 귀를 기울였다. 이제 방으로 돌아왔다. 지난밤 정말 잠을 설쳤지, 녀석이 밤새 기침을 해대는 바람에, 여기 좀 앉아보자. 마침내 그는 붉은 플러시 천 소파에 앉았다.

여기서 저 여자가 프란츠와 그 짓을 했으렷다, 이제 그녀는 나를 위해 커피를 끓인다, 우선 모자 좀 벗고, 손가락이 얼음이네.

"여기 커피 있어요."

하지만 그녀는 두려워했다. 예쁘고 아담한 여자다, 한번 시도해보고 싶은 마음이 든다.

"함께 마시지 않겠소, 동무 삼아?"

"아니, 아니요. 여기 세 든 사람이 금방 올 거예요. 그가 이 방에 살거든요."

나를 쫓아내려고 하는구나, 여기 세 든 사람이 어디 있담, 그렇담 적어도 침대가 있어야지.

"그 이상 더는 없소? 그럼 그 남자를 잊어버려요. 세 든 사람이 오전에 돌아오진 않지, 일이 있을 게 아니오. 그래요, 내 친구는 그 이상은 말하지 않았소. 난 그냥 물건만 가져다 달래서."

고개를 살짝 숙이고 편하게 커피를 후루룩 마셨다.

"뜨겁군, 오늘 날씨가 추워요. 그가 대체 나한테 무슨 말을 하겠소. 당신이 과부라는 것, 그 말은 맞지요? 그렇지 않소?"

"맞아요."

"남편이 어떻게 죽었나요? 전쟁에서 죽었소?"

"난 할 일이 있어요. 요리를 해야 해요."

"커피 한 잔만 더 만들어주시오. 무엇 때문에 그렇게 서둘러요. 우린 다시 젊어지지도 않는데. 아이가 있나요?"

"이제 그만 가세요, 물건도 드렸으니, 나는 시간이 없어요."

"그렇게 불편하게 굴지 말아요. 이런 습격을 고발할 수도 있겠지만, 그럴 필요 없어요. 곧 갈 테니, 그래도 잔은 비워야지. 갑자기 시간이 없다니. 최근엔 시간이 많더니만, 왜 알지 않소. 좋아요, 난 안 된다 이거지, 갑니다."

모자를 쓰고 일어서서 작은 보퉁이를 겨드랑이에 끼고 천천히 문으로 향해 그녀 곁을 지나다가 갑자기 휙 돌아섰다.

"그럼 잔돈 좀 내놓으시지."

왼손을 쭉 뻗어 집게손가락을 까딱거렸다. 그녀가 손으로 입을 막았다. 키 작은 뤼더스는 그녀 바로 옆에 있었다.

"소리를 지른다면, 어떤 놈을 꿰찼단 말을 하게 될 거요. 우린 모든 걸 알아. 친구들 사이엔 비밀이 없으니까."

추잡한 것, 늙은 개 같으니, 검은 상복을 입다니, 저 계집 귀싸대기 좀 올려붙였으면 좋겠네, 우리 집 여편네보다 나을 게 없어. 여자의 얼굴이 벌겋게 달아올랐다. 오른쪽만 달아오르고 왼쪽은 눈처럼 하얘졌다. 그녀는 손에 지갑을 쥐고 손가락으로 그 안을 더듬으면서도 두려움에 찬 눈길로 키 작은 뤼더스를 바라보았다. 오른손으로 그에게 돈을 내밀었다. 그녀는 부자연스러운 표정이었다. 그의 집게손가락이 계속 까딱거렸다. 그녀는 지갑의 내용물을 통째로 그의 손에 털어놓았다. 이제 그는 방으로 돌아가 탁자 앞에 서더니 뜨개질로 짠 붉은 색깔 탁자보를 홱 낚아챘다. 그녀는 깍 소리를 쳤으나 그 이상은 아무 소리도 내지 않고 더 이상 입을 벌리지도 않은 채 아주 조용히 문간에 서 있었다. 그는 소파의 쿠션 두 개를 움켜쥐고, 부엌으로 건너가 서랍을 열고 마구 뒤졌다. 낡은 물건들뿐, 어서 떠나야 한다. 그렇지 않으면 여자가 결국 소리를 지를 거다. 그 순간 그녀가 비틀거리며 넘어졌다. 어서 나가자.

복도를 지나 천천히 문을 닫고 계단을 내려가 잽싸게 옆 건물로 들어갔다.

오늘은 가슴에 총을 맞고*

경이로운 낙원이었다. 물속엔 물고기가 잔뜩 있었고, 땅에선 나무들이 싹을 틔우고, 뭍과 물과 하늘의 짐승들이 뛰어놀았다.

그때 한 나무에서 바스락 소리가 났다. 뱀 한 마리가, 뱀이, 뱀이 머리를 앞으로 내밀었다. 낙원에 뱀이 살고 있었고, 그 뱀은 들판의 모든 짐승보다 더 간교했는데, 뱀이 말을 시작했다. 아담과 이브에게 말하기 시작했다.**

일주일이 지난 다음 프란츠 비버코프는 비단 종이에 싼 꽃다발을 손에 들고 살그머니 계단을 올라가면서 뚱보 리나를 생각하고 자신을 약간 비난했다. 하지만 아주 진지한 생각은 아니었다. 그냥 잠깐 멈추어 서서 생각한 것이었다. 리나는 황금처럼 충직한 아가씨, 뭘 걱정이냐, 이건 어차피 일인데, 일은 일이지. 그러고는 벨을 눌렀다. 기대감으로 미소를 지었다. 따

---

* "어제는 당당한 말을 타고 있었건만 오늘은 가슴에 총을 맞고······"는 빌헬름 하우프가 쓴 시(詩) 〈기사의 아침 노래〉에서 인용한 것.
** 구약성서 〈창세기〉 내용을 자유롭게 인용.

스한 커피와 인형 같은 작은 여자. 안에서 누군가 다가온다. 그녀다. 그는 가슴을 내밀고 나무 문 앞으로 꽃다발을 내밀었다. 체인이 걸렸지만 그의 가슴은 콩닥콩닥, 넥타이는 잘 매였는지, 그녀의 목소리가 물었다.

"누구세요?"

그가 킥킥거렸다.

"우체부요."

문이 살짝 열리더니 그녀의 눈이 내다보았다. 그는 상냥하게 몸을 숙이고 미소를 지으며 꽃다발을 흔들었다. 문이 쾅 하고 닫혔다. 르르르르르. 빗장이 찰칵. 이런 빌어먹을, 문이 잠겼다. 이런 못된 것. 넌 여기 서 있네, 그 여자가 미쳤나 봐. 나를 알아보기나 한 건가. 갈색 문, 문틀, 난 계단에 서 있고 넥타이는 잘 맸는데. 믿을 수가 없어. 벨을 한 번 더 누르나 마나? 그는 제 두 손을 내려다보았다. 꽃다발, 조금 전에 거리 모퉁이에서 비단 종이까지 쳐서 1마르크나 주고 샀는데, 그는 다시 벨을 한 번, 두 번 눌렀다, 아주 길게. 그 여자는 문간에 서 있을 거야. 문을 닫고는 움직이지 않는 거지. 그냥 입을 다물고 나를 여기 세워놓고 말이야. 게다가 내 신발 끈이 통째로 저 안에 있는데. 아마 3마르크쯤 할까, 그거야 가져갈 수 있겠지. 저 안에서 누군가가 걷고 있다. 이제 그녀가 멀어진다. 부엌에 있네. 그렇담……

그는 계단을 내려갔다. 그런 다음 다시 올라갔다. 한 번 더 벨을 누를 거야. 한번 알아봐야겠어. 그녀가 나를 못 보았을지도 모르니까. 나를 다른 사람으로 착각한 건지도 모르니까. 거지로 말이지, 요즘은 거지도 많이 돌아다녀서. 하지만 문간에

서서는 벨을 누르지 않았다. 먹먹하니 아무 느낌도 없었다. 그냥 거기 서서 기다렸다. 그녀는 내게 문을 열어주지 않는다, 난 그냥 어째서 그러는지만 알고 싶어. 이 집에서 더는 장사를 안 할 거다. 이 꽃다발은 어디다 쓰지, 1마르크를 주고 샀지만 수채에 버릴 거다. 갑자기 그는 명령을 받은 것처럼 한 번 더 벨을 누르고 조용히 기다렸다. 그래 그녀는 문간으로 오지도 않는구나, 나인 줄 아는 거다. 그렇다면 옆집에 쪽지를 남겨놔야지, 물건을 되찾고 싶으니까.

그는 옆집 벨을 눌렀지만 아무도 없었다. 좋아, 그래도 쪽지를 써야겠어. 프란츠는 복도에 난 창가로 가서 신문에서 아무것도 적히지 않은 작은 조각을 찢어서는 작은 연필로 이렇게 적었다.

"문을 열어주지 않아서요. 나는 물건을 되찾고 싶소. 엘자스 거리 모퉁이 클라우센 술집에 맡겨주십시오."

맙소사, 못된 것, 네가 내가 누군지 안다면, 내게 무언가 느꼈다면 이러지는 못할 텐데. 어디 두고 보자. 도끼로 문을 부수어야겠지. 그는 쪽지를 살그머니 문 아래로 밀어 넣었다.

프란츠는 불만에 가득 차서 하루 종일 빈둥거렸다. 이튿날 뤼더스와 만나기 전에 선술집 주인이 그에게 편지를 내밀었다. 그녀다.

"그 밖엔 아무것도 남겨놓지 않았어요?"

"아니, 대체 뭘 말인가?"

"물건이 든 꾸러미."

"아니, 어떤 애가 이걸 가져왔던데. 어제 저녁에."

"그런 일이. 내가 가서 물건을 가져와야겠네."

2분이 지난 다음 프란츠는 진열창 옆 창가로 가서 작은 나무 걸상에 주저앉았다. 맥 풀린 왼손에 편지를 쥐고 입을 꾹 다문 채 탁자의 상판을 뚫어져라 쏘아보았다. 뤼더스다, 더러운 자식, 놈이 마침 문으로 들어오다가 프란츠를 보았다. 뤼더스는 그가 앉아 있는 꼴을 보고는 무슨 일이 일어난 것을 알아채고 도로 나가버렸다.

주인이 탁자로 다가왔다.

"뤼더스가 어째 도망을 치지, 제 물건도 가져가지 않았네."

프란츠는 그대로 앉아 있었다. 세상에 이런 일이 있다니. 내 두 다리가 잘려나갔다. 세상에 이런 일은 없는데. 그런 것은 없었다. 일어날 수가 없네. 뤼더스 자식 도망쳐라. 두 다리가 다 있으니 도망칠 수 있는 거지. 상상도 못 해본 놈일세.

"코냑 한 모금 들겠소, 비비코프? 뭐 슬픈 소식이오?"

"아니, 아니요."

이 사람 대체 무슨 말을 하는 거야, 잘 들리지가 않네, 귀에 솜뭉치가 들었나. 주인은 저쪽으로 가지 않았다.

"뤼더스가 어째서 그렇게 도망친 거요? 그에게 무슨 일을 한 사람도 없는데. 마치 누군가 그의 뒤를 쫓는 것처럼."

"뤼더스요? 아마 할 일이 있는 게지요. 좋아요. 코냑 한 잔 주시오."

그가 한 잔 따라주었다. 여전히 생각들이 흩어졌다. 맙소사, 여기 이 편지라니, 이게 무슨 일이람.

"여기 봉투가 떨어졌네요. 아침 신문이라도 보지 그래요."

"고맙소."

그는 계속 생각에 잠겼다. 난 이게 대체 무슨 일인지 알고 싶을 뿐이다. 편지라니, 그녀가 그런 걸 써 보내다니. 뤼더스는 착실한 사람인데, 애들도 있고. 프란츠는 어떻게 그런 일이 일어났을까 생각해보았다. 하지만 머리가 무거워지더니 잠이 든 것처럼 앞으로 기울었다. 주인은 그가 피곤한 모양이라고 생각했지만 그건 빛바램, 아득함과 공허였다. 그의 두 다리도 그리로 미끄러져 들어갔다. 그러다가 그는 완전히 푹 빠졌고, 왼쪽으로 한 번 몸을 돌렸지만 완전히 아래로 떨어졌다.

프란츠는 가슴과 머리를 상판에 올려놓은 채였다. 제 팔 밑에 놓인 상판을 비스듬히 바라보면서 훅 하고 입김을 불고는 머리를 곧추세웠다.

"뚱보 리나가 왔었나요?"

"아니요, 12시나 돼야 올걸."

그렇지, 이제 겨우 9시니까. 아직 아무 일도 안 했네. 뤼더스도 가버렸고.

이제 무얼 해야 하나? 무언가가 그의 몸을 뚫고 지나갔다. 그는 입술을 지그시 깨물었다. 이건 벌이야, 그들이 나를 밖으로 내보냈어, 다른 놈들은 아직도 커다란 쓰레기 더미 옆 감옥에서 감자를 고르고 있는데, 난 전차를 타야만 했지, 빌어먹을, 거긴 아주 좋았는데. 그는 일어서서 거리로 나갔다. 이걸 다시 밀어내고 다시는 두려움을 갖지 말자, 나는 두 다리로 반듯하게 서 있다. 아무도 내게 다가오지 않는다.

"뚱보가 오면 내게 초상이 났다고 말해주세요. 삼촌이나 누구의 초상 소식을 받았다고, 오늘 점심땐 안 올 겁니다. 그러니 기다릴 필요 없다고요. 여기, 얼맙니까?"

"언제나 그렇듯이 맥주 한 잔."

"그래요."

"그럼 그 꾸러민 여기 놔둘 셈이오?"

"무슨 꾸러미?"

"그것참, 제대로 사람을 잡은 모양이네, 비버코프. 번거롭게 굴지 마시오. 똑바로 서요. 내가 그 꾸러미를 보관하고 있소."

"무슨 꾸러미요?"

"가서 시원한 공기나 쐬시오."

비버코프는 밖으로 나왔다. 주인은 창을 통해 밖을 내다보았다.

"그들이 그를 곧 도로 데려가려나? 이런 일이라니. 저리 튼튼한 사내가. 뚱보가 깜짝 놀라겠네."

키 작은 창백한 사내가 집 앞에 서 있다. 오른팔이 붕대에 걸쳐져 있고 손에는 검은 가죽장갑을 꼈다. 벌써 한 시간이나 햇빛 속에 선 채 위로 올라가지 않는다. 그는 병원에서 오는 참이다. 다 큰 딸이 둘 있는데 마지막으로 사내아이가 태어났다. 이제 겨우 네 살, 그 녀석이 어제 병원에서 죽었다. 원래는 간단한 목의 염증이었다. 의사는 금방 돌아오겠다고 말하고는 저녁에야 오더니 곧바로 이렇게 말했다. 어서 병원으로, 디프테리아가 의심됩니다. 꼬마는 4주 동안 병원에 있었다. 거의 다 나아가는데 성홍열을 얻었다. 그로부터 이틀 뒤인 어제 아이가 죽었다. 심장이 약해서라고 수석 의사는 말했다.

사내는 건물 문 앞에 서 있고, 아내는 저 위에서 어제처럼 소리 지르며 울 것이다. 남편이 사흘 전에 아들을 퇴원시키지 않았다고, 그때 벌써 다 나았는데 퇴원시키지 않았다고 지난

밤 내내 그렇게 소리 지르며 울고 원망했다. 하지만 간호사들이 아직 아이 목에 세균이 남아 있다고 말하면서 집에 다른 애들이 있으면 위험하다고 했다. 아내는 처음에는 믿으려 하지 않았다. 하지만 다른 애들한테 무슨 일이 벌어질 수도 있었다. 그는 그대로 서 있다. 이웃집 앞에서 그들은 소리 지른다. 갑자기 누군가 병원에서 말했던 게 그의 머리에 떠올랐다. 그가 아이를 병원에 데려갔을 때 아이가 면역 주사를 맞았느냐고 물었다. 아니, 아직 못 맞았는데요. 하루 종일 의사가 돌아오기만 기다렸는데, 저녁때가 되어서야 돌아오더니 곧바로 병원으로 데려가라고 했어요.

전쟁에서 팔이 마비된 이 사내는 서둘러 길을 건너 거리를 따라 모퉁이까지 달려갔다. 의사에게로 갔지만 의사가 집에 없다고 했다. 하지만 그는 소리를 질렀다. 아직 오전이니 의사가 집에 있을 게 분명하다. 대기실 문이 열렸다. 대머리에 뚱뚱하게 살이 찐 신사가 그를 바라보더니 안으로 불러들였다. 사내는 서서 병원 이야기를 했다. 아이가 죽었다고. 의사가 그의 손을 잡았다.

"하지만 선생님이 우리더러 기다리라고 하지 않았나요, 수요일 내내, 아침부터 저녁 6시까지 말입니다. 우린 두 번이나 사람을 보냈지만 선생님은 오시지 않았어요."

"하지만 난 결국 갔어요."

사내가 다시 소리를 지르기 시작했다.

"난 병신입니다. 우린 전쟁터에서 피를 흘렸어요, 사람들은 우리더러 기다리라고 하지요, 무엇이든 지들 하고 싶은 대로요."

"앉아요, 자 진정하십시오. 아이는 디프테리아로 죽은 게 아

186

닙니다. 병원에서도 그런 감염이 생겨요."

"이리 가나 저리 가나 재수가 옴 붙었구먼."

그는 다시 소리를 질렀다.

"만날 기다리라고만 하지, 우린 잡일이나 하고, 우리가 비참하게 죽듯이 우리 애들도 비참하게 죽지."

반 시간 뒤에 그는 천천히 계단을 내려갔다. 아래 햇빛 속에서 몸을 돌려 집으로 올라갔다. 아내는 부엌에서 일을 하고 있었다.

"오, 여보?"

"오, 여보."

그들은 서로 손을 잡은 채 머리를 떨어뜨렸다.

"아직 아무것도 못 먹었죠? 금방 준비할게요."

"서기, 의사한테 있었어. 가서 그가 수요일에 오지 않았다고 말했지. 그에게 말을 좀 해주었어."

"하지만 우리 꼬마 파울은 디프테리아로 죽은 게 아닌데."

"그건 상관없어. 의사한테도 그렇게 말했소. 만일 애가 금방 주사를 맞았더라면 병원으로 갈 필요가 없었을 거야. 아예 갈 필요가 없었다고. 하지만 의사가 안 왔지. 그 말을 의사한테 해주었어. 그런 일이 다시 일어날지도 모르니까, 다른 사람 생각도 해야지. 그런 일은 만날 일어나, 누가 알겠어."

"그래도 뭐든 좀 먹어요. 의사가 뭐라고 합디까?"

"그는 좋은 사람이오. 이제 젊지도 않고 할 일도 많아서 지치도록 일을 하더군. 나도 그야 알지. 하지만 무슨 일이 일어나면 이미 일어난 거라고. 그가 내게 코냑 한 잔을 주었소. 진정하라고 하더군. 의사 부인도 함께 들어왔어."

"당신 또 소리깨나 질렀겠네?"

"아니, 전혀 안 질렀어. 처음에만 그랬지, 나중엔 아주 조용히 이야기했어. 그 사람도 인정하던걸. 누군가 자기한테 그런 이야길 해주어야 한다고 말이오. 그는 나쁜 사람은 아니야, 하지만 누군가 말을 해주어야지."

그는 밥을 먹으면서 심하게 몸을 떨었다. 아내는 옆방에서 울었다. 그런 다음 두 사람은 부엌에서 함께 커피를 마셨다.

"원두커피예요, 여보."

그는 잔에 코를 대고 킁킁거렸다.

"냄새가 그러네."

내일은 차가운 무덤으로,
아니, 우린 자신을 통제할 수 있을 거야

프란츠 비버코프가 사라졌다. 그가 편지를 받던 날 점심때 리나는 그의 방으로 찾아갔다. 그의 방에 자기가 짠 갈색 털실 조끼를 몰래 놓아둘 셈이었다. 하지만 사내가 집에 있었다. 보통 때는 늘 장사하러 돌아다니곤 하는데, 특히 지금은 크리스마스 대목이라. 그런데 그가 침대에 웅크리고 앉아 탁자를 잡아당겨서는 자명종 시계를 해체해놓은 채 만지작거리고 있었다. 처음에 그녀는 그가 집에 있는 것을 보고 깜짝 놀랐고, 어쩌면 조끼를 보았을지 모른다고 생각했다. 하지만 그는 그녀 쪽을 거의 쳐다보지도 않고 계속 탁자 위 시계만 바라보았다. 그녀는 아주 잘됐다고 생각하고 조끼를 얼른 문 옆에 감추었다. 그런 다음에도 그는 거의 말이 없었다. 대체 무슨 일이람, 어제 술을 너무 마셨나, 그래도 저 얼굴이 대체 뭐야, 저런 모습은 본 적이 없는데, 그는 낡은 시계를 만지작거렸다. 거의 정신이 나간 사람 꼴이었다.

"자명종은 멀쩡해, 프란츠."

"아니, 아니야. 그렇지 못해. 언제나 덜덜거려, 제대로 소리를 못 낸다고. 내가 알아낼 거야."

그러곤 계속 시계를 만지작거리다가 탁자에 내려놓고 제 이빨을 만졌다. 그는 그녀를 전혀 바라보지 않았다. 그래서 그녀는 슬그머니 빠져나왔다. 약간 두려웠던 것이다. 잠이나 실컷 자라지. 그런 다음 그녀가 저녁때 다시 가보니 사내가 사라졌다. 돈을 내고 짐을 몽땅 싸가지고 가버렸던 것이다. 주인 여자는 그가 돈을 냈다는 사실만 알고 있었다. 그리고 "여행 중"이라는 쪽지를 내걸으라는 말을 들었다. 분명 도망친 거야, 안 그래?

끔찍한 24시간이 지난 다음에야, 리나는 마침내 자기를 도와줄 고틀리프 메크를 만났다. 그 남자도 얼굴을 찌푸렸다. 그녀는 오후 내내 술집마다 뒤지고 돌아다니다가 마침내 그를 만난 것이다. 그는 대체 프란츠한테 무슨 일이 일어났는지 전혀 몰랐다. 근육질에다 사람이 약기까지 하니 도망칠 수도 있겠지. 그가 무슨 못된 짓을 저질렀나? 프란츠가 그럴 리 없는데. 혹시 리나가 프란츠와 싸운 것 아닌가. 아니, 전혀 아니다. 내가 그에게 조끼까지 가져다주었는데. 이튿날 점심때에야 메크는 주인 여자에게 가보았다. 리나가 그를 내버려두지 않았던 것이다. 비버코프는 황급히 떠났다. 뭔가 잘못되었다. 그 사람은 언제나 믿을 만했는데, 아침까지도 괜찮았는데, 무슨 일이 일어난 거다, 다만 자기가 모르는 것뿐. 그는 집을 비웠다. 물건은 하나도 남기지 않았다. 와서 보시오.

마침내 메크는 리나더러 자기가 알아보겠으니 가만히 있으라고 말했다. 그는 생각해보았다. 오래된 장사꾼으로서 그는 냄새를 맡고는 뤼더스를 찾아갔다. 뤼더스는 애들하고 집에 있었다. 프란츠가 어디 갔는가? 뤼더스는 프란츠가 자기를 바람 맞혔다고 고집스레 말했다. 자기한테 빚도 있는데, 프란츠가 그걸 청산하는 것도 잊었다고 했다. 메크는 그 말을 전혀 믿지 않았다. 그들의 대화는 한 시간 이상 계속되었지만 이 사내에게서는 그 무엇도 끄집어낼 수 없었다. 저녁때 메크와 리나는 그를 주점에서 붙잡았다. 그러곤 맞은편에 앉았다. 그러자 일이 되었다.

리나가 울부짖었다. 그는 분명 프란츠가 어디 있는지 알 거다. 그날 오전에도 함께 있었으니 분명 프란츠가 무슨 말을 했을 거다, 단 한 마디라도.

"아니, 그는 한 마디도 안 했어."

"그에게 무슨 일이 생긴 게 분명해."

"그에게 무슨 일이 생기다니? 도망쳤겠지, 뭐."

아니, 그는 아무 잘못도 저지르지 않았어, 리나는 어떤 말에도 넘어가지 않았다. 그는 아무 짓도 저지르지 않았어. 리나가 보증했다. 경찰한테 가서 물어봐야겠어.

"그럼 네 생각엔 그가 길을 잃고, 경찰이 그를 찾아 나서기라도 할 것 같냐?"

뤼더스가 웃었다. 작고 통통한 리나의 괴로움.

"하지만 어떻게 해요 그럼."

자리에 앉아서 자기만의 생각에 잠겨 있던 메크가 마침내 지겨워져서는 뤼더스에게 슬쩍 고갯짓을 했다. 뤼더스와 단둘이 이야기하고 싶었다. 아마 아무 소용도 없겠지만. 그가 먼저 나가고 곧이어 뤼더스도 나갔다. 그들은 겉으로는 멀쩡한 이야기를 하면서 라믈러 거리를 지나 그렌츠 거리까지 이르렀다.

그런 다음 아주 캄캄한 곳에서 메크는 슬그머니 키가 작은 뤼더스를 덮쳤다. 무섭게 놈을 때렸다. 뤼더스가 소리를 지르며 바닥에 나뒹굴자 메크는 호주머니에서 손수건을 꺼내 그의 입을 지그시 눌렀다. 그런 다음 그를 일으켜 세우고는 키 작은 사내에게 칼집에서 꺼낸 단도를 보여주었다. 두 사람 모두 숨도 쉬지 않고 서로 노려보았다. 여전히 진정하지 못한 채 메크가 상대방에게 내일 프란츠를 찾아보라고 충고했다.

"당신이 그를 어떻게 찾아내는지는 상관없어. 그를 찾아내지 못하면 우리 셋이 결판을 봐야 할 거야. 우린 당신을 찾아낼 거야, 친구. 게다가 자네 마누라까지도 말이지."

다음 날 저녁에 메크의 눈짓을 보고 작은 뤼더스는 창백한 모습으로 조용히 술집에서 따라 나왔다. 그들은 위층 손님방으로 올라갔다. 한참 걸려서야 주인이 가스등에 불을 붙였다. 그런 다음 그들은 둘이서 거기 섰다. 메크가 물었다.

"가봤나?"

그가 고개를 끄덕였다.

"그를 봤나? 그래 어떻던가?"

"아무것도 없어."

"그가 무슨 말을 하던가, 당신이 거기 갔었다는 걸 대체 어떻게 증명하지?"

"메크, 그는 자네만큼이나 내 머리에 구멍을 내고 싶어 해. 아니, 난 그럴 각오는 안 되어 있지."

"그럼 뭐야?"

뤼더스가 조용히 다가왔다.

"잘 들어봐, 메크, 내 말 좀 들어보라고. 내 말을 잘 들으면 내 말해주지. 프란츠가 자네 친구라면 말이야, 그놈 때문에 자네 어제 나와 그런 식으로 이야기할 필요가 없었어. 거의 사람을 죽일 뻔하지 않았나. 우리 둘 사이에 그럴 일은 없지. 그 녀석 때문엔 말이야."

메크는 그를 뚫어지게 바라보았다. 이 자식 한 방 더 터져야겠네. 흠씬 패줘야겠어.

"아니, 그놈은 미쳤어. 그거 알아채지 못했나, 메크? 여기 이 위쪽에, 뭐가 잘못되었다니까."

"아니, 그만 해둬. 그는 내 친구야, 맙소사, 다리가 흔들린다." 이어서 뤼더스가 이야기를 하고, 메크는 자리에 앉아 들었다.

뤼더스는 5시와 6시 사이에 프란츠를 만났다. 녀석은 옛날 집에서 아주 가까운 곳에 살고 있다. 세 집 떨어진 곳에. 사람들이 그가 상자 하나와 장화 한 켤레를 손에 들고 그리로 들어가는 것을 보았고, 그곳 직각으로 잇댄 건물에 그가 정말로 방을 얻었던 것이다. 뤼더스가 문을 두들기고 안으로 들어가 보니 프란츠는 장화 신은 발을 아래로 늘어뜨린 채 침대에 누워 있었다. 그는 뤼더스를 알아보았다. 전구에 불이 켜져 있었으니까. 뜨내기 뤼더스가 왔지만 그게 어떻단 말인가. 뤼더스는 칼을 쥔 손을 호주머니에 집어넣고 있었다. 다른 손에는 돈을 몇 마르크 쥐고 있다가 그것을 탁자에 내려놓고, 온갖 이야기를 하며 왔다 갔다 했다. 목이 쉰 채로 메크가 때려서 머리에 생긴 혹과 부풀어 오른 귀를 보여주었다. 그는 분하고 화가 나서 거의 울부짖었다.

비버코프는 몸을 일으켰다. 그 얼굴이 이따금 아주 냉정하고 이따금 바르르 떨렸다. 그는 문을 가리키더니 나직하게 말했다.

"나가!"

뤼더스는 몇 마르크를 그대로 놓아둔 채 메크를 생각하고, 그들이 자기를 기다릴 터이니, 종이에 자기가 왔었다는 것을 써달라고, 아니면 메크나 리나가 이리로 오게 해달라고 빌었다. 그러자 비버코프가 몸을 완전히 일으켰다. 그 순간 뤼더스는 문으로 달려가 손잡이를 잡았다. 하지만 비버코프는 뒤쪽 세면대로 가 물그릇을 잡더니 갑자기 뤼더스의 발치에 물을 뿌렸다. 너는 흙에서 나왔으니 흙으로 돌아가리라. 뤼더스는 눈을 크게 뜨고 옆으로 피하면서 손잡이를 밀었다. 비버코프는 물이 담겨 있는 물 주전자를 들었다. 우린 할 일이 많아, 탁자를 깨끗이 치워야지, 넌 흙에서 왔으니. 그러곤 문간에 있는 그를 향해 물을 붓고 그의 목과 입에 물을 뿌렸다. 얼음처럼 차가운 물을. 뤼더스는 재빨리 밖으로 나갔다. 그가 나가고 문이 잠겼다.

손님방에서 그가 악의에 차서 속삭였다.

"그는 미쳤어, 자네도 보았지."

메크가 물었다.

"몇 번지야? 누구네 집이지?"

나중에 비버코프는 방에서 거듭 물을 뿌렸다. 손으로 공중에도 뿌렸다. 모든 것을 정화해야 한다. 모두 치워버려야 해. 이젠 창문도, 후 불어야지. 우린 그것과 아무 상관이 없어. (건물 안으로 들어가는 일도, 지붕이 미끄러져 떨어지는 것도, 그런 건 모두 지난 일이야. 완전히 지난 일이라고.) 그는 창가에 있는 게 치워질 때까지 바닥을 쏘아보았다. 다 쓸어버려야 한

다. 저 아래 그들 머리 위로 떨어뜨려 거기 얼룩을 만들자. 그
는 창문을 닫고는 도로 침대에 누웠다. (죽은 거지. 너는 흙에
서 나왔으니 흙으로 돌아가리라.)

두 손을 마주쳐 짝짝짝, 두 발로 탕탕탕.

저녁때 비버코프는 이미 더 이상 이 방에 살지 않았다. 그가
어디로 갔는지 메크는 확인할 길이 없었다. 그는 단단히 결심
한 땅딸이 뤼더스를 잡아서 자신의 단골집으로, 가축 상인들에
게로 데려갔다. 그들에게 대체 무슨 일이 있었나, 술집 주인이
받은 그 편지는 무언가, 물어보았다. 뤼더스는 고집스러웠다.
그가 뚱하고 앉아만 있어서 마침내 그들은 이 작자를 보냈다.
메크가 혼잣말을 했다.

"저놈도 살 좀 빠졌지."

메크는 혼자 생각을 해보았다. 리나가 프란츠를 속였거나,
프란츠가 뤼더스에게 화났거나, 뭐 그런 일일 거다. 가축 상인
들이 말했다.

"뤼더스는 사기꾼이야, 놈이 한 말은 한 마디도 참말이 아니
야. 어쩌면 그도 미쳤는지 모르지, 그 비버코프 말이야. 그때
벌써 조합 회원증을 받았잖아, 상품도 없으면서. 그러다가 화
가 나자 그만 밖으로 나타난 거지."

메크가 고집을 부렸다.

"화라는 건 쓸개를 치는 일이지 사람 머리를 치는 게 아니
야. 머리는 완전히 제외되어 있다고. 게다가 그는 운동선수야,
힘든 일을 하는 사람이지. 일급 가구 운반자였어, 피아노 같은
것, 그러니 화가 머리를 때리는 건 아니야."

"바로 그런 사람이 머리를 맞는다니까. 그는 예민하잖아. 게

다가 머리는 별로 안 쓰고. 그러니 썼다 하면 덜컥 걸려드는 거지."

"그래, 자네들 형편은 어떤가. 그 소송 말이야? 하지만 자네들이야 모두 형편이 괜찮지."

"가축 상인은 뇌막이 질겨. 그들이 화를 내기 시작하면 죄다 정신 병원에 갈 판이지. 우린 화를 내지 않아. 물건을 주문하고, 그런 다음 그대로 바람맞히거나 돈을 안 주려 하는 등의 일은 우리 사이에선 만날 겪는 거 아닌가. 사람들이 도무지 돈이 없으니."

"아니면 돈이 제대로 흐르지를 않던가."

"그런 점도 있고."

가축 상인 한 사람이 자신의 더러운 조끼를 바라보았다.

"난 집에선 받침접시에다 커피를 마셔. 맛은 그게 더 좋은데 흘려서 얼룩이 지지."

"그럼 턱받이를 해야겠군."

"그럼 우리 마누라가 웃으라고. 아니야, 두 손이 떨린다, 이걸 봐라."

메크와 리나는 프란츠 비버코프를 찾아내지 못했다. 그들은 베를린을 절반이나 뒤졌지만 이 사내를 찾지 못했다.

제4권

프란츠 비버코프는 불행한 일을 당한 게 아니었다. 보통의 독자라면 깜짝 놀라서 그럼 대체 무슨 일이야? 하고 물어볼 것이다. 하지만 프란츠 비버코프는 보통의 독자가 아니다. 그는 자신의 원칙이 아무리 단순한 것이라 해도 어딘지 잘못된 게 분명하다는 사실을 알아챘다. 어디가 잘못되었는지는 몰라도 어쨌든 잘못된 것이라는 사실이 그를 아주 깊은 울적함에 빠뜨렸다.

여러분은 여기서 이 사내가 술을 마시고 거의 정신을 잃다시피 한 꼴을 보게 될 것이다. 하지만 그건 그렇게까지 힘든 일은 아니다. 프란츠 비버코프는 이보다 더 힘든 일을 겪을 운명이기 때문이다.

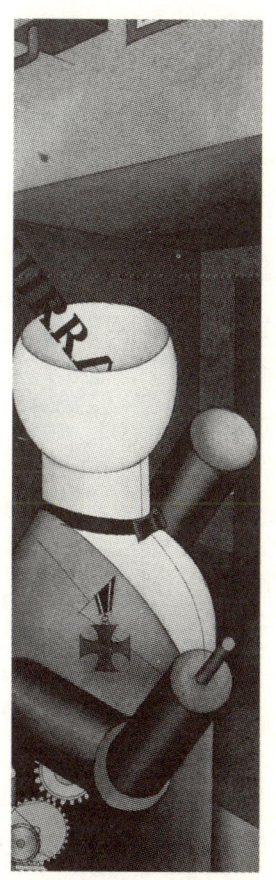

알렉산더 광장 주변의 몇 사람

알렉산더 광장에서는 지하철 건설을 위해 도로를 파헤쳐 놓아 사람들이 널빤지 위를 걸어다니는 판이다. 전차들은 광장을 지나 알렉신디 기리를 따라 올리기 믠츠 거리를 통과해서 로젠탈 문으로 간다. 오른쪽과 왼쪽이 모두 거리다. 이들 거리에는 건물들이 나란히 서 있다. 이 건물들에는 지하실부터 꼭대기까지 인간들이 가득 들어차 산다. 1층은 보통 가게다.

술집, 식당, 과일 및 야채 가게, 식민지 산물, 진귀한 식품, 밀가루와 제분 공장, 차고, 화재보험. 작은 엔진으로 작동되는 살수기의 이점은 단순한 구조, 쉬운 사용법, 가벼운 무게, 작은 크기 등이다.*

—독일 민족 동지들이여, 독일 민족보다 더 수치스럽게 기만당하고, 더 부당하게 속아 넘어간 민족은 없었다. 여러분은

---

*다음에 이어지는 내용은 이 일대의 길거리에 붙은 표어나 광고, 어떻게 해서인지 눈에 들어온 신문과 잡지의 기사 등을 인용한 것이다.

샤이데만이 1918년 11월 9일 의사당 창문에서 우리에게 평화와 자유와 빵을 약속한 것을 아직도 기억하는가? 그렇다면 대체 그 약속은 얼마나 지켜졌는가!

—하수구 기사(記事), 창문 청소 회사, 잠이 보약, 슈타이너의 천국 침대.

—서점, 현대인의 도서관, 우리의 전집(全集)들을 주도하는 작가와 사상가들이 모두 현대인의 도서관에 모여 있다. 이들은 유럽의 정신적 삶의 위대한 대변자들이다.

—세입자 보호법은 휴지 조각이다. 집세는 계속 오른다. 직업을 가진 중산층이 길거리로 나앉고, 이런 식으로 목 졸려 죽임을 당하고, 집달리만 수확이 크다. 소규모 영업장에 대해 1만 5천 마르크 한도의 공공 대출을 해줄 것과, 소규모 자영업자들에 대한 모든 압류를 즉각 금지할 것을 요구한다.

—힘든 시기에 맞서 단단히 준비하고자 하는 것이 모든 여성의 소원이자 의무다. 임신한 여성의 생각과 느낌은 온통 태아에 대한 것. 그러니 임신한 여성을 위한 올바른 음료의 선택이 특별히 중요하답니다. 엥겔하르트 양조장의 맥아 맥주는 다른 어떤 음료와도 비교가 안 되는 훌륭한 맛, 영양, 소화 능력, 청량 효과 등을 갖습니다.

—스위스 생명보험사 '취리히 연금'의 생명보험에 가입하여 자녀와 가족을 안전하게 돌보세요.

—당신의 마음이 웃는다! 유명한 회프너 가구로 집을 단장하면 당신 마음이 기쁨으로 웃는다. 쾌적한 생활에 대해 당신이 꿈꾼 모든 것이 생각지도 못한 방식으로 현실이 된다. 세월이 아무리 흘러도 그 모습은 여전히 쾌적하고, 그 견고함과 실

용적 쓰임새는 언제나 새로운 기쁨을 만들어낸다.

경비 회사는 모든 것을 지킨다. 그들은 이리저리 돌아다니며 살펴보고, 들여다보고, 건물 벽에 비치된 경비 시계를 체크한다. 경계경보 발령, 대도시 베를린과 그 바깥을 위한 경비와 보호, 독일 경계령, 대도시 베를린 경비, 부동산 소유자 경제인 협회의 옛날 경비 부서, 통합 경비, 서부 경비 센터, 경비 회사, 셜록 회사, 코넌 도일의 셜록 홈스 전집, 베를린과 이웃 도시의 경비 회사, 교육자 박스만, 교육자 플락스만, 빨래 센터, 속옷 대여 아폴, 아들러 빨래방은 손빨래와 속옷 빨래는 물론, 남성용 및 여성용 고급 속옷 빨래 전용임.*

가게들의 위쪽과 뒤편은 아파트들이다. 뒤편에 다시 안뜰이 나타나면서 옆 건물, 직각으로 잇댄 건물, 뒤편 건물, 정원 건물 등이 있다. 뤼더스와의 불편한 일을 겪은 다음, 프란츠 비버코프는 그 뒤편에 평행으로 달리는 리니엔 거리의 어떤 건물에 칩거하고 있었다.

앞쪽에는 멋진 구두 가게가 있는데, 빛나는 진열창이 네 개에다 여자 점원 여섯 명이 서비스를 했다. 서비스랄 것이 있으면 말이다. 어쨌든 한 달에 두당 80마르크씩, 그리고 장사가 잘 되거나 그들이 나이가 들면 한 달에 100마르크씩 받는 점원들이다. 이 아름답고 큰 구두 가게는 나이 든 부인의 소유였는데, 그녀는 매니저와 결혼했다. 결혼한 뒤로 그녀는 뒤쪽에서 잠을 잤고, 별로 행복하지 못했다. 남편은 멋쟁이 사내로, 가게를 크게 발전시켰지만 아직 마흔도 되지 않았고, 그게 바로 불운이

*당시 전화번호부에서 경비 회사 부분부터 그 뒤까지 인용하고 있다.

었다. 그가 밤에 늦게 집으로 돌아오면 늙은 부인은 분노로 잠을 이루지 못했다.

2층에는 변호사가 살았다. 작센-알텐부르크 공작령에 있는 야생 토끼는 사냥용 짐승에 속하는가? 변호사는 작센-알텐부르크 공작령의 야생 토끼가 사냥용 짐승에 해당한다는 지방 법원의 승인을 정당하지 않은 이유로 반박한다. 어떤 짐승이 사냥용이고 어떤 짐승이 자유 포획용인가? 이 문제를 두고 독일의 주 정부마다 제각기 다양한 방식으로 해법을 찾았다. 그에 대한 특별한 법적 규정이 없는 탓에 관습의 권리가 결정을 내린다. 사냥경찰법 24조 2항 43번을 위한 초안에 야생 토끼는 거론되어 있지 않다—저녁 6시에 여비서가 사무실로 들어와 대기실의 리놀륨 장판을 쓸고 닦는다. 변호사 사무실에는 진공청소기가 없다. 변호사는 아직 결혼도 안 했고, 또 여비서인 치스케 부인이 가정주부가 무슨 일로 불평하는지에 대해서도 알아야 한다는 등의 인색한 논리를 폈다. 여비서는 솔로 닦고 힘차게 문지른다. 빼빼 마른 여자지만 몸은 유연한 편이고 두 아이를 위해 혹독하게 일한다. 영양분에서 지방의 의미는, 뼈의 돌출한 부분을 덮고 또한 그 속에 있는 조직을 압력과 충격에서 보호한다는 것이다. 그런 탓에 야윈 사람들은 걸어갈 때 발바닥이 아프다고 탄식한다. 그러나 그런 일은 이 여비서에게 해당되지 않는다.

저녁 7시에 변호사 뢰벤훈트 씨는 자기 책상에 앉아 탁상 램프 두 개를 밝히고 일한다. 우연히도 전화가 되지 않는다. 그로스 형사 사건 A 8780-27에서 나는 피고인 그로스 부인의 전권을 위임받았음—문건 첨부. 이에 일반 면회 허가를 승인해줄 것을 공손히 요청함.

  —베를린, 오이게니 그로스 부인께. 매우 존경하는 그로스 부인, 이미 오래전부터 당신을 한 번 더 방문하려고 생각했습니다만, 일이 지나치게 많고 컨디션이 안 좋은 관계로 실천하지 못했습니다. 다음 수요일에 만나뵐 수 있기를 바라며 그때까지 너그러이 참아주시기를 부탁드립니다. 편지, 송금과 입금, 소포 주소 등은 감방 번호를 개인 주소로 이용한다. 베를린 북서부 52, 모아비트 12a*는 미리 인쇄되어 있다.

  —톨만 씨께. 따님의 사건에 대해 200마르크의 추가 수임료를 청구해야겠군요. 분할 지불하시기로 했지요. 도로 선불입니다.

  —매우 존경하는 변호사님, 모아비트 형무소로 불행한 딸을 방문하고 싶은데, 누구에게 물어야 할지 모르는 탓에 내가 언제 그곳으로 면회를 갈 수 있는지 당신이 처리해주시기를 간곡히 부탁드립니다. 그 밖에도 딸에게 2주에 한 번씩 식품 꾸러미를 넣을 수 있도록 신청해주십시오. 이번 주말이나 늦어도 다음 주 초까지 소식 받기를 고대하겠습니다. 톨만 부인(오이게니 그로스의 어머니).

  —변호사 뢰벤훈트는 자리에서 일어나 시가를 입에 물고 커튼의 틈 사이로 밝게 불이 켜진 리니엔 거리를 내다보며 생각에 잠긴다. 그 여자한테 전화를 해야 하나 아니면 말아야 하나. 빚을 지게 되는 불행인 성병(性病), 상급 지방 법원 프랑크푸르트 1, C5. 성관계의 도덕적 신뢰를 두고 미혼 남성들에 대해서

*형무소 주소.

는 덜 엄격하게 생각할지도 모르지만, 법적인 측면에서는 책임이 있음을 인정해야 한다. 슈타우프의 법전 주석에 나오는 것처럼 혼외 성관계는 위험과 결부된 극단적 행동이며, 또한 이런 극단적 행동을 한 사람이 그 위험을 떠맡아야 한다는 사실을 인정해야 한다. 이런 규정의 의미에서, 플랑크의 법전 주석도 복무자의 혼외 성관계를 통해 생겨난 질병을 심각한 경솔함에 의한 질병이라고 본다.

—그는 수화기를 집어 든다. 노이퀼른 사무실 부탁합니다, 번호는 지금 베어발트가 갖고 있어요.

3층: 관리인과 뚱뚱한 부부 두 쌍. 곧 오빠와 그 아내, 누이와 그 남편, 이들에겐 병든 딸이 있다.

4층에 사는 예순네 살 된 대머리 사내는 가구에 니스 칠을 한다. 이혼한 딸이 집안 살림을 보살핀다. 그는 아침마다 계단을 삐걱거리며 내려간다. 심장이 안 좋아서 머지않아 질병으로 근무할 수 없다는 의사의 확인을 받게 된다(관상동맥경화증). 전에는 조정 경기를 했지만 이제 그는 무엇을 할 수 있나? 저녁이면 신문을 읽고, 파이프를 피운다, 딸은 물론 그사이 아버지를 위해 복도로 나가 남들과 잡담을 한다. 아내는 없다. 그녀는 마흔다섯 살에 죽었다. 단호하고 열이 잘 오르는 기질로 무엇에도 만족을 몰랐다. 이미 알고 계시지요, 그녀는 쓰러지고는 아무 말도 하지 않았다. 이듬해에는 폐경기를 맞았을 것이다. 그녀는 병원으로 들어가서 다시는 나오지 못했다.

옆집은 선반공, 서른 살가량, 어린 아들이 있다. 방과 부엌, 역시 아내는 죽었다. 폐결핵, 그도 기침을 한다. 아들은 낮 동안에는 보호 기관에 있다가 저녁때 사내가 집으로 데려온다.

꼬마가 잠자러 가면 이 남자는 천연 차를 끓이고 밤늦게까지 라디오를 만지작거린다. 무선기사협회 회장이다. 접선이 끝나지 않으면 잠을 이루지 못한다.

그다음 집은 웨이터가 아내와 함께 산다. 적절한 시설을 갖춘 방과 부엌, 유리 덮개가 붙은 가스등. 웨이터는 낮에는 2시까지 집에 있다. 오랫동안 잠을 자면서 기타를 연주한다. 이 시간에 변호사 뢰벤훈트는 검은 법복을 입고 복도를 통해 지방법원 1, 2, 3호실을 이리저리 돌아다닌다. 변호사실에서 나왔다가 들어갔다가, 공판실로 갔다가, 공판실에서 다시 나온다. 판결을 연기합니다. 나는 피고에 대한 궐석 판결을 신청합니다. 웨이터의 아내는 백화점에서 감시 일을 한다. 그녀 말로는 말이다. 그가 전에 결혼했을 때 그의 아내가 다른 남자와 놀아났다. 그녀는 언제나 그를 위로하곤 했지만 마침내 그가 도망치고 말았다. 그는 돈을 조금 내고 주인이 없는 낮 동안 잠깐씩 침대만 빌려 쓰는 낮 숙박인으로* 살면서도 다시 아내에게 가곤 했지만 마지막 소송에서 유죄 판결을 받았다. 그가 아내의 바람기에 대해서는 아무것도 입증하지 못한 데다가 악의적인 방식으로 아내를 떠났기 때문이다. 그러다 호페가르텐이란 곳에서 지금의 아내를 만났다. 그녀는 남자들을 사냥하는 중이었다. 물론 첫째 부인과 동일한 종류의 여자였지만 그녀보다 조금 더 영리했다. 아내가 며칠 간격으로 출장 여행을 가건만 그는 아무것도 알아채지 못했다. 언제부터 백화점 감시인이 출장을 가던가, 그야 물론 신임이 두터운 자리다. 하지만 지금 그는

*19세기 대도시에서 집이 없는 사람들이 이용하던 방식.

소파에 앉아 젖은 수건을 두르고 울고 있다. 그녀는 그를 보살 핀다. 그는 거리에서 길게 미끄러져서 누워 있었다. 그의 말이 그렇다. 누군가 그를 쳤다. 그녀는 출장 여행을 가지 않는다. 그가 무언가 알아챘을까. 그렇다면 유감이지만 그는 그토록 사랑스러운 바보니까. 그를 다시 원상복구시킬 수 있겠지.

맨 위층에 내장을 거래하는 상인이 산다. 그야 물론 냄새나는 일이다. 애들 소리가 시끄럽고 술도 있다. 그 옆집에는 빵집 견습공과 아내가 산다. 아내는 인쇄소에서 종이 끼우는 일을 하는데 난소염을 앓고 있다. 두 사람은 어떤 삶을 사는가? 첫째로 두 사람에게는 서로가 있고, 마지막 일요일이면 극장이나 영화 구경, 그리고 이따금 이런저런 협회 모임과 부모 방문 등이 있다. 그 밖에는 더 없다고? 남의 외출복을 밟지 마십시오, 나리. 여기 덧붙여 아름다운 날씨, 나쁜 날씨, 시골로 소풍 가기, 난롯가에 서 있기, 아침 식사 등이 있다. 당신은 어떠신데요, 대위님, 장군님? 솔직하게 말해보시죠.

마취 상태의 비버코프,
프란츠는 칩거한 채 아무것도 보고 싶지 않다

프란츠 비버코프, 잘 보아라, 이런 늪에서 무엇이 나올까! 셋방에서 계속 이리저리 뒹굴면서 마시기만 하고 계속 졸고 또 졸고!

내가 무슨 짓을 하든, 대체 무슨 상관이람. 내가 졸고 싶으면 모레까지 한 자리에서 조는 거지. 그는 손톱을 깨물고 신음하고 땀에 흠뻑 젖은 베개에 머리를 굴리고 코로 씩씩거린다. 이게 좋으면 모레까지도 이렇게 누워 있을 거다. 저 여편네가 난방만 해준다면 좋으련만. 아주 못됐어, 자기 생각만 해.

그의 머리가 벽에서 반대편으로 돌아간다. 바닥에는 죽 웅덩이가 있다, 토사물이다. 분명 내가 그랬지. 인간이란 대체 위장 속에 무얼 넣고 다니는지. 휴, 냄새. 저쪽 잿빛 모퉁이에 거미들, 하지만 그들이 쥐를 잡진 못해. 물 좀 마셨으면 좋겠는데. 대체 누가 그런 일을 상관이나 하나. 허리도 아프네. 슈미트 부인 한번 들어와 보세요. 저기 거미줄 사이에요(검은 옷, 긴 이빨). 저건 마녀다(천장에서 나온다). 휴, 냄새! 어떤 바보가 나더러 어째서 집에 있느냐고 말했지. 내가 말해줬어. 첫째로는 당신 바보야, 대체 무얼 묻는 거야, 둘째로는 내가 8시부터 12시까지 여기 머문다면. 그럼 냄새나는 집구석이네. 그가 말했지. 그게 재미있다고. 아니, 이건 재미가 없어. 카우프만도 말했어. 그렇다면 자기에게도 물어보라고. 난 어쩌면 그렇게 할 거야. 2월에, 2월이나 3월에, 3월이 좋겠지…….

—자연에 네 마음을 뺏겼느냐? 난 거기 마음을 뺏기지 않았어. 근원적 정신의 존재가 나를 함께 데려가려는 것 같긴 하지만, 또 내가 알프스 거인들 앞에 서 있거나 아니면 쏴쏴 파도가 밀려오는 바닷가에 누워 있는 것 같은 기분이긴 하지만. 내 뼛속에서도 안개가 흐르고 파도가 울린다. 내 마음은 흔들리지만 독수리가 둥지를 지은 곳에서도 난 마음을 잃지 않았어, 광부가 땅속 깊이 파묻힌 광맥을 캐는 곳에서도 잃지 않았지…….
—그럼 어디야?
넌 스포츠에 마음을 뺏겼니? 청춘의 동작이 보이는 격한 폭풍에? 정치 싸움판에?
—거기다 뺏긴 것도 아니야.
—그럼 어느 곳에도 뺏기지 않았니?
그럼 넌 어디에도 마음을 뺏기지 않고 자신을 위해 고이 간직하고 깨끗하게 보존해서 미라로 만들어버리는 종류의 사람이냐?
초감각적인 세계로 들어가는 길, 공개 강연들. 죽은 자들의 일요일. 죽음과 함께 모든 것이 끝나나? 11월 21일 월요일 저녁 8시. 오늘날에도 아직 신앙을 가질 수 있나? 11월 22일 화요일. 인간은 스스로를 변화시킬 수 있나? 11월 23일 수요일. 신 앞에서 누가 공정한가? 〈파울루스〉 낭송가*의 개작을 특히 주목하자.

일요일, 7시 45분.

좋은 저녁입니다, 목사님. 나는 노동자 프란츠 비버코프입니다. 임시 노동자죠. 예전엔 가구 운반을 했었는데 지금은 실직 상탭니다. 무얼 여쭙고 싶어서요. 위장이 아픈 것에 대해 어떤 일을 할 수 있는지. 신물이 올라오네요. 아이쿠, 또. 휴, 냄새. 독한 담즙. 그야 물론 너무 많이 마셔서 그렇죠. 여기 대상에서 이렇게 덮어놓고 말을 걸어 죄송합니다. 업무 방해죠. 기독교도는 다른 사람을 도와주어야 합니다. 당신은 좋은 사람이죠. 난 하늘나라에 못 갑니다. 어째서냐? 슈미트 부인에게 물어보세요, 언제나 저 위 천장에서 나타나죠. 그 여자는 왔다가 가고, 난 언제나 일어나야 합니다. 하지만 아무도 내게 할 말이 없어요. 그러나 범죄자가 있다면 그에 대해 이야기할 수 있는 사람이 바로 나죠. 명예를 걸고 솔직하게 말이죠. 저 카를 리프크네히트에게 우린 맹세했죠, 로자 룩셈부르크에겐 악수하자고 손을 내밀고,** 나는 죽으면 천당에 갈 겁니다. 그들은 내 앞에서 몸을 굽히고 이렇게 말할걸요. '이 사람은 프란츠 비버코프, 명예를 걸고 솔직하며, 독일 남자, 임시 노동자요, 명예를 걸고 솔직하며 검정-하양-빨강 삼색기 높이 나부끼네.***

*펠릭스 멘델스존 바르톨디의 오라토리오(1836).
**노동가 〈일어나라 일어나 싸우자, 싸우자〉의 후렴 부분.
***해군가의 1절.

하지만 그는 그것을 자신을 위해 보존하지 않았죠, 독일 사람이라고 하면서 다른 시민들을 속인 다른 놈들처럼 범죄자가 되진 않았습니다.' 내게 칼이 있다면 그것을 그놈 몸에 찔러 넣었을걸, 그래, 그랬을 겁니다. (프란츠는 침대에서 이리저리 뒤척이며 몸을 돌린다.) 이제 네가 목사에게 갈 차례다, 젊은이, 젊은젊은젊은이! 그게 재미있다면, 네가 아직 깍깍댈 수 있다면 너. 명예를 걸고 솔직하죠, 난 내 손을 그에게서 뗍니다, 목사님, 그가 너무 훌륭해서, 악당들은 감옥에도 안 가죠. 난 감옥에 갔었지만. 다음과 같은 일을 보고 그걸 압니다. 최고의 기회, 1급의 상품, 거기엔 이론의 여지가 없죠, 어떤 악당도 거기 속하지 않아요, 특히 제 마누라 앞에서 부끄러워하지 않는 그런 자는 대체 무엇을 부끄러워하나요, 온 세상에도 부끄럽지 않죠.

2 곱하기 2는 4. 거기엔 어떤 이론의 여지도 없죠.

당신은 여기서 한 사내를 보고 있죠, 일하러 가시는데 실례합니다, 난 위장이 아파서요. 난 어떻든 자제하는 법을 배울 겁니다. 물 한 잔만, 슈미트 부인. 뻔뻔한 인간이 온갖 곳에 코를 디밀지.

물러나는 프란츠, 프란츠가 유대인들에게 이별의 행진곡을 연주하다

프란츠 비버코프는 코브라처럼 강하지만 흔들리는 다리로 일어나서 뮌츠 거리의 유대인들에게 갔다. 곧바로 가지 않고 엄청나게 돌아서 갔다. 이 사내는 모든 사람과 정리할 셈이다. 이제 모든 것을 말끔하게 만들 셈이다. 이제 다시 시작하자, 프란츠 비버코프. 마른 날씨, 공기가 차갑지만 신선한데 누군들 지금 집안 복도에 서서 행상인이 되어 발가락이 꽁꽁 어는 꼴을 당하고 싶겠는가. 명예를 걸고 솔직하게. 방에서 밖으로 나와 여자들이 꽥꽥거리는 소리를 안 들으니 그게 행복이구나. 여기 프란츠 비버코프가 간다. 거리로 나선다. 모든 주점이 비었구나. 어째서? 떠돌이들이 아직 잠을 자고 있으니. 주인들은 맛없는 맥주를 혼자 마실 수 있지. 맥주 공장에서 생산한 맛없는 맥주. 우린 그럴 마음이 없어. 우리는 소주를 마신다.

프란츠 비버코프는 잿빛 도는 초록색 군인 외투를 입은 몸뚱이를 조용히 인간들 사이로 밀어 넣는다. 야채며 치즈며 청어 따위를 수레에 얹어놓고 파는 작은 여자들 사이로 걷는다.

양파요 양파, 하는 외침.

사람들은 제가 할 수 있는 일을 한다. 집에 애들이 있으니, 굶주린 입들이다. 어린것들이 새 주둥이 같은 입을 쫙 벌렸다 짭짭 닫고, 쫙 벌렸다 짭짭 닫고, 벌렸다 닫고, 벌렸다 닫고, 벌렸다 닫고.

프란츠는 약간 더 서둘러 걸어서 모퉁이를 돌았다. 신선한 공기. 커다란 진열창들 앞에선 더 조용히 걸었다. 장화는 값이 얼마요? 무도회용 구두인 에나멜 칠 가죽 구두는 완벽한 모습이어야 한다. 저 조그만 발이 무도회 구두를 신으면 말이다. 저기 테겔 감옥에서 커다란 콧구멍을 가진 늙은 보헤미아 사람 멍청한 리사레크는 아내한테, 어떤 핑계를 대서든, 몇 주에 한 번씩 아름다운 비단 스타킹을 가져오게 했다. 새것 한 켤레와 낡은 것 한 켤레. 정말 웃기지. 아내가 그걸 훔쳐오는 한이 있더라도 그걸 원했다. 한번은 그가 더러운 다리에 그 스타킹을 신고 있다가 그 꼴을 들켰다. 그런 바보라니, 그놈은 제 다리를 바라보고 욕정을 느끼고 귀가 빨개져서는 신음 소리를 냈지, 그런 자식이라니. 할부로 파는 가구, 부엌 가구를 12개월 할부로.

비버코프는 만족감을 느끼며 계속 걸었다. 오로지 이따금씩만 포도를 바라보았다. 그는 자신의 발걸음과 아름답고 견고하고 안전한 보도를 자세히 조사했다. 하지만 그의 눈길은 갑자기 건물들의 현관으로 미끄러져 올라갔다. 건물 현관들을 조사하고 그것들이 조용히 서서 움직이지 않는 것을 확인했다. 원래 그런 건물은 창문이 많이 달려 있어서 앞쪽으로 슬쩍 기울수도 있는 법이다. 그게 지붕까지도 계속되어 지붕도 함께 기울 수 있다. 지붕이 흔들릴 수도 있는 거다. 지붕들이 흔들리기 시작할지도 모른다. 이리저리 흔들흔들, 떨리기 시작할지도 모른다. 비스듬히 쌓아놓은 모래처럼 지붕이 아래로 미끄러져 내려올 수도 있다. 모자가 머리에서 미끄러지듯이. 모두가, 정말이지 모두가 지붕의 뼈대 위에 비스듬히 얹혀 있다. 거리를 따라 서 있는 모든 집들이 말이다. 하지만 그들은 못으로 고정되어 있고, 그 아래 튼튼한 들보가 있고, 또 지붕용 타르지와 타르가 있다. 수비대가 확고하게 서서 충성을 다한다, 라인 수비대. 좋은 아침입니다, 비버코프 씨. 우린 여기서 반듯이 가지요, 가슴을 쫙 펴고, 등을 꼿꼿이 세우고, 오랜 친구여, 브룬넨 거리를 따라서. 신이 모든 인간을 불쌍히 여긴다. 형무소장이 말한 것처럼 우린 독일 사람이니까.

느슨하게 늘어진 흰 얼굴에 가죽 모자를 쓴 사내가 새끼손가락으로 턱에 있는 종기를 긁는데, 그 바람에 아랫입술이 축 늘어졌다. 등이 큼직하고 바짓가랑이가 축 늘어진 꼴을 한 또 다른 사내가 그의 옆에 비스듬히 서서 길을 가로막았다. 프란츠는 그들 주변을 돌아서 갔다. 가죽 모자를 쓴 사내가 오른쪽 귀를 후볐다.

그는 모든 사람이 조용히 거리를 따라가는 것을 알아채자 만족스러웠다. 마부들은 짐을 부리고 관청들이 건물을 보살피고, 외침 소리 천둥처럼 울리고, 그런 다음 우리도 여기서 계속 걸어갈 수 있다. 길모퉁이의 플래카드 붙이는 기둥에는 누런 종이에 검은 라틴어 문자가 적혀 있었다. "그대 아름다운 라인 강변에서 사랑을 했나", "센터포워드의 왕". 다섯 명이 작은 원을 이룬 채 아스팔트 위에 서서 망치를 휘두르며 아스팔트를 깨뜨린다. 초록색 모직 재킷을 보고 우리는 그들이 일을 갖고 있음을 안다. 나도 그렇게 할 수 있지, 나중에, 오른손으로 잡아 위로 들어 올려 단단히 움켜쥐고 내리친다, 쿵. 오른쪽을 높이, 왼쪽은 막고, 쿵. 건설 현장 조심, 슈트랄라우 아스팔트 회사.

그는 이리저리 돌아간다, 덜컹거리는 전차를 따라, 전차가 달릴 때 돌이 튀는 것을 조심하시오. 기다려요! 차가 멈출 때까지. 경찰은 교통을 정리하고 집배원은 재빨리 건너가려고 한다. 나는 서둘지 않아, 난 그냥 유대인들에게 가려는 거야. 그들은 나중에도 있으니까. 장화에 이렇게 지저분한 걸 묻혔지만 어차피 닦이지도 않는걸, 대체 누가 닦겠어, 슈미트 부인이 닦아야겠지만 그녀는 아무 일도 안 하니까(천장의 거미줄, 시큼한 트림, 그는 입 안을 빨아보고는 머리를 창 쪽으로 돌린다. 가고일 이동용 오일, 고무 공장, 쇼트커트 손질, 콜드파마, 푸른 바탕 위에 픽사폰 샴푸, 정제된 타르 제품). 뚱보 리나가 어쩌면 장화를 닦을 수 있을까? 이 순간 그는 벌써 빠른 속도로 갔다.

사기꾼 뤼더스, 그 여자의 편지, 나는 네 배때기에 칼을 찔러 넣고 싶지만, 오 하느님, 하느님, 맙소사, 그만둬, 우린 자제할 수 있어, 불량배 자식, 우린 남의 것을 가로채지도 않는데 테겔에서 벌써 감옥살이를 했다. 그러니까 맞춤 생산, 남성 기성복, 그게 먼저고, 이어서 둘째로 차체 쇠 장식, 자동차 부속, 빠른 속도를 위해서도 중요한, 그러나 너무 빠르지는 않게.

오른발, 왼발, 오른발, 왼발, 아주 천천히 앞으로, 밀칠 일은 없죠, 아가씨. 떼를 지어 늘어선 사람들 옆에 경찰. 이게 뭐야? 시간을 갖고 서둘러라. 후후후, 후후후, 닭들이 운다. 프란츠는 즐겁고 얼굴들은 모조리 더욱 친절하게 보인다.

그는 기쁨을 지닌 채 거리에 깊이 빠져들었다. 찬바람이 부는데, 건물을 지날 때마다 따뜻한 지하실의 증기나, 과일, 열대 과일, 휘발유 등의 냄새가 섞였다. 겨울에 아스팔트는 냄새가 나지 않는다.

유대인 집에서 프란츠는 한 시간 동안 소파에 앉아 있었다. 그들이 이야기하고 그가 이야기하고, 그가 이상하게 여기고 그들도 한 시간 내내 이상하게 여겼다. 그가 소파에 앉아 있고 그들이 이야기하고 또 그가 이야기하는 동안 그는 무엇이 그리 이상했나? 제가 여기 앉아 이야기한다는 것, 그들이 이야기한다는 것, 그리고 무엇보다도 저 자신이 이상했다. 그는 어째서 자신이 이상하게 여겨졌나? 그는 그것을 알았고 느꼈으며, 회계사가 계산 착오를 확인하듯이 그것을 확인했다. 그는 무언가 확인했다.

그것은 결정되었다. 그는 제가 속으로 찾아낸 결정에 대해 이상하게 여겼다. 그가 그들의 얼굴을 바라보는 동안 이 결정이 말하고 미소 짓고 물어보고 대답했다. 프란츠 비버코프, 그들은 원하는 것을 이야기할 수 있다. 그들은 법복을 입었으나 목사는 아니었고, 그건 유대인의 정복인 카프탄이다. 그들은 렘베르크 근처 갈리치엔* 출신이라고 말했다. 그들은 약지만 나를 속이지 않는다. 난 여기 소파에 앉아 있고, 그들과는 어떤 사업도 함께 벌이지 않을 것이다. 나는 할 수 있는 걸 했다.

지난번에 그가 여기 왔을 때는 그들 중 한 사람과 함께 저

*모두 오늘날 우크라이나 지방.

아래 양탄자 위에 앉았었다. 어이쿠, 아래로 미끄러졌지, 한 번 해보고 싶은걸. 하지만 오늘은 아니다. 그건 이미 지나간 시간이다. 못으로 박은 듯 난 여기 이렇게 앉아 늙은 유대인들을 바라본다.

　인간은 그 이상 더는 못한다, 인간은 기계가 아니다. 제11계명은 이렇다. 놀라지 마라. 이들 형제는 아름다운 아파트를 갖고 있다, 단순하고, 아무런 취향도 없고, 전혀 화려하지도 않다. 그런 것쯤은 프란츠에게 아무런 인상도 못 준다. 프란츠는 자제할 수 있다. 그로써 지나갔다. 침대로, 침대를 가진 사람은 침대로, 갖지 못한 사람도 침대로 가야 한다, 침대로. 더는 일하지 않는다. 인간은 그 이상 더는 못한다. 펌프가 모래에 묻히면 당신이 원하시는 대로 그 일을 할 수 있지요. 프란츠는 은퇴도 안 했는데 연금을 쓰는구나. 어떻게 그럴까, 하고 그는 음흉하게 생각하면서 소파 모서리를 바라보았다. 은퇴도 안 했는데 연금이라.

　"당신처럼 그렇게 기운이 있으면, 그렇게 힘이 좋다면 창조주에게 고마워해야지요. 그런 사람한테 무슨 일이 생길 수 있겠습니까? 술이나 마셔야 할까? 이거 아니면 저걸 하지. 시장 건물로 가서 가게 앞에 서거나 기차 정거장으로 간단 말입니다. 당신 생각은 어때요, 그런 사람 하나가 최근에 내 물건을 날라주었어요, 지난주에 내가 란츠베르크에서 돌아올 때 말입니다, 난 하루 동안 여행을 했거든. 그 사람이 맡았지. 자형, 맞혀봐요, 그 사람은 문만큼이나 컸어요, 고릴라요, 하느님 나를 보호하소서. 그러곤 50페니히. 생각해봐요, 50페니히야. 들었소? 50페니히. 여기서부터 저쪽 모퉁이까지 짐 하나에 말이이에요. 난 그걸 짊어질 마음이 없었어요, 안식일이니까. 그 사람이 내게서 50페니히를 받아갔어요. 나는 그를 바라보았지. 이제 당신도…… 아시겠죠, 당신을 위해서요. 저기 파이텔이 그렇지 않은가요, 그 곡물 장수 말이야, 말해봐요, 자형, 파이텔 알지 왜."

"파이텔이 아니고 그 동생이야."

"그가 맞아요. 그는 곡식을 팔지. 그 동생은 누구요?"

"파이텔의 동생이라니까. 말했잖아."

"내가 베를린 사람을 모조리 안단 말이에요?"

"파이텔의 동생. 수입을 가진 사내……."

그는 절망적인 경탄으로 머리를 흔들었다. 붉은 수염이 팔을 쳐들고 머리를 끄덕였다.

"자형이 말한 건. 체르노비츠 출신인데."

그들은 프란츠를 잊었다. 그들은 둘 다 파이텔 동생의 부유함에 대해 깊은 생각에 잠겼다. 붉은 수염은 흥분해서 돌아다니면서 코를 통해 크릉 소리를 냈다. 다른 사람은 유쾌한 느낌으로 그를 심술궂게 바라보고 손톱으로 딱 소리를 냈다.

"흠."

"대단해. 자네가 말한 것."

"그 가족을 이루는 것은 돈이에요. 황금이 전부지. 말이 아니라, 황금."

붉은 수염은 이리저리 돌아다니다가 깊이 감동받은 상태로 창가에 앉았다. 밖에서 일어나는 일이 그에게 경멸감을 만들어 냈다. 두 사내가 셔츠 바람으로 낡은 자동차를 닦고 있었다. 한 사람은 멜빵이 아래로 내려와 덜렁덜렁 매달린 채였다. 그들은 양동이 두 개에 물을 담아 왔고 안뜰은 온통 물바다였다. 그는 생각에 잠겨, 황금을 꿈꾸는 눈길로 프란츠를 관찰했다.

"그에 대해 무슨 말을 하시겠소?"

그가 무슨 말을 할 수 있겠는가, 그는 절반쯤 돌았는데. 이런 녀석이 체르노비츠 출신인 파이텔의 돈에 대해 무엇을 이해하겠는가. 그 사람은 그에게 제 신발도 닦게 하지 않을 것이다. 프란츠는 그 눈길에 응답했다. 안녕하십니까, 목사님, 전차들이 계속 종을 울린다. 하지만 어째서 종을 울리는지 알지, 그 누구도 제가 가진 것 이상으로 더는 내놓지 못해, 더는 일하지 않을 것이고, 눈(雪)이 몽땅 말라도 우린 손가락 하나 까딱 못해, 우린 뻣뻣해질 뿐이야.

뱀이 나무에서 바스락거렸다. 너는 온갖 짐승들 가운데 저주를 받아 죽기까지 배로 기어 다니며 흙을 먹어야 하리라. 너와 네 아내 사이에 적개심이 있게 되리라. 너는 아기를 낳을 때 몹시 고생할 것이다, 이브야. 너 때문에 땅도 저주를 받을 것이다, 아담아. 가시덤불과 엉겅퀴가 그 땅 위에서 자랄 것이다. 너는 들판의 잡초를 먹어야 하리라.

우린 그 이상 더는 일하지 못해, 소용이 없어, 눈이 몽땅 말라도 손가락 하나 까딱 못해.

프란츠 비버코프가 손에 쥐고 있는 건 쇠지레였다. 그것을 들고 앉아 있다가 나중에는 문을 통해 나갔다. 그의 입이 무슨 말인가를 했다. 망설이면서 그는 이리로 들어왔고, 몇 달 전에 테겔 형무소에서 풀려났지. 전차를 타고 왔다. 거리를 따라 휙, 건물들이 늘어서 있고, 지붕들이 쏟아져 내렸고, 그는 유대인들 곁에 앉아 있었다. 그는 일어섰다. 앞으로 나아가자, 나는 그때 민나에게로 갔었지. 여기서 무얼 하나, 민나에게로 가자. 모든 것을 정확하게 살펴보고, 사정이 어땠는지 보자.

그는 민나의 집 앞을 어슬렁거렸다. 꼬마 마리가 돌 위에 앉아 있네, 한 발로, 완전히 혼자서.* 그녀가 나와 무슨 상관이냐. 그는 집 주변 냄새를 맡아보았다. 그게 나와 무슨 상관이냐. 그녀는 남편과 행복해야지. 소금에 절인 양배추와 순무. 그들이 나를 쫓아냈어, 내 어머니가 고기를 요리했다면 난 어머니 집에 머물렀을 테지. 여기 암고양이 냄새도 다른 곳과 다르지 않다. 꼬마 토끼야, 소시지가 옷장 속으로 숨듯 사라져라. 난 여기서 울적하게 돌아다니며 집을 바라볼 거야. 그럼 중대 전체가 꼬끼오 소리를 내지.

꼬끼오. 꼬끼오. 메넬라오스가 그렇게 말했다. 그럴 생각도 없이 그는 텔레마코스의 마음을 아주 우울하게 만들었기에 눈물이 그 두 뺨에 흘러내리고, 그는 자줏빛 외투를 두 손으로 잡아 눈을 꾹꾹 눌러야 했다.

*그사이 여주인 헬레나는 여인들의 방에서 밖으로 나온다, 아름다움의 여신과 같은 모습으로.***

꼬끼오. 닭들은 종류가 많다. 내가 어떤 닭을 가장 좋아하느냐고 명예와 양심을 걸고 솔직하게 말하라고 한다면 거리낌 없이 대답하지. 구운 닭이라고. 꿩도 닭목에 속하거니와, 브렘스

*노래의 한 구절.
**호메로스《오디세이아》의 한 장면을 비틀어 설명한 것.

의 책《동물의 삶》에는 이렇게 적혀 있다. 쇠뜸부기는 뜸부기와 비교하면 이른 봄에 두 종(種)이 상당히 비슷한 옷을 입는다는 점을 빼고는 크기가 작다는 점으로만 구분된다. 아시아 연구자들은 비단꿩이라 불리는 종류도 알고 있다. 그 색채의 화려함이 서술하기 어려울 정도다. 숲에서는 하루 중 언제라도 길게 탄식하는 듯한 비단꿩의 짝을 부르는 소리를 들을 수 있지만, 아침 해가 뜨기 전과 저녁 무렵에 가장 흔히 들린다.

하지만 이 모든 것은 아주 멀리 떨어진 곳, 시캄과 부탄 사이에서 일어난다. 베를린에는 매우 결실이 적은 도서관 지혜가 있다.

사람의 운명은 짐승의 운명과 다를 바가 없어, 짐승이 죽듯이 사람도 죽는 것이니

베를린의 도축장. 도시 동북부 엘데나 거리에서 테어 거리를 지나 란츠베르크 대로를 거쳐 코테니우스 거리에 이르기까지 순환 철도 노선을 따라 이어지는 건물들, 홀들, 도축장, 도살용 가축 매매소 부속 짐승 우리들이 펼쳐진다.

이 도축장은 47.88헥타르의 대지를 차지한다. 란츠베르크 대로 뒤편에 건물들을 빼고도 이것은 2709만 3,492마르크가 들었다. 이 중 가축 매매소가 768만 2,844마르크, 도축장이 1941만 648마르크.

가축 매매소, 도축장, 정육 도매 시장 등은 서로 뗄 수 없는 경제적 통합체를 이룬다. 그 행정 조직은 가축 매매소와 도축장 대표단으로 이루어지는데, 여기에는 시의회 의원 2명, 구청 직원 1명, 시 참사 의원 11명, 시민 대표 3명 등이 들어 있다. 관리 258명이 여기서 일하는데, 그중에는 수의사, 감독관, 도장 찍는 사람, 보조 수의사, 보조 감독관, 정규 직원, 노동자들이 섞여 있다. 1900년 10월 4일자 교통 질서, 일반 규정, 팔려고 내놓은 가축의 규칙, 사료 조달. 요금표: 시장 사용료, 무게 측정료, 도축료, 돼지 건물에서 여물통 치우는 요금 등.

엘데나 거리를 따라 더러운 잿빛 벽들이 쭉 이어지는데 그 위에 철망이 쳐져 있다. 그 바깥의 나무는 잎이 없이 삭막하다. 겨울이라 나무들은 수액을 뿌리로 보내고 봄이 오기를 기다린다. 도축업자 마차들이 날랜 속보로 굴러간다. 노랗고 빨간 바퀴들, 앞에는 가벼운 말들이 묶여 있다. 마차 뒤에는 야윈 말 한 마리가 따라가고, 한 사람이 뒤에서 에밀을 불러댄다. 그들은 야윈 말을 거래한다. 50마르크와 자리 값 8마르크 내시오, 말은 몸을 돌리고 떨면서 나무를 핥고, 마부는 말을 잡아당긴다. 자리 값 포함해 50마르크요, 오토, 그렇지 않으면 돌아가겠소. 아래 있던 사람이 말을 툭 치며, 좋아, 그렇게 하지.

누런 행정 건물, 전사자들을 위한 높은 오벨리스크 기둥. 오른쪽과 왼쪽으로 길게 뻗은 홀들에는 유리 지붕이 덮여 있다. 이들은 짐승 우리, 곧 대기소다. 밖에는 검은 게시판에 이렇게 적혀 있다. "베를린 협회의 대도축장 이익 단체의 소유. 허락을 받아야만 이 게시판에 공지가 가능함, 회장 백."

긴 홀들마다 문이 달려 있다. 짐승을 안으로 몰아가는 검은 구멍. 26, 27, 28번. 소 도축장, 돼지 도축장. 짐승들에겐 사형 언도, 들어 올린 도끼, 너는 살아서는 못 나간다. 바로 이웃에 평화로운 거리들이 있다. 슈트라스만 거리, 리비히 거리, 프로스카우어 거리, 사람들이 산책하는 공원들. 그들은 서로 다정하게 이웃해 산다. 누군가가 아파서 목에 통증이 있으면 의사가 달려온다.

하지만 다른 편에는 순환 철도의 선로가 15킬로미터 길게 이어진다. 시골에서 짐승들이 이리로 실려온다. 양, 돼지, 소 등의 표본들이 동프로이센, 폼메른, 브란덴부르크, 서프로이센 등에서 온다. 짐승들이 내려오는 승강장 위에서 녀석들은 음매, 매애애, 하고 소리를 치며 내려온다. 돼지들은 꿀꿀거리며 땅바닥을 쿵쿵거리고, 대체 어디로 가는지 보지도 않는다. 막대를 든 몰이꾼들이 뒤에서 따라간다. 우리 속으로, 거기서 그들은 눕는다, 배를 허옇게 드러낸 통통한 모습으로 나란히 누워 헐떡이며 잠을 잔다. 그들은 오래 쫓겼고, 그런 다음 자동차에서 흔들렸고, 이제는 바닥의 타일이 차갑다. 그들은 깨어나 서로 밀친다. 거의 겹으로 쌓여 누워 있다. 그러자 두 마리가 싸운다, 우리 안에 자리가 있으니 그들은 서로 머리를 부딪치며 쑤셔박고, 서로의 목이나 귀를 물고, 원을 그리며 돌고, 그르렁거리고, 이따금 아주 조용히 입을 꽉 문다. 두려움 때문에 한 마리가 다른 놈들의 몸 위로 기어오르고, 다른 놈은 내려가고, 물고, 아래 있는 놈들은 서로 뒤척이고, 두 마리가 쿵 떨어져서 서로를 찾는다.

작업복을 입은 사내가 복도를 돌아다닌다. 우리의 문이 열리고 그가 막대를 들고 짐승들 사이로 들어온다. 문이 열려 있으니 그들은 몰려 나가 꽥꽥 꿀꿀 소리 지른다. 이제 모두가 복도를 통과한다. 안뜰을 지나 홀들 사이로 하얗고 우스꽝스러운 짐승들이 몰려 나간다, 통통하고 즐거운 허벅지, 즐겁게 말려 올라간 꼬리, 그리고 등에는 초록 줄과 붉은 줄. 이것은 빛이다, 사랑스러운 돼지야, 이건 바닥이다. 꿀꿀거려 찾아라, 몇 분 동안이나마. 아니 너희가 옳다, 여기선 시간으로 따져선 안 되지, 오직 꿀꿀거리고 헤집는 것. 너희는 도축될 것이다, 너희는 이리로 왔다, 도축장을 보아라, 돼지를 죽이는 집이다. 낡은 건물들이 있지만 너희는 이곳 새 집으로 왔다. 이곳은 밝고, 붉은 벽돌로 지어졌으니, 밖에서 보면 금속 공장이라 여길 수도 있고, 예술가의 작업장이나 사무실 공간 또는 건축가의 작업장이라 여길 수도 있다. 나는 다른 길로 간다, 사랑하는 돼지들아, 난 사람이니까, 난 여기 이 문을 통과한다, 그런 다음 저 안에서 우리 다시 만나자.

문에 가서 쿵, 문이 탁 튀면서 이리저리 흔들린다. 휴, 이 증기! 이 무슨 증기냐. 넌 이제 목욕탕처럼 증기 속에 있구나, 여기서 돼지들이 어쩌면 러시아 – 로마식 목욕을 하나 보지. 어딘가로 가긴 간다마는 어딘지 보이지가 않는다. 안경이 흐려지고, 벌거벗고 들어가면 땀을 흘려 류머티즘도 치료될 지경이네, 코냑만으론 안 돼, 슬리퍼를 신고 철썩철썩. 아무것도 안 보여, 김이 너무 자욱해. 하지만 꿱꿱, 그르렁, 철썩, 사내들의 외침, 기구 떨어지는 소리, 뚜껑 부딪치는 소리. 여기 어딘가에 돼지들이 있는 게 분명하다, 그들은 저편에서 이리로 저쪽 측면에서 이쪽으로 들어왔다. 진한 하얀 김. 그래 저기 돼지들이다, 벌써 몇 마리 매달려 있네, 놈들은 벌써 죽었다. 잘라놓았다. 익어서 거의 먹을 수 있을 지경이다. 저기 한 사내가 호스를 들고 하얀 돼지 절반에다 물을 뿌린다. 녀석들은 쇠로 된 칸막이에 매달려 있다, 머리를 아래로 늘어뜨린 많은 녀석들이 통째로, 위로 올린 다리가 가로대에 묶여 있다. 죽은 짐승은 아무것도 못하지, 달릴 수도 없지. 돼지발은 따로 잘려 수북이 쌓여 있다. 두 사내가 안개 속에서 무언가를 들고 온다. 배를 열어젖히고 내장을 꺼낸 짐승이 쇠막대에 매달렸다. 이 막대를 앞으로 나아가는 고리에 연결한다. 거기 이미 수많은 동지들이 거꾸로 매달려서 둔한 눈길로 타일 바닥을 쳐다본다.

안개 속에서 너는 홀을 통해 간다. 쇠판들에 홈이 패어 있고, 모두 축축하고 피가 묻어 있다. 작업대 사이로 내장을 발라낸 하얀 짐승들이 열을 지어 있다. 저 뒤쪽에 도축 우리가 있는 게 분명하다. 그쪽에서 철썩, 탁, 꽥 소리가 나고, 그르렁 꿀꿀거린다. 그곳에 김을 피우는 솥과 양동이가 있으니 거기서 증기가 나온다. 사내들이 끓는 물속에 죽은 짐승을 집어넣어 데치고, 다시 꺼낼 때는 이미 하얗게 되어 있다. 한 사내가 칼을 들고 겉껍질을 벗겨내니 짐승은 더욱 하얘지고, 매끈하다. 아주 부드럽고 하얗구나, 힘든 목욕을 끝낸 뒤처럼, 성공적으로 진행된 수술이나 마사지를 끝낸 뒤처럼 아주 만족스럽게 돼지들은 줄을 지어 긴 판자 위에 누워 있다. 그들은 느긋한 평화 속에 새로운 하얀 셔츠를 입고 더는 움직이지 않는다. 모두들 옆으로 누워 있다, 어떤 놈들에겐 두 줄로 이어진 젖꼭지들이 보이니, 돼지 한 마리에 젖꼭지가 몇 개나 되나, 생산력이 좋은 짐승인 게 분명하구나. 하지만 그들 모두 목에서부터 내려오는 반듯하고 붉은 틈을 가졌는데 정확하게 가운데 선이니 거참 수상쩍구나.

이제 다시 철썩 소리가 나더니 저기서 문이 열린다. 증기가 빠져나가고, 그들은 새로운 돼지 떼를 안으로 몰아온다, 너희 달려오는구나, 난 먼저 미닫이문으로 들어왔는데, 우습고도 붉은 짐승들아, 즐거운 허벅지, 즐겁게 말려 올라간 꼬리, 여러 색깔 줄들이 그어진 등판. 놈들은 새로운 우리에서 아직도 킁킁대고 냄새 맡는다. 여긴 이전처럼 차갑지만, 바닥에 무언지 모를 축축한 게 있구나, 붉은색 미끈미끈함. 그들은 거기 대고 코를 문질러 닦는다.

창백한 낯빛을 한 젊은 사내가 금발머리 철썩 달라붙은 모습으로 입에 시가를 물고 있다. 보아라, 이게 너희를 마지막으로 보살펴줄 사람이다! 그를 나쁘게 생각지 마라, 그냥 제 할 일을 하는 것뿐이니. 그는 너희를 두고 행정적인 일을 처리하는 것뿐이다. 장화를 신고, 셔츠와 바지를 입고 바지엔 멜빵이 달렸다. 장화는 무릎을 덮는 길이. 이게 그의 근무복이다. 그는 입에서 시가를 빼서 벽에 있는 선반에 올려놓고는 저 구석에서 긴 도끼를 집어 든다. 이것은 그의 관직의 권위, 너희보다 높은 그의 등급의 권위로, 마치 범죄자에게 있는 얇은 금속 인식표와 같다. 그는 그것을 곧 너희에게 보여줄 것이다. 이 젊은 사내가 꽥꽥거리는 작은 돼지들 위로 긴 나무 막대를 제 어깨 높이까지 들어 올리는데, 작은 돼지들은 거침없이 헤집고 킁킁거리고 꿀꿀거린다. 사내는 이리저리 돌아다니며 눈길을 아래로 해서 찾고 또 찾는다. 특별한 인물에 대한 수사 절차, Y에 대한 X 사건에 관련된 인물이다. 휙! 한 놈이 그의 발치로 달려온다, 휙! 또 한 놈이다. 사내는 동작이 잽싸고 또 합법적인 권리를 갖고 있다. 도끼가 휙 아래로 내려가며 무딘 면으로 바글거리는 놈들 중 한 놈 머리에 떨어진다, 또 한 머리. 순간이다. 아래선 버둥거린다. 다리를 허우적대다가 옆으로 쓰러진다. 그것은 더는 아무것도 모른다. 그대로 거기 누워 있다. 다리가, 머리가 무엇을 하겠는가. 하지만 그건 돼지가 하는 일이 아니라 따로따로 개체처럼 되어버린 다리들이 하는 짓이다. 벌써 두 사내가 저쪽 데치는 방에서 이쪽을 건너다본다. 한참이나 멀구나, 그들은 이쪽 때려잡는 우리에 쳐놓은 빗장을 들어 올리고 짐승을 끌어간다. 긴 칼의 날을 세우려 봉에 대고 갈고는 무릎을 꿇고 앉는다. 사각사각 목으로 찔러 넣고, 휙 길게 베기, 목을 아주 길게 베기, 짐승은 자루처럼 쩍 벌어진다. 깊게 들어간 상처, 짐승은 경련하고 버둥거리고 툭툭 친다. 녀석은 의식이 없다, 이미 의식이 없는 상태지만 점점 더 의식을 잃고, 그래도 꽥꽥거린다. 이제 목의 동맥이 열린다. 녀석은 의식을 잃었다, 우린 형이상학 속으로 들어왔다, 신학이 등장했다, 내 아이야, 너는 이제 더는 지상에 있는 게 아니라 우린 지금 구름 위를 걷는다. 납작한 대야를 어서 이쪽으로, 검고 뜨거운 피가 솟구치고 거품이 솟아 대야에 거품을 만든다. 빨리 움직여. 몸에서 피가 굳는다, 혈전을 만들어 상처를 막아야지. 이제는 몸에서 빠져나왔지만 그래도 여전히 혈전을 만들려고 한다. 아이가 수술대 위에 누워 엄마라고 말할 처지가 아닌데도 엄마, 엄마 외치듯이, 엄마는 올 생각도 없건마는, 그러나 그건 마스크 아래서 에테르로 마취하기 위한 것인데, 그래도 아이는 엄마라는 말을 못할 때까지 계속 소리친다. 사각사각, 오른쪽의 혈관, 왼쪽의 혈관. 빨리 움직여. 이렇게. 이젠 경련이 잦아든다. 이제 넌 조용히 누워 있구나. 이젠 생리학과 신학을 끝내고 물리학이 시작된다.

무릎을 꿇고 있던 사내가 일어선다. 무릎이 아프다. 돼지를 데치고 내장을 빼고 갈라야 한다, 차례로 진행된다. 영양 상태가 좋은 우두머리가 파이프를 들고 증기 사이로 이리저리 오가며 이따금 열린 우리 속을 들여다본다. 흔들리는 문 옆의 벽에는 벽보가 걸렸다. 발송부 직원들의 무도회 축제, 프리드리히스하인, 케름바흐 예배당. 저 밖에는 권투 경기들이 있다. 쇼세 거리, 게르마니아 홀, 입장료 1.5마르크부터 10마르크까지. 4체급 경기.

가축 시장의 현황: 소 1,399마리. 송아지 2,700마리. 양 4,654마리. 돼지 18,864마리. 시장의 상황: 상품(上品) 소는 좋으나 그 밖의 것은 침체. 송아지는 좋고 양은 침체. 돼지는 처음에는 시세가 좋았으나 나중에는 약화, 수입이 줄어듦.

가축들의 거리에 바람이 불고 비가 내린다. 소들은 음매, 사내들이 큰 소리로 우는 뿔 달린 가축 떼를 몬다. 짐승들이 서로를 가로막고, 멈추어 서고, 길을 잘못 접어든다. 몰이꾼들은 막대를 들고 그들 주변을 뛰어다닌다. 종우 한 마리가 소 떼 한 가운데서 암소와 짝짓기를 한다. 암소는 오른쪽으로 왼쪽으로 도망치고, 종우는 힘차게 그 뒤를 따라가 다시 암소 등에 올라타려 한다.

크고 하얀 황소 한 마리가 몰려서 도살장 안으로 들어온다. 여기엔 증기가 없고, 바글거리는 돼지들을 위한 것 같은 우리도 없다. 이 커다랗고 강한 수소는 두 명의 몰이꾼에 몰려 문으로 들어온다. 피투성이 홀이 그 눈앞에 그대로 펼쳐진다. 절반은 가려져 있다. 뼈를 자르는 구역이다. 커다란 수소는 이마가 넓구나. 막대로 찔린 소는 도살자 앞으로 몰린다. 소가 더 잘 서 있도록 그가 납작한 도끼로 뒷다리에 가벼운 일격을 가한다. 이제 소몰이꾼 한 사람이 뒤에서부터 소의 목을 잡는다. 짐승은 서서 굴복한다. 이상할 정도로 쉽게 굴복한다. 모든 것을 한 번 본 다음 저게 내 운명이구나, 하고 알게 되어 마치 거기 합의한 것처럼 소는 아무 저항도 못한다. 소는 어쩌면 몰이꾼의 동작을 사랑스러운 다독거림으로 여기는가, 소는 그토록 친밀한 표정이다. 몰이꾼이 잡아당기는 팔의 동작을 따라 소는 머리를 비스듬히 옆으로 돌리고 입을 위로 한다.

하지만 그의 뒤에는 망치를 높이 치켜든 도살자가 서 있다. 돌아보지 마라. 강한 사내가 두 주먹으로 꼭 잡고 들어 올린 망치가 붐, 하고 떨어진다. 강한 사내의 근력이 쐐기처럼 목덜미로 떨어진다. 그 순간 망치를 도로 치켜들기도 전에 짐승의 네 다리가 위로 치솟는다. 아주 무거운 그 몸뚱이가 나는 것 같다. 마치 다리가 없기라도 한 것처럼 짐승의 그 무거운 몸이 바닥으로, 경직되어 떨던 다리 위로 쏠리며 한순간 버티다가 옆으로 쓰러진다. 형리는 오른쪽 왼쪽으로 소를 싸고 돌면서 그 머리에 새로이 은총과도 같은 마비의 일격을 가한다, 관자놀이에도 가한다, 잠들어라, 너는 다시는 깨어나지 못하리니. 그러면 그의 옆에 있던 다른 사람이 입에서 시가를 빼고는 거친 말을 뱉으며 장검 절반 길이의 칼을 뺀다. 그는 짐승의 머리 뒤에 무릎을 꿇고 앉는다. 짐승의 다리에 경련도 이미 멈추었다. 그것은 경련 같은 움직임도 없이 몸의 나머지 부분만 이리저리 움직인다. 도살자는 바닥에서 찾는다. 칼을 갖다 대지 않은 채 피를 담을 그릇을 달라고 소리친다. 피는 강력한 심장의 박동 속에 거의 흥분하지 않고 아직 몸 안에서 조용히 돌고 있다. 척수는 망가졌으나 피는 혈관을 통해 조용히 돌고 폐는 호흡을 하고 내장은 움직인다. 이제 칼이 몸에 닿는다, 피가 솟구쳐 나올 것이다. 미리 짐작할 수 있지만 팔뚝만큼이나 굵은 줄기로, 검고 아름답고 환호하는 피가 솟구쳐나올 것이다. 그러면 유쾌한 축제의 환희가 그 집을 떠난다. 손님들이 춤을 추며 떠나고 소란이 일어나고, 즐거운 풀밭, 따스한 우리, 향기로운 먹이, 그 모든 게 사라진다. 모두가 가버리고, 텅 빈 구멍 하나, 어둠만 남고, 이제 새로운 세계상이 나타난다. 오오, 갑자기 이 집을 산 한 신사가 나타난다. 도로를 차단하고, 경기가 더 좋아지니, 그는 집을 부술 것이다. 누군가 커다란 사발을 가져온다. 칼이 목구멍 바로 옆의 목으로 들어가 조심스럽게 혈관을 찾아낸다. 그런 혈관은 강한 피부로 잘 보호되어 있다. 이제 혈관이 열리고, 또 하나 더, 엄청난 액체, 뜨겁게 김을 내는 검은 액체, 검붉은 색깔 피가 칼을 넘어, 도살자의 팔뚝 위로 솟구쳐나온다, 환호하는 피, 뜨거운 피, 손님들이 온다. 변신의 장면이다. 너의 피는 태양에서 온 것이니, 태양이 네 몸에 숨어 있었네, 이제 태양이 다시 나온다. 짐승은 무섭게 숨을 쉬고, 그건 마치 질식과 같은 소리, 무시무시한 자극, 그르렁거리는 소리, 바스락바스락. 그래 들보가 무너졌다. 양쪽 옆구리가 얼마나 무시무시하게 들썩이는지, 한 사내가 짐승을 돕는다. 바위가 떨어지려 하면 그걸 밀어주어라. 한 사내가 짐승의 몸 위로 뛰어 올라가 그 위에 두 발로 서서 이리저리 밟는다, 내장을 밟고, 또 이리저리 오가면서, 피야 더 빨리 흘러나와라, 완전히 나와라. 그르렁 소리가 더 강해진다, 그건 매우 길게 끄는 헐떡임, 뒷발 두 개가 아직도 가볍게 저항하듯이 툭툭 친다. 발들이 살짝 움직인다. 생명이 그르렁거리며 꺼져간다, 숨이 잦아든다. 몸의 나머지 부분이 힘들게 돌리며 풀썩 쓰러진다. 그건 땅, 중력이다. 그 사내는 위로 움직인다. 아래서는 벌써 다른 사내가 목의 가죽을 벗기려 준비한다.

즐거운 풀밭, 희미한, 따스한 우리.

조명이 잘된 정육점. 가게의 조명과 진열창의 조명이 서로
조화를 이루어야 한다. 직접 조명, 또는 반간접 조명이 눈에
잘 보인다. 일반적으로 직접 조명이 목적에 어울린다. 판매대
와 다진 덩어리에 조명이 좋아야 하기 때문이다. 푸른색 필터
를 사용해 만드는 인공적인 일광은 정육점에서는 쓰지 못한다.
정육은 늘 자연적인 정육 색깔을 해치지 않을 조명을 요구하기
때문이다.

속을 채운 돼지 다리. 돼지 발을 깨끗하게 정리한 다음 외피
를 도로 붙일 수 있게 길이로 가른다. 그런 다음 도로 붙이고
실로 감는다.

—프란츠야, 넌 2주 동안이나 비참한 방에 틀어박혀 지냈다.
여주인이 곧 너를 쫓아낼 거다. 넌 방세를 낼 수 없을 거고 그
녀는 장난 삼아 방을 빌려주는 게 아니니까. 어서 정신을 추스
르지 않으면 무료 숙박소로 가야 할 거다. 그런 다음엔 어떻게
될까, 그다음엔 어떻게 될까. 넌 집에 환기도 못하고, 이발사에
게도 가지 않겠지. 갈색 수염이 텁수룩이 자랄 거야, 15페니히
면 깎을 수 있는 것을.

욥과의 대화, 그건 네 탓이야, 욥아, 네가 바라지를 않으니

욥이 모든 것을 잃어버리고 나서, 그러니까 사람이 잃어버릴 수 있는 건 뭐든 다 잃어버리고 나서 석탄 더미에 누워 있었다.

"욥아, 너는 석탄 더미에 누워 있는데, 너를 물지 못할 만큼만 떨어진 곳에 경비견이 묶여 있다. 너는 개의 이빨 가는 소리가 들리지. 한 걸음만 더 가까이 가면 개가 짖어댄다. 네가 몸을 돌리거나 몸을 일으키려 하면 놈이 으르렁거리며 덤벼들고 제 사슬을 물어뜯고 높이 날뛰며 침을 흘리고 물려고 든다.

욥아, 이것은 옛날 너 자신이 소유했던 궁궐이며 정원이며 들판이다. 너는 이 경비견을 본 적이 없다. 사람들이 너를 그 속에 던져 넣은 이런 석탄 더미도 본 적 없지. 아침이면 목동들이 네 집 근처로 몰아가던 저 염소들도 너는 못 보았지. 그들은 네 집 바로 곁을 지나가며 풀을 잡아 뜯어 씹어서 두 뺨 그득 채우곤 했다. 그들은 모두 네 소유였다.

욥아, 이제 너는 모든 것을 잃었다. 저녁이면 헛간에서 이리저리 기어 다닐 수도 있지. 사람들은 너의 문둥병을 무서워한다. 옛날에 너는 네 소유지에서 말을 타고 당당히 돌아다녔어, 사람들이 네게 몰려들곤 했었지. 이젠 바로 코앞에 달팽이가 기어 올라가는 나무 울타리가 있을 뿐이다. 지렁이를 연구할 수도 있겠지. 너를 두려워하지 않는 유일한 것들이니 말이다.

부스럼 딱지가 앉은 너의 눈, 너 이 불행 덩어리야, 살아 있는 진흙탕, 이따금 눈을 떠봐라.

무엇이 너를 가장 괴롭히느냐, 욥아? 아들과 딸들을 잃은 것이냐, 아무것도 소유하지 못한 것이냐, 밤이면 떠는 일이냐, 목구멍과 코에 난 종창이냐? 무엇이냐, 욥아?"

"묻는 이는 누구냐?"

"나는 목소리일 뿐이다."

"목소리는 목구멍에서 나온다."

"네 말은 내가 사람일 거라는 뜻이냐?"

"그렇다. 그래서 너를 보고 싶지 않다. 가라."

"나는 목소리일 뿐이다, 욥아, 눈을 떠봐라, 할 수 있는 한 크게, 그래도 나를 보지 못할 것이다."

"아, 상상이 된다. 내 머리, 내 두뇌, 이젠 나를 미치게 만들려는 거지, 이제 그들이 내게서 내 생각을 뺏어가는 참이구나."

"그렇다면 그게 유감이냐?"

"나는 싫어."

"네가 그렇게 고통을 받아도, 네 생각들을 통해 그렇게 고통을 받는데도 그런 생각들을 잃어버리고 싶지 않느냐?"

"묻지 말고 가라."

"하지만 난 네게서 그것들을 뺏어가지 않는다. 나는 무엇이 너를 가장 괴롭히는지 알고 싶을 뿐이다."

"그건 누구한테도 상관없어."

"너 말고는 누구한테도라는 뜻이냐?"

"그래, 그렇다! 그러니 너한테도 상관없지."

개가 짖고 으르렁거리고 주변을 물어뜯는다. 목소리는 얼마 뒤에 다시 나타난다.

"네가 그토록 탄식하는 것은 아들들 때문이냐?"

"내가 죽으면 아무도 나를 위해 기도할 필요가 없지. 나는 지상의 독(毒)이다. 사람들은 내 뒤에 침을 뱉어야 한다. 그들은 욥을 잊어야 해."

"너의 딸들이냐?"

"딸들, 아, 개들도 죽었어. 개들한텐 잘된 일이지. 개들은 여자들 중의 모범이었지만, 내게 손자들을 데려왔을 테지만, 이제 개들을 잃었다. 하나씩 차례로 쓰러졌다. 마치 신께서 그들의 머리끄덩이를 잡아 높이 쳐들었다가 아래로 던져서 부서뜨린 것처럼."

"욥아, 너는 눈을 못 뜨는구나, 꼭 감겨 있다. 넌 석탄 더미에 누워 있기에 탄식한다. 개집이 네게 남은 마지막 물건이다, 그러곤 네 질병."

"목소리야, 목소리야, 넌 누구의 목소리고, 너는 대체 어디 숨어 있는 것이냐?"

"나는 네가 무엇 때문에 탄식하는지 모르겠다."

"오, 오."

"너는 신음하면서도 스스로 그걸 모른다, 욥아."

"아니, 난……."

"난?"

"난 힘이 없어. 그뿐이다."

"힘을 갖고 싶으냐?"

"무얼 바랄 힘도 없다. 그 어떤 소망도 없어. 난 이빨도 없어. 약해서 부끄럽다."

"넌 그런 말을 하는구나."

"그게 참말이다."

"그래, 넌 알고 있구나. 그게 가장 끔찍한 거야."

"벌써 이마까지 올라왔어. 난 그저 넝마 조각이야."

"네게 가장 고통스러운 게 그거구나, 욥. 넌 약해지고 싶지 않아, 넌 항거할 힘을 바라는 거야. 아니면 차라리 온통 구멍투성이가 되던지, 두뇌가 가버리고 생각도 사라지고, 그러면 온전히 짐승이지. 무언가를 소망해라."

"넌 이미 많은 것을 물었다, 목소리야, 이제는 네가 내게 물어봐도 된다는 생각이 든다. 나를 낫게 해다오! 그럴 수가 있다면. 네가 사탄이건 신이건 천사건 사람이건 나를 낫게 해다오."

"너는 나을 수만 있다면, 그 누구의 도움이라도 받겠느냐?"

"나를 낫게 해다오."

"욥아, 잘 생각해라, 넌 나를 볼 수가 없다. 네가 눈을 뜬다면 너는 나를 보고 깜짝 놀랄지도 모른다. 어쩌면 나도 높이 올라왔으니 엄청난 비용을 치러야 할지도."

"우린 모든 것을 보게 될 거야. 넌 아주 진지하게 여기는 사람처럼 말하는구나."

"그러나 만일 내가 사탄이나 악인이라면?"

"나를 낫게 해다오."

"난 사탄이다."

"나를 낫게 해다오."

그러자 목소리는 주춤하고 점점 더 약해졌다. 개가 짖는다. 욥은 두려움에 차서 들었다. 놈은 가버렸다. 나는 나아야 해, 아니면 죽든지. 그는 소리를 질렀다. 소름 끼치는 밤이 찾아왔다. 목소리가 한 번 더 나타났다.

"내가 사탄이라면 너는 나를 어떻게 하려느냐?"

욥이 소리 질렀다.

"너는 나를 낫게 하려는 게 아니다. 아무도 나를 도우려 하지 않아. 신도, 사탄도, 천사도, 인간도."

"그럼 너 자신은?"

"내가 어떻다고?"

"네가 바라지 않는다!"

"무엇을?"

"네가 스스로 바라지 않는데 누가 너를 도울 수 있는가!"

"아니, 아니야."

욥이 웅얼거렸다.

목소리가 그에게, "신도 사탄도, 천사도 인간도 모두가 너를 돕고 싶다, 하지만 네가 바라지 않는다. 신은 사랑에서, 사탄은 나중에 너를 차지하려고, 천사와 인간은 그들이 신과 사탄의 보조자들이니까, 하지만 네가 바라지 않는다."

"아니, 아니야."

욥이 웅얼거리며 소리 지르고 자신을 내던졌다.

그는 밤새 소리 질렀다. 목소리가 끊임없이 외쳤다.

"신도 사탄도, 천사도 인간도 너를 돕고 싶어, 허나 네가 원치 않는다."

욥도 끊임없이 외쳤다. "아니, 아니야." 그는 목소리를 질식시키려고 했지만 그것은 오히려 점점 커졌다. 목소리는 언제나 그보다 한 단계 앞서 있었다. 밤새도록. 아침 무렵에 욥은 얼굴을 박고 쓰러졌다.

욥은 소리 없이 누워 있었다.

이날 그의 처음 종기들이 나왔다.

그리고 모두가 같은 숨을 쉬나니, 사람이 짐승보다 더 나을 게 없다

가축 시장 현황: 돼지 11,543마리. 소 2,016마리. 송아지 1,920마리. 거세된 숫양 4,450마리.

하지만 이 사내는 저 어린 송아지로 무얼 하는가? 그는 혼자서 송아지를 끈에 묶어 끌고 들어온다. 이곳은 수소들이 울던 거대한 홀, 그는 어린 짐승을 벤치 옆으로 데려간다. 많은 벤치들이 나란히 서 있다. 모든 벤치 옆에는 나무 몽둥이가 하나씩 놓여 있다. 그는 보드라운 어린 송아지를 두 팔로 들어 올려 벤치에 눕힌다. 송아지는 가만히 누워 있다. 그는 아래쪽에서 짐승을 잡은 채 왼손으로 뒷발 하나를 잡는다. 송아지가 버둥거리지 않도록. 그런 다음 짐승을 끌고 올 때 이용한 끈을 잡아당겨 그것을 벽에 꽉 묶는다. 송아지는 참을성 있게 누워 있다. 녀석은 여기 있지만 무슨 일이 벌어지는지 모른다. 불편하게 목재 위에 누워 머리를 몽둥이에 부딪히면서도 그것이 땅에 세워 놓은, 이제 곧 자기를 때릴 몽둥이의 끝부분임을 모른다. 그것은 녀석에게는 이 세상과의 하직 인사가 될 것이다. 그리고 이 사내는, 완전히 홀로 서 있는 늙고 단순한 사내, 약한 목소리를 지닌 부드러운 사내는—그는 짐승에게 말을 한다—몽둥이를 잡고 그것을 조금 들어 올린다. 이렇게 여린 짐승에게는 그다지 큰 힘이 필요하지 않다, 그는 여린 짐승의 목덜미를 한 방 친다. 짐승을 끌고 오면서 조용히 누워 있어, 라고 말하던 때처럼 아주 조용히. 어떤 분노도 흥분도 없이, 어린것의 목덜미에 한 방 갈긴다. 또한 비애도 없다, 아니 그냥 그런 거야, 넌 착한 짐승이지, 너도 알지, 이래야만 한단다.

송아지는 프르르르—프르르르. 아주아주 뻣뻣하게 경직되어 다리를 쭉 뻗는다. 비단 같은 검은 눈이 갑자기 아주 커져서 멈추어 서고, 흰자위가 커지다가 눈동자가 옆으로 돌아간다. 사내는 그것을 이미 알고 있다. 그래, 짐승들은 그래, 하지만 우린 오늘 할 일이 아주 많으니 일을 계속해야 한다. 그는 송아지 아래 벤치를 뒤진다, 제 칼이 거기 놓여 있으니, 아래쪽엔 피를 받을 사발을 발로 밀어 제자리에 놓는다. 그런 다음 휙, 칼로 목을 가로질러 목구멍을 통과하고 연골을 통과하니, 공기가 빠지고, 옆으로 근육을 통과하니 이제 머리를 지탱해줄 게 없어 머리가 아래로 떨어지며 벤치를 탁 친다. 피가 뿜어져 나온다, 공기방울을 일으키며 검붉고 굵은 줄기가 나온다. 그래, 이제 끝났군. 하지만 그는 조용히 변치 않는 평화로운 얼굴로 더욱 깊이 베어낸다. 칼로 깊은 곳을 찾아 더듬고 두 개의 척추뼈 사이를 뚫는다. 이건 아주 어린 부드러운 조직. 그런 다음 그는 짐승의 몸에서 손을 빼고 칼을 벤치에 탁 던진다. 양동이에 손을 씻고는 가버린다.

이제 짐승만 홀로 거기 누워 있다. 묶인 채로 비참하게 옆으로 누워 있다. 홀에는 사방에서 유쾌한 소음, 사람들은 일을 하고 물건을 끌고 다니고 서로 소리를 지른다. 머리는 아래로 꺾인 채 가죽에 매달려 있다. 두 개의 탁자 다리 사이로 피와 침이 흘러내린다. 짙푸른 색깔 혀가 이빨 사이에 끼어 있다. 끔찍하고 끔찍하구나, 벤치 위의 짐승은 아직도 그르렁거린다. 가죽에 매달린 머리가 떨고 벤치 위의 몸이 들썩인다. 다리가 움찔거리고 탁 친다, 뼈가 드러난 가늘고 여린 다리들. 하지만 눈은 완전히 경직되고 멀었다. 이것은 죽은 눈이다. 죽은 짐승이다.

평화로운 늙은 사내는 자신의 검은 공책을 들고 기둥 옆에 서서 이쪽 벤치를 건너다보고 계산한다. 시간은 소중하다, 계산은 힘들고 경쟁을 하자니 어렵구나.

프란츠의 창문은 열려 있고,
세상엔 익살스러운 일들도 일어난다

해가 뜨고 지고, 밝은 날들이 오고 유모차가 거리로 나오고, 1928년 2월이 되었다.

프란츠 비버코프는 세상에 대한 역겨움에 싸여 술에 취한 채로 2월을 맞이했다. 그는 가진 돈을 몽땅 털어 마셨다. 앞으로 어찌 되든 상관없었다. 착실하게 살려고 했지만 악당들과 뜨내기들과 나쁜 놈들이 있었다. 그래서 프란츠 비버코프는 세상에 대해서는 보거나 듣고 싶지 않았다. 뜨내기가 될 거라면 마지막 남은 푼돈까지 마셔버릴 거다.

그렇게 분노한 채로 2월을 맞이하고 있던 프란츠 비버코프는 어느 날 밤 안뜰에서 나는 소리에 잠에서 깨어났다. 저 뒤쪽에 대형 상사(商社)가 있었다. 그는 취한 상태로 아래를 내려다보다가 창문을 열고는 뜰을 향해 소리를 질렀다.

"여기서 꺼져라, 멍청이들아, 돌대가리들아."

그런 다음 도로 누워서 더는 아무 생각도 하지 않았다. 그 사람들도 그 순간 사라졌다.

한 주일이 지난 다음 다시 같은 일이 벌어졌다. 프란츠는 창문을 열고 나무토막을 아래로 던질 생각이었지만 그 순간 이런 생각이 떠올랐다. 지금은 1시다, 내가 저 작자들을 한번 보아야겠다, 밤 1시에 대체 무슨 짓들을 하는지. 그들은 대체 저기서 무얼 찾는 거야, 뜰은 이 집에 속하는 것이고, 그러니 한번 조사해 보아야겠다.

그건 그야말로 조심스러운 행동이었다. 그들은 벽을 타고 미끄러져 들어왔다. 프란츠는 위로 목을 쭉 늘였다. 한 놈이 뜰로 통하는 문가에 서 있다. 녀석이 보초를 선다. 놈들이 무슨 일을 꾸미고 있네. 커다란 지하실 문을 만진다. 세 녀석이 무언가 꼼지락거리는 중이다. 놈들은 전혀 두려움이 없어 보인다. 이제 삐꺽 하는 소리와 함께 문이 열린다. 놈들이 해냈다. 한 놈은 뜰의 움푹 들어간 곳에 남고, 둘은 지하실로 내려간다. 그곳은 정말 캄캄하다.

프란츠는 조용히 창문을 닫았다. 찬 공기가 그의 머리를 식혔다. 저 인간들이 대체 무슨 짓을 하는 거야, 낮 동안에 그리고 밤에도 말이지, 이런 식으로 몹쓸 짓을 하지. 꽃병이라도 집어서 뜰에다 내던져야 하는데. 그들은 대체 내가 살고 있는 이 건물에서 무얼 찾는 거야, 그럴 만한 게 없는데.

밖이 조용하다. 그는 어둠 속에서 제 침대에 앉았다. 다시 창가로 가서 내려다보았다. 저 친구들은 대체 내가 사는 이 집에서 무얼 잃어버렸나. 그러다가 그는 초에 불을 켜고 소주병을 찾아보았다. 그것을 잡고 내용물을 따르지도 않았다. 탄환 하나가 날아왔다. 그게 누구를 향한 것이든.

하지만 한낮이 되자 프란츠는 뜰로 내려갔다. 사람들이 한

떼 모여 있었다. 목수 게르너도 거기 있었는데, 프란츠는 그를
알았다. 그들은 이야기를 나누었다.

"놈들이 다시 도둑질을 했네."

프란츠가 그를 주먹으로 가볍게 쳤다.

"그 패거리 봤어, 놈들을 까바치지는 않겠지만, 어쨌든 내가
살고, 내가 잠을 자는 이곳에 한 번만 더 와보라지, 놈들이 찾
을 것도 없는 이곳에 말이야. 이번엔 아래로 내려갈 테니까, 내
이름 비버코프를 걸고 말하는데, 그럼 놈들은 뼈를 주워 모아
야 할걸, 세 놈이라 해도 말이지."

목수가 프란츠를 꼭 붙잡았다.

"뭔가 아는 게 있으면, 저기 형사들이 있어, 그들에게 가봐,
돈을 좀 줄지도 모르지."

"내버려 둬, 난 한 번도 남을 밀고한 적이 없어. 자기들끼리
할 수 있겠지, 그 대가로 돈을 받는 거니까."

프란츠는 사라졌다. 게르너가 남아 있는데 형사 두 명이 그
에게 와서 게르너가 어디 사느냐고 물었다. 그러니까 그 자신
말이다. 아이고, 깜짝이야. 사내는 놀라서 얼굴이 하얘졌다. 그
러더니 이렇게 말했다.

"보세요, 게르너, 그 목수 말이죠, 알려드릴게요."

그런 다음 한 마디도 하지 않고 제집 초인종을 눌렀다. 아내
가 문을 열어주자 모두가 한꺼번에 밀려 들어갔다. 마지막으로
게르너도 어떻게 끼어들어 와 아내의 옆구리를 꾹 찌르고는 손
가락을 입술에 가져다 댔다. 그녀는 대체 무슨 일인지 몰랐다.
그는 두 손을 바지 호주머니에 찔러 넣은 채 사람들 사이에 섞
였다. 다른 사람 두 명이 더 있었다. 보험회사에서 나온 이 사

람들은 그의 집에서 모든 것을 꼼꼼히 살폈다. 벽이 얼마나 두꺼운지, 바닥은 어떤지 알려고 했으며, 벽을 두들겨보고 자로 재고 그 결과를 적었다. 이 대규모 상사에서 이런 도둑질이 아주 오래 계속되고 있었던 것이다. 도둑놈들은 아주 뻔뻔스러워서 담장을 뚫고 침입하려 시도했다. 문에는 벨이 설치되어 있고, 계단에도 설치되었기 때문이다. 그들도 그걸 안다. 그렇다, 벽은 절망적일 정도로 얇고 건물 전체가 흔들리고 있으니, 이것은 덩치만 큰 부활절 달걀처럼 무너지기 쉬운 건물이었다.

그들은 다시 안뜰로 나갔다. 게르너는 바보 아우구스트 노릇을 하면서 그곳으로 따라 나갔다. 이제 그들은 지하실에 새로 설치한 두 개의 쇠문을 조사했다. 게르너는 그곳으로 바싹 따라갔다. 그리고 우연히도 자리를 비켜주려고 한 발짝 뒤로 물러나다가 뭔가를 밟자 그 뭔가가 쓰러졌다. 그가 재빨리 붙잡고 보니 그것은 병이었는데, 마침 종이 위로 쓰러졌기에 아무도 그 소리를 듣지 못했다. 여기 안뜰에 병이 있다니, 놈들이 놓아둔 것이겠지, 왜 아니겠어, 어차피 부자 나리들은 잃을 것도 없는데. 그는 구두끈을 조이려는 것처럼 몸을 굽히고는 잽싸게 종이와 병을 움켜잡았다. 그런 식으로 이브는 아담에게 사과를 건네주었지. 사과가 나무에서 떨어지지 않았다면 이브는 그걸 줍지 못했을 것이고, 사과는 아담의 손에 들어가지 않았을 것인데. 나중에 게르너는 병을 재킷 속에 감추고는 동시에 안뜰을 떠나 가게에 있는 아내에게로 갔다.

그럼 아내는 무어라고 할까? 얼굴이 환해졌다.

"이거 어디서 났어, 아우구스트?"

"샀지. 아무도 안에 없을 때."

"뭐?"

"단치히 골트바서*야. 무슨 말이 필요해."

아내는 환해졌다, 마치 슈트랄라우 태생이기라도 한 것처럼. 그녀는 커튼을 쳤다.

"맙소사, 아직 더 있는 것 아니야, 저 위에 놓아둔 거 아냐?"

"벽 옆에 세워져 있었어. 놈들이 마시려고 들고 나온 걸 거야."

"맙소사, 이건 돌려주어야겠다."

"대체 언제부터 골트바서를 찾아내면 돌려주었다는 거야? 언제 우리가 코냑 한 병 마셔봤어, 여보, 이 고약한 시절에 말이지. 정말이지 웃기는 일이 될걸."

마침내 그녀도 같은 의견이 되었다. 한 병이다, 이 한 병이 그 큰 회사에 뭐 그리 대단하려고, 게다가 잘 생각해보면 이건 회사 것도 아니다, 이젠 도둑놈들 거니까, 그놈들한텐 자기들이 한 대로 갚아줘야지. 내가 벌을 받을 수도 있는 거지만. 그들은 한 모금, 또 한 모금 마셨다. 그래, 이 세상에선 눈을 번쩍 뜨고 있어야 한다, 모든 게 금일 필요는 없지, 은도 제 값어치가 있는 것이니.

토요일에 도둑들이 왔을 때 사랑스러운 일이 벌어진다. 그들은 낯선 사람이 뜰에 숨어 있는 것을 알아챘다. 적어도 담 옆에서 망을 보던 사람은 그것을 알아챘다. 다른 사람들은 이미 빛을 가린 등을 들고 마치 몰래 구멍에서 기어나와 집안일을 돕는 꼬마 요정들처럼 전속력으로 안뜰 문으로 뛰어갔다. 하지

---

*전통을 자랑하는 유명한 단치히 특산품 술.

만 거기에 게르너가 서 있었다. 그들은 이제 속보로 달려서 그레이하운드처럼 담을 넘어 옆 건물로 넘어갔다. 게르너는 그들 뒤를 따라 달렸지만 그들은 그를 멀리 따돌렸다.

"그만둬, 그러지 마, 맙소사, 이런 멍청이들."

그는 그들이 담장을 기어오르는 꼴을 지켜보아야만 했다. 심장이 터질 것 같았다. 두 명은 벌써 토꼈고, 맙소사, 그렇게 미친 짓 좀 하지 마. 마지막 사람이 담장 위에 말처럼 올라타고 선 자신의 전등으로 게르너의 얼굴을 비추었다.

"넌 뭐냐?"

놈이 혹시 동지라면 우리 일을 망쳤다.

"나도 합세하려고."

게르너가 말했다. 이 인간이 무슨 일이람.

"나도 합세하고 싶은데. 댁들은 어쩌자고 토끼는 거요?"

한참이 지난 다음 그자가 정말로 담에서 기어 내려왔다. 혼자서만 내려와 목수를 자세히 살펴보았다. 목수는 술 냄새를 풍겼다. 하지만 뚱보는 용기가 생겼다. 목수가 술에 취해 있는 데다가 소주 냄새를 풍겼기 때문이다. 게르너가 손을 내밀었다.

"손을 주게 동지, 함께 갈 거지?"

"함정 아닌가?"

"어째서?"

"내가 속아 넘어갈 거 같나?"

게르너는 마음에 상처를 입고 우울해졌다. 상대방이 자기를 진지하게 여기지 않아서였다. 이놈이 도망만 안 쳐도, 골트바서는 너무 좋았는데, 게다가 실망해서 코를 빠뜨리고 집으로 돌아가면 마누라가 몰아붙일 텐데, 맙소사, 마누라가 몰아붙일 거다. 게르너는 빌었다.

"아니야. 뭐 하러. 당신은 혼자서도 들어올 수 있는데. 난 여기 살아."

"누군데?"

"난 건물 관리인이오. 나도 뭔가 이익을 좀 볼 수도 있잖소."

도둑은 생각해보았다. 그러자 이자가 끼어든다면 아주 좋을 거라는 생각이 들었다. 물론 함정이 아니라면 말이다. 어쨌든 우린 권총이 있으니까.

그는 자신의 사다리를 벽에 세워둔 채 게르너와 함께 뜰을 가로질러 걸었다. 다른 사람들은 이미 멀리 달아났다. 그들은 분명 내가 잡혔다고 생각하겠지. 그러자 게르너가 벨을 울렸다.

"맙소사, 어쩌자고 벨을 울리는 거요, 대체 누구 집인데?"

게르너가 당당하게 말했다.

"내 집이라니까! 잘 봐요."

그가 손잡이를 잡아당기자 문이 열렸다.

"보라고, 내 말이 맞지?"

탁 소리를 내며 불을 켰다. 그의 아내가 부엌문 옆에 서서 벌벌 떨고 있었다. 게르너가 즐거운 표정을 지었다.

"우리 마누라요, 여기 동지가 왔어, 여보."

그녀는 몸을 떨면서 이쪽으로 나오지도 못하더니 갑자기 환한 모습으로 고개를 끄덕이고 미소를 지었다. 아니 상냥한 남자다, 게다가 아주 젊고 예쁜 사내였다. 그녀는 부엌에서 나왔다.

"하지만 여보, 신사 분을 그렇게 복도에 세워두어선 안 되지요. 이리 들어오세요. 모자를 벗어요."

상대방은 슬그머니 도망칠 셈이었지만 두 사람은 전혀 굽히지 않았다. 그는 놀랐다. 이게 가능한 일인가, 이들은 퍽이나 견실한 사람들인데, 정말 형편이 안 좋은 모양이네, 이들 중산층 소시민들 형편이 안 좋은 모양이야. 인플레이션 어쩌고 하니까. 조그만 여자가 홀딱 반한 얼굴로 그를 바라보았다. 그는 펀치 술로 몸을 데우고는 떠났다. 마지막 순간까지 모든 것이 아주 분명하지는 않았다.

어쨌든 그 젊은 사내는 이튿날 오전 일찍, 이번에는 분명 제 패거리가 보내서 게르너 집으로 왔다. 그러곤 아주 사무적으로 자기가 뭔가 두고 가지 않았느냐고 물었다. 게르너는 없고 그의 아내뿐이었다. 그녀는 친절하게, 거의 굴종적인 종과 같은 태도로 그를 맞아들이고는 그에게 소주를 내왔다. 그는 그것을 받아 마셨다.

목수 부부에게는 정말로 안 된 일이지만 도둑들은 한 주 동안이나 모습을 드러내지 않았다. 목수 부부는 천 번쯤 이 사태에 대해 이야기를 나누었다. 자기들이 그 친구들을 쫓아낸 게 아닐까 하는 이야기였지만, 두 사람은 스스로를 비난할 게 없었다.

"어쩌면 당신이 너무 거칠게 대한 탓일 거예요, 여보, 당신은 이따금 말투가 그러니까."

"아니, 여보, 내 탓이 아니라 당신 탓이야. 당신이 마치 목사 같은 얼굴을 했으니까, 그게 그 녀석을 놀라게 만든 거야, 우리와 함께할 수 없다고 본 거지, 끔찍한 일이야, 하지만 어떡하겠어."

여자가 울었다. 누구든 한 번만 더 온다면. 그녀는 언제나 이런 비난을 들어왔다. 하지만 이건 자기 탓이 아니었다.

그리고 참말로 그랬다. 금요일에 위대한 순간이 찾아왔다. 누군가 노크를 했다. 맙소사, 누군가 노크를 했다. 그녀가 문을 열었지만 아무도 보이지 않았다. 서두르느라 그만 불을 켜는 것을 잊었기 때문이다. 하지만 그녀는 누가 왔는지 금방 알았다. 언제나 매우 당당한 키가 큰 사내인데, 그가 남편과 이야기하기를 원했다. 그는 매우 진지하고 냉정했다. 그녀는 깜짝 놀랐다. 무슨 일이 일어난 것 아닌가. 그가 그녀를 안심시켰다.

　"아니, 이건 순전히 사업상의 이야기일 뿐입니다."

　그런 다음 두 사람은 공간에 대한 이야기며, 아무것도 안 하면 아무것도 안 나오지, 따위의 이야기를 나누었다. 그들이 거실에 자리 잡고 앉았는데, 그녀는 그와 함께 있는 것이 행복했다. 남편은 이제 자기가 그를 쫓아냈다고 말하지 못할 것이다. 그녀는 언제나 그 반대가 맞다고 말하곤 했지만, 아무것도 안 하면 아무것도 안 나오지. 그 문제를 두고 두 사람 사이에 오랫동안 대화가 이어졌고, 두 사람은 부모와 조부모와 조상님들 이야기를 했다. 모두 같은 내용이다. 곧 아무것도 안 하면 아무것도 안 나오지, 절대로, 그건 거의 맹세할 수 있다. 그들은 같은 의견이었다. 그들은 각자의 과거와, 이웃들의 예를 차례로 들었다. 아직도 한창 그러는 중인데 갑자기 벨이 울리더니 두 사내가 들어섰다. 지난번에 형사라고 스스로를 소개했던 사내들로 보험회사 직원 세 명도 뒤따라 들어왔다. 형사 한 사람이 손님을 보고 곧바로 말을 걸었다.

　"당신이 게르너 씨군요, 이제 우리를 좀 도와주십시오. 저기 도둑이 너무 들어서요. 당신이 특별 감시에 동참해주시기를 바랍니다. 회사에서는 물론 보험으로 그 경비를 충당할 겁니다."

그들은 10분가량 이야기를 했고, 여자는 모든 것을 들었다. 12시에 그들은 물러났다. 뒤에 남겨진 두 사람은 편안했다. 그들 사이에 1시쯤 여기서 말하기 힘든 일이 일어났다. 그에 대해 두 사람은 진짜로 부끄럽게 여겼다. 여자는 서른다섯 살이고 그는 아마 스물, 아니면 스물한 살이었으니까. 하지만 나이 차이뿐만이 아니었다. 그는 키가 185센티미터이고 그녀는 150센티미터였다. 그런 사정 말고도 그런 일이 일어났다는 것, 그것도 이야기를 하고 흥분하고 경찰을 비웃는 가운데 일어났다는 사실이 그랬다. 전체적으로 나쁘지는 않았지만 나중에는 부끄러웠다. 적어도 그녀에게는 그랬다. 어쨌든 2시에 돌아온 게르너 씨는 어떤 특별한 상황을 느꼈다, 더 이상 바랄 게 없을 정도로 형언할 수 없이 편안한 느낌이었다. 그 자신도 곧바로 거기 섞여들었다.

그들은 저녁 6시까지 함께 앉아 있었다. 그도 여자처럼 매혹되어 키 큰 사내가 하는 이야기를 들었다. 그게 일부만 사실이라도 그는 최고의 사내였다. 이렇게 젊은 사람이 세상에 대해 어쩌면 이렇게 합리적인 생각을 가질 수 있을까 게르너는 놀랐다. 상대는 이미 온갖 것을 겪은 사내였다.

짧은 순간에 그의 눈에서 비늘이 몇 킬로그램이나 떨어져나가면서 눈이 밝아졌다. 젊은이가 가고, 9시에 잠자리에 들었을 때 게르너는 어떻게 그런 눈 밝은 젊은 사람들이 자기와 이야기를 했는지 모르겠다고 했다. 이것만은 아내도 인정해야 한다, 자기에게도 뭔가 특별한 게 있다, 자기도 무언가를 제공할 수 있다는 사실 말이다. 아내는 남편과 같은 의견이었다. 나이 든 소년이 몸을 쭉 폈다.

그리고 아침 일찍 자리에서 일어나기 전에 그는 아내에게 말했다.

"여보, 내가 다시 현장으로 가서 일해야 한다면 내 성은 이제 게르너가 아니고 피펜데켈*이라고 할 거야. 난 내 사업을 했었지, 그건 끝났어. 그건 옛날에 독립적이던 남자가 할 일이 아니지. 내가 늙었다고 그들이 나를 쫓아내는 편이 가장 좋을 거야. 내가 저 아래 회사에서 돈을 벌면 안 될 게 뭐야. 그 젊은 놈들이 얼마나 똑똑한지 보았지. 오늘날 그렇게 똑똑하지 못했다간 파멸이란 말씀이야. 당신 생각은 어때?"

"난 벌써부터 그렇게 생각했지요."

"거 봐. 나도 다시 화려한 생활을 하고 싶어, 발가락이 얼어붙는 건 싫다고."

그녀는 남편을 꼭 끌어안았다. 그가 이미 해준 것과 앞으로 해줄 모든 일이 고마웠다.

"우리가 무얼 할지 당신 알아? 여보, 당신과 내가?"

그가 그녀의 다리를 꼬집는 바람에 그녀는 아야, 하고 소리를 질렀다.

"당신도 함께 하는 거야, 여보."

"아니야."

"그렇다니까. 당신도 말이지, 여보. 당신 없이도 되겠지만."

"당신들만 해도 벌써 네 명이나 되는데, 그것도 힘센 사내들로만."

얼마나 힘이 세던가.

*삐악삐악 뚜껑.

"보초를 서지."

그녀가 다시 비명을 질렀다.

"난 못해. 난 정맥류가 있어. 그리고 돕다니, 내가 무슨 도움이 된다고."

"겁먹었구나, 귀여운 여보."

"겁이라고, 무엇 때문에? 당신도 정맥류가 있어봐. 그래 가지고 달려보라지. 그럼 다켈 종 개만큼도 못 뛴다니까. 놈들이 나를 잡으면 당신이 곤란해져. 난 당신 아내니까."

"당신이 내 아내인 거야 분명하지."

그는 다정하게 그녀의 다리를 꼬집었다.

"그만 해, 여보. 진짜로 아파."

"여보, 이것 봐. 이 절인 양배추만 벗어나면 당신도 완전히 딴사람이 될 거야."

"나도 그러고 싶어. 맛있는 걸 먹고 나서 혀로 입술을 핥아보고 싶다고."

"그렇게 될 거야, 여보. 조금씩. 그건 아무것도 아니야. 잘 좀 들어보라니까. 난 혼자서 그 일을 할 거야."

"뭐야! 그럼 다른 사람들은?"

놀라라.

"바로 그거야, 여보. 우리 다른 사람들을 포기하자. 이거 알아, 동맹이란 건 잘되는 법이 없어, 그건 맹한 헛소리야. 보라고, 그래, 안 그래. 난 혼자서 할 거야. 우리가 가장 가깝잖아. 우린 여기 1층에 살고, 안뜰은 바로 우리 집이지. 안 그래, 여보?"

"난 당신을 도울 수 없어, 파울. 난 정맥류가 있어서."

그 밖에도 그건 여러 가지 면에서 손해였다. 아내는 입으로는 달콤새콤하게 남편 말에 동의했지만 감정이 들어 있는 속으로는 다르게 말하고 있었다. 아니, 아니거든.

그날 저녁 6시가 되어 회사 사람들이 모조리 지하실을 떠날 때 게르너는 살그머니 아내와 함께 그 안으로 들어갔다. 마침내 9시가 되고 건물 안에선 아무것도 움직이지 않았다. 그가 막 일을 시작하려는 참인데, 경비원이 지금쯤 건물 앞문에서 순찰을 돌 즈음, 무슨 일이 일어났나? 누가 지하실 문을 살짝 두들겼다. 맙소사, 누가 두들겼다. 대체 누가 여기서 문을 두드릴 수 있나. 몰라, 하지만 두들기는 소리가 들렸다. 여긴 문 두들길 사람이 없는데. 회사는 이미 문을 닫았고. 하지만 두들기는 소리가 났다. 다시 두들기는 소리. 두 사람은 쥐 죽은 듯 조용히 움직이지도 않고 아무 말도 하지 않았다. 다시 두들기는 소리. 게르너가 아내를 툭 건드렸다.

"누가 문을 두들겼어."

"그래."

"이게 대체 무슨 일이야."

그녀는 이상할 정도로 두려움 없이 담담하게 말했다.

"아무것도 아닐 거야. 그들이 우릴 죽이진 않을 거라고."

물론 아니고말고, 저기 있는 사람은 우릴 죽이지 않는다, 나는 그를 알지, 그는 나를 죽이지 않아, 긴 다리 둘과 작은 콧수염을 지닌 사람이지. 그가 오면 난 기쁠걸. 그러자 밖에서 아주 다급하지만 나직이 문 두들기는 소리. 맙소사 저건 분명 신호인데.

"저건 그들 중 하나야, 저 사람 우릴 알아. 우리 젊은 친구들 중 하나라고. 아까부터 그렇게 생각했어, 여보."

"그럼 어째서 말을 안 했어."

껑충, 게르너는 계단으로 올라섰다. 오늘 밤 우리가 여기 있다는 걸 놈들이 대체 어떻게 알았을까, 정말 사람 놀라게 하는데. 밖에서 사람이 속삭였다.

"게르너, 문 열어요."

그는 원하건 원하지 않건 문을 열어야 했다. 빌어먹을 젠장, 일이 꼬였네. 세상을 때려 부수고 싶구나. 그는 문을 열었다. 그녀의 기사인 키 큰 젊은이 혼자였다. 게르너는 아무것도 알아채지 못했지만 그녀가 그에게 몽땅 일러주었던 것이다. 자신의 기사에게 감사를 표시하고 싶었기 때문이다. 그가 아래로 내려오자, 그녀는 참지 못하고 얼굴이 훤해졌다. 남편이 꼭 불도그처럼 보이네. 그가 투덜댔다.

"무엇 때문에 그렇게 웃는 거야, 당신?"

"그야 너무 무서웠으니까, 이 집에 사는 사람 아니면 경비원인가 하고 말이야."

그들은 함께 일하고 물건을 나누었다. 욕이야 어쩌랴만, 이런 재수 하고는.

두 번째로 시도할 때 게르너는 아내를 문밖에 세워두었다. 그는 아내가 불행을 가져온다고 욕을 퍼부었다. 그러자 다시 그들이 문을 두들겼다. 하지만 이번엔 세 명이었다. 그들은 마치 그가 초대하기라도 한 것처럼 행동했다. 도무지 그 무엇도 막을 수 없었다. 글쎄, 제집에서도 주인 노릇을 할 수가 없다니까, 이런 악당들과는 겨룰 수가 없으니까. 그래서 게르너는 외통수에 걸렸다고 중얼거리면서 몹시 분개했다. 오늘도 저놈들하고 같이 일해야 하다니. 같이 잡고 같이 매달리고. 하지만 내 일은 끝이다. 이 개자식들이 다시 한 번 내가 관리인으로 있는 내 집에 들어와서 내 일에 끼어들면 그때는 저 경찰관들 맛이 어떤지 알게 될 거다. 이놈들은 착취하고 협박하는 놈들이다.

그들은 지하실에서 2시간 동안이나 죽어라고 일했다. 그런 다음 물건을 대부분 게르너의 집으로 가져갔다. 창고를 철저히 털어 커피며 건포도며 설탕을 자루째 들고 갔다. 게다가 소주와 포도주 등 온갖 술이 든 상자들도 옮겼다. 그야말로 창고가 절반이나 텅 비었다. 게르너는 이 모든 것을 저들과 나누어야 한다는 생각에 분이 나 있었다. 한쪽에서 아내가 그를 달랬다.

"난 정맥류가 있으니 어차피 이 많은 걸 다 나를 순 없을 거야."

그는 화를 냈고, 그들은 계속 날랐다.

"그놈의 정맥류, 벌써 옛날에 그 빌어먹을 고무 스타킹을 샀어야지, 만날 그놈의 절약, 절약 하더니, 그게 잘못이야."

하지만 아내는 자신의 키다리만 바라보았다. 그는 다른 친구들 앞에서 그녀를 자랑스러워했다. 이것은 그의 사업, 그가 대장이다.

떠날 때까지 그들은 짐승처럼 일했다. 게르너는 집 문을 잠그고 들어앉아서 아내와 함께 마시기 시작했다. 적어도 그것만은 해야 했다. 종류별로 모두 맛을 보아야 한다. 가장 좋은 것을 내일 아침 일찍 길거리의 뜨내기들에게 팔 생각이었다. 두 사람은 그게 기뻤다, 아내까지도. 결국 그는 자신의 착한 남편이고, 여전히 자기 남편이니만큼 자기가 그를 도와야지. 그러면서 그들은 2시부터 5시까지 앉아서 온갖 종류의 술을 아주 철저히 맛보았다. 계획과 계산을 하면서. 두 사람은 이 밤의 일에 대해 깊은 만족감을 느꼈다. 그리고 머리 꼭대기까지 취해서 자루처럼 쓰러졌다.

정오 무렵 그들은 문을 열어야 했다. 벨이 울리고, 또 울리고, 또 울렸다. 하지만 게르너 부부는 도무지 문을 열지 않았다. 완전히 쭉 뻗었으니 어떻게 문을 열겠는가. 하지만 상대방도 물러서지 않았다. 그들은 문을 주먹으로 두들겼다. 마침내 여자가 무슨 소리를 듣고 화들짝 일어나서 남편을 때렸다.

"여보, 누군가 문을 두들겨요, 문을 열어요."

그러자 그가 말했다.

"어디."

그러자 그녀가 그를 밀어냈다. 그들이 문짝을 부수어버릴 것 같았다. 아마 우편배달꾼이겠지. 남편이 일어나서 겨우 바지만 걸치고는 문을 열었다. 그러자 그들이 그의 옆으로 밀고 들어왔다. 키가 큰 사내 셋이 아예 떼거리로 밀고 들어왔다. 그들이 여기서 무얼 하려나, 그 녀석들이 벌써 물건을 가지러 왔나, 아니, 다른 사람들인데. 그들은 형사들이었다. 형사들은 가벼운 장난까지 쳤다. 그들은 놀란 척하면서 관리인 선생, 모든 게 바닥에 가득 쌓여 있네, 복도에도 방에도 자루며 상자들, 병들과 지푸라기가 서로 뒤엉켜서 켜켜이. 경감이 말했다.

"이런 도둑질은 내 평생 못 보았군."

게르너는 무슨 말을 할까? 그가 대체 무슨 말을 할까? 그는 아무 말도 못했다. 그냥 형사들을 바라보기만 했다. 속이 안 좋았다, 사냥개들 같으니, 권총만 있다면 놈들이 나를 산 채로 데려가진 못할 텐데, 사냥개들. 차라리 평생 공사 현장에 서 있어야 하는 것을, 멋쟁이 나리들이 내 돈을 꿀꺽 삼켰지. 이 사람들이 나한테 한 모금만 마실 수 있게 해준다면. 하지만 아무 도움도 되지 않았다, 그는 옷을 입어야 했다.

"멜빵을 메야 합니다."

여자는 벌벌 떨면서도 침을 튀기며 지껄여댔다.

"무슨 일인지 모르겠네, 경감님, 우린 정직한 사람들입니다요, 누군가가 우리 집에 들여놓은 게 분명해요. 이 상자들, 우린 아주 깊이 잠들었어요, 경감님도 보셨지요. 이 건물에 사는 누군가가 우리에게 몹쓸 짓을 한 게 분명해요, 말씀 좀 해보세요, 경감님. 여보, 우린 어떻게 되지?"

"그런 건 모두 파출소에서 자세히 이야기할 수 있어요."

게르너의 머리에 퍼뜩 생각이 떠올랐다.

"이젠 놈들이 밤에 우리 집까지 쳐들어온 거야, 여보. 저 뒤쪽 상회를 턴 그 도둑놈들이라고, 그러니 우리가 파수를 보아야 하는 거지."

"모든 건 나중에 파출소나 경찰서에서 이야기할 수 있을 게요."

"난 경찰서에 안 가요."

"우린 자동차를 타고 갈 거요."

"맙소사, 여보, 이놈들이 어떻게 우리 집으로 들어왔는지 난 아무 소리도 못 들었어. 정말이지 쥐처럼 깊이 잠들었어."

"나도 못 들었어요, 여보."

아내는 서랍장에서 재빨리 편지 두 통을 꺼내려고 했다. 키다리의 편지였다. 하지만 경찰관이 그것을 보았다.

"이리 보여주시죠. 아니면 도로 넣어두든지. 나중에 가택 수

색이 있을 테니."

그녀는 고집스럽게 말했다.

"그렇겠지요. 남의 집에 이렇게 들어오다니 당신들 부끄러운 줄을 알아야 해."

"자, 이제 앞장서시지."

그녀는 울면서 남편을 쳐다보지도 않았다. 그녀는 소리를 지르고 난리를 치다가 바닥으로 몸을 던졌다. 사람들은 그녀를 일으켜 세워야 했다. 남편은 욕을 퍼부으며 체포되었다.

"당신들은 여자한테까지 손을 대는구먼."

저 비열한 범죄자들, 협박꾼들은 사라졌다. 놈들이 나를 이런 쓰레기 속에 처박았다.

달려라, 달려라, 조랑말아 다시 힘차게 달려라

건물 현관에서 그리고 뜰에서도 프란츠 비버코프는 손을 호주
머니에 찔러 넣고 외투 깃을 귀까지 올리고, 모자 쓴 머리를 어
깨 사이에 바싹 움츠린 채 대화에는 전혀 끼어들지 않았다. 하
지만 이 패거리들이 하는 말을 듣고, 또 그들 주변에서 떠드는
소리를 들었다. 또 나중에는 자세히 살펴보았다. 목수와 뚱뚱
한 아내가 건물의 현관을 지나 길거리로 끌려갈 때는 사람들로
아예 울타리를 이루었다. 이제 그만들 꺼져라. 나도 옛날에 그
렇게 끌려갔다. 당시엔 사방이 어두웠지. 그들이 하품하는 꼴
을 봐라. 거참 부끄럽겠네. 그래, 그래, 너희는 비난할 수 있지.
인간이란 대체 어떤 꼴인지 당신들도 알지. 저들은 진짜 잘난
척하는 속물이다. 난로 뒤에 쭈그리고 앉아 사기를 치지만 그
들을 잡기란 어려워. 그런 패거리들의 못된 짓은 잡지도 못해.
이제 그들이 경찰차의 문을 연다. 그래, 안으로, 안으로 들어가
라, 이 친구야, 키 작은 여자도, 여자는 분명히 취했다, 정말 제
대로 취했어. 그녀를 보고 웃어라. 그런 게 어떤 맛인지 알아야

지. 출발. 끝이다.

사람들은 아직도 머리를 맞대고 있었다. 프란츠 비버코프는 건물 문 앞에 섰다. 더럽게 추웠다. 그는 밖에서 건물의 문을 보았다. 그리고 길 저편을 바라보았다. 자, 이제 무얼 해야 하나, 무엇을 한다. 한 발 한 발 걸어보았다. 빌어먹을, 정말 춥구나, 제길, 방으로 올라가진 않을래. 대체 무엇 하러.

그는 거기 서서 사방을 돌아보면서도 자기가 완전히 깨어났음을 알아채지 못했다. 그는 저기 서서 비난하던 패거리와는 아무 상관도 없었다. 어디 다른 곳을 둘러봐야지. 그들이 나를 여기서 쫓아낼 테니. 그는 잽싸게 걸었다. 엘자스 거리를 따라서, 지하철 건설을 위한 현장 울타리를 따라 로젠탈 광장 어딘가를 향해 빠르게 걸었다.

마침내 프란츠 비버코프가 건물 밖으로 나온 것이다. 사람 울타리를 통해 끌려간 사내와 완전히 취해버린 뚱뚱한 여자, 도둑질, 경찰차도 모조리 그와 함께 걸었다. 하지만 광장으로 연결된 모퉁이에 주점이 나타나자 그것들은 도로 사라졌다. 그의 두 손이 저절로 호주머니로 들어갔지만 술을 사서 채울 병이 없었다. 아니. 병이 없다니. 이렇게 땀으로 푹 젖었는데. 방에다 놓고 온 것이다. 그놈의 소동 때문에. 소동이 일어났을 때 그냥 외투를 걸치고는 아래로 내려오면서 병 생각을 안 한 것이다. 빌어먹을. 다시 터벅터벅 돌아간다고? 그러자 속에서 뭔가가 일어났다. 싫어, 좋아, 좋아, 싫어. 수많은 경련, 오락가락, 욕설, 서로 밀치기, 몰아내기, 대체 뭐야, 나 좀 내버려둬, 안으로 들어갈래, 프란츠의 내면에서 그런 일은 실로 한참 동안 없었다. 안으로 들어가자, 안 들어간다, 목이 말라, 그냥 광천수만으로도 충분한데, 한 번 안으로 들어가면 그냥 마시려고만 할걸. 맙소사, 그래, 난 끔찍하게 목이 말라, 정말 엄청난 갈증이야, 하느님, 정말 마시고 싶지만, 그래도 여기 그냥 있자, 술집 안으로 들어가지 말고, 그랬다간 넌 금방 엎어져서 코를 박고 말 거다. 그럼 다시 저 여편네 집에서 웅크리고 있게 되지. 결국은 경찰차가 출동하고 목수 부부, 그럼 끝, 오른쪽으로 돌아, 아니, 여기 서 있을 순 없어, 어쩌면 다른 곳으로, 계속 가자, 계속 걸어, 계속.

그래서 프란츠는 호주머니에 1.55마르크를 넣은 채로 알렉산더 광장까지 걸어갔다. 오직 공기만 마시면서 뛰다시피 걸었다. 그런 다음에 자신을 다그쳐서, 정말 반발을 느꼈지만, 어떤 식당에서 식사를 했다. 제대로 먹었다. 여러 주 만에 처음으로 제대로 된 식사를 했다. 감자를 곁들인 송아지 라구 요리였다. 그러자 갈증이 좀 줄었다. 이제 남은 75페니히를 손으로 만지작거렸다. 리나에게 가자, 리나가 어떻다는 거야, 난 그 여자가 싫어. 혀에 둔하고 시큼한 맛이 나고 목구멍엔 탄 맛이 느껴졌다. 광천수를 쏟아부어야겠다.

그런 다음―그는 마시면서, 서늘한 물을 목에 쏟아부으며 탄산이 간질이는 것을 느꼈다―어디로 갈까. 민나에게 가자, 송아지 요리를 올려보냈지, 앞치마도 그렇고. 그래, 맞아.

일어서자. 프란츠 비버코프는 거울 앞에서 모습을 약간 다듬었다. 하지만 창백하고 축 늘어진 데다 종기까지 난 뺨을 바라보자 전혀 교정되지 않은 사람 꼴이었다. 이 인간이 대체 낯짝이란 걸 갖고 있나. 이마에 길게 난 줄, 이 붉은 줄은 모자에서 얻은 것이고, 싸구려 옷차림에, 두툼하고 붉은 코, 그건 꼭

폭음 때문에 생긴 것은 아니다. 오늘은 추우니까. 다만 저 끔찍하게 퀭한 눈, 암소 같아, 대체 어디서 저런 송아지 눈을 얻었나, 게다가 마치 흔들리지 않는 것처럼 멍하니 바라보고 있다. 누군가 시럽을 내 위에 쏟아부은 것처럼. 하지만 민나 앞에서는 그런 것쯤 상관없다. 머리나 정돈하고. 이렇게. 이제 그녀에게로 간다. 그녀는 내게 몇 페니히를 줄 거다, 목요일에 돌려주기로 하고, 그럼 또 만나는 거지.

밖으로 나가 차가운 거리로. 사람이 아주 많았다. 알렉산더 광장에는 정말로 엄청나게 많은 사람이 모두 뭔가 할 일이 있었다. 이것이 꼭 필요한 것처럼. 프란츠 비버코프는 사람들 속으로 걸어가면서 눈을 좌우로 돌렸다. 마치 비루먹은 말 한 마리가 아스팔트 위로 미끄러졌는데 장화 신은 발이 배를 한 방 지르는 바람에 엉금엉금 기어 일어나, 다시 마차를 끄는 것처럼 그렇게 걸었다. 프란츠는 근육이 있었고, 한동안 육상 클럽에도 속했었다. 그런데 지금은 알렉산더 광장을 비실비실 걷고 있다. 제가 어떤 식으로 걷는지 알아채고는, 씩씩하게, 씩씩하게, 경비대에 속한 사람처럼 씩씩하게. 다른 사람들과 똑같이 행진하자.

오늘 정오의 일기 예보. 날씨 전망이 약간 친절한 편이다. 아직은 심한 추위가 계속되지만 온도계가 조금씩 올라가는 중이다. 몹시 약하나마 태양이 다시 모습을 나타내고, 앞으로는 기온이 약간 따뜻해질 것으로 전망된다.

NSU-6기통을 가진 사람은 신난다.* 그대 나의 연인이여,

---

*광고 문장.

그리로, 그리로 나를 데려가주오.

프란츠는 그녀가 사는 건물에 들어가 그 집 앞에 서서 초인종을 본다. 모자를 휙 벗고는 초인종을 잡아당긴다. 누가 문을 열든 그 사람이 누구든, 무릎을 살짝 굽히는 인사를 하자, 소녀가 신사를 얻게 되면, 누가 되었든, 죽여라, 죽여라. 철컥. 어…… 남자다! 그 남편이다! 카를이구나! 금속공 장인. 하지만 뭐 해가 될 거야 없지. 너야 얼굴을 찌푸리거나 말거나.

"뭐야, 자넨가? 무슨 일이야?"

"들어가게 해줘, 카를, 아무도 물어뜯진 않을 테니."

벌써 안으로 들어왔다. 자 그러니까 다시 만났군. 이런 망할, 이런 일이 벌어지다니.

"존경하는 카를 씨, 자네가 공부를 제대로 한 금속공이고, 내가 그냥 임시 노동자라고 하더라도, 그렇게까지 잘난 척할 거야 없지. 내가 안녕하시오, 하고 인사를 건네면 자네도 인사 정도야 할 수 있지 않나."

"대체 무얼 원하는 거야? 내가 자네를 집 안에 들였나? 어쩌자고 이렇게 문틈으로 비집고 들어오나?"

"자네 부인 있나? 있으면 그 양반한테 인사나 하게."

"아니, 없어. 자네한텐 늘 없지. 자네가 오면 여기엔 아무도 없네."

"그런가."

"그래. 아무도 없어."

"그래도 자네가 있지 않나, 카를."

"아니, 나도 없어. 그냥 조끼를 가지러 올라온 것뿐이고, 금방 가게로 내려가 봐야 해."

"그렇게 사업이 잘되시나."

"그래."

"그러니까 자네 집에서 나를 쫓아내시겠다."

"안으로 들인 적도 없어. 대체 여기서 잃어버린 거라도 있나? 그래 부끄럽지도 않나, 여기까지 와서 나를 놀라게 하다니. 이 집의 모든 사람이 자네를 아는데."

"그 사람들이야 떠들라고 하게. 그런 거야 하찮은 근심거리도 못 되지. 나도 그들의 집 안을 들여다볼 마음은 없고. 알겠나, 카를, 그 사람들 때문에는 걱정하지 말게. 내가 사는 곳에서 사람들이 오늘 누구를 잡아갔어. 경찰관들이 말이야. 공부한 목수인 데다 건물 관리인이기도 한데. 생각해봐, 마누라까지. 그들이 정말 끔찍하게도 도둑질을 많이 했더라고. 내가 도둑질을 했나? 엉?"

"맙소사, 난 내려가야 해. 나가. 내가 여기서 자네와 무얼 하는 거지? 민나 눈앞에 나타나기만 했다가는 민나가 빗자루를 들고 자넬 마구 패줄 거니까 각오하게."

제가 민나에 대해 무얼 안다고. 오쟁이 진 남편 주제에 내게 뭐라고 떠드는 거야. 장화가 배꼽을 쥐고 웃겠다. 아가씨가 신사를 얻으면 그녀가 사랑하고 또 좋아하는 신사를.* 카를이 프란츠 쪽으로 다가왔다.

"여기서 뭐 하는 건가? 우린 자네하고 친척이 아니야, 프란츠. 아니고말고. 자네가 이제 감옥에서 나왔다면 자네가 하고 있는 꼴을 보게."

*당시의 유행가 구절.

"난 아직 자네한테 구걸하진 않았어."

"아니지. 민나는 동생을 잊지 않았어. 자매는 자매라고. 우리한테 너는 언제나 옛날 그 사람이야. 넌 끝났어."

"난 이다를 패 죽인 게 아니야. 누구든 화가 나면 손이 빗나가는 일이 생기잖아."

"이다는 죽었어. 이제 네 길을 가라. 우린 명예를 아는 사람들이다."

이런 오쟁이를 진 개새끼, 이런 독(毒) 자루 같으니, 생각 같아선 놈한테 네가 이렇게 멀쩡하게 있다만 네 마누라를 침대에서 훔쳤다, 어쩔래, 하고 말해주고 싶다마는.

"나는 1분도 모자라지 않게 4년을 감옥에서 보냈어. 그러니 법원보다 더 잘난 척은 하지 마라."

"나한테 그게 무슨 상관이야. 이제 자네 길을 가. 다시는 오지 마. 이 집은 너한테 이제 없는 거야. 영원히."

금속공, 이 작자가 잘못 짚었지.

"내가 이제 자네들과 평화 조약을 맺고 싶다고 말한다면, 그리고 내가 형벌을 다 받았다고 말한다면. 그리고 내가 손을 내밀면."

"난 그 손을 잡지 않을 거야."

"그걸 알고 싶었을 뿐이야. (잽싸게 이 자식을 붙잡고 발을 걸어차고, 벽에다 콱 처박았으면 좋겠구먼.) 이제 문서로 쓴 것처럼 정확하게 알았네."

처음에 벗을 때처럼 모자를 잽싸게 썼다.

"그럼 좋은 아침이야, 카를, 금속공 장인 카를. 민나에게도 인사 전해주게. 내가 왔었다고, 그냥 어떻게 지내나 보러 왔었다고 전해주게. 그리고 넌 나쁜 자식, 세상에서 가장 나쁜 부랑자 자식이야. 그 말을 귀에 새겨두고, 내 주먹을 잘 봐둬라. 무엇을 하더라도 함부로 나대지 마. 넌 오물 조각이야, 민나가 너 같은 새끼와 함께 사는 게 안됐다."

그리고 퇴장. 조용히 퇴장. 조용히 천천히 계단을 내려간다. 한 번이라도 내려오기만 해봐라, 조심해야 할 거야. 건물 건너편에서 심장을 강하게 해주는 소주 한 잔을 목구멍에 털어 넣었다. 어쩌면 자식이 이쪽으로 올지도 모르지. 기다리겠어. 프란츠는 몹시 만족해서 다시 길을 나섰다. 돈이야 다른 데서 만들면 되지. 그는 제 근육이 탄탄한 것을 느꼈다. 난 금방 근육을 키울 거다.

"넌 내가 가는 길에서 나를 붙잡아 내동댕이쳤다. 하지만 난 목을 조를 수 있는 손이 있어, 넌 내게 아무 짓도 못해. 넌 내게 조롱을 보내지, 내게 비웃음을 쏟아붓지―나한테 그러지 마, 그러지 마―난 아주 강해. 지나가는 길에 네 비웃음을 들을지도 몰라. 네 이빨은 내 갑옷을 뚫지 못한다, 나는 살무사에 맞설 보호 장비가 있거든. 네가 내게 그렇게 덤벼들 힘을 누구에게서 얻었는지 모르겠다. 난 너를 막을 수 있어. 주님께서 내게 적들의 목덜미를 내주셨다."

"지껄여라. 새들이 스컹크에게서 벗어나면 얼마나 아름답게 노래하더냐. 하지만 스컹크는 많고, 새들은 어쨌든 노래를 해야 한다. 넌 아직도 나를 볼 눈이 없지. 넌 아직도 나를 바라볼 필요가 없어. 넌 사람들이 떠드는 소리를 듣지, 거리의 소음과 전차들 소리를 들어. 숨을 쉬고 들어라. 모든 것 사이로 내 말도 한 번은 듣게 되겠지."

"누구 말을? 누가 말하느냐?"

"내가 말한 게 아니다. 넌 보게 될 거야. 넌 느끼게 될 거다. 네 심장에 무장을 해라. 그럼 나는 네게 말한다. 그러면 너는 나를 볼 것이다. 너의 눈은 눈물밖에 내놓을 게 없지."

"넌 앞으로 백년이 지나도록 그렇게 말할 거야. 난 그냥 비웃을걸."

"웃지 마라, 웃지 마라."

"네가 나를 모르기 때문이다. 넌 내가 누군지 모르기 때문이다. 프란츠 비버코프가 누군지를. 그는 아무것도 두려워하지 않는다. 난 주먹이 있어. 봐라, 내가 어떤 근육을 가졌는지."

제5권

빠른 회복. 이 사내는 전에 섰던 그 자리에 다시 섰다. 더 배우거나 더 깨달은 건 아무것도 없다. 이제 최초의 무서운 일격이 그에게 떨어진다. 그는 범죄에 얽혀든다. 그것을 원치 않기에 저항하지만 얽혀들지 않을 길이 없다.

용감하고 격하게 손발로 저항하지만 아무 소용이 없다. 그것이 그보다 강하다. 그는 하지 않으면 안 된다.

알렉산더 광장에서 다시 만나다. 정말 춥구나, 내년 1929년엔 더욱 추워질 거다

쿵쿵, 알렉산더 광장 아싱거 술집 앞에서 증기메*가 쿵쿵 박는다. 건물 한 층 높이의 증기메가 아무것도 아니라는 듯 선로를 땅에 박는다.

얼음장 같은 대기. 2월. 사람들은 외투를 입고 다닌다. 모피 외투를 가진 사람은 모피 외투를 입고 없는 사람은 못 입는다. 여자들은 얇은 스타킹을 신고 있으니 본인들이야 분명 벌벌 떨겠지만 보기엔 좋다. 떠돌이들은 추위에 움츠러들었다. 날씨가 따뜻해지면 다시 코빼기를 내밀 거다. 그사이 소주를 두 배나 들이켠다. 하지만 이유야 무엇이든 시체가 되어 그 안에서 헤엄치고 싶지는 않다.

쿵쿵, 알렉산더 광장에서 증기메가 쿵쿵 박는다.

많은 사람들은, 시간이 있으니 증기메가 선로를 박는 모습을 구경한다. 한 사내가 위에서 계속 사슬을 잡아당기고, 그러

*망치.

면 위로는 증기가 칙, 아래서는 막대 머리가 한 방 맞는다. 남자와 여자들, 특히 소년들이 거기 서서 일이 매끄럽게 진행되는 것을 보며 좋아한다. 쿵, 막대 머리에 다시 한 방. 막대가 나중엔 손가락 끝처럼 작아져도 여전히 계속 한 방, 마지막엔 막대가 사라진다, 맙소사, 저들이 막대를 땅속에 박아버렸네. 사람들은 만족해서 떠난다.

이곳은 모두 판자로 덮여 있다. 베를린을 상징하는 여인상 베롤리나가 전엔 티츠 백화점 앞에서 한 손을 앞으로 쭉 뻗친 채 서 있었다. 거대한 여자였지, 하지만 그녀는 끌려가 버렸다. 아마도 그녀를 녹여 목걸이 메달을 만들었겠지.

사람들이 꿀벌처럼 바닥에서 오간다. 수백 명이 하루 종일, 그리고 밤에도 부지런히 일한다.

차량들을 매단 누런 전차들이 덜커덕거리며 판자가 깔린 알렉산더 광장을 달린다. 뛰어내리면 위험하다. 정거장이 벌써 모습을 드러내고 있다. 쾨니히 거리로 가는 일방통행로가 베르트하임 백화점 앞을 지나간다. 동쪽으로 가려는 사람은 저 뒤쪽에서 경찰서 앞을 빙 돌아 클로스터 거리를 통과해야 한다. 기차들이 정거장에서 나와 쿵쿵거리며 얀노비츠 다리로 향한다. 기관차가 위로 증기를 뿜어내며 지금 프렐라트 식당 위에 서 있다. 식당 입구는 다음 번 모퉁이에.

도로 위의 모든 것을 부순다. 교외선 선로를 따라 서 있는 모든 건물을 쓰러뜨린다. 대체 돈이 어디서 났나, 베를린 시는 참 부자지, 세금은 우리가 낸다.

모자이크 간판을 단 뢰저와 볼프 담배 상회 건물은 이미 무너뜨렸다. 20미터 떨어진 곳에 상회가 벌써 새로 섰다, 저편 정거장 앞에 또 하나 있고. 베를린-엘빙의 뢰저와 볼프 담배 상회, 온갖 취향의 1등 상품들, 브라질, 하바나, 멕시코 시가, 작은 위안, 릴리풋, 시가 8번은 개비당 25페니히, 겨울 발라드는 25개비 포장 20페니히, 분류가 안 된 것으로 수마트라 겉잎을 댄 치가릴로 10번은 이 가격대의 특별 상품, 100개비 상자에 10페니히. 나는 모두 부순다, 너는 모두 부순다, 그는 모두 부순다. 50개비 상자와 10개비 상자로 포장하여 지구 상의 모든 나라로 보냄, 보예로 25페니히, 이 새로운 것이 우리에게 많은 친구들을 데려다주었건만, 나는 모든 것을 때린다, 너는 때린다.

프렐라트 식당 옆 광장에 바나나를 실은 수레들이 있다. 아이들에게 바나나를 사주시오. 바나나는 세상에서 가장 깨끗한 과일입니다. 껍질이 곤충과 벌레와 병균을 막아주니까요. 껍질을 뚫고 들어가는 곤충과 벌레와 병균만 빼고. 추밀고문관 체르니는 태어난 지 얼마 안 되는 아이들도 먹을 수 있다고 힘주어 강조한다. 나는 모든 것을 부순다, 너는 모든 것을 부순다, 그는 모든 것을 부순다.

알렉산더 광장은 바람이 많다. 티츠 백화점 코너엔 바람이 지독하다. 집들 사이로 들어가거나 건축을 위해 파놓은 구덩이로 부는 바람도 있다. 술집에 들어가 몸을 숨기고 싶지만 누가 그렇게 할 수 있나. 바람이 호주머니를 숭숭 통과하여 불어가는데, 그럼 넌 알아채지, 무슨 일이 일어나든 망설일 것도 없구나. 날씨가 좋으면 즐겁게 지내야지. 이른 아침에 노동자들이 나타난다, 라이니켄도르프, 노이쾰른, 바이센제에서 오는 노동자들. 춥거나 안 춥거나, 바람이 불거나 안 불거나, 커피 주전자 이리 줘, 빵을 싸줘, 우리도 먹어야지. 저 위엔 무위도식하는 자들이 앉아 있다. 그들은 깃털 침대에서 잠을 자면서 우릴 빨아먹고 살지.

아싱거에는 큰 카페와 레스토랑이 있다. 배가 안 나온 사람도 여기서 배가 생길 수 있고, 이미 나온 사람은 멋대로 더욱 키울 수 있다. 자연은 속지 않는다! 폐기된 밀가루에 인공 첨가물을 넣어 빵과 과자류를 좋게 만들 수 있다고 믿는 사람은 자신과 소비자를 속이는 것이다. 자연은 생명의 법칙을 지니고 있기에, 온갖 나쁜 짓에 보복한다. 오늘날 거의 모든 문명 국가 사람들의 건강이 망가진 것은 상한 식품을 인공적으로 가공하여 사용한 것이 그 원인이다. 집 바깥에도 섬세하게 가공된 소시지들, 싸구려 간소시지와 피소시지.

극히 흥미로운 '잡지'가 1마르크가 아니라 20페니히, 극히 흥미롭고 맵싸한 '결혼' 잡지가 겨우 20페니히. 잡지를 사라고 외치는 사람은 담배를 피우고, 선원용 모자를 썼다. 나는 모든 것을 때린다.

동쪽의 바이센제, 리히텐베르크, 프리드리히스하인, 프랑크푸르트 대로를 거쳐온 노란 전차들이 광장을 지나 란츠베르크 거리를 통해 사라진다. 65번 전차가 중앙 가축 시장에서 온다. 큰 순환 도로에 있는 베딩 광장, 루이제 광장, 76번 전차가 훈데켈레에서 와 후베르투스 대로를 지난다. 란츠베르크 거리 모퉁이에서는 직물을 팔던 프리드리히 한 백화점을 재고 정리하여 완전히 비우고는 저승으로 보내버리려 한다. 거기에 전차들과 19번 버스가 정차한다. 종이 상회 유르겐스가 있던 곳은 건물을 철거하고 대신 건설 현장 울타리가 쳐졌다. 거기 한 늙은 이가 의료용 저울을 갖고 앉아 있다. 몸무게를 달아보세요, 5페니히. 여기 알렉산더 광장에 돌아다니는 사랑하는 형제자매들이여, 이 순간을 즐기시오, 이 저울 옆에 있는 구멍으로 이 쓰레기 광장을 보시오, 옛날엔 유르겐스 상회가 번창하던 곳이었으나. 그리고 저기 아직도 한 백화점이 서 있네, 텅 빈 채로 속을 다 치워 완전히 빈 채로, 오직 붉은 넝마들만 진열장에 달라붙어 있다. 쓰레기 더미 하나가 우리 앞에 있으니, 너는 흙에서 왔으니 흙으로 돌아가야 한다. 우리는 훌륭한 건물을 지었으나, 이제는 어떤 사람도 들어가거나 나오지 않는다. 로마도, 바빌론도, 니니베도 이렇게 망가졌고, 한니발도 카이사르도 모두 망가졌으니, 오 그것을 생각하시오. 첫째로 나는 사람들이 망가진 도시들을 다시 발굴했다는 걸 말하고자 합니다. 지난번 일요판 신문에 사진이 실렸지요. 둘째로는 이들 도시들이 그 목적을 다했다는 걸 말하고 싶어요. 이젠 새로운 도시들을 건설할 수 있지요. 그러나 너는 네 낡은 바지에 대해선 탄식하지 않는구나, 그 바지가 낡고 망가졌으니 너는 새것을 사야지, 그래야 세계가 살지.

경찰이 광장을 통제한다. 경찰관 여러 명이 광장에 서 있다. 그들은 양쪽으로 번갈아 전문가의 눈길을 던지며 또한 교통 규칙을 잘 왼다. 다리엔 감는 각반을 차고 옆구리엔 고무 곤봉이 매달려 있다. 그는 한 팔을 서쪽에서 동쪽으로 수평으로 흔든다. 북쪽과 남쪽은 움직일 수 없기에, 동쪽에서 서쪽으로, 그리고 서쪽에서 동쪽으로 자동차들이 달린다. 그런 다음 경찰관은 기계처럼 자동으로 방향을 바꾼다. 이번엔 북쪽에서 남쪽으로, 그리고 남쪽에서 북쪽으로 달린다. 허리를 단단히 조인 경찰관은 아주 정확하게 작동한다. 그 성공적인 움직임에 따라, 약 30

명의 사람들이 광장을 지나 쾨니히 거리로 움직인다. 그들 중 일부는 안전지대에서 멈춘다. 다른 일부는 아무 문제 없이 저 편에 도착해서 계속 판자 위를 걸어간다. 역시 많은 사람이 동 쪽을 향한다. 그들은 다른 사람들과 반대 방향으로 흘러가고, 또 자기들도 똑같은 일을 겪지만 누구에게도 아무 일도 일어나지 않는다.

남자들과 여자들과 아이들, 아이들은 대개 여자들의 손을 잡고 있다. 그들을 모두 헤아려 일일이 그 운명을 서술하기란 거의 가능하지 않다. 겨우 몇 사람에 대해서만 그렇게 할 수 있을 거다. 바람은 모든 사람에게 거의 비슷하게 작은 지푸라기를 날린다. 동쪽으로 가는 사람들 얼굴은 서쪽, 남쪽, 북쪽으로 가는 사람들의 그것과 전혀 구별되지 않는다. 그들의 역할도 마찬가지다. 지금 광장을 거쳐 아싱거 쪽으로 가는 사람들을 한 시간 뒤에 비어 있는 프리드리히 한 백화점 앞에서 만날 수도 있다. 브룬넨 거리에서 와서 얀노비츠 거리로 향하는 사람들도 마찬가지로 반대 방향으로 가는 사람들과 뒤섞인다. 그리고 많은 이들이 옆길로 꺾어진다. 남쪽에서 와서 동쪽으로, 남쪽에서 와서 서쪽으로, 북에서 와서 서로, 북에서 와서 동으로 간다. 그들은 버스나 전차에 앉아 있는 사람들과 아주 비슷하다. 모두가 제각기 다른 자세로 거기 앉아서 밖에 써놓은 자동차의 무게를 더욱 무겁게 만든다. 그들의 내면에서 무슨 일이 일어나는지 누가 전달할 수 있으랴, 엄청난 크기의 장(章)이 될 것이다. 또 그렇게 한들 그게 누구한테 쓸모가 있겠는가? 새로운 책들? 낡은 책들도 형편이 썩 좋지는 못하다. 1927년에는 책 매상이 1926년에 비해 감소했다. 한 달 치 승차권을 가진 사람과 10페니히만 내도록 되어 있는 학생들을 빼면 사람들은 그저 20페니히를 지불한 개인들로 여겨진다. 그러면 그들은 이제 50킬로그램 또는 100킬로그램의 몸무게에 의상과 가방, 꾸러미, 열쇠, 모자, 인공 치아, 탈장대 등을 지닌 채 버스나 전차를 타고 알렉산더 광장을 지나가는 사람들이다. 그들은 이상하고 긴 종이쪽지를 잘 간직하고 있는데, 거기엔 다음과 같이 쓰여 있다. 12 노선 지멘스 거리 DA, 고츠코스키스 거리 C, B, 오라니엔부르크 문 C, C, 코트부스 문 A, 이상한 기호들이다. 누가 그것을 알아맞힐 수 있을 것이며, 누가 그것을 말하고 누가 고백하랴. 내 그대에게 내용이 심오한 말 세 마디를 하겠노라. 종이쪽지엔 일정한 네 군데에 구멍이 뚫려 있다. 그리고 성서에 쓰인 것과 똑같은 도이치 말이 쓰여 있다. 가장 짧은 길로 목적지에 도착하기까지 유효. 연결 차편은 보장되지 않음. 그들은 수많은 노선을 지향하는 신문들을 읽고, 귀의 평형 기관 덕분에 균형을 유지하고, 산소를 받아들이고, 졸고, 통증이 있고, 통증이 없고, 생각하고, 생각 안 하고, 행복하고, 불행하고, 또는 행복하지도 불행하지도 않고.

쿵쿵, 메가 내리쳐, 나는 모든 것을 때린다, 선로를 박는다. 경찰서로부터 윙윙거리는 소리가 광장에 퍼지고, 그들은 리벳을 박고, 시멘트 기계가 짐을 쏟아놓는다. 어느 집의 하인 아돌프 크라운 씨가 그것을 바라본다. 화물차의 한 부분이 뒤집어지는 것이 그의 마음을 엄청 사로잡는다, 너는 모든 것을 때리고, 그는 모든 것을 때린다. 모래를 실은 화물차 한 편이 올라가는 것을 그는 언제나 긴장하며 바라본다. 그것이 높은 곳에 도달해서는 쿵 소리를 내며 돈다. 저렇게 침대에서 쫓겨나고 싶지는 않다. 다리를 위로 한 채 머리로 쏟아지는 것 말이다, 넌 거기 누워 있다면 무슨 일을 겪을까, 하지만 그들은 아무렇지도 않게 쏟아버린다.

프란츠 비버코프는 다시 배낭을 메고 신문을 판다. 그는 영역을 바꾸었다. 로젠탈 문을 떠나 알렉산더 광장에 섰다. 완전히 건강해졌다. 180센티미터의 키에 몸무게가 좀 줄었지만 그런 만큼 더욱 가볍다. 머리엔 신문 모자를 썼다.

의회에서 위기 경보, 3월 선거에 대한 이야기가 나오는 중. 아마도 4월 선거가 될 가능성이 높지만, 어디로 갈까, 요제프 비르트일까?* 중부 독일의 투쟁이 계속된다, 조정 부서가 만들어질 거라고 한다. 템펠헤렌 거리에서 강도의 습격. 프란츠 비버코프는 알렉산더 거리로 향한 지하철 출구, 우파 영화관의 맞은편에 판매대를 세웠다. 그는 처음으로 사람들의 물결 속에서 뮌츠 거리를 내려다보며 생각에 잠겼다. 저 두 유대인이 사는 곳까지 거리가 얼마나 될까, 여기서 멀지 않은 곳에 사는데, 내가 처음 불운을 겪을 때였지. 어쩌면 그들을 잠깐 찾아가 볼 수도 있을 거다. 어쩌면 내게서 〈민족 관찰자〉를 사줄지도 모르지. 그래선 안 될 이유가 뭐야, 그들이 그걸 좋아한다면, 그들이 사기만 한다면 내 알 바 아니지. 그는 이런 생각**을 하며 히죽이 웃었다. 슬리퍼를 신은 아주 늙은 그 유대인은 너무 우

---

*당시 교육법 초안을 두고 연방 정부가 내부 합의에 이르지 못해 1928년 2월 9일부터 갈등이 불거졌다. 마침내 내각이 해산되고 1928년 5월 20일에 새로 선거가 치러졌다. 비르트는 중앙당 소속 정치인.
**유대인에 반대하는 나치 선전지 〈민족 관찰자〉를 유대인에게 팔면 어떨까 하는 생각.

스워. 그는 사방을 돌아보았다. 손가락이 뻣뻣하다. 옆에는 자그마한 곱사등이 사내가 서 있다. 코가 완전히 휘었는데 아마도 부러진 것 같다. 의회의 위기 경보, 붕괴 위험에 처한 헤벨 거리 17번지 집에서 사람들을 내보냈다. 고기잡이 증기선에서 살인 사건, 폭도 아니면 정신병자.

프란츠 비버코프와 곱사등이 사내는 모두 손에 입김을 불었다. 오전 장사는 신통치가 않다. 바싹 마른 나이 든 사내는 지치고 비참해 보인다. 그가 프란츠에게 다가왔다. 녹색 펠트 모자를 쓰고 있는데, 프란츠에게 신문은 사정이 어떠냐고 묻는다. 프란츠도 옛날에 한 번 그런 걸 물어본 적이 있었다.

"그게 당신한테 맞는 일인지 누가 알겠습니까."

"그래요, 난 쉰둘이오."

"그러니까 말이죠. 쉰 살이면 통풍이 시작되는 법이니까요. 프로이센에서 예비역 대위 한 사람을 알았는데 당시 그는 겨우 마흔 살이었고 자르브뤼켄 출신이요, 복권 파는 사람이었죠. 아마 시가 애호가였을걸요. 그는 마흔 살에 벌써 통풍을 얻었답니다, 허리라던가. 덕분에 뻣뻣한 자세로 바퀴 달린 빗자루처럼 걸었죠. 언제나 버터로 허리를 문지르곤 했는데, 버터가 없어지니까, 1917년 무렵요.* 야자기름 팔민을 썼죠, 최고의 식물성 기름이지만 냄새가 아주 고약했죠, 결국 그는 총살당했지만."

"무슨 소용이람, 공장에선 사람을 받아주지도 않는데. 작년에 난 수술을 받았소, 리히텐베르크의 후베르투스 병원에서. 고환 한 쪽이 없어요, 결핵성이라더군요, 어쨌든 지금도 아파프다오."

*1차 세계대전 중.

"조심해요, 나중에 다른 쪽 차례가 올지도 모르니. 그럼 앉는 편이 낫겠는데, 차라리 마부가 되든지."

중부 독일에서 싸움이 계속되고 있지만, 협상은 결론에 이르지 못했다. 임대차 보호법을 암살, 일어나라, 세 든 사람들아, 이들이 네 머리 위에서 지붕을 없앤단다.

"그렇소, 동지, 신문 장사를 해볼 수도 있겠지. 하지만 그러려면 잘 걸을 수 있어야지요. 게다가 목소리도 커야 하고, 목은 어때요, 노래할 수 있소? 우리한텐 그게 가장 중요한 일이오. 노래도 하고 걷기도 잘해야지. 잘 외치는 목이 필요하다 이겁니다. 큰 목소리가 최고의 장사 밑천이죠. 교활한 사회요. 여기 좀 봐요, 이게 몇 그로셴*이죠?"

"내가 보기엔 4그로셴."

"그래요. 당신 보기엔. 그게 문제지. 당신 보기에 그렇다는 거 말이오. 하지만 누군가가 서두르면서 호주머니를 뒤져보니 5페니히 동전과 1마르크 아니면 10마르크 지폐를 갖고 있다고 칩시다. 그럼 잔돈이 있느냐고 동지들에게 묻게 되지요, 그들은 모두 잔돈을 바꾸어주기야 하지요. 그들이 얼마나 닳고 닳았는지 진짜배기 은행가들이라고 할 만해요, 잔돈을 바꾸어주는 법을 알거든, 그 참에 자기들 구전을 떼어가니까 말이오, 그런데도 당신은 아무것도 모른다, 이겁니다. 아주 잽싸게 이루어지니까."

늙은이가 한숨을 쉬었다.

"그래요, 쉰 살에다가 통풍까지. 동지, 각오되거든 혼자만

*1그로셴은 10페니히이다.

280

가지 말고 우리 아들 두 놈을 좀 데려가주시오. 그야 물론 내가 그들 몫을 내야겠지. 아마 절반을 받을 거고, 하지만 동지가 사업을 좀 보살펴요. 발과 목소리를 잘 보호해요. 인맥도 있어야 하고 목청도 좋아야지. 비가 오면 젖으니까. 스포츠 전투와 정권 교체야말로 좋은 장사지. 에베르트 대통령이 죽었을 때 (1925년 2월 28일) 그들이 신문을 뺏어갔다고들 하오. 저쪽에 저 증기메를 좀 보시오, 그게 댁의 머리로 떨어진다고 상상해 보시오, 거기 뭐 대단히 생각할 게 있겠나?"

임대차 보호법을 암살. 최르기벨*을 위한 영수증. 난 원칙을 배신한 정당**과는 결별이다. 아마눌라***에 대한 영국의 검열, 인도는 아무것도 알아선 안 된다.

건너편 라디오 방송사 건물 앞에—아직까지는 축전지를 공짜로 충전하는—모자를 깊이 눌러쓴 창백한 아가씨 하나가 서서 깊은 생각에 잠긴 듯 보인다. 택시 운전사 하나가 그 옆에서 생각한다. 이 아가씨가 지금 '택시를 탈까 말까, 그런데 돈은 충분한가'를 생각하는 걸까, 아니면 누군가를 기다리는 걸까. 하지만 아가씨는 우단 외투 안에서 몸을 약간 굽힌다. 마치 탈구라도 된 것처럼, 그러고는 다시 생각에 잠긴다. 그녀는 그냥 몸이 안 좋은 것뿐, 몸이 계속 쑤신다. 그녀는 여교사 시험을 보아야 하는데, 오늘은 집에서 뜨거운 찜질이나 해야겠다. 저녁이면 어쨌든 나아지겠지.

---

*1930년 11월까지 베를린 경찰국장을 지낸 사민당 정치인. 점점 늘어나는 거리 소요를 이유로 1928년 12월에 집회 금지를 선포했다.
**사민당을 뜻함.
***아프가니스탄 왕, 당시 유럽 순방 중이었다.

한동안 아무 일도 없음, 휴식 시간,
건강을 회복하다

1928년 2월 9일 저녁, 오슬로에서 노동자 정권이 붕괴되고 슈투트가르트 6일 연속 달리기의 마지막 날—판 켐펜-프랑켄슈타인 팀이 726점, 2440킬로미터로 승리를 거둠—그리고 자를란트 지역의 상황이 점점 더 첨예해지던 1928년 2월 9일 화요일 저녁에 (잠깐, 저 낯선 여인의 신비로운 얼굴 보이나요, 이 미인이 한 질문은 모두에게 해당됩니다. 당신에게도요. 그러니까 당신은 가르바티 칼리프를 피우시나요?) 프란츠 비버코프는 알렉산더 광장의 어떤 광고탑 앞에 서서 트렙토-노이쾰른의 정원사들 모임에 오라는 초대장과 브리츠 지역의 항의 집회를 위해 이르머의 축제홀로 오라는 문구들을 자세히 살펴보고 있었다. 오늘의 주제. 임의 해약 또는 해고. 아래쪽에는 플래카드가 있었다. 기침의 고통과 의상 대여소 신사와 숙녀용, 풍부한 선택의 기회. 그때 갑자기 키 작은 메크가 그의 옆에 섰다. 우리도 메크를 안다. 보라, 그가 오는구나, 긴 걸음으로.

"야, 프란츠, 프란츠."

메크는 행복했다. 정말로 행복했다.

"프란츠, 오랜 친구, 대체 이게 정말 가능한 일인가, 다시 만나다니, 지상에서 사라져버린 줄 알았어. 내 맹세코……."

"그래, 어째서? 내가 다시 무슨 일이든 하고 있을 거라고는 짐작 못했나 이 친구야?"

그들은 손을 흔들고, 팔을 흔들어 어깨까지 흔들리고, 어깨가 흔들려 갈비뼈까지 흔들리고, 서로 어깨를 툭툭 쳐대니 인간 전체가 흔들리며 움직이기 시작했다.

"누군가를 못 보면 원래 그렇지, 메크. 난 이 근처에서 장사를 한다네."

"여기 알렉산더 광장에서, 프란츠? 그렇담 내가 분명 몇 번 보았을 텐데. 그래 바로 곁을 스쳐 지나가면서도 눈이 멀었었군."

"그렇다니까."

둘은 팔짱을 끼고 프렌츨라우 거리를 따라 내려갔다.

"너 석고 머리를 팔 생각이었잖아, 프란츠."

"석고 머리에 대해선 아는 게 없지. 그건 교육이 필요한 일인데, 난 그 교육을 못 받았거든. 다시 신문을 팔고 있어. 먹고는 살지. 그럼 넌, 메크?"

"난 저기 쉔하우젠 대로에서 남성용 유니폼, 방풍 재킷과 바지를 팔고 있어."

"그런 물건들은 대체 어디서 얻나?"

"여전히 옛날 그 프란츠구나, 여전히 그 어디서 타령이야. 넌 꼭 여자들이 돈을 타내려 할 때처럼 물어본다."

아무 말도 없이 메크 옆에서 천천히 걸어가면서 프란츠의 얼굴이 어두워졌다.

"니들은 나자빠질 때까지 사기를 치는 거지."

"대체 나자빠진다는 건 뭐고 사기는 또 뭐야, 프란츠. 사업가가 되어야지, 물건을 잘 구입할 줄 알아야지."

프란츠는 더 이상 함께 가고 싶은 생각이 없어졌다. 그는 안 가겠다고 고집을 부렸지만 메크도 계속 지껄이며, 끝까지 물러서지 않았다.

"함께 주점에 가자, 프란츠, 어쩌면 그 가축 상인들도 만날 거야. 너도 알지, 왜 그 소송이 걸려 있는 이들, 네가 허가증을 얻은 그 집회에서 우리와 한 테이블에 앉았던 사람들 말이야. 그들은 소송 건을 무사히 넘겼어. 이젠 맹세 단계에 있어. 맹세를 위한 증인들을 부를 차례라고 하더라. 맙소사, 놈들 언젠가는 말에서 떨어질 거야, 머리를 아래로 하고 말이지."

"아니, 메크, 난 함께 가지 않는 게 좋겠어."

하지만 메크는 물러서지 않았다. 그는 옛날부터 좋은 친구인데다가 모두 중에서 가장 좋은 친구였다. 물론 저 헤르베르트 비쇼를 빼고 말이지만. 비쇼는 기둥서방 노릇을 하고 있으니 그에 대해선 아무것도 알고 싶지 않았다, 정말 전혀 알고 싶지 않았다. 둘이서 팔짱을 끼고 프렌츨라우 거리를 따라 내려갔다. 리큐르 공장, 직물 작업장, 잼 가게, 비단, 비단, 나는 비단을 추천한다, 특별한 여성을 위한 정말 현대적인 직물이니까!

8시가 되었을 때 프란츠는 메크와 또 다른 한 사람과 함께—이 사람은 말없이 손짓만 했는데—어떤 술집의 구석진 테이블에 앉았다. 그러곤 매우 신나는 시간을 보냈다. 메크와 말 없는 사내는 프란츠가 완전히 마음을 풀어버리고는 즐거운 기분으

284

로 먹고 마시는 것을 보고 깜짝 놀랐다. 돼지 다리 둘, 야채를 곁들인 콩, 엥겔하르트 맥주를 연거푸, 그는 그들에게도 넉넉히 베풀었다. 그들은 셋이서 팔을 꼭 잡고는 다른 사람이 이 작은 테이블에 다가와 자기들을 방해하지 못하게 했다. 야윈 여주인만 이따금 다가와서 그릇을 치우고 새로 가져오는 일을 계속했다. 옆 테이블에는 나이가 든 사내 셋이 앉아서 이따금 서로 대머리를 쓰다듬곤 했다. 프란츠는 뺨에 음식을 그득 담은 채 미소를 짓고 그쪽으로 눈길을 보냈다.

"저 사람들 뭐 하는 거요?"

여주인이 그에게 두 번째 겨자 통을 밀어주며 대답했다.

"서로 사랑하게 될 것 같은데요."

"그래요, 그럴 것 같아."

그들은 셋이서 이것저것 투덜대며, 쩝쩝 소리를 내고 꿀꺽들이켰다. 프란츠가 거듭 이렇게 말했다.

"근육을 키워야 해. 힘이 있는 인간은 먹어야지. 배를 가득 채우지 않으면 아무 일도 못하지."

시골에서 짐승들이 이리로 실려온다. 동프로이센, 폼메른, 서프로이센, 브란덴부르크 등에서. 짐승들이 내려오는 승강장 위에서 녀석들은 음매, 매애애, 하고 소리를 치며 내려온다. 돼지들은 꿀꿀거리며 땅바닥을 쿵쿵거린다. 창백한 사내가 도끼를 집어 든다. 휙, 그건 순간이다. 그럼 녀석은 아무것도 모른다.

9시에 그들은 팔꿈치를 느긋하게 떨어뜨리고 기름진 입에 시가를 물고는 트림을 하면서 식후 담배를 피우기 시작했다.

그때 무언가가 시작되었다.

맨 먼저 어떤 젊은 치가 술집에 들어와 모자와 외투를 벽에 걸고 피아노를 쳤다.

술집에는 사람이 가득 찼다. 바에서는 몇 명이 기대서서 이야기들을 했다. 프란츠의 옆 탁자에 몇 명이 앉았다. 모자를 쓴 나이 든 사람들과 빳빳한 중산모를 쓴 그들보다 조금 젊은 사람이었다. 메크가 아는 사람들이어서 이야기가 이리저리 오갔다. 빛나는 검은 눈을 가진 젊은 친구는 호페가르텐 출신의 약삭빠른 사람으로 그가 다음과 같은 이야기를 했다.

"그들이 오스트레일리아에 도착했을 때 맨 먼저 본 게 무엇이었게요? 처음에는 모래와 황야와 사막이었죠. 나무도 풀도 아무것도 없는 곳. 그냥 모래사막뿐. 그런 다음 수백만, 또 수백만 마리나 되는 누런 양들이었어요. 녀석들이 그냥 야생으로 살고 있었던 거죠. 영국인들이 처음 살았던 곳에 그냥 양들이 있었던 겁니다. 그들은 양을 수출했죠. 아메리카로."

"그들에게 때마침 오스트레일리아의 양이 필요했단 말인가."

"남아메리카요. 내 말 믿어요."

"그곳엔 소들도 많았을 텐데. 그 많은 소들을 어찌해야 좋을지 모를 만큼."

"하지만 양과 양털이죠. 이 나라엔 떨고 있는 흑인들이 많으니까. 그런 다음 영국인들은 이 양을 어디로 보내야 할지 모르게 되었어요. 영국인들, 그들을 위해 걱정해줄 만도 하죠. 하지만 그런 다음 이 양들이 어떻게 되었느냐? 어떤 사람이 내게 이야기해주었는데, 이제 오스트레일리아에 가보면 아주 멀리까지 아무리 둘러봐도 양을 볼 수 없대요. 모든 게 텅 비어 있다, 이거죠. 어째서냐? 그럼 양들은 어디 갔느냐?"

"맹수들."

메크가 손짓으로 부인했다.

"무슨 맹수! 동물 전염병이지. 그 나라에는 그게 언제나 가장 큰 불행이니까. 놈들이 그렇게 죽은 거지, 그런 다음 그가 거기 도착한 거고."

중절모를 쓴 젊은 친구는 동물 전염병이 결정적인 게 아니라는 의견이었다.

"동물 전염병도 있었겠지요. 그렇게 동물이 많은 곳에선 일부는 죽고 또 썩게 마련이니까. 그리고 병도 있고. 하지만 그게 아닙니다. 아니죠. 영국인들이 왔을 때 녀석들이 몽땅 빠른 속도로 바다로 달려들었다는 거예요. 양들 사이에 공포심이 퍼져 있었다는 거죠. 영국인들이 이 땅에 와서 언제나 자기들을 잡아 마차에 실어 보냈고, 그러다 보니 짐승들이 수천 마리씩 달려서 바다로 갔다네요."

메크가 받았다.

"아니 이런. 그것도 좋은데. 놈들더러 달리라고 하지. 그럼 물론 거기 배들이 있을 거 아냐. 그럼 영국인들은 철도 비용을 아끼잖아."

"물론 철도 비용. 생각 좀 해봐요. 영국인들이 그 사실을 깨닫기까지 오랜 시간이 걸렸지요. 그들은 물론 내륙 지방에서 여전히 양을 잡아 몰고 마차에 싣고, 그렇게 큰 나라에 조직도 없이. 뭐 원래 처음에는 그런 법이지만. 그러다가 나중에 너무 늦게야 깨달은 거죠. 물론 양들은 바다로 가서 소금물만 들이켠 겁니다."

"그래서 어떻다는 거야?"

"뭐가 그래서요? 목이 마른데 먹을 것은 없고 바닷물만 한없이 들이켜봐요."

"빠져 죽겠지."

"분명 그래요. 바닷가에 수천 마리나 되는 짐승들이 누워 있었을 겁니다. 그리고 물에 빠지고 그렇게 사라진 거죠."

프란츠가 동의했다.

"짐승들은 예민해요. 짐승한테는 그런 일이 일어나. 녀석들을 다룰 줄 알아야 한다니까. 그런 걸 이해 못하는 사람은 거기서 손을 떼야지."

모두들 당황해서 마시고 이렇게 잃어버린 자산에 대해 몇 마디 말들을 교환했다. 거기선 모두가 그런 식이며, 아메리카에서는 심지어 밀이 썩어가게 놓아둔다는 등, 그것도 한 해의 수확 전체를 그렇게 한다는 것이다.

"아니요." 호페가르텐 출신 검은 눈의 사내가 설명했다. "오스트레일리아에는 그 밖에도 훨씬 더 많은 일이 있다는데요. 우리가 전혀 모를 뿐. 신문에도 안 나고, 어째선지는 아무도 모르지만 그런 건 안 쓰니까, 이민 때문일까, 아무도 안 올까 봐. 거기엔 도마뱀 종류가 있다는데요. 노아의 홍수가 나기 이전 아주 옛날부터 있던 종인데 길이가 1미터가 넘는데요. 동물원에서도 보여주지 않죠, 영국인들이 허락하지 않으니까. 그들이 배에서 한 마리를 잡아서 함부르크에서 사람들에게 보여주었어요. 하지만 곧바로 모든 게 금지되었죠. 아무것도 못 해요. 그들은 웅덩이의 더러운 흙탕물에 사는데 무얼 먹고 사는지는 아무도 모릅니다. 한번은 자동차 대열이 가라앉았다는데 그들이 들어간 곳을 파보지도 않았대요. 아무도 그럴 생각을 안 한 거지요. 그래요."

"그렇군." 메크가 말했다. "그럼 가스는 어쩌고?"

젊은이가 생각해보았다. "한번 시도해봐야겠지요. 시도해보는 거야 손해날 게 없으니까."

이젠 분명해졌다.

나이 든 사내 하나가 메크의 뒤에서 팔꿈치를 메크의 의자에 걸치고 앉았다. 키가 작고 땅딸막한 사내는 게처럼 붉고 퉁퉁한 얼굴에 앞으로 튀어나온 커다란 눈을 이리저리 잽싸게 굴렸다. 사내들은 그를 위해 조금씩 자리를 좁혔다. 곧 메크와 그 사이에 속삭임이 생겼다. 그 사내는 번쩍이는 군용 장화를 신었고, 아마 외투를 팔에 걸쳤다. 가축 상인인 듯했다. 프란츠는 탁자를 비스듬히 가로질러 호페가르텐 출신의 젊은 친구와 이야기를 했다. 그기 마음에 들었다. 그때 메크가 그의 어깨를 톡톡 치고는 머리로 신호를 했다. 그들은 일어섰다. 키 작은 가축 상인이 편하게 웃으며 함께 일어섰다. 그들은 셋이서 따로 떨어져 쇠 난롯가에 섰다. 프란츠는 두 가축 상인과 그들의 소송 이야기라고 생각했다. 그래서 재빨리 손짓으로 거부하려고 했다. 하지만 아무 의미도 없이 그냥 둘러선 것이었다. 키 작은 사내는 악수를 하고 나서 무슨 일을 하느냐고 물었다. 프란츠는 자신의 신문 더미를 툭 쳤다. 그렇다면 그가 이따금 과일을 받아다 팔 수도 있겠는가. 제 이름은 품스이고 과일을 거래하는 사람인데 이따금 수레에 놓고 파는 상인들이 필요할 때도 있다고 했다. 프란츠는 어깨를 으쓱하며 대답했다.

"그야 수입에 달렸죠."

곧이어서 그들은 자리에 앉았다. 프란츠는 이 키 작은 사내가 어쩌면 저리 단호하게 말을 할까 생각했다. 조심스럽게 사용할 것, 사용 후에 흔들 것.

대화는 계속되었다. 이번에도 호페가르텐 사내가 선두에 있고 그들은 아메리카 이야기를 하는 중이었다. 호페가르텐 사내는 모자를 무릎 사이에 끼고 있었다.

"그래서 그 사람은 아메리카에서 어떤 여자와 결혼하면서 아무 생각도 없었어요. 그런데 그게 흑인 여자였지요. '뭐, 당신이 흑인이라고?' 하고 그가 말했지요. 맙소사, 그녀는 쫓겨났죠. 여자는 법정에서 옷을 벗어야 했어요. 남자 수영복을 입은 채로 말이지요. 물론 안 그러려고 했지만 어림없는 소리였죠. 피부가 완전히 하얀데. 메스티소*였기 때문이죠. 남자는 그래도 그 여자가 흑인이라고 말해요. 어째서냐? 손톱이 하얗지 않고 갈색이니까요. 메스티소였죠."

"그럼 그 여자는 무얼 원한 거야? 이혼인가?"

"아니, 손해 배상. 그와 결혼하면서 아마도 일자리를 잃었던 모양이에요. 아무도 이혼한 여자를 원하지 않으니까. 아주 하얗고 정말 아름다운 여자였답니다. 그래도 흑인 조상을 두고 있죠, 아마 17세기쯤에. 손해 배상이죠."

저쪽 바에서 소동이 일어났다. 여주인이 흥분한 운전사에게 날카롭게 외쳤다. 그가 대꾸했다.

"난 먹을 것으로 멍청한 짓 하는 꼴을 두고 보지 않을 거요."

과일 장수가 소리쳤다.

---

*라틴아메리카의 스페인계 백인과 인디오와의 혼혈 인종. 라틴아메리카 인구의 약 70퍼센트를 차지한다.

"거기 조용히!"

그러자 운전수가 적대감에 차서 몸을 돌리고 땅딸막한 사내를 바라보았다. 이 사내는 운전수를 향해 죽도록 웃어댔고, 그 순간 악의적인 침묵이 나타났다.

메크가 프란츠에게 속삭였다.

"가축 상인들은 오늘 안 온다네. 그들은 모든 걸 이미 다 갖고 있어. 다음 번 법정 모임에선 확실할 거야. 저 누르스름한 사내를 봐, 그가 여기선 물건이야."

메크가 지적한 누르스름한 사내를 프란츠는 저녁 내내 관찰하고 있었다. 프란츠는 그에게 몹시 마음이 끌렸다. 그는 날씬한 몸매에 색이 바랜 군복 외투 차림이었다—저자가 공산주의자일까?—길고 누런 얼굴을 했는데, 눈에 띄는 건 이마에 난 뚜렷한 가로 주름살 몇 줄이었다. 이 사내는 분명 30대 초반인데도 코 양쪽에서 입으로 내려가는 깊은 주름이 팼다. 프란츠는 그를 정밀하게 여러 번 관찰했는데 코는 짧고 뭉툭하게 솟아 있었다. 머리를 왼손 방향으로 깊이 떨어뜨리고 왼손엔 불붙은 파이프 담배를 쥐고 있었다. 검은 머리카락이 위로 뻗쳤다. 나중에 그가 술 따르는 바 쪽으로 걸어갈 때—두 발을 뒤로 질질 끌었다. 마치 두 발이 언제나 그 자리에 달라붙어 있으려는 것처럼 보였다—프란츠는 그가 지저분한 누런 장화를 신고 있는데 두툼한 잿빛 양말이 비죽이 나온 것을 보았다. 저 친구 폐결핵인가? 요양소로 보내야겠는걸, 벨리츠나 어디로, 거기서 저렇게 걸어 다니라고 말이지. 저자는 대체 무얼 하는 사람일까? 그가 허우적거리며 다가왔다. 입에는 파이프 담배를 물고, 한 손엔 커피, 다른 손엔 커다란 주석 숟가락이 담긴 레모네이드를 들고 있었다. 그것을 들고 다시 탁자에 앉더니 커피 한 모금, 이어서 레모네이드 한 모금 하는 식으로 마셨다. 프란츠는 눈을 그에게 고정시켰다. 저 친구가 얼마나 슬픈 눈을 하고 있는지. 이미 한 번쯤은 옥살이를 했겠다. 조심해라, 그도 지금쯤 내가 옥살이를 했다고 생각하겠지. 맞다, 친구, 난 테겔에 4년 있었다. 이제 알았나, 어, 어쩔래?

그날 저녁엔 더 이상 아무 일도 없었다. 하지만 프란츠는 자주 프렌츨라우 거리로 가서 낡은 군용 외투를 입은 이 사내에게 알랑거렸다. 그는 섬세한 사람이었지만 말을 몹시 더듬었다. 그가 무슨 말을 뱉기까지 시간이 한참 걸렸다. 그래서 그는 그토록 간청하는 듯한 커다란 눈을 하게 된 것이다. 그는 아직 옥살이를 한 적이 없다는 게 밝혀졌다. 다만 한 번 경찰과 인연을 맺은 적은 있었다. 가스 시설을 거의 폭파할 뻔했었지만 밀고당하는 바람에 하지 못했다, 하지만 경찰은 그를 잡지 못했다.

"그럼 지금은 무슨 일을 하는데?"

"과일 판매 같은 거. 사람들 돕는 것. 안 되면 실업 수당을 타지."

프란츠 비버코프는 어두운 사회로 빠져든 것이었다. 이곳에선 대부분의 사람들이 특이하게도 '과일' 장사를 하는데 돈을 잘 벌었다. 게처럼 붉은 얼굴을 한 그 땅딸막한 사내가 그들에게 물건을 공급하는 도매 상인이었다. 프란츠는 그들과 거리를 두었지만 그들도 그와 거리를 두었다. 그는 사태를 제대로 이해하지 못했다. 그리고 속으로 이렇게 중얼거렸다. 그냥 신문이나 팔아.

아가씨 거래 활황

어느 날 저녁 군용 외투를 입은 사내가, 그 이름은 라인홀트였는데, 다른 때보다 더 많이 말을 했다기보다 말을 더 많이 더듬었다. 그러면서 점점 빠르고 매끄럽게 되었는데, 그가 여자들 욕을 해댔다. 프란츠는 배를 잡고 웃었다. 이 친구는 여자를 정말로 진지하게 생각했다. 그에게서 그런 특성은 짐작도 못했다. 그는 상처도 있었다. 여기선 누구나 상처 하나쯤 지녔다. 이 사람은 여기, 저 사람은 저기, 아주 온전한 사람은 없었다. 이 친구는 어떤 마부의 아내에게 홀딱 반했다. 양조장에서 다른 마부와 쌍을 이루어 짐마차를 모는 마부였다. 여자는 남편을 버리고 그에게로 왔다. 다만 이제 힘든 점은 라인홀트가 그녀를 더는 원치 않는다는 것이다. 프란츠는 기분이 좋아서 코로 호흥, 하는 소리를 냈다. 이 친구가 너무 우스웠던 것이다.

"그럼 보내버려."

상대가 말을 더듬으며 무서운 눈을 해 보였다.

"그게 그렇게 어렵다니까. 여자들은 이해를 못해, 여자들한테는 글로 써줘야 해."

"그럼 여자한테 그걸 써줬나, 라인홀트?"

그는 말을 더듬더니 침을 뱉고 고개를 돌렸다.

"백 번이나 말을 했지. 그 여잔 이해를 못한다는 거야. 난 정말 미칠 지경이다. 그런 걸 이해 못하다니. 그럼 난 죽을 때까지 그 여자하고 있어야 하나."

"어쩌면."

"그 여자도 그렇게 말해."

프란츠가 엄청 웃어대 라인홀트는 골이 났다.

"맙소사, 그렇게 멍청한 소리 좀 마라."

아니, 프란츠는 그런 생각은 안 했다. 이렇게 빈틈없는 사내가, 다이너마이트를 들고 가스 시설로 뛰어들려던 사내가 여기 앉아 이렇게 장송 행진곡을 불고 있다니.

"그 여자 좀 떼어가 줘."

라인홀트가 말을 더듬었다. 프란츠는 재미있어서 탁자를 탁 쳤다.

"그럼 내가 그 여자를 어떻게 하면 되나?"

"그 여자를 떠나보내."

프란츠는 신이 났다.

"자네 뜻대로 해주지. 나를 믿어도 돼, 라인홀트, 하지만…… 자네 아직도 애구먼."

"우선 그 여자를 한 번 보고 말을 해."

두 사람 모두 만족했다.

다음 날 정오에 프렌체가 프란츠 비버코프의 집에 왔다. 그녀의 이름이 프렌체라는 말을 들었을 때 그는 기뻤다. 우리 둘은 정말 잘 어울린다. 내 이름이 프란츠니까. 그녀는 라인홀트에게서 튼튼한 신발 몇 켤레를 비버코프에게로 가져왔다. 거참, 여기서 유다의 몫이 10실링이구나, 하고 프란츠는 속으로 웃었다. 그녀가 그걸 자발적으로 가져오다니! 라인홀트는 뻔뻔한 뚜쟁이다. 그 대가는 실은 저놈이 받아야겠지만, 하고 그는 생각했다.

저녁에 그녀와 함께 라인홀트를 찾으러 갔다. 라인홀트는 미리 약속한 대로 그 자리에 나타나지 않았고, 프렌체는 분노를 터뜨렸다. 그런 다음 둘이서 프란츠의 방에서 마음을 진정시키는 합창을 했다. 다음 날 마부의 아내는 라인홀트의 집에 나타났다. 그는 말을 더듬지 않았다. 이제 애 그만 써, 나도 당신이 필요 없으니까, 다른 사람을 찾아냈거든. 하지만 그게 누군지 그녀는 오랫동안 그에게 말하지 않았다. 그녀가 나가자마자 프란츠가 새 장화를 신고 라인홀트 앞에 나타났다. 장화가 지나치게 크지는 않았다. 속에 면양말을 두 켤레나 신었으니. 그들은 서로 얼싸안고 등을 토닥였다.

"나도 자네 마음에 드는 일을 해줄게."

프란츠는 온갖 찬사를 거절했다.

마부의 아내는 곧바로 프란츠에게 반했다. 그녀는 융통성 있는 심장을 지녔는데, 그날까지 그것을 몰랐을 뿐이다. 그녀가 스스로 이런 새로운 힘을 느끼는 것이 그는 기뻤다. 그는 사람들의 친구였고, 또한 마음이란 어떤 건지 아는 사람이었으니까. 그는 여자가 자기 곁에서 자리 잡는 것을 만족스럽게 지켜보았다. 그 노선을 그는 알고 있었다. 여자들이란 처음에는 언제나 속옷과 찢어진 양말을 보살핀다. 하지만 그녀가 아침마다 언제나 그의 장화, 실은 라인홀트의 장화를 닦는 것을 보고 그는 아침마다 웃음보를 터뜨렸다. 어째서 웃느냐는 그녀의 질문에 이렇게 대답했다.

"장화가 그렇게 커서 말이야. 한 사람한텐 너무 크지. 우리 둘이 들어가도 되겠어."

그들은 정말로 둘이 장화 하나에 발을 넣어보았다. 물론 그의 말이 과장이어서 발이 들어가지는 않았다.

프란츠의 진짜 친구 말더듬이 라인홀트에게는 다시 새 여자 친구가 생겼다. 칠리라는 여자였다. 적어도 그녀 자신은 자기 이름이 칠리라고 주장했다. 프란츠 비버코프한테는 어차피 상관이 없었다. 그도 칠리를 프렌츨라우 거리에서 여러 번 보았다. 다만 4주쯤 지나 말더듬이가 그에게 프렌체 소식을 물으면서, 그녀를 이미 떼어보냈느냐고 물었을 때 막연한 의심이 생겨났다. 프란츠는 이상한 인간이네, 하고 생각하고는 처음엔 무슨 말인지 이해를 못했다. 그러자 라인홀트가 이렇게 주장했다. 프란츠가 그녀를 금방 도로 떼어내겠다고 약속했다는 것이다. 프란츠는 그 말을 부정하고 어쨌든 아직은 너무 이르다고 말했다. 봄에나 새 여자를 구할 생각이라고. 프렌체에게 여름옷이 있다면 자기가 이미 보았을 테지만, 그런 건 없는 것 같고 자기는 그녀에게 옷을 사줄 형편도 못 되니 그녀는 여름이 오면 떠날 것이다. 라인홀트가 흠잡는 태도로 말했다. 프렌체는 지금도 상당히 너덜너덜해 보인다, 그녀가 입고 있는 건 제대로 된 겨울 물건도 아닌 환절기의 옷들이고, 현재의 기온에 맞지도 않는다. 이어서 온도와 온도계와 날씨 전망에 대해서 오랫동안 이야기를 했다. 그들은 신문을 찾아보기도 했다. 프란츠는 날씨가 어떻게 될지 제대로 알 수 없다고 우겼다. 하지만 라인홀트는 심각한 서리가 올 거라고 예측했다. 이제야 프란츠는 라인홀트가 칠리도 떼어내려 한다는 것을 눈치챘다. 그녀는 가짜 토끼털 옷을 입고 다녔다. 그가 계속해서 아름다운 가짜 토끼털 이야기를 했던 것이다.

'토끼구이를 나더러 어쩌라고.' 프란츠는 생각했다. '이놈이 남한테 떠넘기네.'

"나 참, 너 정말 멍청하다. 둘을 떠맡을 순 없어, 벌써 집에 하나 앉혀둔 판에. 게다가 일이 라일락처럼 활짝 피지도 못하는데. 대체 훔치지 않는다면 어디서 돈을 벌어."

"자넨 둘을 데리고 있을 필요가 전혀 없어. 언제 둘을 데리고 있으라고 했나. 내가 누구더러 여자를 둘이나 데리고 있으라고 요구할 것 같나. 자넨 터키 사람도 아니잖아."

"내 말이."

"그러니까 나도 그렇게 말한 게 아니야. 너더러 둘을 데리고 있으라고 그랬나? 차라리 셋을 데리고 있지. 아니야, 그 여자를 내보내. 아님 넌 아무도 없나?"

"어떤 사람 말이야?"

이번엔 대체 무슨 소리야, 이 친구는 항상 머리에 이상한 생각을 담고 다닌다니까.

"누군가 너한테서 그 여자를 떠맡을 수도 있잖아, 그 프렌체 말이야."

우리 프란츠가 아주 행복해져서 그의 팔을 탁 쳤다.

"뭐야, 너 정말 약아빠진 녀석이구나, 넌 높은 학교도 다녔는데, 맙소사, 정말 차렷 경례다. 그러니까 인플레이션 때처럼 그 뭐냐, 연속 거래*를 하자는 거냐?"

"안 될 게 뭐야. 여자들은 어차피 쌔고 쌨는데."

"그야 너무 많지, 맙소사, 라인홀트. 너 정말 이상한 놈이다. 난 숨도 못 쉬겠네."

"대체 왜 그래?"

"그러자, 좋아. 내가 누군가를 찾아보지. 벌써 찾은 것 같은 데. 너하고 있으면 내가 아주 바보가 된 것 같다. 진짜로 숨이 턱 막힌다니까."

라인홀트는 그를 바라보았다. 이자는 작은 실수를 했다. 프란츠 비버코프, 이자는 정말 엄청난 멍청이다. 정말로 두 여자를 한꺼번에 떠맡을 생각을 했단 말인가.

프란츠는 곧바로 길을 나서서 저 곱사등이 사내를 찾아냈다. 그러면서 이 일에 정말로 푹 빠져들었다. 자기한테서 여자 하나를 거두어줄 텐가, 자기한테는 다른 사람이 생겨서 그녀를 떼어버리고 싶다.

마침 때가 잘 맞았다. 사내는 잠깐 일을 접으려던 참이었다. 질병 보조금을 받으면 그걸로 몸을 좀 돌볼 수 있을 텐데, 그녀가 자기를 위해 장도 보고, 보조금 창구에도 갈 수 있을 거다. 하지만 내 집에서 완전히 사는 거, 그건 있을 수 없다고 그는 잘라 말했다.

다음 날 정오에 집을 나서기 전에 프란츠는 아무것도 아닌 일로, 정말 아무것도 아닌 일로 마부의 아내와 엄청난 싸움질을 했다. 그녀는 화를 냈다. 그는 즐거운 마음으로 소리를 질러

---

*상품 가격을 높이기 위해 중간 상인을 개입시키는 방법.

댔다. 한 시간이 지난 다음 모든 것이 정상이 되었다. 곱사등이가 그녀를 도와 물건을 싸고, 프란츠는 화가 나서 밖으로 뛰쳐나갔다. 마부의 아내는 달리 갈 곳이 없었기에 곱사등이를 따라 그의 집으로 갔다. 그리고 곱사등이는 의사를 찾아가서 병이 들었다고 신고하고, 저녁에 두 사람은 함께 프란츠 비버코프에 대해 욕을 했다.

프란츠의 집에 칠리가 나타났다. 대체 무슨 일이야, 아가씨? 어디 아픈가, 대체 어디가 안 좋은데, 아 그렇군.

"당신에게 모피 칼라를 가져다주랬어요."

프란츠는 모피 목도리를 손에 쥐고 경탄했다. 멋진 물건인데. 이 친구는 이렇게 멋진 물건들을 대체 어디서 구한다지. 지난번엔 장화뿐이었는데. 아무것도 모르는 칠리는 충직하게 불평을 털어놓았다.

"당신은 우리 라인홀트와 아주 가까운 친구지요?"

"그렇다고 할 수 있지요."

프란츠가 웃었다.

"그가 이따금 저한테 남아도는 먹을 것과 옷가지를 보내니까. 지난번엔 장화를 보냈어요, 장화를. 잠깐 기다려봐요, 아가씨도 한 번 볼 수 있을 거요."

저 프렌체가, 그 멍청이 여편네가 가져가지만 않았다면 말이지. 대체 어디 있는 거야, 아, 저기 있다.

"이것 좀 보세요, 칠리 양, 지난번에 그가 내게 보낸 거랍니다. 이 대포 포신을 보고 무슨 말을 하겠어요? 남자 셋도 들어갈 수 있겠지. 한 번 신어봐요."

그녀는 벌써 장화를 신고 킥킥거렸다. 그녀는 옷을 잘 입었고, 정말이지 깨물어주고 싶을 만큼 귀여운 아가씨였다. 모피로 깃을 댄 검은 외투를 입은 모습이 정말로 사랑스러웠다. 라인홀트는 대체 어떻게 된 바보람, 이런 여자를 차버리다니, 대체 어디서 계속 예쁜 아가씨들을 주워오는 걸까. 그녀는 지금 저기 포신 같은 장화를 신고 있다. 프란츠는 이전의 상황을 생각했다. 난 여러 달씩 계속 입는 옷처럼 여자들을 장기 보존하고 있었지, 그런 생각을 하면서 신발을 아무렇게나 벗어 던지고 그녀의 뒤에서 발 하나를 장화 속으로 밀어 넣었다. 칠리가 새된 소리를 질렀지만, 그의 발이 이미 장화 속으로 쑥 들어갔고, 그녀가 도망치려 했지만 두 사람은 함께 껑충거렸다. 그녀는 그와 함께 움직일 수밖에 없었다. 그런 다음 그가 탁자를 손으로 잡고 다른 발도 장화 속으로 밀어 넣었다. 그들은 자빠지고 말았다. 그들은 자빠졌네, 날카로운 외침이 나왔지만, 아가씨, 망상을 잡아 묶고, 둘이서 유쾌하게 지내요, 이젠 둘이 사적인 담화를 나눌 시간, 계산을 위한 시간은 이따가 5시에서 7시까지.

"이봐요, 라인홀트가 기다려요. 프란츠, 그에게는 아무 말도 안 하겠지요, 제발, 제발."

"할 건데, 귀여운 아가씨."

그런 다음 그는 저녁에 그녀를 온전히 차지했다. 이 작은 울보를. 저녁이면 그들은 언제나 함께 라인홀트 욕을 했다. 그녀는 아주 상냥한 사람이고, 예쁜 옷들을 가졌다. 거의 새것이나 다름없는 외투, 무도회용 구두 한 켤레, 그녀는 그 모든 것을 함께 가져왔다. 맙소사, 이 모든 걸 라인홀트가 선물했단 말이지, 맙소사 정말 많이도 사 들였네.

프란츠는 언제나 경탄과 만족감을 지닌 채 라인홀트를 만났다. 프란츠의 일은 쉽지 않았고, 그는 걱정스럽게 월말을 꿈꾸었다. 월말이면 원래 말수가 적은 라인홀트가 다시 말을 시작할 것이다.

그러던 어느 날 저녁 라인홀트가 알렉산더 광장의 지하철역 란츠베르크 거리 앞에 있는 그의 옆으로 와서 섰다. 그러곤 오늘 저녁 무슨 할 일이 있느냐고 물었다. 아직 달이 바뀔 때가 아닌데, 무슨 일일까, 원래는 칠리와 이미 약속이 되어 있지만, 라인홀트와 함께 가는 일이라면야. 그들은 알렉산더 거리를 따라 천천히—어디로 간다고 생각하나요?—내려가서 프린츠 거리로 향했고, 프란츠는 계속 라인홀트에게 어디를 가려느냐고 재촉하며 물었다.

"발터헨으로 가나? 슈보펜으로?"

그는 드레스덴 거리의 구세군 교회로 간다고 대답했다! 이런 말을 듣다니. 이런, 진짜 라인홀트답다. 이런 기발한 생각을 다 하다니. 그래서 프란츠 비버코프는 처음으로 구세군 교회에서 저녁 시간을 보냈다. 정말 웃기는 일이다, 그는 몹시 놀랐다.

9시 30분에 기도를 드리게 죄인들더러 앞으로 나오라는 외침이 시작되자 라인홀트는 아주 이상한 모습이 되더니 마치 뒤에서 누가 쫓아오기라도 하는 듯 밖으로 달려나갔다. 이키, 이건 또 뭐냐. 그는 계단에서 프란츠를 잡고 욕을 해댔다.

"저치들을 조심해야 돼. 놈들은 사람을 숨막히도록 들들 볶아서 모든 것에 '예'라고 대답하게 만들려는 거야."

"나한텐 안 통해, 그런 일이라면 그들이 그만둬야지."

라인홀트는 프린츠 거리의 하케페터 카페에서도 욕을 계속

했다. 그런 다음 한참이나 더 있다가 마침내 털어놓았다.

"난 여자들한테서 벗어나고 싶어, 프란츠, 난 더는 원치 않아."

"맙소사, 그럼 뭐야, 나더러 벌써 다음 번 여자를 맞아들일 준비를 하란 말인가."

"그럼 넌 내가 다음 주에 너한테 찾아가서 제발 저 금발의 트루데를 좀 떼어가 달라고 부탁하는 게 재미있을 것 같냐? 근본적으론 아니지……."

"라인홀트, 그게 내 탓은 아니다. 어째서 내 탓이냐? 나를 믿어도 된다마는. 나로 말하자면 여자가 열 명이 와도 된다. 그들을 모조리 처분하지 뭐, 라인홀트."

"여자들은 뭐 괜찮아. 하지만 내가 원치 않는다면, 프란츠?"

이건 좀 상황을 알아야겠는데. 그가 흥분해서 말한다.

"아니, 네가 여자들을 원치 않는다면 그야 극히 간단하지, 그들을 그냥 내버려둬. 언제라도 그들을 돈으로 달랠 수 있잖아. 네가 지금 데리고 있는 여자는 내가 받아 줄게, 그럼 넌 끝이잖아."

2 곱하기 2는 4, 네가 계산만 할 수 있다면 내 말을 이해하겠지, 여기 눈까지 치켜뜨고 바라볼 건 없다. 사람을 그렇게 쳐다보지 마라. 원한다면 마지막 여자는 잘 간수하든지. 이번엔 또 뭐야, 이 자식 웃기네, 이제 그는 커피와 레모네이드를 가지러 간다. 녀석은 소주를 못 마신다. 다리도 흔들리는 주제에 여전히 여자들이라니. 라인홀트는 한동안 아무 말도 않고 있더니 맛도 없는 커피를 석 잔이나 털어 넣고 나서야 다시 말을 시작했다.

우유가 매우 훌륭한 영양 식품이라는 것에 대해선 진지한 반박거리가 없다. 애들한테, 특히 어린아이들, 젖먹이에게는 아주 훌륭하고, 나아가 환자에게도 기운을 얻도록 우유를 추천할 수 있다. 특히 우유와 나란히 또 다른 영양분이 풍부한 음식이 공급된다면 말이다. 의사들이 일반적으로 인정하는 식품이지만, 그러나 예를 들어 양고기는 그렇게까지 평판 높은 환자식이 아니다. 그러니까 우유에 반대할 이유는 없다. 다만 이 선전은 멍청하고 뻐딱한 형식을 취해서는 안 된다. 어쨌든, 하고 프란츠는 생각한다. 나는 맥주를 고집한다. 보존만 잘 되어 있다면 그 어느 것도 맥주에 맞설 수 없지.

라인홀트가 동공을 프란츠에게 향하고—이 친구 아주 지쳐 보이네, 울지만 않았으면 좋겠네.

"난 이미 두 번이나 여기 왔었어, 프란츠, 구세군 말이야. 누군가와 이야기까지 했어. 그가 지닌 막대기에 대고 '예'라는 말까지 했는걸, 나중에는 뒤집었지만."

"대체 왜?"

"여자들에게 그렇게 빨리 물리니까. 알겠나. 4주만 지나면 벌써 끝이야. 어째선지는 나도 몰라. 더는 좋아하지 않게 돼. 전에는 미친 듯이 쫓아다녔는데도 말이지. 나를 한 번 보자면, 그래 완전히 미쳐버려, 그야말로 고무 방*에 가두어야 할 정도지, 그렇게 여자한테 미쳐. 그러고는 조금 있다가 이번엔 여자가 없어져야 해. 더는 여자 꼴을 두고 볼 수가 없어. 그냥 이 여자만 안 본다면 뒤에다 대고 돈을 뿌릴 수도 있을 정도라니까."

*과격한 환자를 가두는 고무 벽을 두른 방.

프란츠는 놀랐다.

"뭐, 맙소사, 너 정말로 미쳤나 보다. 기다려봐……."

"그래서 구세군에 찾아가 그들에게 말했지. 그리고 기도까지 한 거야……."

정말 놀랍고도 놀랍다.

"네가 기도를 했다고?"

"그런 기분이 되면 대체 어찌해야 좋을지 모르니까."

맙소사, 맙소사, 이런 녀석이, 이런 말이라니.

"도움도 되었어. 여러 주 동안이나, 6주나 8주 동안 다른 생각을 했지. 정신을 차리게 돼. 그래서 좀 낫게 된다고."

"그래, 라인홀트, 샤리테 병원에라도 가보지. 아님 거기서 그렇게 토낄 필요까진 없었잖아. 그냥 조용히 의자에 앉아 있어도 되었을 텐데. 내 앞에선 부끄러워하지 않아도 돼."

"아니, 더는 그러지 않을 거야, 더는 도움이 안 돼. 모든 게 헛소리야. 내가 앞으로 기어가서 대체 무엇을 빈단 말이야. 믿지도 않으면서."

"그래, 그건 이해가 된다. 네가 믿지 않는다면 아무 소용이 없지."

프란츠는 친구를 가만히 바라보았다. 친구는 언짢은 표정으로 빈 커피 잔을 내려다보았다.

"내가 도울 수 있다면, 라인홀트, 난…… 나도 모르겠다. 우선 이 일을 내 머릿속에 완전히 받아들여야지. 어쩌면 넌 여자들이 정말로 싫거나 뭐 그런 게지."

"지금은 저 금발의 트루데가 구역질이 날 지경이야. 하지만 내일이나 모레 네가 나를 만나보면 넬리나 구스테나, 이름이야

뭐가 되었든 또 다른 여자가 나타나 있겠지. 그런 라인홀트를 한번 만나봐라. 귀가 벌게 가지고. 꼭 그 여자여야 한다, 가진 돈을 전부 털어 넣더라도 그 여자를 가져야 한다, 어쩌고 하고 있을 게야."

"뭐가 그렇게 특별히 좋은데?"

"무엇이 그렇게 내 마음을 잡느냐 이거지? 그래, 전혀 아무것도 없어. 그냥 그래. 어떤 여자는 귀엽고 짧은 헤어스타일을 해서, 또는 재미있는 농담을 해서 하는 따위야. 어째서 좋아하느냐, 프란츠, 나도 몰라. 내가 황소처럼 멍하니 쳐다보면서 졸졸 따라다니면 여자들도 놀라. 칠리에게 물어봐. 하지만 나도 어쩔 수가 없어, 어떻게 할 수가 없다고."

프란츠는 계속 라인홀트를 관찰했다.

베어 들이는 자가 있으니, 그 이름은 죽음, 그는 위대한 신에게서 권능을 받았다. 오늘 그는 칼을 갈지, 칼은 훨씬 더 잘 든다, 머지않아 그가 베어내리니, 우린 그 맛을 볼 거다.*

이상한 친구다. 프란츠는 미소를 지었다. 라인홀트는 전혀 미소 짓지 않았다.

베어 들이는 자가 있으니, 그 이름은 죽음, 그는 위대한 신에게서 권능을 받았다. 머지않아 그가 그 칼로 베리니.

프란츠는 생각했다. 너를 좀 흔들어야겠는걸. 그럼 모자를 10센티미터쯤 뒤로 더 깊이 쓰게 될 거다.

"좋아, 그렇게 하지, 라인홀트. 칠리에게 물어볼게."

---

*이 부분은 독일 낭만주의 시인 클레멘스 브렌타노의 시집 《소년의 기적 피리》(1806)에 나오는 종교적 노래를 살짝 변형시킨 것이다. 이 작품 전체를 통해 라인홀트와 연결된 주도 모티프로 등장한다.

프란츠는 아가씨 거래에 대해 깊이 생각하고 갑자기 그만두기로 한다, 다른 것을 원하기에

"칠리, 지금은 무릎에 앉지 마. 나를 그렇게 때리지도 말고. 아이, 우리 귀여운 인형, 자 맞혀봐, 오늘 누구를 만났게?"

"알고 싶지도 않아."

"새침데기, 간지럼쟁이, 자 누굴 만났게? 그게 말이지, 라인홀트야."

그러자 귀여운 여자가 심술을 피웠다. 어째서?

"라인홀트라고? 대체 그가 무슨 말을 했는데?"

"많은 이야길 했지."

"그래요, 그 모든 이야기를 듣고 믿는단 말이야?"

"그렇진 않아, 귀여운 칠리."

"그럼 난 이만 갈래. 사람을 3시간이나 기다리게 하더니 이제 와서 헛소리를 하면서 그런 말을 하다니."

"아니야. 맙소사(이 여자가 살짝 돌았나), 나한테 말 좀 해줘. 녀석은 말을 안 하거든."

"대체 무슨 일인데? 무슨 소린지 전혀 모르겠네."

그렇게 시작되었다. 검은 머리의 조그마한 칠리는 분해서 이따금 말을 잇지 못하다가 서둘러 계속하고, 프란츠는 이야기하는 그녀에게 키스를 퍼부었다. 그녀가 너무 예뻤기 때문이다. 이렇게 빛나는 귀여운 작은 새, 그녀는 지난 일이 생각나서 울기 시작했다.

"그러니까 그 남자, 그 라인홀트는 애인도 아니고 뚜쟁이도 아니고 남자도 아니야, 그냥 뜨내기예요. 그는 참새처럼 거리를 돌아다니며 아가씨들을 콕콕 찍고 붙잡죠. 그에 대해서는 열 명도 넘는 여자들이 증언할 수 있어요. 내가 그의 첫 번째 여자였거나 여덟 번째라고 생각하는 건 아니겠죠. 어쩜 백 번째 여자였을걸. 그에게 물어보면 그는 여자가 몇 명이나 있었는지도 몰라. 하지만 어떻게 얻었느냐? 그러니까 프란츠, 그 범죄자를 까바치면 나한테서, 아니 난 가진 게 없지, 하지만 경찰서에 가면 보상을 받을 거예요. 그가 그렇게 앉아서 생각에 잠긴 채 그 치커리 차*를 마시고 있으면 아무것도 안 보이지. 하지만 계속 그놈의 맛없는 커피, 또 커피를 마시고 있다가 갑자기 여자한테 덤벼들죠."

"그가 벌써 다 이야기했어."

"그럼 이 사람이 대체 무얼 원하나 하고 생각하게 되죠. 차라리 야자나무가 있는 곳으로 가서 잠이나 늘어지게 자지. 그런데 그가 다시 나타나요, 아주 야무지고 멋진 모습으로, 프란츠, 그럼 이마를 탁 치게 돼요, 대체 이 사람한테 무슨 일이 일어난 건가, 어제 회춘 요법이라도 받은 건가? 게다가 이야기를

*커피 대용.

시작하고 춤도 추고……."

"뭐, 춤이라고, 라인홀트가?"

"아니 뭐 꼭 그런 건 아니지만. 내가 대체 그를 어디서 알았게요? 쇼세 거리의 댄스홀에서죠."

"그는 천천히 흐느적거리는 게 고작일 텐데."

"그는 거기서 사람을 데리고 나가요, 프란츠. 결혼한 여자라도 그냥 내버려두지 않죠. 그 여자를 차지하고 말아요."

"멋쟁인데."

프란츠는 웃고 또 웃었다. 내게 정절을 맹세하지 말아요, 아무런 맹세도 하지 말아요, 시간이 흐르면 새로운 게 두 사람 모두를 자극할 테니. 뜨거운 가슴은 휴식을 모르죠, 언제나 신선한 자극을 찾아요, 내게 정절을 맹세하지 말아요, 난 흔들리는 사람이니, 당신이 그렇듯.*

"아직도 웃고 있네, 맙소사. 당신도 그런 사람인가요?"

"아니야, 귀여운 칠리, 그냥 그 작자가 너무 웃겨서. 녀석이 나를 잡고 낑낑댔거든. 여자들한테서 벗어날 수 없다고 말이지."

벗어나지 못해, 벗어나지 못해, 난 네게서 벗어나지 못해. 프란츠는 재킷을 벗었다.

"지금은 저 금발의 트루데랑 함께 지내는데 어쩌면, 당신 생각은 어때, 내가 그에게서 그 여자를 받아줄까?"

여자가 소리를 질렀다! 이 여자가 소리를 지를 줄 아네! 칠리가 사나운 호랑이처럼 소리를 지른다. 프란츠의 재킷을 뺏더니 바닥에다 집어 던진다, 저걸 저렇게 망가뜨리려고 산 게 아

*당시의 유행가.

닌데. 저 여자가 저걸 망가뜨린다, 끝장내겠다.

"맙소사, 프란츠, 그들이 당신한테 초콜릿이라도 잔뜩 안겼나 보죠. 대체 무슨 일이죠, 트루데가 어쨌다는 거야, 그 말 다시 해봐요."

저게 저렇게 사나운 호랑이처럼 소리 지른다. 저렇게 계속 소리 지르면 경찰이 와서 데려가면서 내가 저 여자 모가지라도 비틀었다고 생각하겠네. 냉정함을 유지해, 프란츠.

"칠리, 옷을 그렇게 집어 던지지 마. 돈 주고 산 거니까. 그리고 지금은 그렇게 쉽게 구할 수도 없어. 그렇지, 자 이리 내. 내가 당신을 물어뜯진 않았어."

"그야 그렇죠, 하지만 당신은 상당히 단순한 거 같은데요, 프란츠."

"좋아, 나야 단순하지. 하지만 녀석은 내 친구야, 저 라인홀트 말이야, 그리고 지금 곤경에 빠져서는 드레스덴 거리에 있는 구세군 교회에 찾아가 기도까지 했어, 생각해봐, 어쨌든 내가 그의 친구라면 그의 말에 동의를 해주어야지. 그러니까 내가 그에게서 트루데를 받아주어야 할까?"

"그럼 나는요?"

당신은, 당신과는 낚시를 하러 가고 싶어.

"그러니까 그에 대해 얘기를 해봐야지. 우리가 어떻게 하는 게 좋은지 한번 털어놓아 보자고. 그 장화는 어디 갔나, 그 높은 장화 말이야. 한번 찾아봐."

"나 좀 내버려둬요, 빌어먹을."

"난 그냥 당신한테 장화를 보여주려는 것뿐이야, 칠리. 그건 내가 그러니까 그에게서 받은 거니까. 당신 알지, 당신은 모피 칼라를 가져왔잖아. 그때 말이야! 그래 그전에 어떤 여자가 그에게서 장화를 받아서 가져왔어."

조용히 말하자, 그럼 안 될 게 뭐냐, 울타리 뒤에 숨지 말자, 모든 걸 툭 털어놓는 편이 더 낫다.

여자가 걸상에 앉아서 그를 빤히 바라보았다. 그러더니 울기 시작해 더는 아무 말도 하지 않았다.

"일이 그렇게 된 거네요. 남자라는 게 그러네. 난 그를 도왔는데, 그는 내 친군데, 난 당신한테 아무것도 속일 마음이 없었는데."

저게 이쪽을 바라보는 모습하고는. 저런 분노라니.

"이런 개같이 비열한 왕재수, 당신은 그토록 개같이 비열한 인간이었어. 라인홀트가 쓰레기라면 당신은 더 나빠, 가장 고약한 뚜쟁이보다 당신이 더 나빠."

"아니, 난 그렇게 나쁘지 않아."

"내가 남자라면……."

"당신이 남자가 아니라서 좋아. 당신은 그렇게 억지로 화를 낼 필요가 없어, 귀여운 칠리. 어떻게 된 건지 내가 말했지. 그 사이 당신을 보며 생각했어. 난 그에게서 트루데를 받아주지 않을 거야, 당신이 여기서 지내."

프란츠는 일어나 장화를 집어서는 좁은 장롱 안에 처박았다. 이건 안 된다, 나는 그와 한 패거리가 되지 않을 거다, 그는 사람들을 망가뜨린다, 그 짓을 함께 하지 않겠어. 무슨 일인가 해야 해.

"칠리, 오늘은 여기 그대로 있다가 내일 아침에 라인홀트가 나가거든 트루데한테 가서 함께 이야기를 해봐. 나는 그 여자

편에 설 거야. 그 여자는 나를 믿어도 돼. 트루데한테 이렇게 말해, 이쪽으로 오라고, 우리 함께 이야기를 해보자."

이튿날 점심때쯤 금발의 트루데가 프란츠, 칠리와 함께 자리를 잡고 앉았다. 그녀는 이미 얼굴이 몹시 창백하고 슬퍼 보였다. 칠리는 그녀에게 머리를 기울이고, 라인홀트가 그녀를 화나게 하고 그녀를 전혀 보살피지 않을 거라고 속삭였다. 모두 맞는 말이었다. 트루데는 울기 시작했지만, 이 사람들이 자기에게 대체 무슨 말을 하려는지 알지 못했다. 프란츠가 그녀에게 설명했다.

"그 남자는 쓰레기는 아니오. 그는 내 친구요, 나는 그의 편을 들 거요. 하지만 그가 하는 짓은 정말 고문이오. 사람 잡는 일이라고."

그녀가 그에게서 쫓겨나서는 안 된다, 그 밖에도 프란츠는…… 그러니까 한 번 두고 봅시다.

저녁에 라인홀트가 프란츠의 판매대로 그를 데리러 왔다. 날씨가 지독하게 추웠다. 프란츠는 따뜻한 그로그 주*를 대접받았다. 라인홀트의 서론은 그냥 흘러가게 내버려두고. 이윽고 라인홀트가 트루데 이야기로 넘어갔다. 그 여자는 이제 끝이다, 오늘 당장 여자를 차버려야겠다.

"라인홀트, 벌써 다른 여자가 생긴 건가?"

그는 다른 여자가 있다고 말했다. 그러자 프란츠가 말했다. 자기는 칠리를 떼어버리지 않겠다. 칠리는 자기 옆에서 자리를 잡았고, 괜찮은 여자다. 그리고 라인홀트도 이제 그만 멈추

---

*럼주에 뜨거운 설탕물을 섞은 술을 말한다.

어야 한다. 그게 정직한 사람한테 어울리는 일이다. 그렇게 계속할 수는 없다. 라인홀트는 말뜻을 이해하지 못하고, 혹시 모피 칼라 때문인지 알려고 했다. 트루데 편에는 어쩌면 시계를 보내 줄 거다, 은으로 만든 호주머니 시계나 아니면 귀마개가 달린 모피 모자를, 그런 모자라면 프란츠가 아마 잘 사용할 수 있을 거니까. 아니, 그러지 마라, 이 헛소리는 이만 끝내자. 나는 모든 걸 내 돈으로 산다. 프란츠는 라인홀트와 다만 친구로서 이야기하려는 것뿐이다. 그리고 어제와 오늘 자기가 생각한 것을 말했다. 라인홀트는 트루데와 함께 지내는 게 좋겠다. 세상이 뒤집어질 정도로 거짓말을 하더라도. 거기 익숙해져야 한다, 그러면 차츰 잘될 거다. 인간은 인간이고, 여자도 마찬가지다. 그렇지 않으면 그는 3마르크를 내고 창녀를 살 수도 있을 거다, 창녀는 장사만 계속할 수 있다면 만족할 테니까. 하지만 여자를 사랑과 감정으로 홀린 다음 그녀를 버리고 또 다른 여자에게로 가는 건 할 짓이 못 된다.

라인홀트는 자기 방식으로 그의 말을 들었다. 그는 천천히 커피를 마시며 우두커니 앞을 바라보았다. 그러곤 조용히 말했다. 프란츠가 트루데를 받지 않겠다면 받지 마라. 이미 전에 프란츠가 없을 때도 다 하던 일이다. 그런 다음 그는 사라졌다. 시간이 없었던 것이다.

밤에 잠이 깬 프란츠는 아침까지 잠을 이루지 못했다. 건물 안이 얼음처럼 추웠다. 칠리는 옆에서 자면서 코를 골았다. 어째서 나는 잠들지 못하나? 지금은 벌써 야채를 실은 자동차들이 시장 건물로 가고 있다. 나는 말이 되고 싶지 않아, 이런 추위 속에서 밤에 달리고 싶지 않다. 마구간이야 물론 따뜻하지. 이런 여자는 이렇게 잠을 잘 자는데. 이렇게 자는데, 나는 못 잔다. 발가락이 시리구나, 간지럽고 근질거린다. 그의 속에 무언가가 있었다. 그것은 심장, 폐, 호흡, 내면의 느낌, 그런 게 거기서 억눌리고 밀리고 있다. 대체 누구에게? 모르겠다. 그것이 누구에게. 그냥 잠이 오지 않는다고만 말할 수 있을 것 같다.

새 한 마리가 나무에 앉아 잠들었는데 뱀이 그 옆으로 미끄러져간다. 바스락거리는 소리에 새는 깨어난다. 새는 깃털을 곤두세운 채 앉았지만 뱀을 느끼지는 못한다. 하, 언제나 숨 쉬기, 조용히 공기 마시기. 프란츠는 몸을 뒤치락댄다. 라인홀트의 미움이 그의 몸 위에 앉아 그와 싸운다. 그것이 목재 문을 뚫고 들어와 그를 깨운다. 라인홀트도 누워 있다. 트루데 옆에 누워 있다. 그는 깊이 잠들었다. 꿈속에서 사람을 죽인다, 꿈속에서 숨통이 좀 트인다.

지역 소식

베를린 4월 둘째 주, 이따금 벌써 봄 날씨를 보이는 가운데, 언론이 일제히 확인해주는 바와 같이 화려한 부활절 날씨가 사람을 야외로 유혹했다. 베를린에서는 러시아인 대학생 알렉스 프렝켈이 스물두 살 된 공예가 애인 베라 카민스카야를 그녀의 하숙집에서 총으로 쏘아 죽였다. 그녀와 같은 나이로 교육 계통 일을 하는 타탸나 장프틀레벤은 함께 삶을 하직하기로 한 이들의 계획에 합류했다가, 마지막 순간 자신의 결심이 두려워져서 친구가 이미 목숨을 잃고 바닥에 쓰러져 있는데 그 장소에서 도망쳤다. 그녀는 순찰 경찰을 만나 지난 몇 달 동안의 끔찍했던 체험을 이야기하고 경찰관을 베라와 알렉스가 치명상을 입고 쓰러져 있는 현장으로 안내했다. 범죄수사대에 연락이 가고 살인 사건 전담반이 현장에 급파되었다. 알렉스와 베라는 결혼할 예정이었지만 경제적 형편 때문에 결혼이 어려운 상황이었다.

다음 소식, 헤어 거리의 시가 전차 참사 사건에 대한 책임

문제 조사가 아직도 종결되지 않았다. 사건에 연루된 사람들과 운전사 레틀리히의 심문에 대한 검토가 더 이루어져야 한다. 기술적인 전문가들의 검토가 아직 끝나지 않았다. 전문가들의 검토가 끝난 다음에야 운전사가 브레이크를 너무 늦게 잡은 탓으로 이런 참사가 생긴 것인지 아니면 불운한 우연들이 연속되어 일어난 일인지 검토하는 단계로 넘어갈 수 있다.

증권 시장에서는 조용한 장외 거래가 주축을 이루고 있다. 장외 거래의 진로는 곧 나올 제국은행*의 정기 보고서에 대한 전망으로 더욱 확고해졌다. 이 보고서는 화폐 유통이 4억 마르크, 어음도 3억 5천만 마르크가 감소한 양호한 상황을 보여줄 것으로 예측된다. 4월 18일 11시경에 화학 업종 지수가 260.5에서 267 사이, 지멘스와 할스케는 297.5에서 299 사이, 첼슈토프 발트호프는 295로 나타나고 있다. 독일 석유는 134.5로 약간의 이익을 내고 있다.

헤어 거리의 시가 전차 사고로 한 번 더 돌아가자면 이 사고로 중상을 입은 사람들은 모두 회복 중이다.**

4월 11일에 이미 한 신문사의 국장 브라운이 무력을 동원해 모아비트 형무소에서 탈옥했다. 그것은 서부극과 같은 장면이었다. 추적이 시작되고 형사 법원의 부장 판사는 상사에게 곧바로 보고했다. 현재 증인들 및 연관된 관리들에 대한 심문이 계속되고 있다.

이 시기에 베를린 여론은 미국의 중요한 자동차 회사 하나

*중앙은행.
**여기까지는 1928년 4월 18일자의 사건들에 대해서 그 날짜에 발간된 여러 신문들을 인용한 것이다.

가 경쟁이 거의 없다시피 한 6기통과 8기통 자동차의 북부 독
일 독점 판매를 위해, 자본력 있는 독일 회사들의 제품을 차지
하려 한다는 사실에 별 관심이 없다.

결국은 방향을 잡는 데 도움이 된다. 나는 특히 슈타인 광
장 전화국의 인접 주민들을 향한다. 하르덴베르크 거리에 있는
르네상스 극장에서는 넉넉한 공연 횟수를 자랑하는 가운데 매
혹적인 희극 〈쾨르-뷔베〉가 벌써 100번째 공연을 맞이하고 있
다.* 유쾌한 유머와 더욱 깊은 의미가 이 작품에서 하나로 합쳐
져 있다. 플래카드에서 베를린 사람들은 이 연극이 회를 더욱
거듭할 수 있게 일조해달라는 요청을 받는다. 그렇다면 온갖 방
향으로 생각을 좀 해봐야지. 물론 이 요청은 베를린 사람 모두
를 향한 것이지만 온갖 사정으로 이 부름에 응할 수 없도록 방
해를 받는다. 먼저 일부 사람들은 여행을 떠났을 수도 있고, 이
연극의 존재를 전혀 모를 수도 있다. 또 어떤 사람들은 베를린
에 있기는 해도 이 광고탑에서 극장의 광고를 볼 기회가 없었
을 수도 있다. 예를 들면, 아파서 침대에 누워 있는 탓으로 말이
다. 인구 4백만 명의 도시에는 사람이 엄청나게 많다. 그래도
여전히 사람들은 라디오를 통해, 저녁 6시의 홍보용 뉴스를 통
해, 유쾌한 유머와 더욱 깊은 의미가 하나로 합쳐져 있는 파리
의 희극 〈쾨르-뷔베〉가 르네상스 극장에서 벌써 100번째 공연
을 맞고 있다는 소식을 들을 수도 있다. 이런 소식이 그들에게
하르덴베르크 거리로 가지 못하다니 유감인 걸 하는 느낌을 만

---

*자크 나탕송의 희극. 당시 베를린 르네상스 극장에서 수없이 공연되었다. 이 작품
과 소설 《베를린 알렉산더 광장》을 기념하여 2009년 같은 곳에서 재공연이 추진되
고 있다.

들어낼 수도 있다. 만일 누군가 정말로 병상에 누워 있다면 하르덴베르크 거리로 가는 것은 불가능할 테니 말이다. 믿을 만한 소식통에 따르면, 르네상스 극장에서는 환자 수송용 자동차로 실어다가 임시로 이곳에 내려놓은 환자의 병상을 받아들일 준비는 되어 있지 않기 때문이다.

또 다른 지적도 무시할 수 없다. 베를린에는 르네상스 극장의 플래카드를 읽고도 그 진실성을 의심하는, 그러니까 플래카드가 존재한다는 진실성을 의심하는 게 아니라 활자를 통해 제시된 내용의 진실성과 중요성을 의심하는 사람들이 있을 수 있고, 분명 정말로 있다. 그들은 거기서 〈쾨르-뷔베〉가 매혹적인 희극이라는 단정적인 주장을 읽으며 불쾌감, 불신, 역겨움, 또는 분노 따위를 느꼈을 수도 있다. 이 희극이 누구를 매혹하고, 무엇이 매혹적이며, 무엇으로 매혹적이라는 것이냐. 또한 어떻게 나를 매혹할 수 있다는 것이냐, 나는 매혹될 필요가 전혀 없는데 말이다, 이런 식이다. 이 희극에서 유쾌한 유머와 더욱 깊은 의미가 하나로 합쳐져 있다는 말을 읽으며 입술을 굳게 다물었을 수도 있다. 그들은 유쾌한 유머를 원하지 않는다. 그들의 삶은 진지하고, 기분이 좀 울적하긴 해도 존엄하다. 친척 누군가의 상중(喪中)이니까. 그들은 더욱 깊은 의미가 유감스럽게도 유쾌한 유머와 결합되어 있다는 지적에도 속지 않는다. 그들의 의견에 따르면 유쾌한 유머를 해롭지 않게 만들거나 중립적으로 만드는 일은 있을 수 없기 때문이다. 더욱 깊은 의미라는 것은 언제나 홀로 존립해야 한다. 유쾌한 유머는 없애버려야 한다. 로마인들이 카르타고를 없애버렸듯이, 또는 자기들이 지금 생각해낼 수 없는 다른 식으로 다른 도시들을 없애버렸듯이 말이다. 또 많은 사람들은 광고탑에서 찬양하고 있는바, 〈쾨르-뷔베〉에 더욱 깊은 의미가 감추어져 있다는 말을 아예 믿지 않는다. 더욱 깊은 의미라니, 어째서 그냥 깊은 의미가 아니라 더욱 깊은 의미라는 거냐? 더욱 깊다는 것은 그냥 깊다는 것보다 더 깊은 것이냐? 이런 사람들은 이런 식으로 시비를 건다.

아주 분명한 일이다. 베를린처럼 거대한 도시에서는 많은 사람이 많은 것을 의심하고 헐뜯고 흠잡는다. 극장장이 소중한 돈을 내고 설치한 플래카드의 낱말 하나하나에 대해서까지도 그렇다. 그들은 극장에 대해서는 도무지 알고 싶은 마음이 없다. 또는 그들이 헐뜯지 않고 극장을 사랑한다 해도, 특히 하르덴베르크 거리의 르네상스 극장을 사랑한다 해도, 그리고 심지어는 이 연극에서 유쾌한 유머와 더욱 깊은 의미가 결합되어 있음을 인정하는 경우라도 연극을 보러 가지는 않을 셈이다. 그냥 오늘 저녁에 다른 할 일이 있기 때문이다. 하지만 이로써 하르덴베르크 거리로 몰려가서는 바로 이웃한 건물에서 〈쾨르-뷔베〉와 나란히 공연되는 다른 것을 볼 사람들의 숫자는 강력하게 줄어들 것이다.

1928년 봄, 베를린에서의 공적인 사건과 사적인 사건들에 대해 교훈이 풍부한 탐색을 마치고 이제 우리는 프란츠 비버코프, 라인홀트, 그리고 여자들로 인한 그의 고민으로 다시 돌아가자. 이 소식에 대해서도 아주 작은 그룹의 사람들만이 관심을 보일 것이라고 가정할 수 있다. 다만 그에 대한 원인을 언급하지는 않겠다. 하지만 그렇다 해도 내가 베를린의 중심부와 동부에서 그렇고 그런 인물들의 흔적을 뒤쫓는 것을 막지는 못한다. 누구나 자기가 중요하다고 생각하는 일을 하는 법이니까.

프란츠는 두려운 결심을 했다.
제가 쐐기풀 더미 위에 앉는다는 걸 모른다

프란츠 비버코프와 이야기를 한 다음 라인홀트는 기분이 께름칙했다. 지금까지 프란츠처럼 여자들에 대해 완고한 태도를 보인 사람은 없었다. 언제나 누군가가 그를 도왔는데 지금은 해결책을 못 찾고 있었다. 여자들은 그를 따라다녔다. 아직 그의집에 머물고 있는 트루데, 지난번의 칠리, 그리고 그 앞의 여자까지, 그 여자 이름은 벌써 잊었지만. 그들 모두가 그의 주변을염탐했다. 일부는 두려운 근심으로(지난번 집단), 일부는 복수심으로(그 이전 집단), 그리고 일부는 새로운 사랑을 찾고(세번째 집단) 있었다. 가장 최근에 등장한 여자는 중앙시장 건물에서 일하는 넬리 랍신스키라는 과부였다. 트루데, 칠리, 그리고 마지막으로 맹세한 증인 자격에 덧붙여 라인홀트의 친구라는 프란츠 비버코프까지 차례로 나타나 경고를 해대자 그녀는곧 마음을 바꾸고 떨어져 나갔다. 그렇다, 프란츠 비버코프가그렇게 한 것이다.

"랍신스키 부인, 나는 당신한테 와서 내 친구를, 또는 그가 누구든 나쁜 사람으로 만들기 위해 이런 말을 하는 건 아닙니다. 맹세코 그건 아니에요. 하지만 옳은 게 옳은 것으로 되어야죠. 길거리에서 여자를 차례로 만나는 것, 나는 그런 일에 찬성하지 않는 겁니다. 그건 진정한 사랑도 아니죠."

랍신스키 부인은 경멸을 드러내는 태도로 젖가슴을 흔들었다. 라인홀트, 자기 때문에 그가 망신을 당하지는 않을 거다. 자기도 남자가 처음은 아니니까. 프란츠가 말을 계속했다.

"정말 다행이에요, 그걸로 충분합니다. 그럼 이제 충분히 아셨죠. 여자들도 나나 라인홀트와 똑같은 인간인데 정말 안됐다 싶었거든요. 그럼 그 사람 이제 당신한테는 끝이군요. 그렇다 해도 뭐 그놈이 맥주나 소주를 마시거나 하진 않을 겁니다. 그냥 약한 커피만 마시죠. 술은 한 방울도 못하니까. 그러고 나서 정신을 차리는 게 좋을 겁니다. 속엔 정말 좋은 마음을 지닌 사람이니까요."

"정말 그래요, 정말."

랍신스키 부인이 울었고 프란츠는 진지하게 고개를 끄덕였다.

"그렇기 때문에 내가 할 일이 있는 거죠. 그가 이미 여러 번이나 그런 짓을 했지만 그렇게 계속할 수야 없지요. 우리가 막아야 합니다."

랍신스키 부인은 비버코프 씨에게 작별의 인사로 크고 거친 손을 내밀었다.

"당신을 믿어요, 비버코프 씨."

그녀는 그의 말을 믿을 수 있었다. 라인홀트는 물러나지 않았다. 그는 정착했지만 속을 다 드러내지는 않았다. 정한 날짜보다 3주가 지난 다음까지도 그는 트루데와 함께였다. 프란츠는 매일 이 여자에게 불려가 보고를 들었다. 프란츠는 환호성을 질렀다. 이제 곧 다음 여자가 나타날 차례다. 이제 다시 주의할 때다. 그렇다. 어느 날 점심때 트루데는 라인홀트가 벌써 이틀 동안이나 저녁에 멋진 옷을 입고 외출했다고 알려주었다. 이튿날 점심때에는 벌써 어떤 여잔지도 알아냈다. 로자라는 이름의 단춧구멍 만드는 일을 하는 30대 초반의 여자었다. 성은 모르지만 대신 주소를 안다고 했다. 그럼 모든 게 문제없지, 프란츠는 소리 내어 웃었다.

하지만 능란한 재주만으로 영원한 결속을 만들어낼 수는 없다. 운명이 빠른 속도로 다가온다. 걷는 데 장애가 있으면 라이저 구두를 신으세요. 라이저는 광장에서 가장 큰 구두 가게다. 걷고 싶지 않다면 자동차를 타세요. NSU사는 6기통 자동차 시승을 하도록 당신을 초대합니다. 이 목요일에 프란츠 비버코프는 다시 혼자서 프렌츨라우 거리를 걸었다. 오래 못 만난 친구 메크가 보고 싶다는 생각이 떠올랐기 때문이다. 보고 싶기도 했거니와 또한 그에게 라인홀트와 여자들 이야기도 해주고 싶었다. 메크는 프란츠가 라인홀트 같은 친구를 수중에 넣고, 그를 이리저리 휘두르는 걸 보고 경탄해야 한다. 라인홀트는 이제 질서에 익숙해져야 하고, 실제로 어느 정도 익숙해졌다.

그리고 정말로 프란츠가 신문통을 들고 술집에 들어갔을 때, 내 눈이 누구를 보았던가? 메크였다. 그는 다른 두 사람과 함께 앉아서 먹고 있었다. 프란츠도 그 옆에 앉아 함께 식사를 했다. 다른 두 사람이 돌아간 다음에 둘은 남아서, 프란츠의 초대로 큰 잔으로 맥주 몇 잔을 마셨다. 프란츠는 맥주를 꿀꺽 삼키면서 이야기를 하고 메크는 맥주를 꿀꺽 삼키면서 이야기를 듣고, 세상엔 어떤 사람들이 있는지 놀라고 또 만족했다. 메크는 그 이야기를 저 혼자 간직하겠다고 했지만 그건 정말로 재미있는 이야깃거리였다. 프란츠는 얼굴이 훤해져서 자기가 여기서 한 일이며, 또 저 랍신스키 부인이 라인홀트를 멀리한 일이며, 그가 원래 예고한 것보다 3주 이상이나 트루데와 함께 지낸다는 등의 이야기를 했다. 지금은 단춧구멍을 만드는 로자라는 어떤 여자가 나타났지만 우리는 이 단춧구멍도 그가 다가가지 못하게 막아버릴 거다. 그렇게 프란츠는 맥주잔을 앞에 놓고 잔뜩 신나서 앉아 있었다. 즐겁게 찬양하라, 너희 목구멍들아, 젊은 합창단아, 우리 테이블에 순배가 돌고 있으니, 붐붐, 우리 테이블에선 권주가가 울린다. 3 곱하기 3은 9, 우리는 돼애지처럼 마신다, 3 곱하기 3 더하기 1은 10, 우리는 한 번 더 마신다, 하나, 둘, 셋, 넷, 여섯, 일곱.

저쪽 바에, 사람들이 기대서 마시고 노래하는 탁자 앞에, 누가 서서 연기 자욱한 홀 안을 둘러보며 미소 짓고 있나? 뚱뚱한 돼지들 중에 가장 뚱뚱한 돼지, 이러쿵저러쿵 폼스 씨. 그는 제가 미소라 부르는 것을 짓고 있었지만, 그의 돼지 눈길은 이리저리 뭔가 찾고 있다. 이거 원 빗자루라도 집어 들고 이 연기를 좀 몰아내든가 해야 뭐라도 좀 볼 거 아녀. 그러자 세 명이 그에게로 쪼르르 달려갔다. 언제나 그와 함께 어울리는 치들이었다. 멋진 친구들, 언제나 똑같은 그 인간들. 젊어서 교수대에 매달리는 쪽이 늙어서 담배꽁초를 찾으러 다니는 일보다 낫지. 그들은 넷이서 머리를 맞대고 함께 투덜대며 계속 홀 안을 훑어보았다. 여기서 무얼 좀 보려면 빗자루라도 집어 들어야지.

팬도 돌아가고 있었다. 메크가 프란츠를 쿡 찔렀다.

"저들은 아직 준비가 덜 되었어. 물건을 위해 아직 사람이 더 필요한 거야. 저 뚱보는 사람이 모자라."

"그가 나도 벌써 한 번 건드렸어. 하지만 그와 상종해도 될까. 나한테 과일이라니? 그가 파는 상품이 많은가?"

"그가 어떤 물건을 갖고 있는지는 알지. 과일이라고 하니까. 지나치게 물어볼 수야 없지, 프란츠. 하지만 저자와 어울리는 게 나쁘진 않을걸. 언제나 떡고물이 떨어질 테니까. 저치는 아주 약은 사람이야, 그리고 다른 놈들도."

8시 23분 17초에 다시 한 사람이 그쪽으로 다가갔다. 한 사람—하나, 둘, 셋, 넷, 다섯, 여섯, 일곱, 내 어머니는 당근 요리를 하지—그가 누굴까? 사람들은 말한다네, 영국 왕이라고. 아니, 거대한 수행단을 이끌고 의회 개회식에 가는 영국 왕이 아니다. 이것은 영국 민족이 독립되어 있음을 표시하는 일이지만. 그러나 영국 왕이 아니다. 그럼 누군가? 파리에서 50명의 사진사들에 둘러싸여 켈로그 조약에 서명한 민족의 대표도 아니다. 진짜 잉크병은 너무 커서 가져오지 못하고 세브레산 장비로 만족했다던 그곳? 그 사람들도 아니다. 잿빛 양말을 뒤에 매달고 미끄러지듯 들어오는 그 사람은 바로 라인홀트, 극히 눈에 띄지 않는 사람, 잿빛 속에 다시 더 잿빛인 젊은이. 그들은 다섯이서 서로 머리를 맞대고 술집 안을 찾아본다. 여기서 무어라도 보려면 팬이 돌고 있다 해도 빗자루를 집어 들어야지 원. 프란츠와 메크는 긴장한 채로 자기들의 탁자에서 다섯 명의 형제들을 바라보았다. 그들이 무얼 하려는지 바라보고, 또한 그들이 함께 어떤 탁자에 앉는 것을 보았다.

15분 뒤에 라인홀트는 커피 한 잔과 레모네이드를 들고 지나가면서 예리한 눈길로 실내를 살펴보았다. 그런데 저쪽 벽에서 누가 저를 보고 웃으며 손을 흔드나? 뉘른베르크 시장인 루페 박사는 절대 아니다. 그는 오늘 오전에 알브레히트 뒤러의 날을 맞이하여 축사를 해야 했고, 그의 뒤를 이어 제국 장관인 크로이델 박사가, 이어서 바이에른 주 문화장관인 골덴베르거 박사가 축사를 했다. 따라서 이 두 사람도 오늘 여기 등장할 수는 없다. 리글리 껌은 건강한 이를 만들어주고 신선한 호흡과 소화를 돕는다. 그 사람은 그냥 프란츠 비버코프였다. 그는 얼굴 전체가 일그러지도록 웃고 있었다. 라인홀트가 이쪽으로 다가오자 그는 엄청 기뻤다. 이 사람이 내 교육 대상이자 내 제자, 이제 메크에게 소개할 수 있겠네, 보아라, 그가 오는 모습을. 내가 그를 손에 꽉 잡고 있다. 커피와 레모네이드를 들고 라인홀트가 다가와 그들 옆에 앉아 흐뭇한 소리를 내며 말을 약간 더듬었다. 프란츠는 상냥하고 즐겁게 그에게 유도 심문을 하고 싶어졌다. 메크가 들을 수 있도록 말이다.

　　"요새 집은 어떤가, 라인홀트, 모두 괜찮은가?"

　　"그래, 트루데가 있지, 그냥 익숙해지는 법이니까."

　　그는 아주 천천히 그 말을 했다. 마치 막힌 수도관에서 물방울이 떨어지는 것 같았다. 프란츠는 행복했다. 거의 하늘로 올라갈 지경으로 기뻤다. 자기가 해냈다. 대체 누가? 내가. 그는 환한 표정으로 친구 메크를 바라보았다. 메크는 경탄을 감추지 못했다.

　　"그래, 메크, 우린 세상에 질서를 만들어내지. 못된 것을 버리고. 누구든 와보라고."

프란츠가 라인홀트의 어깨를 토닥였지만 그의 어깨가 움찔하고 뒤로 물러났다.

"이것 보게 친구, 사람은 정신을 차려야 해, 그러면 세상이 잘 돌아가지. 난 언제나 이렇게 말해. 정신을 차리고 견뎌라, 그러면 무엇이 와도 괜찮다."

프란츠는 라인홀트에 대해 아무리 기뻐해도 모자랄 지경이었다. 회개한 죄인이 999명의 의인보다 더 낫다.

"그럼 트루데는 뭐라고 하던가? 모든 게 평화롭게 되어 놀라지 않던가? 그리고 이보게, 자넨 여자들을 향한 분노를 없애서 기쁘지 않은가? 라인홀트, 여자들은 좋은 거야, 재미를 줄 수도 있어. 하지만 보게, 나더러 여자들을 어떻게 생각하느냐고 묻는다면 난 이렇게 대답할 거야. 너무 하찮게 여기지 마라, 그러나 너무 귀하게도 여기지 말라고 말이지. 너무 귀하게 여겼다간 위험해져, 손가락을 빼야 한다고. 그에 대해선 난 노래도 할 수 있다네."

이다의 노래지, 낙원의 노래, 트렙토, 범포 구두, 그리고 테겔. 승리다, 그 노랫소리는 이제 사라졌다, 마시자.

"난 이미 자넬 도왔어, 라인홀트, 여자들과의 일이 잘되도록 말이지. 이제 너는 구세군에 가지 않아도 돼, 우리가 모든 걸 더 잘 해내지. 자 건배 라인홀트, 맥주 한 잔 정도는 마실 수도 있으련만."

그는 커피 잔을 들어 조용히 부딪쳤다.

"네가 뭘 해낼 수 있다는 거야, 프란츠, 어째서, 왜?"

맙소사, 내가 너무 지껄였나.

"그냥 그렇다는 말이지 뭐. 나를 믿어도 되네, 네가 소주를 익히면 좋으련만, 가벼운 퀴멜 소주를 말이지."

상대방이 조용히 말한다,

"나를 놓고 의사 노릇을 하고 싶은 모양이지?"

"그럼 왜 안 되나. 그 일을 내가 잘 아는데. 라인홀트, 난 칠리 일로 전에도 너를 도왔잖아. 내가 이젠 네 편이 아니라고 말할 참이야? 프란츠는 언제나 인간의 친구다. 그는 사람의 마음을 알지."

라인홀트가 눈을 들고 슬픈 눈으로 그를 바라보았다.

"그런가, 그걸 안다 이거지."

프란츠는 그의 눈길을 견디고 자신의 기쁨을 방해받지 않았다. 그가 무엇이든 알아채라지, 그가 알아챘다면 일이 더 잘 풀릴 거다. 다른 사람도 그렇게 호락호락하지는 않으니까.

"그래, 여기 메크가 확인해줄 수 있네. 우린 여러 가지 경험을 했고, 또 그걸 바탕으로 하니까. 그리고 소주 이야긴데, 라인홀트, 자네가 소주를 좀 견딜 수만 있다면 우리 여기서 축하를 하자, 내가 비용을 내지, 내가 전부 내겠다고."

라인홀트는 의기양양하게 가슴을 앞으로 쑥 내밀고 있는 프란츠를 바라보았다. 그리고 호기심에 차서 저를 쳐다보는 키 작은 메크도 보았다. 그런 다음 눈길을 내려 자신의 잔을 바라보았다.

"그래 넌 나를 치료해서 결혼 병신으로 만들고 싶다 이거지."

"건배, 라인홀트, 결혼한 병신 만세, 3 곱하기 3은 9, 우린 돼지처럼 마신다, 함께 노래해, 라인홀트, 시작은 모두 어렵지만 시작 없이는 끝도 없지."

일동 차렷. 대열을 정렬하여 우향우, 앞으로 갓. 라인홀트가 커피 잔에서 고개를 들고 일어선다. 기름진 붉은 얼굴의 품스가 그의 옆에 서서 무어라 속삭인다. 라인홀트는 어깨를 으쓱한다. 그런 다음 품스가 두툼한 연기를 뚫고 즐겁게 소리를 지른다.

"지난번에 벌써 당신한테 물었소, 비버코프, 형편이 어떠신가, 종이 뭉치를 계속 들고 다닐 셈이오? 그 일을 해서 대체 얼마나 버나, 한 부에 2페니히, 시간당 5페니히?"

그런 다음 이리저리 잔을 부딪치고, 과일이나 야채 수레를 맡아라, 품스가 물건을 대면 벌이가 아주 좋다. 프란츠는 그러겠다고 했다가 다시 거부한다. 품스 패거리가 몽땅 마음에 들지 않는다. 놈들은 분명 내 뺨을 때릴 것이다. 말더듬이 라인홀트는 말없이 뒤에 남아 있다. 어떻게 생각하느냐고 프란츠가 그에게 물어보려는데 그가 계속 자기를 쳐다보다 이제야 제 찻잔으로 눈길을 돌리는 꼴을 보았다.

"그래, 자네 생각은 어때, 라인홀트?"

그가 말을 더듬는다.

"어, 나도 함께 하는데."

메크가 안 될 게 뭐 있겠어, 프란츠, 하고 말하자 프란츠는 좀 더 생각을 해보겠다, 아직은 가부간에 말을 하고 싶지 않으니, 내일이나 모레 다시 와서 품스와 이 문제를 상의하고, 또 물건은 어떻고, 어떻게 물건을 받으며 어떻게 계산하고, 또 자기에게는 어떤 지역이 가장 좋을지 등을 이야기하겠다고 말했다.

벌써 모두들 떠나고 술집이 거의 비었다. 품스도 가고 메크와 비버코프도 갔다. 다만 전차 운전수가 바에 서서 주인과 임금 공제를 두고 그게 너무 높다는 이야기를 하고 있었다. 말더듬이 라인홀트는 아직 그 자리에 웅크리고 앉아 있다. 빈 레모네이드 병 세 개와 레모네이드가 절반가량 남은 병 하나와 커피잔 하나가 그의 앞에 놓였다. 그는 집으로 가지 않을 셈이다. 집에는 금발의 트루데가 자고 있다. 그는 생각에 잠겨 계속 궁리를 한다. 일어서서 발을 질질 끌며 홀을 통과해 걸어간다. 면양말이 장화 위로 흘러내린다. 이 인간은 처량맞아 보인다, 누렇게 떠 있고, 입 주위에 깊이 팬 주름, 이마 위로 끔찍한 가로 주름들. 그는 커피 한 잔과 레모네이드 한 병을 더 가져온다.

예레미야는 말한다. 신에게서 마음이 멀어져 사람을 믿는 자들, 사람이 힘이 되어주려니 하고 믿는 자들은 천벌을 받으리라. 벌판에 자라난 덤불과 같아 좋은 일이 와도 보지 못하리라. 아무것도 자라지 않는 소금 땅에서, 뙤약볕만이 내리쬐는 사막에서 살리라. 신을 믿고 의지하는 사람은 복을 받으리라, 복을 받으리라, 복을 받으리라. 물가에 심은 나무처럼 개울 가로 뿌리를 뻗으리라. 아무리 볕이 따가워도 그런 것을 모르고 잎사귀는 무성하며 아무리 가물어도 걱정 없이 줄곧 열매를 맺으리라. 사람의 마음은 모든 것에 거짓되고 부패한 것이니, 누가 그 마음을 알리오?*

빽빽하게 우거진 검은 숲의 물, 무시무시하게 검은 물이여, 너희는 그토록 말이 없구나. 무시무시하게 조용하구나. 숲을

---

*〈예레미야〉 17장 5~9 인용.

둘러싸고 폭풍이 몰아치고 소나무가 휘어지기 시작해도, 가지 사이로 쳐진 거미줄이 찢기고 온 사방에 모든 것이 산산조각 나도 너희 표면은 움직이지 않는다. 너희는 여전히 저 아래 가만히 있지, 검은 물이여, 나뭇가지가 떨어진다.

바람이 숲을 마구 흔들어도 폭풍은 너희에게로 내려가지 않는다. 너희가 있는 바닥에는 용도 없고, 맘모스의 시대는 끝났다, 사람을 놀라게 할 만한 것은 아무것도 없다. 너희 속에서 식물은 부패하고 물고기와 달팽이가 움직인다. 그 이상은 아무것도 없다. 하지만 그렇다 해도, 너희가 비록 물이라 해도 너희는 무시무시하구나, 검은 물이여, 무시무시하게 고요한 물이여.

1928년 4월 8일 일요일

"눈이 오려나, 4월인데도 어쩌면 아직 흰 눈이 내릴까?"

프란츠 비버코프는 자신의 작은 방 창가에 앉아 왼팔을 창턱에 기대고 손으로 머리를 받쳤다. 일요일 오후였다. 방은 따뜻하고 온화했다. 칠리가 점심때 벌써 난방을 해놓고는 저 뒤쪽 침대에서 작은 고양이를 안고 잠을 자고 있었다.

"눈이 오려나? 온통 잿빛이네. 눈이 오면 아주 좋으련만."

프란츠가 눈을 감자 종소리가 들렸다. 몇 분 동안 그렇게 조용히 앉아 종소리를 들었다. 붐, 빔빔붐, 빔밤, 붐붐빔. 머리를 손에서 떼고는 그 소리를 들었다. 묵직한 종 두 개와 밝은 종 하나였다. 종소리가 멎었다.*

어째서 지금 종을 치는 거지? 그는 혼자 물었다. 갑자기 종소리가 다시 시작되었다. 매우 강하고 욕심스럽고 사납게. 두렵게 깨지는 소리였다. 그런 다음 그 소리도 멎었다. 단번에 세

---

*1928년 4월 8일은 부활절이었다. 그러므로 이것은 부활절의 종소리이다.

상이 조용해졌다.

프란츠는 팔을 창턱에서 내리고는 방으로 들어갔다. 칠리가 침대에 앉아 손에 작은 거울을 들고 머리를 곱슬거리게 만드는 핀을 입에 물고 있다가 프란츠가 다가오자 상냥하게 웅얼거렸다.

"오늘 대체 무슨 일이야, 칠리. 축제일인가?"

그녀는 머리를 다듬었다.

"응, 일요일."

"축제일이 아니고?"

"어쩜 가톨릭 축제일인가, 나도 몰라요."

"그렇게 엄청나게 종들을 울리니까."

"어디서?"

"방금."

"난 아무 소리도 못 들었는데. 무슨 소리 들었어요, 프란츠?"

"그럼, 진짜로 천둥처럼 울렸는데, 천둥처럼 큰 소리로."

"당신 꿈을 꾼 모양이네요, 이런."

놀라워라.

"아니, 난 꿈을 꾼 게 아니야. 저기 앉아 있었는걸."

"아마 잠이 들었던 모양이죠."

"아니야."

그는 아주 완강하게 고집을 부렸다. 천천히 움직여서 식탁의 자기 자리에 앉았다.

"어떻게 그런 꿈을 꾸나. 진짜로 들었대도."

그는 맥주를 한 모금 마셨다. 놀라움이 사라지지 않았다.

칠리를 건너다보자 그녀는 거의 울음을 터뜨릴 것 같았다.

"누가 알겠어, 귀여운 칠리, 누구한테 무슨 일이 일어난 건지."

그는 신문에 대해 물었다. 그녀가 웃음을 터뜨렸다.

"없다니까요. 일요일이잖아, 맙소사."

그는 조간신문을 뒤적이며 표제들을 바라보았다.

"온통 하찮은 일들이군. 아니, 이건 아무것도 아니야. 아무 일도 일어나지 않았어."

"당신한테 그렇게 종소리가 들렸다면 프란츠, 교회에 가야 할걸요."

"아, 그 목사들 좀 내버려둬. 그럴 생각 없어. 그냥 너무 웃기는데. 무언가를 들었는데, 찾아보니 아무것도 없다니 말이지."

그는 생각에 잠겼다. 그녀가 그의 곁에 서서 그를 다정하게 쓰다듬었다.

"나 좀 나가서 바람을 쐬어야겠어, 칠리. 잠깐이면 돼. 무슨 일이 있었는지 알아봐야겠어. 저녁에는 〈벨트〉나, 아니면 〈월요일 조간〉*이 있지. 그거라도 봐야겠어."

"프란츠, 그렇게 계속 생각하는 거 하고는. 아마 이런 기사가 실려 있을걸요. 쓰레기차가 프렌츨라우 문에서 고장 나는 바람에 쓰레기가 몽땅 아래로 쏟아졌다. 아니면, 음, 신문 판매원이 잔돈을 거슬러주려다가 실수로 몽땅 내주고 말았다."

프란츠가 웃었다.

"그럼 나가볼게, 안녕, 귀여운 칠리."

"안녕, 귀여운 프란츠."

곧이어서 프란츠는 천천히 층계를 네 번이나 내려갔고, 그

---

*어떤 신문인지 확인되지 않는다. 베를린 지역 광고 신문 특별판으로 나오던 〈월요일〉을 뜻하는 듯하다.

뒤로는 칠리를 두 번 다시 보지 못했다.

그녀는 방에서 5시까지 기다렸다. 그가 돌아오지 않자 그녀는 거리로 나가 프렌츨라우에 이르기까지 주점마다 들러 그를 못 보았느냐고 물었다. 그는 어디에도 없었다. 하지만 그는 신문에서 그 빌어먹을 이야기를 읽으려고 했는데, 대체 무슨 꿈을 꾼 거야, 하고 그녀는 생각했다. 하지만 그가 어디론가 가버렸다. 프렌츨라우 모퉁이 술집 여주인이 말했다.

"아니, 그는 여기 없어요. 하지만 품스 씨가 그에 대해 묻던데. 그래서 내가 비버코프 씨가 어디 사는지 말해주었고, 그가 분명 그곳으로 갔을 텐데."

"예."

"아니면 그를 프렌츨라우 문 앞에서 만났거나."

그래서 칠리는 저녁 늦게까지 거기 앉아 있었다. 술집은 만원이었다. 그녀는 계속 문을 바라보았다. 한번은 집으로 뛰어갔다가 다시 돌아왔다. 메크만 나타났다. 그는 그녀를 위로하고 15분 동안 그녀와 이야기를 나누었다. 그가 말했다.

"금방 돌아올 거요. 그 친구는 빵을 먹는 것에 습관이 되어 있으니. 걱정하지 말아요, 칠리."

하지만 이 말을 하는 동안 벌써 옛날 리나가 자기 곁에 앉아 있던 일이 생각났다. 그녀도 당시 프란츠를 그렇게 찾았지. 저 뤼더스와 함께 신발 끈을 팔던 때 말이지. 그리고 칠리가 다시 질척하고 어두운 거리로 나설 때 그도 따라가고 싶었다. 하지만 그녀에게 겁을 주고 싶지 않았다. 어쩌면 모든 게 그냥 헛소리일 테니까.

칠리는 갑자기 화가 나서 라인홀트를 찾아갔다. 어쩌면 그가 다시 프란츠에게 여자를 소개하고, 프란츠가 자기를 그렇게 기다리게 했을지도 모르는 일이다. 라인홀트의 집은 잠겨 있었다. 아무도, 트루데조차 없었다.

그녀는 천천히 다시 프렌츨라우 모퉁이에 있는 술집으로 돌아왔다. 언제나 다시 이 술집으로. 눈이 내렸지만 도로 녹아버렸다. 알렉산더 광장에서 신문 판매인들이 "월요일 조간"이라고 외치거나, "월요일자 〈벨트〉요"를 외쳤다. 그녀는 모르는 판매인에게서 신문 하나를 사서 들여다보았다. 어디선가 무슨 일이 생겼나, 오늘 오후에 그가 한 말이 옳았나. 그래, 미국에서 열차 사고가 있었다. 오하이오에서, 그리고 공산주의자들과 갈고리 십자가 당원들* 사이에 싸움, 아니다, 프란츠가 거기 끼어들 리가 없어, 빌머스도르프에 엄청난 화재. 내가 무얼 할까. 그녀는 빛나는 티츠 백화점을 지나 도로를 건너 이곳보다 어두운 프렌츨라우 거리로 넘어갔다. 우산도 없이 걸어 다녀서 흠뻑 젖었다. 프렌츨라우 거리의 작은 빵집 앞에 한 무리의 창녀들이 우산을 받치고 서서 통행을 가로막았다. 그들 뒤에서 어떤 집 현관에서 모자도 쓰지 않고 뛰쳐나온 뚱뚱한 사내가 그녀에게 말을 걸었다. 그녀는 재빨리 지나갔다. 하지만 다음 번 사람하고는 말을 할 거야, 대체 이 사람은 무슨 생각을 하는 거야. 이렇게 비열한 일은 아직 내게 없었는데.

9시 45분. 끔찍한 일요일이었다. 이 시간이 프란츠는 도시 다른 구역의 땅바닥에 자빠져 있었다. 머리를 수챗구멍에 처박고 두 다리는 보도에 널브러진 꼴이었다.

*나치 당원.

프란츠는 계단을 내려갔다. 한 계단, 또 하나, 또 하나, 또 하나, 이렇게 모두 네 번 층계를 내려갔다. 계속 아래로, 아래로, 또 아래로. 졸린데, 머릿속이 꽉 막혔다. 그대 수프를 끓이나, 슈타인 양, 그대 숟가락이 있나, 슈타인 양— 그대 숟가락이 있나, 슈타인 양, 그대 수프를 끓이나, 슈타인 양.* 아니, 이래 선 아무것도 안 되지, 저 요물 곁에서 난 땀을 흘렸다. 어서 시원한 공기를 마셔야지. 층계 난간들, 도대체 제대로 된 조명이 없으니 못에 찔릴지도 몰라.

3층에서 문이 열리더니 한 사내가 무거운 걸음으로 뒤따라 내려왔다. 분명 배가 나왔을 거다. 저렇게 숨을 헐떡이는 걸 보면, 그것도 내려가는 길인데 말이지.

프란츠 비버코프는 아래 층 문 앞에 섰다. 대기는 잿빛으로 부드럽고, 금방이라도 눈이 내릴 것 같았다. 계단의 사내가 헐떡이며 그의 옆에 와서 섰다. 작달막하고 동글동글한 사내로 퉁퉁하게 부풀어 오른 하얀 얼굴이었다. 녹색 모피 모자를 쓰고 있었다.

"가슴이 꽉 막히는 모양입니다, 이웃 양반?"

"그래요, 계단을 하도 오르내려서."

그들은 거리를 따라 함께 걸었다. 숨 가쁜 사내가 헐떡였다.

"오늘만 해도 다섯 번이나 층계 네 개를 올라갔죠. 계산해 봐요. 20층. 제각기 평균 계단이 서른 개, 나선형 계단은 짧기는 해도 올라가기가 더 어려운데, 어쨌든 계단 서른 개, 다섯 층이면 150개. 그걸 올라갔다가 내려가기."

*노래 구절.

"그럼 300이군요. 내려가기도 당신에겐 힘이 드는 것 같은데. 내 보기에."

"맞아요. 내려가기도."

"나 같으면 다른 직업을 찾아보겠어요."

무거운 눈송이가 내렸다. 빙글빙글 돌면서 내려 보기에는 좋았다.

"그래요. 나는 광고를 찾아다니죠. 이건 도무지 평일과 일요일이란 게 없어요. 일요일엔 오히려 광고가 가장 많죠. 대부분의 사람들이 일요일에 광고를 내니까. 그날 약속도 가장 많이 잡히고."

"그야, 사람들이 신문 볼 시간이 있으니까요. 이해가 됩니다. 이건 내 분야니까."

"당신도 광고에 관심 있나요?"

"아니요, 난 그냥 신문을 팔아요. 지금은 하나를 읽어보러 가는 길이지만."

"난 벌써 다 읽었어요. 이런 날씨라니. 이런 걸 본 적 있습니까?"

"4월이라, 어제만 해도 날씨가 좋았지요. 조심해요, 내일은 다시 아주 좋을 겁니다. 내기할래요?"

상대가 다시 기침을 했다. 가로등이 벌써 켜졌다. 그는 가로등에 기대서 뚜껑도 없는 작은 수첩을 꺼내더니 얼굴에서 멀찍이 떼고 읽었다. 프란츠가 말했다.

"젖겠어요."

상대가 그 말을 못 들은 채 수첩을 다시 집어넣었다. 대화는 끝났다. 고 프란츠는 생각했다. 작별 인사를 해야지. 그러자 키 작은 사내가 녹색 모자 아래서 그를 바라보았다.

"이웃집 양반, 당신은 무얼 해서 먹고 삽니까?"

"어째서 그럽니까? 나는 신문을 팔죠, 그냥 독립적으로 신문을 팔아요."

"그렇군요. 그걸로 돈을 좀 버나요?"

"그럭저럭 삽니다."

도대체 뭘 바라는 거야, 이상한 사람이네.

"그래요, 나도 언제나 그걸 바랐거든요, 그렇게 독립적으로 돈을 버는 것 말이죠. 아주 좋을 것 같아요. 원하는 일을 하고, 부지런하기만 하다면 그럭저럭 사는 거죠."

"이따금은 그도 안 돼요. 하지만 당신은 많이 돌아다니네요, 이웃 양반. 오늘 일요일에 이런 날씨에, 많은 이들은 돌아다니지 않는데."

"맞아요, 맞아. 난 벌써 반나절이나 돌아다니고 있죠. 그런데 아무것도 안 나와요. 수입이 없어요. 요즘은 사람들이 모두 돈에 쪼들리니."

"무슨 장사를 하십니까? 이런 걸 물어도 된다면."

"난 연금을 조금 타요. 독립적인 사람이 되고 싶었죠, 독립적으로 일해서 돈을 버는 것. 3년 전부터 연금을 받아요. 그전에는 우체국에서 일했지요. 이젠 이렇게 돌아다니고 있어요. 그러니까 신문에서 광고를 읽고는 그곳으로 찾아가 사람들이 광고로 내놓은 물건을 구경하는 거죠."

"가구 같은 거요?"

"무엇이든지요. 중고 사무용 가구, 베히슈타인 피아노, 온갖 종류의 페르시아 양탄자, 자동 피아노, 수집 우표, 동전, 유품으로 나온 옷가지들."

"사람들이 많이 죽으니까."

"아주 많죠. 그럼 그리로 찾아가 물건을 보고 사기도 합니다."

"그런 다음 다시 판다 이거죠, 알겠어요."

이어서 기침쟁이가 다시 말을 멈추고는 외투 안으로 몸을 감추었다. 그들은 부드러운 눈 사이로 걸었다. 다음 번 가로등에서 뚱뚱한 기침쟁이가 호주머니에서 우편엽서를 한 꾸러미 꺼냈다. 울적한 얼굴로 프란츠를 바라보더니 그의 손에 두 장을 쥐여주었다.

"읽어보시오, 이웃 양반."

엽서에는 이렇게 적혀 있었다.

'본인에게 직접 배달. 소인 날짜. 유감스럽게도 본의 아닌 사정으로 어제의 구입 약속을 취소하겠습니다. 경의를 표하면서. 베른하르트 카우어.'

"당신 성이 카우어인가요?"

"예, 그건 복사기로 만든 겁니다. 내가 쓰려고 복사기를 샀어요. 내가 쓰기 위해 산 유일한 물건이죠. 그래서 이걸 만드는 거죠. 시간당 50장까지 만들 수 있어요."

"무슨 말이오. 이건 대체 뭐 하는 겁니까?"

이 친구는 아무래도 머리가 좀 돈 모양인데, 눈도 저렇게 깜박이고.

"읽어보세요. 본의 아닌 상황으로 취소한다. 난 물건을 사겠다고 약속하지만 돈을 낼 수가 없는 겁니다. 돈을 안 내면 물건을 안 내주지요. 그 사람들을 나쁘게 생각할 수도 없고. 나는 언제나 다시 층계를 올라가 물건을 사기로 약속하고는 기뻐하고, 사람들도 기뻐하지요. 일이 잘되었으니까. 하지만 내가 대체 얼마나 나쁜 자식인가 하고 생각하게 됩니다. 그렇게나 좋은 물건들이 있어요, 정말 훌륭한 동전 수집품들이죠, 그런데 사람들이 갑자기 돈이 하나도 없게 되는 겁니다. 그럼 내가 찾아가 모든 것을 살펴보고, 사람들은 또 무슨 일이 일어났는지 이야기합니다, 사람들 사이에 얼마나 비참한 일이 일어나는지, 그러면 그들은 그냥 몇 푼만이라도 손에 쥐려고 하는 거죠. 당신이 사는 그 집에서도 난 어떤 걸 사기로 했어요, 그 사람들 사정이 다급해서 탈수기와 작은 아이스박스를 내놓았고, 그걸 팔 수만 있으면 기뻐할 판입니다. 그런 다음 나는 아래로 내려왔지요, 나도 모든 걸 사고 싶긴 하지만, 아래로 내려오면 정말 걱정됩니다. 돈이 없거든요, 돈이 없어요."

"이문을 남기기 위헤서는 당신한테서 그 물건을 받아줄 사람이 있어야 할 텐데요."

"잘 진행해야지요. 그래서 나는 복사기를 샀어요, 그걸로 이 엽서를 만드는 거지요. 엽서를 보내는 데 5페니히가 드는데, 이 경비를 더해야죠. 그걸로 끝입니다."

프란츠는 눈을 커다랗게 떴다.

"설마 그럴 리가요, 이웃 양반. 설마 진담은 아니겠지요?"

"경비요, 그야 물론 이따금 경비를 줄이지요, 그러니까 5페니히를 아끼느라 나오는 길로 곧장 그들의 편지함에 이 엽서를 넣어버리는 겁니다."

"그러곤 열심히 걷고 숨을 헐떡이고, 하지만 무엇 하러 그러죠?"

그들은 알렉산더 광장에 이르렀다.

그곳에는 사람들이 모여 있었고, 그들은 그리로 다가갔다.

작은 사내는 화를 내며 프란츠를 올려다보았다.

"한 달에 85마르크로 살아보시오, 어떤가."

"하지만 맙소사, 당신 정말로 매상에 신경을 써야겠군요. 당신이 원한다면 내가 아는 사람한테 물어보지요."

"쓸데없는 소리, 그런 부탁은 한 적이 없소. 난 혼자서 일을 꾸려나가고 누구와도 함께 일하지 않아요."

그들은 사람들 패거리 한가운데로 섞였다. 그것은 보통 있는 욕지거리 싸움질이었다. 프란츠는 작은 사내를 찾아보았으나 그는 벌써 사라지고 없었다. 그 사람 그렇게 계속 돌아다니나, 프란츠는 놀랐다. 정말 놀라워라. 내 불행은 대체 어디서 일어났나?

그는 작은 술집에 들어가 큄멜 소주 한 잔을 시키고는 사민당 신문 〈전진〉을 이리저리 넘겼다. 저 〈베를린 조간신문〉에 나온 것 이상의 내용은 없었다. 영국과 파리에서 규모가 큰 달리기 대회가 있다고 했다. 어쩌면 그들은 상당히 많은 돈을 냈을 것이다. 귀가 가려울 정도로 남들이 자기 말을 한다면 아마 그것도 큰 행복이 되었을지 몰라.

이제 집을 향해 돌아서려고 마음을 먹었다. 거리를 건너는데 저쪽 패거리에 대체 무슨 일이람? 커다란 소시지와 샐러드 있어요, 이봐요 젊은이, 커다란 소시지요. 월요일 조간 〈벨트〉요, 월요일자 〈벨트〉!

저 두 사람에 대해 무슨 말을 하겠나. 저들은 벌써 반 시간째 저러고 싸운다, 아무런 이유도 없이. 맙소사, 이러다가 난 내일까지도 여기 있겠네. 이보시오, 당신네들 여기 입석을 이렇게 넓게 차지하기로 아예 전세를 냈소? 아이쿠 뺨이야, 저놈이 매운 걸로 한 방 날리네.

　프란츠가 사람들 사이를 뚫고 맨 앞에 이르러 대체 누가 서로 패고 있나 보니, 그도 얼굴을 아는 두 녀석은 품스를 따라다니는 패거리였다. 키다리 녀석이 뒤에서 목조르기를 한 채로 철썩, 상대를 진창으로 밀어 넣었다. 그놈한테서 벗어나라, 네가 밀린다. 여기 몰려든 사람들은 또 뭔가, 어이, 이봐 경찰이다, 녹색 제복이야. 경찰, 경찰, 토껴라. 어깨에 비옷을 걸친 녹색 제복 둘이서 사람들 사이로 들어왔다. 싸움꾼 한 녀석이 쓱 일어나서는 사람들 사이로 슬그머니 사라졌다. 또 다른 사람, 키 큰 녀석은 아직 일어나지 못했다. 그는 옆구리에 한 방 제대로 맞은 참이었다. 프란츠가 사람들을 뚫고 그에게로 갔다. 이 작자를 여기 이대로 눕혀놓지는 않겠어, 이거야 일종의 공동체니, 아무도 못 건드리지. 프란츠는 그를 팔 밑에 끼고 사람들 사이로 들어갔다. 녹색 제복이 이리저리 찾았다.

　"여기 무슨 일이오?"

　"두 사람이 서로 치고 받고 싸웠어요."

　"찢어져서 갔어요. 벌써 떠났어요."

　경찰은 언제나 하루쯤 늦게 도착한다니까. 어서 가보세요, 우리가 알아서 할 테니까, 순찰 아저씨, 그냥 쓸데없이 흥분하지만 마세요.

　프란츠는 키다리를 데리고 프렌츨라우 거리의 조명이 어두운 어느 현관에 앉았다. 여기서 두 번지 떨어진 곳에서 약 4시간 뒤에 모자를 쓰지 않은 뚱보가 밖으로 뛰쳐나와 칠리에게 말을 걸 것이다. 그녀는 대꾸하지 않고 그냥 간다. 하지만 다음 번 사람에겐 분명하게 대답할 생각이다, 악당 프란츠, 그렇게 사라지다니, 비열한 놈 같으니라고.

프란츠는 현관에 앉아서 맞아서 엉망이 된 에밀을 토닥였다.

"이제 우린 주점에 가도 되겠네. 그렇게 씩씩거리지 마, 그만 삭여야지, 가서 몸을 씻게나. 아스팔트 진창 전체를 몸에 바르고 있는 꼴이니까."

그들은 거리를 건너갔다.

"이제 아무 주점에나 자넬 놓아줄 거야, 에밀, 난 집으로 가야 하니까, 약혼자가 기다려."

프란츠는 그와 악수를 했다. 상대방이 한 번 더 몸을 돌렸다.

"나한테 좋은 일 하나만 해줘, 프란츠. 난 오늘 품스와 함께 물건을 가져와야 하는데. 가는 길에 저쪽 길로 그에게 들러봐, 조금만 가면 되니까, 가줘."

"나더러 어쩌라고, 난 시간이 없는데."

"그냥 말만 좀 전해줘. 난 오늘 못 가, 그가 기다릴 텐데. 그렇지 않으면 그가 일을 못 할 거라고."

빌어먹을, 언제나 무슨 일이 생긴단 말이지. 집으로 가고 싶은데, 칠리를 기다리게 하고 싶지 않은데. 이런 원숭이 같으니, 하지만 내 시간을 도둑맞은 건 아니다. 그는 달렸다. 가로등에 기대서 작은 사내가 수첩을 들여다보고 있었다. 저게 대체 누구야, 내가 아는 사람이잖아. 그가 곧바로 이쪽으로 프란츠를 바라보았다.

"아, 당신이군요, 이웃 양반. 당신은 탈수기와 아이스박스가 있는 집에서 나온 사람이지요. 여기 이 엽서를 넣어주어요, 나중에, 당신이 집에 가거든 말이죠. 우편 요금을 아끼게."

그가 프란츠의 손에 우편엽서를 쥐여주었다. 본의 아닌 사정으로 취소한다는 엽서다. 이어서 프란츠 비버코프는 조용히 걸었다. 이 우편엽서를 칠리에게 보여주어야지, 뭐 그렇게 급한 일은 아니니까. 이 돌아버린 우편엽서 친구를 생각하니 즐거웠다. 언제나 이리저리 돌아다니며 물건을 사지만 지불할 돈이 없다. 그는 새 한 마리를 지니고 다닌다. 그가 지닌 새라는 게 여기저기 흔한 놈 수준이 아니라, 한 가족이 몽땅 먹을 수 있을 정도로 큼직한 놈이구나.

"안녕하시오, 품스 씨. 내가 여기까지 찾아온 게 놀랍지요. 하지만 할 말이 있어서요. 알렉산더 광장을 지나가는데, 거기 란츠베르크 거리 모퉁이에서 싸움이 일어났어요. 한번 가보자고 생각했지요. 근데 누가 싸우고 있었게요? 당신의 에밀, 그 키다리가 작은 녀석, 그 친구 이름이 나처럼 프란츠지, 여하튼 둘이 싸우고 있더라고요."

그러자 품스 씨가 대꾸했다. 어차피 자기는 프란츠 비버코프를 생각하고 있었다. 오늘 오전에 벌써 둘 사이가 뭔가 심상치 않다는 걸 눈치채고 있었다는 것이다.

"그러니까 그 키다리는 오지 않는군. 당신이 대신해요, 비버코프."

"나더러 무얼 하라고요?"

"지금 6시 들어가네. 우린 9시에 물건을 가지러 갈 거요. 비버코프, 오늘은 일요일이고 당신은 어차피 할 일도 없지 않소. 당신의 경비(經費)는 내가 대주지, 어디 보자, 시간당 5마르크면 어떻소."

프란츠는 머리가 어지러웠다.

"5마르크라고요?"

"내가 지금 좀 급하거든. 그 두 녀석이 나를 곤란하게 만들었소."

"그 작은 친구는 올 텐데요."

"그렇게 합시다, 5마르크. 당신 경비는 그러니까, 5마르크 50페니히. 나야 어차피 상관없소."

프란츠는 품스 뒤를 따라 계단을 내려가면서 속으로 마음껏 웃었다. 이거야말로 행운의 일요일이네. 이건 그렇게 금방 손가락 사이로 흘러 빠지지 않지. 진짜구나, 종이 울린 게 무언가 의미가 있었어, 이제 돈을 챙길 수 있겠다. 야, 일요일에 15마르크나 20마르크라니. 경비라니, 내가 무슨 돈 들어갈 데가 있다고. 그는 기뻤다. 저 우편엽서 친구의 엽서가 호주머니에 들어 있다. 집 문 앞에서 그는 품스와 작별하려고 했다. 그러자 품스가 놀랐다.

"아니, 이미 약속이 이루어진 줄 알았는데, 비버코프."

"그래요. 물론이죠. 나를 믿으세요. 하지만 잠깐 올라가 봐야 해요, 헤헤, 여자가 있거든요, 저 칠리, 어쩌면 라인홀트를 통해 이미 아실지도 모르지만, 전에는 그의 여자였으니까. 이 아가씨를 일요일 내내 혼자 집에 놔둘 순 없어서요."

"아니 비버코프. 난 지금 당신을 놓아 보낼 수 없소. 나중에 모든 게 망가질 거요, 난 멍하니 서 있고. 여자 때문에 무슨 그런, 비버코프, 그렇게는 안 되오. 그런 일로 일을 망칠 수야 없지. 그 여잔 당신을 떠나지 않을 거요."

"그거야 압니다만, 옳은 말을 하셨는데, 난 이 여자를 믿을 수 있죠. 하지만 바로 그렇기 때문에, 그렇게 그냥 앉혀둘 수는 없으니까. 그 여자는 아무 말도 못 듣고, 못 보고, 또 알지도 못

할 겁니다. 내가 무슨 일을 하는지요."

"자 그럼 갑시다. 금방 알게 될 게요."

난 무슨 일을 하는 거지? 프란츠는 이렇게 생각했다. 그들은 함께 갔다. 다시 프렌츨라우 거리 모퉁이. 그곳엔 벌써 거리의 여자들이 서 있었다. 몇 시간 뒤 칠리가 프란츠를 찾아 이리저리 헤매면서 보게 될 여자들이었다. 시간이 흐르고 프란츠 주변으로 사람들이 모여들었다. 머지않아 그는 자동차에 타게 될 것이고, 사람들이 그를 붙잡을 것이다. 지금 그는 어떻게 하면 저 돌아버린 친구의 우편엽서를 처리할 수 있을지, 어떻게 하면 잠깐이라도 얼른 칠리에게 올라가 볼 수 있을지 궁리했다. 아가씨가 기다리고 있을 것이다.

그는 품스와 함께 옛 쉰하우젠 거리에서 옆길로 꺾어져 올라갔다. 거기에 자신의 지점이 있다고 품스가 말했다. 위층 사무실에는 불이 켜져 있고, 전화와 타자기를 구비한 방은 제대로 된 사무실로 보였다. 엄격한 얼굴의 나이 든 여인이 프란츠와 품스가 앉아 있는 방으로 여러 번 드나들었다.

"이쪽은 내 아내, 이쪽은 프란츠 비버코프 씨, 오늘 우리와 함께 일할 거요."

그녀는 마치 아무 말도 못 들은 듯이 도로 나갔다. 품스가 책상에서 이런저런 일을 하는 동안 프란츠는 의자에 놓인 〈베를린 신문〉을 읽었다. 귄터 플뤼쇼, 호두 껍데기처럼 작은 배를 타고 3천 마일을 항해하다. 방학 운행 및 노선 운행, 레싱 극장의 피스카토어 연출 라냐 〈호경기〉*, 라냐가 뭐야? 뭐가 봉투고 뭐가 속 내용이란 말인가, 그러니까 연극인가? 인도에 어린이 결혼은 더 이상 없다, 최고 가격 가축을 위한 무덤. 작은 연

대기: 브루노 발터가 이번 시즌 마지막 음악회를 지휘. 4월 15일, 시립 오페라 극장. 연주곡은 모차르트의 내림 마장조 교향곡, 수익금은 빈의 구스타프 말러 기념비 재단에 기증하기로. 화물차 운전수, 32세 유부남, 면허 번호 2a 3b, 개인 사업 또는 화물차 영업 계통에서 일자리 구함.

푬스 씨는 책상에서 성냥을 찾아 시가에 불을 붙였다. 그러자 나이 든 여자가 벽과 동일한 벽지를 바른 문을 열었고, 세 사내가 천천히 들어왔다. 푬스는 쳐다보지도 않았다. 그들은 모두 푬스 패거리였다. 프란츠는 그들과 악수를 했다. 여자가 도로 나가려고 하는데 푬스가 프란츠에게 손짓을 했다.

"이봐요, 비버코프, 당신은 편지를 처리하려고 하지 않았소? 여보 클라라, 그것 좀 처리해줘요."

"정말 친절하시네요, 푬스 부인. 정말로 저를 위해 그런 호의를 베풀어주시겠습니까? 편지는 아니고 그냥 엽서하고, 내 약혼녀한테 보낼 건데."

그는 자기가 사는 주소를 정확하게 말하고, 푬스의 사업장 봉투에 그 주소를 썼다. 그리고 칠리에게는 걱정하지 마라, 10시경에는 돌아올 거라고 전해주고, 그 밖에도 이 엽서를……

그래, 그렇다면 모든 게 처리되었다, 정말로 구원이다. 하지만 삐삐 마른 심술궂은 여자는 부엌에서 봉투를 읽고는 불 속에 집어 던지고, 쪽지는 구겨서 쓰레기통에 던졌다. 그런 다음 그녀는 화덕에 몸을 꼭 기대고 커피를 마시며 전혀 아무 생각

---

*당시의 좌파 연극, 이 연극을 연출한 피스카토어는 1920년대 독일 선동 연극의 선도자였다.

도 하지 않았다. 앉아서 마셨다. 따뜻하다. 이제 차양 달린 모자를 쓰고 두툼한 녹색 군복을 입은 사내가 들어왔을 때 비버코프의 기쁨은 폭풍처럼 격해졌다. 대체 누구기에? 얼굴에 깊은 배수로를 가진 이 사내는 누군가? 언제나 한 발을 질척한 진창에서 끄집어내는 것처럼 그렇게 발을 질질 끌고 걷는 사내가 누구던가? 그래, 라인홀트였다. 그를 보자 프란츠는 마음이 아주 편안해졌다. 그래, 정말 좋다! 나도 함께야, 라인홀트, 무슨 일이든 함께 할 거다.

"뭐, 자네도 함께 하나?"

라인홀트는 찌푸린 채 다리를 질질 끌며 돌아다녔다.

"대단한 결심을 했네."

그런 다음 프란츠는 알렉산더 광장에서의 싸움질 이야기를 시작했다. 그리고 자기가 키 큰 에밀을 도운 일도. 그들 네 사람은 열중해서 들었다. 폼스는 여전히 무언가 쓰고 있었고, 그들은 서로 툭툭 치고는 두 사람씩 속삭였다. 언제나 누군가가 프란츠를 보살폈다.

8시가 되자 출발했다. 모두들 단단히 몸을 휘감았고, 프란츠도 외투 하나를 받았다. 그는 얼굴이 훤해졌고 이 외투가 갖고 싶었다. 그리고 양가죽 모자도. 맙소사.

"가져도 되지." 그들이 말했다. "그 값은 해야겠지만."

출발이다. 바깥은 아주 캄캄했고 끔찍한 진창이었다.

"우린 대체 무슨 일을 하는 거야?"

그들이 거리에 섰을 때 프란츠가 물었다. 그들은 이렇게 말했다.

"우선 자동차가 하나 아니면 둘 있어야지. 그런 다음엔 물건
이야. 사과와 뭐 그런 건데, 그걸 가져와야 해."

그들은 많은 자동차들을 지나치게 버려두었다. 메츠 거리에
서 있는 자동차 두 대를 잡아타고 출발했다.

자동차 두 대는 앞뒤로 나란히 30분 정도 달렸다. 어둠 속이
라 어느 지역인지 알기가 어려웠다. 바이센 호수일 수도 있고,
프리드리히스펠데일 것도 같았다. 친구들은 말한다. 대장이 뭔
가 사려는 거야. 그런 다음 그들은 어떤 집 앞에 멈추었다. 넓은
대로인데, 어쩌면 템펠호프 같기도 하고, 다른 사람들도 어딘지
모른다고 했다. 그들은 시가 연기를 엄청 내뿜었다.

라인홀트는 자동차에서 비버코프 옆에 앉았다. 이 녀석 라
인홀트는 이제 얼마나 다른 목소리를 내고 있나! 그는 말을 더
듣지도 않고 큰 소리로 말했으며 대위처럼 반듯한 자세로 앉아
있었다. 게다가 웃기까지 했다. 같은 자동차에 탄 다른 친구들
은 그의 말을 경청했다. 프란츠는 팔로 그의 목을 끌어안았다.

"이거 봐, 친구, 라인홀트(그는 모자 밑 상대의 목덜미에 대
고 속삭였다), 이제 무슨 말을 할 테냐? 여자들 문제는 내가 잘
처리한 거지? 친구, 안 그래?"

"뭐 그야, 모든 게 잘됐으면 된 거지."

라인홀트는 그의 무릎을 탁 쳤다. 이 친구 한 방 가졌네, 야,
이거, 이 친구 주먹 세다! 프란츠가 헉헉댔다.

"우리가 한 여자 때문에 흥분할 일인가, 뭐. 그런 여잔 아직
태어나지도 않았잖아, 어?"

사막에서의 삶은 자주 아주 힘들다.

낙타들이 찾고 또 찾지만 아무것도 찾아내지 못하고, 어느

날 사람들은 하얗게 바랜 뼈를 찾아낸다.

품스가 트렁크 하나를 들고 다시 차에 올라타자 두 자동차는 멈추지 않고 도시를 질주했다. 정확하게 9시, 그들은 뵐로 광장에 멈추었다. 그리고 제각기 떨어져서 언제나 둘씩 짝을 이루어 걸었다. 교외선 철도 아치 아래를 지났다. 프란츠가 말했다.

"곧 시장 건물에 도착하겠는데."

"벌써 시장 건물이다. 하지만 물건을 저쪽으로 가져가야 해."

갑자기 앞선 자들이 더 이상 보이지 않았다. 교외선 철도 바로 옆에 붙은 빌헬름 황제 거리였다. 이윽고 프란츠도 동반자와 함께 시커멓게 열린 어떤 건물의 현관 안으로 사라졌다.

"여기야."

프란츠 옆에 있던 자가 말했다.

"이젠 시가를 버려."

"대체 왜?"

상대방이 그의 팔을 누르고 그의 입에서 시가를 빼버렸다.

"내가 그렇게 말하니까."

프란츠가 무슨 반응을 보이기도 전에 상대방은 어두운 뜰을 지나 저쪽으로 사라졌다. 저걸 알겠니, 저걸 알겠어, 이런 어둠 속에 사람을 세워놓다니, 대체 놈들은 어디 있는 거야? 그리고 프란츠가 터벅터벅 안뜰로 걸어가는데 손전등 하나가 앞에 나타났다. 눈이 부셨다. 품스였다.

"이것 보시오, 대체 무얼 원하는가? 여긴 찾을 게 아무것도 없어, 비버코프, 저기 앞에 서 있으라고. 그냥 지켜요. 자리로 돌아가요."

"내 생각엔 뭔가 운반해야 할 거 같아서."

"쓸데없는 소리, 자리로 돌아가요. 아무도 당신한테 무얼 하라곤 말 안 했을 텐데?"

전등 빛이 사라졌다. 프란츠는 터벅터벅 제자리로 돌아갔다. 내면에서 무언가가 떨고 있었다. 그는 침을 삼켰다.

"대체 이게 뭐지, 이자들은 어디 있는 거야?"

그는 이미 건물의 정문 앞에 서 있었다. 저기 뒤쪽에서 두 명이 이리로 온다. 도둑이다, 놈들은 도둑질을 하고 있다, 남의 건물에 몰래 침입해서 도둑질을 한다, 난 여기서 떠나야 해, 여기서 떠날 거다, 얼음판이구나, 길이 미끄럽다. 어서 아치 속으로, 어떻게든 알렉산더 광장까지……. 그들이 그를 잡았다. 그중 한 명은 라인홀트였다, 그는 강철 주먹을 지녔다.

"너한테 말하지 않았어? 여기 서서 지키라고 말이다."

"누가, 누가 그런 말을 했어?"

"제길, 헛소리하지 마, 우린 지금 시간이 없어. 너 정말 이해를 못하는구나. 헛된 생각 하지 마, 꼼짝 말고 여기 서 있다가 무슨 일이 생기면 휘파람을 불어."

"난……."

"주둥이 닥쳐, 빌어먹을."

그러곤 프란츠의 오른팔에 한 방을 날렸다. 주먹이 어찌나 센지 그는 몸을 웅크렸다.

프란츠는 시커먼 건물의 문간에 혼자 서서 진짜로 벌벌 떨었다. 내가 무엇 하러 여기 서 있나? 놈들이 나를 참말로 끌어들였다. 저 개새끼가 나를 쳤어. 그들은 저 뒤에서 훔치는 중이다, 대체 무얼 훔치는지는 몰라도 저들은 과일을 파는 자들이 아니라 도둑이다. 검은 나무들이 길게 늘어선 긴 대로, 쇠로 된 문, 입실한 다음 죄수들은 모두 잠자리에 들어야 한다, 여름철에는 어두워질 때까지 밖에 머물러 있는 것이 허용되었다. 저것은 한 중대고 품스가 지휘자다. 내가 가야 하나, 말아야 하나, 내가 해야 하나, 무엇을 해야 하나. 놈들은 나를 이리로 끌어들였다. 이런 사기꾼 자식들. 내게 보초를 서게 하다니.

프란츠는 거기 서서 떨면서 맞은 팔에 통증을 느꼈다. 죄수들은 질병을 감추어서는 안 된다. 그렇다고 일부러 꾸며내서도 안 된다. 그러면 벌을 받는다. 건물 전체가 쥐 죽은 듯 조용하구나. 뷜로 광장으로부터 자동차 경적 소리. 저기 안뜰 저편에서 쿵쿵거리고 바스락거리는 소리, 이따금 손전등이 번쩍이고, 한 명이 잽싸게 빛을 가린 전등을 들고 지하실로 내려간다. 놈들이 나를 여기 가두었다, 여기서 저런 사기꾼 자식들을 위해 보초를 서느니 차라리 마른 빵과 소금물에 삶은 감자가 낫지. 손전등 여러 개가 안뜰에서 번득인다. 엽서를 들고 다니던 사내가 프란츠의 머리에 떠올랐다. 이상한 사람이야, 이상한 사람이다. 게다가 그는 그 자리에서 떠나지 못하고 거기 붙박여 있었다. 라인홀트가 자기를 때린 이후로 그렇다. 그는 그 자리에 못처럼 박혀 있다. 떨쳐버리고 싶지만 되지 않는다, 무언가가 그를 놓아주지 않는다. 세계는 얼음판, 아무것도 할 수가 없다, 세계는 원통처럼 다가오고, 그것은 탱크, 그 안에는 이를 번득이며 뿔이 달린 악마가 있지, 놈들이 사람을 갈기갈기 찢는다, 놈들이 거기 앉아 사슬과 이빨로 사람을 찢어발긴다. 그것이 다가온다, 아무도 비키지 못한다. 어둠 속에서 경련한다.

빛이 있다면 모든 것이 보일 텐데, 그 모양이 어떠하며 전에는 어떠했는지.

나는 가고 싶어, 가고 싶다, 이 사기꾼들, 이 개자식들아, 나는 이런 걸 원치 않아. 그는 두 다리를 움직였다. 내가 도망칠 수 없다면 그야말로 웃기는 일이다. 그는 몸을 움직였다. 마치 누군가 나를 곤죽 속에 처박아놓은 것처럼 이걸 떼어낼 수가 없다. 하지만 그래도 어떻게든 된다, 되고말고. 정말로 힘들지만 그래도 된다. 난 앞으로 간다, 놈들이야 훔칠 테면 훔쳐라, 난 도망친다. 그는 외투를 벗어 들고 안뜰로 돌아갔다. 천천히 두려움에 차서 그러나 외투를 그들이 보이는 곳에 던져야 한다. 어둠 속에서 건물 뒤편을 향해 외투를 던진다. 그러자 다시 불빛이 다가왔다. 두 사내가 외투를 입은 채 그의 곁을 스쳐 달려갔다. 짐을 잔뜩 든 채로, 자동차 두 대는 문 앞에 세워져 있었다. 지나가는 길에 사내들 중 하나가 프란츠의 팔을 쳤다. 강철 같은 일격.

"모든 게 괜찮지, 어때?"

라인홀트였다. 이제 다른 사내 두 명이 바구니를 든 채로 그의 곁을 스쳐 달려갔고, 다른 두 명도 전등 없이 프란츠의 이편과 저편으로 달려갔다. 프란츠는 이를 갈고 주먹을 움켜쥐는 수밖에 다른 길이 없었다. 놈들은 어둠 속에서 안뜰과 현관을 통해 오가며 사나운 짐승처럼 거칠게 움직였다. 그렇지 않았다면 그들은 프란츠를 보고 깜짝 놀랐을 것이다. 왜냐하면 거기 서 있는 사람은 이미 프란츠가 아니었기 때문이다. 외투도 모자도 없이, 눈을 부라린 채 두 손을 호주머니에 집어넣고 쩨려 보고 있었다. 얼굴을 하나라도 알아볼 수 있는지, 저게 누군지,

저건 또 누군지, 칼이 없구나, 기다려라, 어쩌면 재킷에 있지 않을까. 네놈들 프란츠 비버코프를 모르지, 놈을 건드렸다간 뜨거운 맛을 보게 될 거다. 그 순간 짐을 잔뜩 짊어진 네 명 모두 한 줄로 나란히 달려왔다. 작고 뚱뚱한 사람이 프란츠의 팔을 잡았다.

"이리 와, 비버코프, 돌아가자, 모두 잘됐어."

그런 다음 프란츠는 다른 두 사람 사이에 끼여 커다란 자동차 안에 앉았다. 라인홀트가 그의 옆에 앉아서 프란츠를 옆으로 강하게 밀었다. 그건 또 다른 라인홀트였다. 그들은 불도 켜지 않은 채 달렸다.

"대체 어쩌자고 나를 그렇게 밀치나?"

프란츠가 속삭였다. 칼이 없었다.

"주둥이 닥쳐, 아가리 닥치라고, 새끼야. 아무도 찍소리 안 하잖아."

앞차가 미친 듯이 달렸다. 두 번째 자동차의 운전수는 오른쪽 창을 통해 뒤를 바라보고는 액셀러레이터를 밟았다. 그러곤 열린 창을 통해 뒤쪽에 대고 소리쳤다.

"누구든 따라와 봐."

라인홀트가 창문을 통해 머리를 밖으로 내밀었다.

"빨리 빨리, 코너를 돌고 있어."

자동차 한 대가 계속 뒤를 따라왔다. 그때 가로등 불빛에 라인홀트가 프란츠의 얼굴을 보았다. 그 얼굴이 환하게 빛나고 행복한 표정이었다.

"어쩌자고 웃는 거냐, 원숭이 새끼야, 정말 완전히 미쳤나 보네."

"웃을 수도 있지, 네가 무슨 상관이냐."

"네가 웃는 거?"

게으름뱅이 자식, 끄나풀 같으니. 그 순간 갑자기 이런 상황에서 전혀 생각지도 않던 것이 번개처럼 라인홀트의 마음을 스치고 지나갔다. 그래 나를 그토록 골탕 먹이고, 나한테서 여자들을 쫓아낸 자식이 바로 비버코프였지, 그거야 아주 뻔한 일이지, 이 뻔뻔한 뚱보 돼지 자식이 그랬어, 이런 새끼한테 내 얘기를 몽땅 털어놓다니. 갑자기 라인홀트는 자동차 경주에 대해서는 더 이상 생각지 않게 되었다.

빽빽하게 우거진 검은 숲의 물, 너희는 그토록 말이 없구나, 무시무시하게 조용하구나. 숲을 둘러싸고 폭풍이 몰아치고 소나무가 휘어지기 시작해도, 가지 사이로 쳐진 거미줄이 찢기고 온 사방에 모든 것이 산산조각 나도 너희 표면은 움직이지 않는다. 폭풍은 너희에게로 내려가지 않는다.

라인홀트는 생각했다. 이 자식은 여기 이렇게 앉아서, 뒤에 쫓아오는 자동차가 우릴 붙잡을 거라고 생각하겠지. 내가 여기 앉아 있는데, 녀석이 나한테 연설을 해댔어, 이런 짐승 같은 새끼, 그런데도 난 자신을 억눌러야 했다.

프란츠는 소리 없이 계속 웃었다. 길거리로 난 작은 자동차 창문을 통해 뒤를 바라보았다. 저 자동차가 계속 그들을 따라온다, 놈들은 들켰다. 기다려라, 그건 놈들이 받을 벌이다, 내가 체포되는 한이 있더라도 나한테는 나쁘게 대하면 안 되지, 이 사기꾼 악당들, 이 범죄자들아.

예레미야가 말한다, 사람을 믿는 자들은 천벌을 받으리라. 벌판에 자라난 덤불과 같아 아무것도 자라지 않는 소금 땅에서,

뙤약볕만이 내리쬐는 사막에서 살리라. 사람의 마음은 모든 것에 대해 거짓되고 부패한 것이니, 누가 그 마음을 알리오?

그 순간 라인홀트가 제 맞은편에 앉은 사내에게 은밀한 신호를 했다. 자동차에는 어둠과 빛이 번갈아 나타나고, 추격전이 계속되었다. 그들은 넓은 가로수 길로 질주해 들어갔다. 프란츠는 여전히 뒤를 바라보고 있었다. 누군가 갑자기 그의 가슴을 움켜쥐더니 앞으로 확 당겼다. 그는 일어서려다 라인홀트의 얼굴에 가서 부딪혔다. 라인홀트는 끔찍하게 힘이 셌다. 바람이 자동차 안으로 밀려들어 오고 눈발도 날아들어 왔다. 프란츠는 둥근 꾸러미들 넘어 열린 자동차 문을 향해 비스듬히 밀쳐졌다. 그가 소리를 지르며 라인홀트의 목을 붙잡았다. 하지만 옆에서부터 그의 팔을 향해 몽둥이질이 날아들었다. 차에 있던 또 다른 녀석이 그의 왼쪽 엉덩이에 몽둥이를 날렸다. 헝겊 꾸러미를 넘어, 프란츠는 자빠진 채 열린 문을 통해 밖으로 밀려 나갔다. 그는 두 다리로 무엇이든 꼭 붙잡고 매달렸다. 두 팔로는 자동차 승강구 계단을 얼싸안았다.

그 순간 몽둥이가 그의 뒷머리로 날아들었다. 라인홀트가 그의 위로 몸을 굽히고 선 채로 그의 몸을 거리로 밀었다. 자동차 문이 쾅 닫혔다. 뒤따라오던 자동차가 인간의 몸뚱이 위로 질주했다. 눈발을 날리는 추격전이 계속되었다.

태양이 뜨고 아름다운 빛이 나타나면 우리 기뻐하자. 가스등 불빛은 사라져도 된다, 전기등도. 자명종이 울리면 사람들은 자리에서 일어난다. 새날이 시작되었다. 어제가 4월 8일이었다면 오늘은 9일, 어제가 일요일이었다면 오늘은 월요일. 해야 바뀌지 않고 달도 바뀌지 않았지만 그래도 변화가 있었다. 세상은 계속 굴러간다. 태양이 떠올랐다. 이 태양이란 게 뭔지는 아주 분명하지 않다. 천문학자들은 태양이라는 이 물체를 많이 연구한다. 그들 말로는 그게 우리 태양계의 핵심 물체라고 한다. 우리 지구는 작은 행성에 지나지 않으니, 그럼 우린 대체 뭔가? 태양이 떠오르고 우리가 기뻐한다면, 원래는 우울해야 마땅한데, 대체 우리가 무언가 생각을 좀 한다면 말이다. 태양은 지구보다 30만 배나 크단다, 그 밖에 얼마나 많은 숫자들과 영(0)들이 있는지, 그 모든 건 결국 우리가 영 또는 아무것도 아니라고, 그야말로 완전히 아무것도 아니라고 말해준다. 그러니 여기서 기뻐한다면 그야말로 웃기는 일이다.

그런데도 아름다운 빛이 나타나면 우리는 기뻐한다. 하얗고 강한 빛이 거리로 방으로 들어오면 모든 색깔이 깨어나고 얼굴들과 모습들이 드러난다. 형태들을 손으로 만지는 건 기분 좋은 일이지만 바라보는 것, 색깔들을 바라보는 건 행복이다. 사람들은 기뻐하고, 자기가 무엇인지, 무슨 일을 하는지, 무슨 일을 경험하는지 보여줄 수 있다. 4월에도 약간의 따스함을 기뻐한다, 꽃들은 마침내 자랄 수 있게 되어 얼마나 기뻐하는가. 수많은 영들을 지닌 무시무시한 숫자에 무언가 오류가, 어떤 실수가 있는 게 분명하다.

떠올라라, 태양아, 너는 우리를 두렵게 하지 않는다. 그 수많은 킬로미터는 우리에겐 무관한 일이다. 지름도 부피도 상관이 없다. 따스한 태양아, 떠올라라, 밝은 빛이여, 떠올라라. 너는 크지도 않고 작지도 않고, 너는 그냥 기쁨이다.

그녀는 이제 방금 파리발 북부 특급 열차에서 내렸다. 모피를 덧댄 외투를 입고 커다란 눈을 한 채로, 바둑무늬의 조그만 발바리를 팔에 안은 채 특별히 눈에 띄지 않는 여자였다. 사진 사들과 사람들 패거리가 몰려들었다. 라켈은 조용히 미소 지으며 그 모든 일을 침착하게 견디고, 스페인 교민들이 가져온 노란 장미 꽃다발을 가장 기쁘게 받아들였다. 상아 빛깔은 그녀가 좋아하는 색깔이기 때문이다. "베를린이 정말로 궁금해요"라는 말과 함께 이 유명한 여인은 자신의 차에 올라타고서 손을 흔드는 사람들을 뒤로하고 아침 해가 떠오르는 도시 속으로 사라졌다.

제6권

이제 여러분은 프란츠 비버코프가 술을 마시지도 않고 숨지도 않는 것을 보게 된다. 그가 웃는 것을 보게 된다. 사람이란 누울 자리를 보고 다리를 뻗어야 하는 법. 그는 남들이 제게 억지로 일을 시켰기에 분노했다. 아무도 내게 억지로 무슨 일을 시키면 안 된다, 가장 강한 사람이라도 안 된다. 그는 어두운 세력을 향해 주먹을 들어 올린다. 자기에 맞서는 어떤 것이 있음을 느끼지만 아직 보이지는 않는다. 그래서 앞으로도 누군가 제게 망치를 휘두르는 일을 겪어야 한다.

절망할 이유는 없다. 이 이야기를 그 가혹하고 끔찍하고 쓰라린 결말부에 이르기까지 계속하면서 자주 나는 이 말을 하게 될 것이다. 절망할 이유는 없다고. 내가 그 이야기를 들려주는 이 사내는 보통 사람이 아니다. 그래도 우리가 그를 정확하게 이해한다면, 우리도 그와 똑같이 한 걸음 한 걸음 같은 일을 하고, 같은 일을 경험할 수도 있는 일이지, 라고 이따금 말한다는 점에서 보면 역시 보통 사람이다. 이것이 보통 있는 일은 아니더라도 나는 이 이야기에 대해 완전히 침묵하지는 않겠노라고 이미 약속했다.

내가 프란츠 비버코프에 대해 보고하는 것은 잔인한 현실이다. 아무 짐작도 못한 채 집을 나서서 제 의지에 반해 도둑질에 동참하고, 질주하는 자동차 앞으로 내던져진 것 말이다. 그는 바퀴에 깔렸다. 올바르게 허용된 법적인 길을 따르려고 분명 있는 힘을 다했건만. 하지만 바로 이거야말로 절망할 일이 아닌가? 이 뻔뻔하고 구역질나고 비참한 무의미 속에 대체 어떤 의미가 있단 말인가, 대체 어떤 거짓된 의미를 여기 끼워 넣을 수 있으며, 심지어는 그것으로 프란츠 비버코프의 운명을 만들어낼 수 있단 말인가?

그러나 나는 절망할 이유가 없다고 말한다. 나는 이미 몇 가지 알고 있으며, 이것을 읽고 있는 많은 이들도 아마 이미 몇 가지 알고 있을 것이다. 여기서는 천천히 그 의미가 드러날 것이고, 누구든 프란츠가 경험한 것처럼 그것을 경험할 것이다. 그러면 모든 일이 분명해질 것이다.

부당한 재물이 번창한다

라인홀트는 일이 잘 풀렸기 때문에 평소 하던 대로 계속했다.
그는 월요일 낮에야 집으로 들어갔다. 소중한 형제와 자매들이
여, 그사이의 시간 위에다 10제곱미터짜리 이웃 사랑이라는 베
일을 덮어두기로 하자. 앞으로 다가오는 시간에 대해서는 유감
스럽게도 그렇게 못한다. 월요일 일찍 태양이 떠오른 다음, 그
리고 천천히 베를린에서 잘 알려진 소란이 벌어진 다음, 오후
1시, 그러니까 13시에 라인홀트는 시효가 지났는데도 아직까
지 남아 있던 트루데를 자기 집에서 내쫓았다. 그녀는 여기 아
주 정착해서 떠날 생각이 없었다. 주말엔 내 형편이 얼마나 좋
은지, 좋구나, 좋다, 숫염소가 암염소를 찾아가니 좋구나, 좋
다. 다른 이야기꾼이라면 아마도 이쯤에서 라인홀트에게 벌줄
생각을 했을 테지만 난 그렇게 못한다. 일어나지 않은 일을 나
더러 어떻게 하란 말인가. 라인홀트는 극히 명랑했고, 자신의
명랑함을 더욱 강하게 하려고 점점 더 기분 좋아지려고 트루데
를 내쫓은 것이다. 그녀는 정착하려는 본성을 지녔기에 나가기

싫어했지만. 실은 그 자신도 그러기 싫었다. 하지만 그렇게 싫은데도 불구하고 그것은 어느 정도 자동으로 진행되었다. 그것은 주로 그의 중뇌가 관여하는 가운데 이루어졌다. 즉, 알코올의 영향을 강하게 받았던 것이다. 심지어 운명조차 이 남자의 편을 들어준 것이다. 알코올을 들이켠 일은 지난밤의 사건 중 그냥 덮어둔 부분에 속한다. 그러므로 얼른 제자리로 돌아오기 위해 몇몇 중요한 사항들을 재빨리 정리하기로 하자. 프란츠가 우습게만 여기던 약골 라인홀트는 여자에게 심한 말이나 강한 말을 절대로 하지 못했다. 하지만 이날 13시에는 트루데를 무섭게 패줄 수 있었다. 머리끄덩이를 잡아당기고, 거울을 그녀에게 내던져 깨버렸다. 그녀가 소리를 질러대자 마침내 그녀의 입을 심하게 갈겨서 저녁때 그녀가 의사에게 갔을 때는 입이 무섭게 부어 있었다. 이 여자는 겨우 몇 시간 만에 자신이 지닌 온갖 아름다움을 잃어버렸다. 라인홀트가 그토록 세게 손을 댔기 때문이다. 그녀는 그에게 배상 책임을 지울 생각이었다. 하지만 우선은 고약을 입술에 바르고 입을 꾹 다물었다. 이미 말한 것처럼 라인홀트가 이 모든 일을 할 수 있었던 것은 소주 몇 잔이 그의 대뇌를 마비시켰고, 덕분에 원래 아주 튼튼하던 그의 중뇌가 통제할 수 없게 되었기 때문이다.

그는 오후 늦게야 불쾌한 상태로 제정신을 차렸다. 그러곤 놀랍게도 자기 집에 몇 가지 환영할 만한 변화가 일어난 것을 확인했다. 분명 트루데가 가버렸던 것이다. 그것도 완전히. 그녀의 짐도 함께 사라졌기 때문이다. 거울은 깨져 있었고, 누군가 바닥에 피와 침이 뒤섞인 것을 잔뜩 뱉어놓았다. 라인홀트는 자신의 몸 여기저기를 더듬어 다친 곳은 없는지 확인해보았다. 입은 멀쩡했다. 그렇다면 이건 분명 트루데가 뱉어놓은 것, 내가 그년 주둥이를 빠개놓았구나. 그는 아주 기분이 좋아져서, 그리고 자신을 높이 존경하는 마음에 큰 소리로 웃음을 터뜨렸다. 거울 조각 하나를 집어 들고 자신의 모습을 살펴보았다. 뭐라고, 라인홀트, 네가 그 일을 해치웠구나, 정말이지 절대 가능하지 못할 거라고 생각했는데! 귀여운 라인홀트, 귀여운 라인홀트! 그는 기뻤다. 기뻐서 제 뺨을 툭툭 쳤다.

그러고는 생각해보았다. 혹시 다른 녀석이 그녀를 데려갔나, 프란츠가? 어젯밤의 일들이 가물가물했다. 그는 미심쩍어서 주인 여자를 방으로 불렀다. 늙은 불구 여인이었다. 그녀에게 물었다.

"오늘 내 방에서 큰 싸움이 있었나요?"

그러자 그녀가 사납게 대꾸했다. 그가 트루데에게 한 짓은 아주 올바른 일이었다는 것이다. 그건 아주 게으른 계집이라 속치마를 혼자 다림질하는 일도 안 하려 했다고. 뭐라고, 그게 속치마를 입었단 말인가, 그야말로 참을 수 없는 일인걸. 어쨌든 그렇다면 자신이 한 짓이었다. 라인홀트는 얼마나 행복했던지. 그 순간 갑자기 지난밤의 일들이 모조리 생각났다. 훌륭한 여행에 많은 이문, 뚱보 프란츠 비버코프를 끼워 넣었지, 제발 그놈들이 그를 치어 죽이고 트루데를 데려가버렸으면 좋으련만. 신난다, 이거 정말 남는 장사네!

이제 무엇을 한다? 우선 오늘 저녁을 위해 우아하게 차려입어야지. 누구든 나한테 소주 이야기만 해봐라, 손도 대지 않을 테니, 손도 대지 않을 거야, 그런 헛소리. 지금 해치운 이 모든 게 얼마나 힘을 덜어주는데.

그가 옷을 갈아입는데 품스의 부하 한 녀석이 심부름을 와서는 속삭이고, 발을 이쪽저쪽 바꾸어가며 쑥덕거리고 잘난 척을 해대더니 라인홀트더러 당장 술집으로 오라는 전갈을 전해주었다. 하지만 그러고도 족히 한 시간이 지나서야 우리의 라인홀트는 아래로 내려갔다. 오늘은 여자들을 보러 가는 날, 오늘은 품스더러 혼자 품스 노릇을 하라고 해. 저쪽 술집에서는 모두들 뼛속까지 두려움에 사로잡혀 있었다. 라인홀트가 비버코프 문제로 심각한 문제를 만들어냈던 것이다. 만일 그놈이 죽지 않았다면 녀석이 우리를 밀고할 수도 있다. 그가 죽었다면, 맙소사, 그럼 우린 정말로 감방에 들어앉게 된다. 그들이 그의 집에 가서 물어볼 것이고, 그러면 모든 게 드러날 것이다.

하지만 라인홀트는 행복했고, 행운은 그의 편이었다. 그를 어떻게 할 수 없었다. 그가 기억하는 한 가장 행복한 날이었다. 이제 제가 원하는 대로 소주를 마시고 여자들을 데려오고 또 쫓아 보낼 수 있게 된 것이다. 그는 그들 모두를 다시 쫓아버릴 것이다, 이것은 가장 최근에 알게 된 가장 대단한 일이다. 그는 곧바로 사냥을 떠날 참이었지만 품스의 부하들이 그를 가도록 그대로 두지 않았다. 하는 수 없이 그는 2~3일 그들과 함께 바이센제에 몸을 숨기기로 약속했다. 프란츠가 어떻게 되었는지, 그리고 자기들의 사정이 어떻게 돌아갈지 지켜보아야만 했던 것이다. 좋아, 그러지, 라인홀트가 약속했다.

그러곤 그날 밤으로 곧 잊어버리고 어디론가 사라져버렸다. 하지만 아무 일도 일어나지 않았다. 다른 사람들은 바이센제의 어떤 건물에 숨어서 끔찍하게 두려워하고 있었건만. 그들은 이튿날 살그머니 나와서 그를 데려가려고 했지만, 그는 다시 어제 새로 알게 된 카를라라는 어떤 여자에게 가봐야 했다.

정말로 라인홀트가 옳았다. 프란츠 비버코프에 대해서는 아무런 소식도 들을 수 없었다. 그에 대해서는 그 어떤 모습도 그 어떤 소리도 보이거나 들리지 않았다. 이 사내는 그냥 깨끗이 세상에서 사라져버린 것이다. 그렇다면 우리한테 좋을 테지만. 모두들 다시 슬금슬금 나타나서 편안한 마음으로 자기들의 구역으로 돌아갔다.

라인홀트의 방에서는 카를라가 엄청난 담배 연기를 피워 올렸다. 밀짚 같은 연한 금발의 이 여자는 큰 소주병 세 개를 가져왔다. 그는 언제나 약간 맛을 보는 정도였고, 그녀는 그보다 더 많이 이따금 아주 많이 마셨다. 그는 생각했다. 마셔라, 난 때가 되면 마실게, 그럼 너한텐 '안녕히 가쇼'가 되는 거지.

독자들 중 몇 명은 칠리를 걱정하고 있을 것이다. 프란츠가 없으면, 프란츠가 살아 있지 않고 죽었거나, 아니면 그냥 나타나지 않으면 이 가련한 아가씨는 어떻게 될까? 오, 그 아가씨는 벌써 세상을 뚫고 어딘가로 갈 것이니 걱정하지 마시오, 그 아가씨 걱정일랑 전혀 할 필요가 없다. 이런 종류의 여자는 언제나 도로 오뚝 일어서게 마련이니. 예를 들어 칠리는 이틀 살아갈 돈밖에 없었다. 그래서 우리가 생각할 수 있듯이 화요일에는 벌써 여자 사냥을 나서는 라인홀트를 붙잡았다. 베를린 중심가에서 가장 멋쟁이인 이 사내는 진짜배기 실크 셔츠를 입고 있었다. 칠리는 어리둥절해져서 그를 보는 순간 자기가 이 사내에게 도로 반했는지, 아니면 이런 자식과는 영원히 작별을 해야 할지 모르게 되었다.

실러를 자유롭게 인용하자면, 그녀는 옷 속에 칼을 감추고 있었다. 그거야 그냥 부엌칼에 지나지 않았지만 어쨌든 그 비열함의 대가로 라인홀트에게 한 방 찔러줄 셈이었다. 어디가 되었든. 그렇게 그의 집으로 들어가는 건물 문간에 섰는데 그가 친절하게 말을 걸었다, 붉은 장미 두 송이, 차가운 키스*. 그녀는 이렇게 생각했다. 내일까지 지껄여라, 그럼 내가 찔러주마. 하지만 어디를 찌르지? 그 생각에 그만 그녀는 혼란스러워졌다. 저렇게 아름다운 실크를 찌를 수야 없잖아, 이 사내는 정말 아름다운 옷을 입고 있고, 그게 정말 잘 어울린다. 그녀는 그의 옆에서 거리를 따라 걸으며 이렇게 말했다. 그가 프란츠를 쫓아낸 게 분명하다. 어째서 그렇지? 프란츠가 집에 돌아오지 않으니까, 오늘도 안 돌아왔다. 그는 아무 일도 없다, 그 밖에 라인홀트네 집의 트루데도 없어졌다. 그렇다면 일은 아주 분명하네, 라인홀트로서도 아무 말 할 수 없지만, 프란츠가 트루데와 함께 도망친 거군, 자기가 그에게 트루데를 권해주었고, 이젠 아마 시간이 되었던 게지.

그녀가 그 모든 말을 재빨리 받아들이는 것을 보고 라인홀트는 깜짝 놀랐다. 그렇다, 그녀는 그의 집에 이미 갔었고, 여주인이 그녀에게 트루데와의 싸움 이야기를 해주었던 것이다. 이 악당 자식, 칠리는 욕을 했다. 그녀는 부엌칼을 휘두를 용기를 내고 싶었다. 그러니까 넌 지금 또 다른 여자가 생겼구나, 그야 보기만 해도 알 수 있지.

라인홀트는 10미터 밖에서 벌써 알아차렸다. 첫째, 이 여자

*당시의 유행가를 변형한 것. 원래는 "붉은 장미 두 송이, 부드러운 키스."

는 돈이 없다. 둘째, 그녀는 프란츠에게 화가 나 있다. 셋째, 그녀는 나를 사랑한다, 멋쟁이 라인홀트를. 그가 이런 옷을 입으면 모든 여자들이 그를 사랑했다. 특히 이게 이른바 재탕이라면 더욱 그랬다. 그래서 그는 첫째 항목에 대해 그녀에게 10마르크를 주었다. 둘째 항목을 위해서는 프란츠 비버코프의 욕을 했다. 그 자식이 대체 어디 박혀 있는지 정말 알고 싶다. (양심의 가책, 대체 양심의 가책이란 게 어디 있어, 오레스테스와 클리타임네스트라, 라인홀트는 이런 고귀한 분들은 이름조차 아는 바가 없었고, 그냥 마음속 깊은 곳으로부터 프란츠가 죽어서 다시는 나타나지 않기만 바랐다.) 하지만 칠리도 프란츠가 어디 있는지 모르니까, 그걸로 보면 이 사내가 죽은 것이라고 라인홀트는 속으로 감동해서 생각했다. 그리고 셋째 항목에 대해, 즉 재탕의 사랑에 대해서는 이렇게 정리했다. 지금은 내가 임자가 있는 몸이지만 5월에는 당신이 다시 물어봐도 되지. 당신은 귀여운 새니까, 그녀는 욕을 퍼부었지만 이 기쁨을 거의 믿기 어려웠다. 나한테선 모든 게 가능하니까, 하고 그는 얼굴을 환하게 빛냈다. 그런 다음 그들은 작별 인사를 하고 각기 제 갈 길로 갔다. 라인홀트, 오 라인홀트, 당신은 나의 기사, 라인홀트, 당신은 나의 라인홀트, 난 오직 당신만 사랑해.

그는 모든 주점 앞에서 창조주께 소주가 있음을 감사드렸다. 세상에 모든 술집이 문을 닫거나, 독일에 술이 완전히 탈탈 말라버린다면 난 어떻게 하지? 그렇다면 제때 집에 좀 비축해놓아야겠네. 지금 당장 조금 사들이자. 난 정말 약은 사람이야, 그는 이렇게 생각하고는 가게에 서서 종류별로 여러 가지 술을 샀다. 그는 대뇌를 가진 데다가 필요하면 중뇌도 갖고 있으니까.

이렇게 해서 라인홀트에게 일요일에서 월요일로 넘어가는 그 밤의 사건은 일단락되었다. 어쨌든 당장은 그랬다. 그리고 누군가가 이 세상에 정의라는 게 있느냐고 묻는다면 이런 대답을 들으리라. 당장은 없다고, 어쨌든 이번 주 금요일까지는 없다고 말이다.

일요일 밤, 4월 9일 월요일

프란츠 비버코프가 실려 있는—의식이 없이, 그는 켐퍼와 스코폴라민*을 맞은 상태—커다란 개인 승용차는 2시간을 질주해서 마그데부르크에 도착했다. 교회 근처에서 그는 내려졌고 병원에서 두 사내가 격하게 벨을 울렸다. 그는 그 밤으로 수술을 받았다. 어깨 관절 부근에서 오른팔을 절단했다. 어깨뼈 일부가 으깨지고 흉곽과 오른쪽 허벅지도 으깨졌지만 현재로서는 별문제가 없었다. 내부 장기의 손상을 배제할 수 없고, 어쩌면 약간의 간 파열이 있을 수 있지만 그것도 심각한 문제는 아니었다. 기다려야 한다. 피를 많이 흘렸는가? 아무개 대로에 그의 오토바이가 있었다. 분명 뒤에서 받친 것으로 보인다. 자동차는 못 보았는가? 아니, 못 보았다. 우리가 그를 보았을 때는 이미 뻗어 있었다. 우린 Z에서 헤어졌고 그는 왼쪽으로 달렸다. 정말 어두웠다. 거기서 그 일이 일어났다. 그럼 신사 분

*강심제와 진통제.

들은 앞으로 여기 머물 예정인가? 그렇다, 며칠 더. 그는 내 동서인데, 그의 아내가 오늘이나 내일 도착할 것이다. 우리는 저 건너편에 묵고 있다. 혹시 필요할 경우를 위해서. 수술실 문 앞에서 두 신사 중 한 명이 병원 사람들과 한 번 더 이야기를 나누었다. 이 일이 끔찍하기는 하지만, 우리는 당신들이 신고하지 않았으면 한다. 그가 정신을 차리고 이 문제에 대해 어떻게 생각하는지 기다려볼 생각이다. 그는 소송을 좋아하는 사람이 아니다. 그 자신이 벌써 누군가를 친 적이 있어서 매우 예민하다. 그럼 당신들 좋으실 대로. 우선 그가 이 과정을 잘 견디는지 두고 봅시다.

11시에 붕대 교환이 있었다. 월요일 오전이었다. 라인홀트를 포함하여 사건을 일으킨 당사자들은 이 시간에 바이센제의 장물아비 집에서 즐겁게 떠들며 진탕 취해 있었다. 프란츠는 정신이 완전히 들어 깨끗한 방 깨끗한 침대에 누워 있었다. 가슴이 답답하고 끔찍할 정도로 붕대에 감겨 있었다. 그는 자기가 어디 있느냐고 간호사에게 물었다. 그녀는 야간 근무 간호사에게서 들은 것과 조금 전의 대화에서 주워들은 것을 그에게 말해주었다. 그는 모든 것을 이해하고 오른쪽 어깨를 만져보았다. 간호사가 손을 다시 제자리로 돌려놓았다. 가만히 누워 계세요. 그래, 길거리 진창 속에 있을 때 소매에서 피가 흘러나왔다, 그는 그것을 느꼈다. 그런 다음 옆에 사람들이 있었는데, 그 순간 그의 내면에서 무슨 일인가가 일어났다. 순간적으로 프란츠의 내면에서 무슨 일이 일어났던가? 그는 중대한 결심을 했다. 뷜로 광장에 있는 건물 현관에서 쇠처럼 단단한 라인홀트의 주먹을 팔에 맞았을 때 그는 벌벌 떨었다, 그의 발아래

땅도 떨었다. 프란츠는 아무것도 이해하지 못했다.

자동차가 그를 싣고 달릴 때도 바닥이 떨고 있었다. 프란츠는 그걸 느끼고 싶지 않았지만 그래도 발밑의 바닥이 떨었다.

5분 뒤에는 벌써 진창에 누워 있었는데 그때 그의 내면에서 무언가 움직였다. 무언가 찢어지고 터지고 쾅쾅 소리가 났다. 프란츠는 돌처럼 굳어졌다. 그는 내가 차에 치였구나, 하고 느꼈다. 그는 차갑고 조용했다. 프란츠는 난 이제 개죽음을 당할 판이고 그가 명령을 내렸구나, 하고 느꼈다. 아마도 난 망가지겠지. 상관없지만 나는 망가지지 않을 거다. 앞으로 전진. 사람들이 그의 바지 멜빵으로 그의 팔을 묶었다. 그런 다음 그를 판 코 병원으로 태워가려고 했다. 하지만 그는 총 맞은 짐승을 찾아내는 사냥개처럼 사람들의 움직임 하나하나를 주시했다. 아니, 병원은 안 돼요, 그러곤 주소를 말했다. 어떤 주소였던가? 엘자스 거리의 헤르베르트 비쇼, 테겔 감옥에 들어가기 이전 동료였다. 마침 그 순간 이 주소가 생각났다. 그가 진창 속에 누워 있을 때 그것이 그의 내면에서 움직이고, 깨지고, 쾅쾅 소리를 냈다. 순간적으로 그의 내면에서 충격이 나타났다. 어떤 불확실성도 없었다.

그들이 나를 붙잡아서는 안 된다. 그는 비쇼가 거기 살고 있으며 또 집에 있다는 사실을 확실히 알고 있었다. 사람들이 엘자스 거리의 술집으로 달려 들어가 헤르베르트 비쇼라는 사람을 찾았다. 검은 머리의 아름다운 여자 옆에 있던 날씬한 젊은 남자가 일어섰다, 대체 무슨 일인가, 뭐라고, 저 밖에 자동차에, 그는 그들과 함께 자동차로 달려갔고, 여자도 뒤따라 달려오고, 술집에 있던 사람 절반이 달려나왔다. 프란츠는 지금 누가 오는지 알았다. 그는 간신히 버티고 있었다.

프란츠와 비쇼가 서로를 알아보았다. 프란츠가 그에게 열 낱말쯤 속삭이자 그들은 바깥에 자리를 만들었다. 프란츠는 술집 뒤편 침대에 뉘어졌다. 의사가 불려오고 아름다운 검은 머리의 여인 에바가 돈을 가져왔다. 그들은 그의 옷을 갈아입혔다. 사고가 나고 한 시간 뒤에는 벌써 개인 승용차에 실려 베를린을 벗어나 마그데부르크를 향해 달렸다.

정오 무렵 비쇼가 병원으로 와서 프란츠와 이야기를 할 수 있었다. 프란츠는 단 하루라도 불필요하게 이 병원에 머물지는 않을 것이다. 일주일 뒤에 비쇼가 다시 올 것이고, 그사이 에바가 마그데부르크에 머물 것이다.

프란츠는 쇠처럼 조용히 누워 있었다. 그는 자신을 통제했다. 손가락만큼도 과거를 돌아보지 않았다. 2시에 귀부인이 방문했다는 전갈을 들었다. 에바가 튤립을 들고 들어왔고, 그는 거침없이 울면서 훌쩍였다. 에바가 손수건으로 그의 눈물을 닦아주었다. 그는 입술을 빨며 두 눈을 질끈 감고 이빨을 꼭 악물었다. 하지만 턱이 떨렸다. 그는 계속 울었다. 밖에서 간호사가 무슨 소리를 듣고는 문을 두들기더니 에바에게 오늘은 그만 돌아가 달라고 부탁했다. 작별이 환자에게 특별히 힘들었다.

다음 날 그는 완전히 조용해져서 에바를 보고 미소를 지었다. 보름 뒤에 그들이 그를 데려갔다. 그는 베를린으로 돌아왔다. 다시 베를린의 공기를 숨 쉬게 된 것이다. 그가 엘자스 거리의 집들을 다시 보았을 때 그의 내면에서 무언가 움직였지만 그렇다고 훌쩍임에 이르지는 않았다. 그는 칠리와 함께 있던 일요일 오후를 생각했다. 그 종소리를, 그 종소리, 나는 지금

집에 있는데 무언가가 나를 기다린다, 나는 무언가를 해야 한다, 무슨 일인가 일어날 것이다, 하던 느낌. 프란츠 비버코프는 그것을 정확하게 알았다. 지금은 움직이지 않은 채 조용히 자동차에서 내려 들것에 실려갔다.

난 무언가를 해야 한다. 무슨 일이 일어날 것이다, 나는 도망치지 않을 것이다, 나는 프란츠 비버코프니까. 사람들이 그를 집 안으로 실어갔다. 친구인 헤르베르트 비쇼의 아파트였다. 흔히들 중개인이라 부르는 일을 하는 사내였다. 프란츠의 이런 느낌은 자동차에서 떨어진 직후에 나타난 것과 동일한 확실성이었다.

도살장의 동물 숫자: 돼지 11,543마리. 소 2,016마리. 송아지 920마리. 양 14,450마리. 한 방, 휙, 그들은 뻗는다.

돼지, 소, 송아지 들이 도살당한다. 거기 열중할 이유는 없다. 우리는 어디 있는가? 우리는?

에바가 프란츠의 침대를 지켰고, 비쇼도 계속 찾아왔다. 대체 그게 누구였지, 빌어먹을 어떻게 그런 일이 일어났단 말이냐? 프란츠는 물러서지 않았다. 그는 자기 주변에 빵 둘러 쇠로 된 상자를 세우고는 그 안에 버티고 앉아 아무도 안으로 들이지 않았다.

에바와 비쇼, 그리고 그들의 친구인 에밀이 함께 모여 앉았다. 프란츠가 그 밤에 차에 치인 다음 도착한 이후로 이 사내가 완전히 미덥지 않았다. 그는 단순히 자동차에 치인 것이 아니었다. 그 뒤에 뭔가가 더 있다, 대체 밤 10시에 베를린 북부 지역에서 무얼 찾고 있었단 말인가. 10시에는 아무도 돌아다니지 않으니까 신문도 팔지 않는다. 비쇼는 마음속으로 이렇게 생각했다. 프란츠가 뭔가 못된 짓을 하려다가 그 과정에서 일이 일어난 거야. 그러곤 저 너저분한 신문 일이 잘 풀리지 않으니까 부끄러워한다, 그리고 다른 놈들을 까발리려 하지 않는다, 그들을 배신하고 싶지 않은 것이다. 에바도 그와 같은 의견이었다. 그는 무언가 못된 일을 꾸미던 중이었다, 하지만 어떻게 그런 일이 일어났나, 이제 그는 불구다. 우린 아마 사정을 알아낼 수 있겠지.

프란츠가 에바에게 자신의 마지막 주소를 주었고, 그들이 어디 가는지 밝히지 않은 채 그의 짐을 가지러 갔을 때 어느 정도의 윤곽이 드러났다. 여주인은 처음에 짐을 내주려 하지 않다가 5마르크를 받고야 짐을 내주었다. 그런 다음에도 계속 투덜댔다. 사람들이 며칠 간격으로 계속 프란츠에 대해 물어보곤 했다는 것이다. 대체 누가, 그야 품스 패거리와 라인홀트 등이다. 그러니까 품스라 이거지. 이제야 그들은 사정을 알아챘다. 품스 패거리구나. 에바는 제정신이 아닐 정도로 화가 났다. 비쇼도 화를 냈다. 다시 시작한다면 왜 하필 품스냐? 우리도 잘 대해주었을 텐데. 그 작자하고 함께였단 말이지, 하지만 이젠 불구가 되었는데, 반송장이 다 되었는데, 그렇지만 않다면 좀 다른 방식으로 저 친구와 담판을 지을 테지만.

헤르베르트 비쇼가 프란츠와 이야기할 때 에바가 몹시 고집을 부려서 그 자리에 함께했다. 에밀도 참석했다. 이 사건 덕분에 천 마르크는 족히 날아갔다.

"그래, 프란츠." 비쇼가 말을 시작했다. "이젠 상당히 나았지.

이제 거의 일어설 수 있게 되었으니까. 대체 넌 무얼 할 참이
야? 그건 생각해보았나?"

프란츠가 수염투성이 얼굴을 그에게로 돌렸다.

"우선 두 발로 일어설 때까지 기다려."

"그야 우리도 재촉하려는 건 아니야, 안 믿겠지만. 넌 나한
테서 언제나 대접을 잘 받지 않았나. 어째서 우리한테 오지 않
은 거야. 테겔에서 나온 지 1년은 됐을 텐데."

"아직 1년은 아니야."

"좋아, 그럼 반년은 됐겠지. 우리 소식은 알고 싶지도 않았
나, 어?"

건물들, 미끄러져 떨어지는 지붕들, 높고 어두운 안뜰, 외침
소리 천둥처럼 울리고, 유비발레랄레라, 그렇게 시작되었지.
프란츠는 등을 대고 누운 채 천장을 바라보았다.

"난 신문을 팔았어. 너희가 나하고 무얼 어떻게 하겠어?"

에밀이 끼어들어 호통을 쳤다.

"제길, 넌 신문을 팔았던 게 아니야."

이런 사기꾼. 에바가 그를 달랬다. 무슨 일이 일어났구나,
프란츠는 그들이 무언가 알고 있음을 알아챘나. 그들이 무엇을
아나.

"난 신문을 팔았어. 메크에게 물어봐."

비쇼: "메크가 뭐라고 할지는 벌써 알아. 자넨 신문을 팔았
다. 품스 패거리도 과일을 팔지, 뭐 조금. 또 넙치도 판다지, 아
마. 그야 너만이 알겠지."

"하지만 난 아니야. 난 신문을 팔았어. 스스로 돈을 벌었다
고. 그럼 칠리한테 물어봐, 그 여자는 하루 종일 내 옆에 있었

으니까, 내가 무엇을 했는지 물어봐."

"하루 종일 해서 2마르크나 3마르크."

"그보단 많아. 나한텐 충분했어, 헤르베르트."

그들 세 사람에겐 여전히 아주 분명치가 않았다. 에바가 프란츠 옆에 앉았다.

"말해봐, 프란츠, 당신은 품스를 알잖아."

"알아."

프란츠는 더 이상 생각하지 않았다. 그들은 나한테서 캐내려 한다, 프란츠는 자기가 살아 있음을 기억했다.

"그래서?"

에바가 그를 쓰다듬었다.

"품스하고 무얼 했는지 말해봐."

그러자 비쇼가 그녀 곁으로 끼어들었다.

"편하게 말해봐. 제길, 품스가 어떤 인간인지는 나도 알아. 밤에 대체 어디 있었던 거야. 내가 모를 거라고 생각하나. 너도 함께한 거지. 나한테야 상관없는 일이지만. 그야 네 일이니까. 자네가 그 작자들한테 간다 이거지, 그들을 알고, 그 늙은 악당, 그러면서 우리 곁엔 오지도 않고."

에밀이 소리 질렀다.

"이것 봐, 우린 그냥 좋게 하려는 거야, 만일……."

비쇼가 그에게 신호를 했다. 프란츠가 눈물을 흘리고 있었다. 병원에서처럼 그렇게 고약하지는 않지만 그래도 정말 끔찍했다. 그는 흐느껴 울면서 고개를 이리저리 흔들었다. 머리에 한 방 맞았다. 그리고 가슴에도 한 방 맞고, 그런 다음 문을 통해 자기를 밖으로, 달리는 자동차 앞으로 내던졌다. 자동차에 치여서 팔이 사라졌다. 자기는 이제 병신이 된 것이다. 두 사내가 밖으로 나갔다. 그는 조용히 계속 흐느꼈다. 에바가 손수건으로 그의 얼굴에서 눈물을 계속 닦아주었다. 그런 다음 프란츠는 조용히 누운 채 눈을 감았다. 그녀는 그를 관찰하면서 그가 잠들었다고 생각했다. 그 순간 그가 눈을 떴다. 완전히 깬 모습으로 이렇게 말했다.

"헤르베르트와 에밀더러 들어오라고 해줘, 이리로 오라고."

그들이 얼굴을 떨어뜨리고 안으로 들어왔다. 그러자 프란츠가 물었다.

"너희들은 품스에 대해 무엇을 알지? 그에 대해 뭔가 아는 게 있어?"

나머지 세 사람은 서로 눈길을 교환하고 이게 무슨 소린지 이해하지 못했다. 에바가 그의 팔을 가볍게 토닥였다.

"하지만 프란츠, 당신도 그를 알잖아."

"난 지금 너희가 그에 대해 무엇을 아는지 알고 싶은 거야."

에밀: "그가 아주 교활한 사기꾼이라는 거, 그리고 저 존넨부르크 교도소에 5년간 있었다는 거. 종신 징역 아니면 15년형을 받았어, 과일 장사로."

프란츠: "그는 과일 장사로 먹고살지 않아."

"아니지. 그는 고기를 먹어, 그것도 아주 많이."

비쇼: "하지만 제길, 프란츠, 넌 어제 나온 사람이 아니잖아, 너는 그걸 알고 있겠지, 그 사람을 보면 알 거 아닌가."

프란츠: "난 그가 과일 장사로 먹고산다고 생각했어."

"그렇다면 넌 무슨 생각으로 일요일에 그놈하고 그렇게 돌아다닌 거야?"

"우린 과일을 가져올 참이었어."

프란츠는 아주 편하게 누워 있었다. 헤르베르트는 그의 얼굴을 보려고 그의 머리 위로 몸을 굽혔다.

"그럼 넌 그 말을 믿었단 말이야?"

프란츠가 다시 눈물을 흘렸다. 이번에는 아주 조용히, 그리고 입을 꾹 다물었다. 자기는 계단을 내려갔다, 어떤 사내가 수첩에서 주소를 찾았어, 폼스네 아파트에 갔었지, 폼스 부인이 칠리에게 자신의 쪽지를 보내기로 했었다.

"물론 믿었어. 하지만 나중에야 그들이 나를 망보기로 고용했다는 걸 알았어, 그러곤······."

세 사람은 서로 바라보았다. 프란츠가 하는 말이 사실이다, 하지만 정말 믿을 수가 없구나. 에바가 그의 팔을 건드렸다.

"그래서 그다음엔?"

프란츠는 이미 입을 열었다. 이젠 그걸 말해야 한다, 그 말을 뱉어야 한다, 곧 말이 끝나겠지. 그는 이렇게 말했다.

"나는 그걸 원하지 않았지, 그래서 그들이 나를 자동차에서 밖으로 내던진 거야, 뒤에 자동차가 따라오고 있었거든."

침묵, 더는 아무 말도 없었다. 나는 자동차에 치였다. 나는 죽을 수도 있었다, 그들이 나를 죽이려고 했다. 그는 훌쩍이지 않고 자신을 완전히 통제했다. 이를 꼭 악물고 다리를 쭉 뻗으며.

세 사람은 그 말을 들었다. 이제 그가 입을 열어 말을 했다. 그건 진실이었다. 그들 세 사람은 즉시 그것을 알아챘다. 베어들이는 자가 있으니, 그 이름은 죽음, 그는 위대한 신에게서 권능을 받았다.

헤르베르트 비쇼가 더 물었다.

"그럼 프란츠, 이것만 좀 말해봐, 우린 금방 나갈 거야. 너는 신문을 팔려고 했기 때문에 우리에게로 오지 않은 건가?"

그는 말을 할 수가 없었다. 그는 생각해보았다. 그래, 난 착실하게 살 생각이었다. 난 마지막까지 착실하게 살았어. 그렇다고 너희가 그걸로 기분이 상할 거야 없지, 내가 이쪽으로 오지 않았다고 해서 말이야. 너희는 내 친구였다. 난 너희 중 그 누구도 배신하지 않았어. 그는 말없이 누워 있었다. 그들은 밖으로 나갔다.

프란츠가 다시 수면제를 먹은 다음, 세 사람은 함께 아래층 주점에 앉았다. 말이 나오지 않았다. 그들은 서로 바라보지도 않았다. 에바는 몸을 떨었다. 이 여자는 프란츠가 이다와 함께 살고 있을 때 그를 원했었다. 하지만 이다가 이미 브레슬라우 녀석과 데이트하고 있는데도, 그는 이다의 곁을 떠나지 않았다. 그녀는 비쇼와 사이가 좋았고, 원하는 것은 모두 그에게서 얻었지만, 아직도 프란츠를 마음에 품고 있었다.

비쇼는 뜨거운 그로그 주를 주문했다. 세 사람 모두 동시에 술을 목구멍에 들이부었다. 비쇼가 다시 술을 주문했다. 그들의 목구멍은 닫혀 있었다. 에바는 손과 발이 얼음장처럼 차가웠다. 그동안 내내 그녀의 뒷머리와 목덜미에 차가운 것이 쏟아지는 것 같았고, 심지어는 허벅지도 얼어붙는 것만 같았다. 그녀는 다리를 포개고 앉았다. 에밀은 머리를 두 팔에 넓게 기댔다. 그는 혼자 씹으면서 제 혀를 맛보았다. 그러곤 침을 삼켰다. 그런 다음 바닥에 침을 뱉었다. 젊은 헤르베르트 비쇼는 마치 말을 탄 것처럼 뻣뻣한 자세로 의자에 앉아 있었다. 그는 부하들 앞에 선 소위처럼 보였다. 얼굴에는 아무 표정도 없었다.

그들은 여기 술집에 앉아 있는 게 아니었다. 그들은 제 껍질 속에 있지 않았다, 에바는 에바가 아니고, 비쇼는 비쇼가 아니고, 에밀은 에밀이 아니었다. 그들 주변에 벽이 세워지고 다른 대기와 어둠이 그 안으로 들어왔다. 그들은 아직도 프란츠의 침대 곁에 앉아 있는 거였다. 그들의 떨림이 프란츠의 침대로 넘어갔다.

베어 들이는 자가 있으니, 그 이름은 죽음, 그는 위대한 신에게서 권능을 받았다. 오늘 그는 칼을 갈지, 칼은 훨씬 더 잘 든다.

비쇼가 탁자 쪽으로 고개를 돌리고는 쉰 목소리로 말했다.

"그렇담 그가 누구였을까?"

에밀: "누구 말이야?"

비쇼: "그를 밖으로 밀어낸 놈."

에바: "놈을 잡으면, 약속해, 헤르베르트."

"나한테 그런 말 할 필요는 없어. 뭐 그런 게 다 세상에 돌아다니고 있어. 하지만. 하지만."

에밀: "제길, 헤르베르트, 무언가 생각을 해낼 수 있잖아."

그것에 대해선 듣지 못했다, 그에 대해선 생각지 못했다. 에바는 무릎을 덜덜 떨면서 간청했다.

"헤르베르트, 에밀, 뭔가를 해봐."

이런 공기에서 벗어나게. 베어 들이는 자가 있으니, 그 이름은 죽음. 헤르베르트 비쇼가 결론을 내렸다.

"그게 누군지 모른다면 어쩌겠나. 우선 그게 누군지 알아내야지. 아니면 우리가 그 품스 패거리 전체를 고발하거나."

에바: "그럼 프란츠도 함께 가게?"

"뭐 그렇게 할 수 있다는 말이지. 프란츠는 거기 없었어, 제대로는 아니야. 그건 장님이라도 볼 수 있지, 어떤 판사라도 그의 말을 믿을걸. 그건 입증될 수 있어. 그들이 그를 자동차 밖으로 던졌으니까. 안 그랬다면 그들이 그런 짓을 하진 않았을 테지."

그는 자동차에 치였다, 그런 개새끼들. 그걸 생각해야지.

에바: "어쩌면 그게 누군지 나한테 말할지도 몰라."

오물 덩어리처럼 누워 있던 사람, 그에게선 아무것도 얻을 수가 없었다. 그게 프란츠다. 나를 내버려둬, 내버려둬. 팔은 사라졌다, 이젠 도로 나오지 않아. 그들이 자동차에서 나를 밖으로 밀었다, 그래도 내 머리는 남겨두었지, 이걸 견디고 쓰레기 더미에서 수레를 빼내 앞으로 나가야 한다, 우선 걸을 수 있어야 돼.

그는 이 따스한 날씨에 놀랄 만큼 빠르게 생기를 되찾았다. 아직 일어나서는 안 되었지만 그는 벌써 일어서서 걸었다. 비쇼와 에밀은 계속 경제적 형편이 좋은 터라 그가 원하거나, 의사가 필요하다고 말하는 것을 모조리 해주었다. 프란츠는 두 다리로 서고 싶었다. 그는 자기에게 주어진 것을 먹고 마셨다. 돈이 어디서 났는지는 묻지 않았다.

그사이 그와 다른 사람들 간에 대화가 몇 번 있었지만 별로 중요하지 않은 것들이었다. 그의 앞에서는 품스 일을 건드리지 않았다. 그들은 테겔 이야기를 하고 이다 이야기도 많이 했다. 그녀를 인정하는 말과 또 그렇게 젊은데 그런 일이 일어난 것을 슬퍼하며 이야기했다. 하지만 에바는 그녀에게 어두운 구석이 있었다는 말도 했다. 그래서 모든 게 테겔 이전처럼 되었다. 그러는 사이, 건물들이 흔들리고 지붕들이 미끄러져 떨어지려 했던 것, 또 프란츠가 건물의 안뜰에서 노래를 부르고 맹세했던 것, 내 이름 프란츠 비버코프에 걸고 착실하게 살 거라고 맹세했던 것 등에 대해선 아무도 알지 못하고 또 그에 대한 이야기도 나오지 않았다. 이전의 일들은 이제 끝났다.

프란츠는 조용히 그들 곁에 누워 있거나 앉아 있었다. 옛날에 알던 온갖 사람들이 찾아오고 또한 아내나 여자 친구들을 데려왔다. 마치 그가 방금 테겔에서 나와 사고를 당한 것 같았다. 사람들은 묻지 않았다. 그들은 그게 어떤 종류의 사고인지 알았고, 또한 스스로 생각할 수도 있었다. 사람들 속으로 들어갔다가는 팔에 총알을 맞거나 다리가 부러지기 십상이니까. 그래도 존넨부르크 교도소에서 멀건 수프를 먹는 것이나 폐결핵으로 죽는 것보단 낫다. 그야 뻔한 것 아닌가.

그러는 사이에 품스 패거리들도 프란츠가 어디 있는지 냄새를 맡았다. 대체 누가 프란츠의 물건을 가져갔단 말인가? 그들은 재빨리 확인했다. 그들도 그를 알고 있으니까. 그리고 비쇼가 알아채기도 전에 그들은 프란츠 비버코프가 그의 집에 누워 있다는 사실을 알아냈다. 비쇼가 그의 옛날 친구이고, 프란츠는 이번 일에서 겨우 팔 하나만 잃었다, 그놈 운 한 번 좋네. 그 이상은 아무 일도 없었지만 어쨌든 그가 멀쩡하게 살아 있다는 것만은 분명했다. 녀석이 밀고나 하지 않을지 누가 알겠는가.

그러자 그들은 곧바로 라인홀트에게 덤벼들었다. 그가 그렇게 멍청한 데다 프란츠 비버코프 같은 자식을 패거리에 끌어들였기 때문이다. 하지만 아무도 라인홀트에게 함부로 대하지 못했다. 전에도 그랬지만 지금은 더욱 함부로 하지 못했다. 심지어는 늙은 품스도 그에게는 심하게 대하지 않았다. 녀석이 두려움을 일으키는 방식으로 사람을 쳐다보는 데다가, 그 누런 얼굴과 이마에 난 예리한 가로 주름을 보라. 그는 건강하지 못했다. 쉰 살을 채우지 못할 것이다. 하지만 어디가 조금 아픈 사람들, 그들이 가장 위험한 놈들이다. 그가 차가운 웃음을 지으며 주머니를 뒤져서는 서슴없이 총을 발사하리라는 것을 믿어도 좋았다.

프란츠가 아직 살아 있다는 것은 위험한 일이었다. 라인홀트만 머리를 흔들고 이렇게 말했다. 그렇게 흥분하지 마. 놈은 자신을 지키기도 힘들고 신고하기도 힘들어. 한 팔을 잃은 걸로 충분치 못하다면 한번 덤벼보라고 해. 그럼 우리가 끝장날 판인데. 그래도 놈이 먼저 목숨을 잃어야 할걸.

그들은 프란츠를 두려워할 필요가 없었다. 한번은 에바와 에밀이 프란츠 곁에 앉아서 그게 어디였으며, 누가 그랬는지 묻고, 그가 혼자서 그들에게 맞서기 어렵다면 다른 사람들도 그의 편이 되어줄 거라고 말했다. 베를린에 아직은 사람들이 있으니까. 하지만 이야기가 거기에 이르자 그는 조용해져서 거부의 손짓을 했다. 내버려둬라. 그런 다음 그가 창백해지더니, 다시 눈물을 흘리기 시작한 것은 아니라도 숨을 거칠게 몰아쉬었다. 그런 이야기를 하는 건 아무 쓸모도 없다. 대체 무엇 하러, 그런다고 팔이 도로 자라는 것도 아닌데, 할 수만 있다면 나는 베를린에서 멀리 떠날 테지만, 그러나 이런 불구의 몸으로 무엇을 하랴?

에바: "그것 때문이 아니야, 프란츠, 당신은 불구가 아니야.

그들이 당신한테 한 일을 내버려둘 수가 없어. 자동차에서 밖으로 밀어내다니."

"그런다고 내 팔이 자라는 것도 아니야."

"하지만 그들도 대가를 지불해야지."

"무슨?"

에밀이 제안했다.

"우리가 그놈 대가리를 박살 내든가 아니면 놈이 긴 그 패거리들이 자네한테 한 짓에 대해 대가를 치러야지. 우리 협회와도 이미 이야기를 하는 중이야. 다른 작자들이 그를 대신하든지, 아니면 품스와 그 패거리가 그를 쫓아내야지. 녀석들은 지들이 누구를 상대하는지, 지들이 어떻게 당할지 알아야지. 그 팔뚝 값은 치러야 한단 말이지. 그것도 오른팔인데. 놈들은 너한테 연금이라도 내야 한단 말이다."

프란츠가 머리를 가로저었다.

"머리를 젓다니 그게 대체 무슨 말이야. 우리가 그따위 짓을 한 놈의 대가리를 부셔놓겠다니까. 그건 범죄야. 법정에 고발할 수 없다면 우리가 나설 수밖에 없어."

에바: "프란츠는 어떤 협회에도 소속되어 있지 않아, 에밀. 게다가 누구하고도 함께하지 않겠다고 말하는 거 들었잖아."

"그야 제 권리인데, 제가 안 쓰겠다는 거고. 언제부터 다른 사람에게 무얼 하라고 강요할 수 있게 된 거야? 우린 그냥 사나운 패거리가 아냐. 그런 놈들은 인디언한테나 가보라고 해."

프란츠는 머리를 저었다.

"너희가 나를 위해 지불한 것은 잔돈까지 모조리 돌려줄게."

"우린 그걸 원하는 게 아냐, 그럴 필요도 없고, 정말 필요 없어. 그냥 일을 깨끗하게 정리하려는 거야, 빌어먹을. 그런 일을 이대로 둘 순 없으니까."

에바도 단호한 태도로 말했다.

"아니 프란츠, 그건 그냥 둘 수 없지. 놈들이 당신의 신경을 예민하게 만들었고, 그래서 당신은 그러자고 말하지 못하는 것뿐이야. 하지만 우릴 믿어도 돼. 품스는 우리 신경을 망가뜨리진 못할 거니까. 헤르베르트가 말하는 거 들어봐. 베를린에서 사람들이 놀랄 만한 피비린내가 퍼질 거라는 거야."

에밀이 고개를 끄덕였다. "물론이지."

프란츠 비버코프는 앞을 똑바로 바라보며 생각했다. 저들이 말하는 건 나하고 상관없는 일이야. 그들이 무얼 하든지 그것도 나하곤 상관없어. 그런다고 내 팔이 자라는 것도 아니고, 팔이 사라진 것도 아주 옳은 일이야. 그건 없어진 게 옳아, 여기 짖어댈 일은 없지. 그게 끝도 아닌데.

그리고 그는 그 모든 사정이 어땠었나를 다시 생각했다. 내가 제 여자를 인수하지 않았다는 이유로 라인홀트가 내게 증오심을 품었다. 그래서 놈이 나를 자동차 밖으로 떠민 것이다. 그래서 나는 마그데부르크의 병원에 누워 있었던 거고. 나는 착실하게 살려고 했다. 그래서 여기 도달했다. 그는 침대에서 몸을 쭉 뻗으며 침대보 위로 주먹을 꼭 움켜쥐었다. 그래서 여기 이른 것이다, 바로 그래서. 앞으로도 계속 보아야지. 그럴 거야.

그리고 프란츠는 달리는 자동차 앞으로 자기를 떠민 놈이 누군지 밝히지 않았다. 친구들은 조용해졌다. 언젠가는 그가 말을 하겠거니 생각했다.

프란츠는 케이오되지 않았다,
그들은 그를 케이오시키지 못했다

돈이 넘치도록 많은 품스 패거리는 베를린에서 종적을 감추었다. 그들 중 두 명은 오라니엔부르크 지역의 시골집에 숨었다. 품스는 천식 때문에 알트하이데 온천으로 가서 제 낡은 기계에 기름칠을 했다. 라인홀트는 매일 가볍게 어느 정도의 소주를 마셨다. 이 사내는 그것을 즐기며 거기 익숙해졌다. 사람이란 자기 삶의 어떤 요소를 장악해야지, 그동안 그런 것 없이 그냥 커피와 레모네이드만으로 살아왔다는 게 아주 멍청한 일로 여겨졌다. 그런 건 거의 사는 것도 아니었다. 이 라인홀트는 수천 마르크를 저축하고 있었는데, 그건 아무도 모르는 일이었다. 그 돈으로 무언가 하고 싶었지만 무엇을 해야 할지를 몰랐다. 다만 다른 녀석들처럼 시골집으로 가는 것은 싫었다. 그래서 그는 세련된 여자 하나를 꾀었다. 좋은 세월을 이미 보내버린 여자였는데, 그녀를 위해 그는 뉘른베르크 거리에 최상급 건물 하나를 세냈다. 그는 호화로운 생활을 하고 싶거나 공기가 깨끗하지 못하다고 느껴질 때면 그곳에 숨었다. 그렇게 모든 게 말끔히 정리되었다. 그에겐 서쪽에 영주와도 같은 건물이 있었고, 물론 그와 나란히 낡은 아파트도 있었다. 그리고 거기엔 몇 주 간격으로 계속 바뀌는 여자가 있었다. 그는 이 노릇을 그만둘 수가 없었던 것이다.

5월 말에 품스 패거리 몇 명이 베를린에서 만났을 때 그들은 프란츠 비버코프 이야기도 나누었다. 그 자식 때문에 협회에 소문이 돌았다는 말도 들었다. 헤르베르트 비쇼가 사람들 사이에 우리에 대한 적대감을 만들어냈다. 우리더러 더러운 자식들이라고 했다. 비버코프는 우리와 함께 일할 생각이 없었는데 우리가 억지로 그런 일을 시키려 했고, 그러다 나중에 그를 자동차에서 밀어냈다는 것이다. 하지만 우리도 그가 우리를 밀고 하려 한다는 말을 퍼뜨렸다. 억지로 일했다는 건 말도 안 된다, 아무도 그를 건드리지 않으니까, 하지만 나중엔 우리한테 아무런 방책도 남지 않았다. 그들은 거기 앉아서 머리를 가로저었다. 협회와의 갈등을 원하는 사람은 아무도 없었다. 그랬다간 두 손 묶인 채 길거리에 누운 꼴이 된다. 그래서 그들은 이런 생각을 했다. 우리의 좋은 의도를 보여주어야 한다. 우리는 프란츠를 위해 모였다. 그가 선량한 꼴을 보였으니 우리도 그의 회복을 위해 뭔가 도움을 좀 주어야 한다. 병원비가 얼마나 들었나. 그가 그냥 빈털터리로 돌아다니게 할 수야 없지.

라인홀트만은 그 새끼를 완전히 죽여버려야 한다고 고집을 피웠다. 다른 사람들도 거기 반대하는 건 아니지만, 근본적으론 아니지만 당장은 아무도 그런 일에 나설 수 없고, 게다가 어쨌든 그 불쌍한 자식이 팔 하나만 갖고 돌아다니는 거야 봐줄 수도 있지. 다만 일을 어떻게 시작하고 추진해야 할지 알 수가 없었다. 그 자식은 특별히 운이 좋은 놈이라니까. 그들은 몇백 마르크의 돈을 모았다. 물론 라인홀트는 한 푼도 내지 않았다. 그러자 누군가 비버코프에게 가야만 하는데, 물론 헤르베르트 비쇼가 없을 때 가야 한다.

프란츠는 평화롭게 〈베를린 조간신문〉을 읽었다. 그런 다음 대중 주간지를 읽었다. 이 주간지는 정치 기사가 없어서 그가 가장 좋아하는 것이었다. 그는 27이라는 숫자를 연구했다. 11월 27일은 물론 오래전의 일이다, 크리스마스보다도 더 이전이다. 그때는 폴란드 여자 리나가 있었지, 지금 그 여자는 무엇을 하고 있을까? 신문에는 전 황제의 새 매부 결혼식 이야기가 나와 있었다. 공주는 지금 61세, 신랑은 27세, 이 결혼식을 위해 그녀는 황금 막대기의 비용을 지불했다. 신랑이 왕자가 되는 것이 아니기 때문이다. 형사들을 위한 방탄조끼, 그런 건 절대로 안 믿지.

갑자기 에바가 밖에서 어떤 사람과 시비가 붙었다, 아 저 목소리는 내가 아는데. 그녀는 그를 들여보내지 않고 자신이 손수 검사하려고 했다. 프란츠가 주간지를 손에 든 채 문을 열었다. 저거 품스 패거리의 슈라이버 아니야.

대체 무슨 일이야? 에바가 방을 향해 소리쳤다.

"프란츠, 이 사람이 헤르베르트가 여기 없는 걸 알고 안으로 들어가려 한단 말이야."

"대체 무엇 때문에 그러나, 슈라이버, 내게서 무얼 원하지?"

"에바에게 말했어, 근데 이 여자가 나를 들여보내지 않아, 왜 이러는 거야, 자네 여기서 죄수인가?"

"아니, 죄수가 아니야."

에바: "그가 당신들을 폭로할까 봐 두려운 거지. 그를 안으로 들이지 마, 프란츠."

"무얼 원하는 거야, 슈라이버? 안으로 함께 들어와, 에바, 그도 들여보내고."

그들은 프란츠의 방에 자리를 잡고 앉았다. 주간지가 탁자 위에 놓였다. 이전 황제의 새로운 매부가 결혼식을 하는데, 두 사내가 뒤에서부터 그의 머리에 관을 씌우는 사진이 보였다. 사자 사냥, 토끼 사냥, 진실에 명예를 돌리자.

"자네들이 왜 나한테 돈을 주려고 하나? 난 전혀 도운 게 없는데?"

"제길, 자네가 보초를 섰잖아."

"아니, 슈라이버, 난 보초를 서지 않았어. 난 아무것도 몰랐고 자네들이 나를 거기 세웠지. 난 거기서 무얼 해야 하는지 몰랐거든."

거기서 빠져나온 게 기쁘다. 다시는 어두운 안뜰에 서지 않을 거야, 게다가 거기 서지 않을 대가까지 이미 지불한 셈이거든.

"아니, 그건 헛소리야. 자네들은 나 때문에 두려워할 필요가 없어. 난 죽을 때까지 아무도 밀고하지 않을 거니까."

에바가 슈라이버에게 주먹을 내보였다. 여기 주목하는 다른 사람들도 있어. 빌어먹을, 당신이 감히 여기까지 올라오다니. 헤르베르트에게서 한 방 얻어터질걸.

갑자기 끔찍한 일이 일어났다. 에바는 슈라이버가 바지 주머니에 손을 집어넣는 것을 보았다. 그녀는 이자가 권총을 꺼내 프란츠를 쏘려 한다고 생각했다. 프란츠가 아무 말도 못하도록, 그가 프란츠를 완전히 보내버리려 한다고 말이다. 그녀는 벽처럼 하얗게 질려 얼굴을 끔찍하게 찌푸리고 의자에서 벌떡 일어나 계속해서 날카롭게 소리를 지르다 자기 발에 걸려 넘어졌다가 다시 일어섰다. 프란츠도 일어서고 슈라이버도 일어섰다. 대체 무슨 일이야, 제길 이년이 왜 이러는 거지. 그녀는 탁자를 돌아 프란츠에게로 뛰어왔다. 서두르며, 내가 대체 무슨 일을 하는 거야, 저자가 총을 쏠 거다, 죽음이다, 끝이야, 모든 게 끝났다, 살인이다, 세상이 무너진다, 난 죽지 않을래, 머리에 맞지 않겠어, 모든 게 끝이다.

그녀는 일어서서 달리다가 엎어졌고 다시 일어서서 프란츠 앞에 섰다. 하얗게 질린 채 소리를 지르며 온몸을 마구 떨었다.

"옷장 뒤로 가, 살인이다, 살려줘, 살려줘."

그녀는 왕방울만 한 눈으로 소리를 질렀다. "살려줘."

두 사내의 뼛속으로 소름이 스쳐 지나갔다. 프란츠는 대체 무슨 일인지 몰랐다. 그는 그냥 동작만 보았다. 대체 무슨 일이 일어나려나. 그 순간 그는 알아챘다. 슈라이버가 오른손을 바지 주머니에 넣고 있었다. 프란츠가 휘청거렸다. 마치 안뜰에서 보초를 설 때와 같았다, 다시 시작되는구나. 하지만 그는 원치 않는다, 당신에게 말하지만 나는 원치 않아, 그는 자동차 밑으로 던져지고 싶지 않다. 그는 신음을 하고는 에바에게서 몸을 떼어냈다. 바닥에는 주간지가 떨어져 있었다. 그 불가리아 사내가 공주와 결혼한다. 난 찾아야 돼, 우선 의자를 손에 쥐어야 한다. 그는 큰 소리로 신음했다. 슈라이버만 쳐다보느라 의자를 제대로 바라보지 않았기 때문에 그는 의자를 자빠뜨렸다. 의자를 잡고 저놈한테 맞서야 한다. 나는…… 마그데부르

크로 가는 자동차에서, 그들은 병원의 비상종을 울렸다. 에바
는 아직도 소리를 지르고 있었다. 우린 살아야 해, 앞으로 가야
해, 무거운 공기, 우린 뚫고 나간다. 그는 의자 위로 몸을 굽혔
다. 그 순간 놀란 슈라이버가 문으로 달려나갔다. 그는 놀랐다.
여기선 모두들 미쳤구나. 복도 여기저기서 문들이 열렸다.

　아래층 술집 앞에서 사람들이 외치는 소리와 호통치는 소리
를 들었다. 두 남자가 곧장 위로 달려오다가 계단에서 자기들
옆을 지나쳐 달려나가는 슈라이버를 만났다. 하지만 그는 머리
를 위로 향하고는 큰 소리로 외쳤다. 어서 의사를, 졸중 발작이
오. 그런 다음 그는 사라졌다. 약아빠진 자식.

　위에 가보니 프란츠는 의자 옆에 기절해 쓰러져 있었다. 에
바는 그 옆 창문과 장롱 사이에 쭈그리고 앉아 마치 유령이라도
본 것처럼 소리를 질러댔다. 그들은 프란츠를 조심스럽게 침대
에 눕혔다. 여주인은 이미 에바의 상태를 알고 있었기에 그녀의
머리에 찬물을 끼었었다. 그러자 에바가 나직이 말했다.

　"빵 하나만."

　사내들이 웃었다.

　"빵을 달라네."

　여주인이 그녀의 어깨를 부축해 일으켜 세우고 그들은 그녀
를 의자에 앉혔다.

　"그게 오면 언제나 저 소리. 그건 졸중이 아니오. 그냥 신경
이 날카로워진 데다 저 환자 때문에 힘들어 그렇지. 아마 이 사
람이 이 여자한테로 넘어진 모양이오. 대체 저 사람은 무엇 하
러 일어서는 건지. 언제든 일어서야 하지만, 어쨌든 에바가 흥
분한 게로구먼."

"그럼 그자가 어째서 졸중이라고 소리를 질렀지?"

"누가요?"

"층계에서 지나가던 사람 말이오."

"그야 멍청이니까 그렇지. 난 에바를 잘 알아요. 그 어머니가 벌써 저랬는걸 뭐. 소리를 지르면 물을 끼얹는 게 최고야."

비쇼는 저녁에 집에 돌아와서 만일의 경우를 위해 에바에게 권총을 주었다. 그러면서 상대가 쏘기까지 기다리지 말라고 했다. 그러면 이미 늦는다. 비쇼는 곧바로 도로 나가 슈라이버를 찾아보았지만 물론 찾을 수 없었다. 품스 패거리는 모두 사라져버렸다. 아무도 이 일에 끼어들고 싶지 않았던 것이다. 슈라이버도 물론 아주 멀리 가버렸다. 프란츠를 위해 모은 돈을 챙겨 가지고 오라니엔부르크의 고향 집으로 도망쳤다. 그러기 전에 라인홀트를 속였다. 비버코프는 돈을 받지 않았지만 에바는 이야기가 되는 사람이라 에바에게 돈을 주었다고 말했다. 그 여자가 일을 마무리할 거다. 그렇담 좋아.

이런 모든 일에도 불구하고 베를린에 6월이 왔다. 날씨는 따뜻하고 비가 오락가락했다. 세상에선 많은 일들이 일어났다. 노빌레 장군을 태운 열기구 이탈리아호가 추락했고, 그 위치를 무전으로 알렸다. 슈피츠베르겐 동북부인데, 접근이 아주 힘든 곳이었다. 또 다른 비행 기구는 운이 더 좋아서 단번에 샌프란시스코에서 오스트레일리아까지 77시간 만에 날아가 매끈하게 착륙했다. 또 스페인 왕은 스페인의 독재자 프리모와 다투는 중인데, 우리는 이 일이 잘 무마되기를 희망한다. 편안하게 접촉하여 그것도 첫눈에 곧바로 바덴-스웨덴 사이의 약혼 성

립. 성냥 나라의 공주가 바덴의 왕자에게 연정을 느꼈다. 바덴
과 스웨덴이 얼마나 멀리 떨어져 있는지를 생각해본다면 이런
먼 거리에서 그런 일이 대체 어떻게 빵빵, 이루어지는지 놀라
게 된다. 그래, 여자들은 나의 약점, 그들은 나의 치명적인 부
위, 나는 이 여자에게 키스하면서 다른 여자를 생각하고, 또 다
른 여자를 몰래 훔쳐본다. 그래, 그래, 여자들은 나의 약점, 난
들 어떡하리, 나도 어쩔 수가 없네, 여자들이 사라지면 나는 마
음의 문에 매진이라고 쓸 거야.*

    찰리 앰버그가 여기에 한 마디 덧붙인다. 난 속눈썹을 뽑아
그걸로 너를 찔러 죽일 거야. 그런 다음 립스틱을 집어 그걸로
너를 빨갛게 만들 거야. 그런데도 네가 계속 심술을 부리면 난
한 가지 방법밖에 없어. 달걀 프라이를 주문해서 시금치와 함
께 네게 던질 거야. 그대, 그대, 그대, 그대, 그럼 난 달걀 프라
이를 주문해서 시금치와 함께 네게 던질 거야.**

    날씨는 따뜻하고 비가 오락가락했다. 낮에는 섭씨 22도까지
올라갔다. 이런 날씨에 소녀 살해범 루토프스키가 베를린의 배
심 재판정에 출두해서 자신의 결백을 밝혀야 했다. 여기에 이
런 의문이 덧붙여졌다. 살해당한 엘제 아른트는 저 세미나 장
학사의 도망친 아내인가? 그는 짤막하게 그것이 가능한 일이
라고, 또는 살해당한 엘제 아른트가 자신의 아내라는 게 아주
바람직한 일이라고 생각한다. 만일 그렇다는 게 밝혀질 경우
그는 법정에서 중요한 진술을 할 예정이다. 대기 중에는 어떤

*1928년 6월 12일 베를린에서 처음으로 상연된 영화의 타이틀곡 가사.
**찰리 앰버그가 작사하고 프레드 레이먼드가 작곡한 폭스트롯 곡의 후렴.

객관성이 떠돈다, 대기 중에는 어떤 객관성이 떠돈다, 대기 중에는 떠돈다, 대기 중에는 떠돈다, 대기 중에는. 대기 중에는 어떤 바보 같은 것이 떠돈다, 대기 중에는 어떤 히스테리 요소가 떠돈다, 대기 중에는 떠돈다, 대기 중에는 떠돈다, 대기에서 더는 벗어나지 못한다.*

다음 월요일에 교외 전차가 개통될 예정이다. 국영 철도 당국은 이를 계기로 새로이 위험을 경고했다. 조심, 주의하시오, 타지 말고 물러서시오. 그렇지 않으면 벌을 받게 됩니다.

〈2권에 계속〉

*1928년 5월 15일 베를린에서 처음으로 공연된 레뷰 극의 타이틀곡.

옮긴이 **안인희**

한국외국어대학교 독일어과를 졸업하고 같은 대학 대학원에서 박사 학위를 받았다. 독일 밤베르크 대학에서 수학했으며, 현재 대표적인 독일어권 번역가 및 작가로 활동하고 있다. 프리드리히 실러의 《인간의 미적 교육에 관한 편지》로 제2회 한독문학번역상을, 《이탈리아 르네상스의 문화》로 한국번역가협회 번역 대상을 수상했고, 저서 《게르만 신화 바그너 히틀러》로 2003년 올해의 논픽션 상을 수상했다.
옮긴 책으로 《광기와 우연의 역사》《마지막 휴양지》《그림전설집》《초콜릿 전쟁》 등이 있으며, 지은 책으로 《안인희의 북유럽 신화》《말이 올라야 나라가 오른다 2》 (공저) 등이 있다.

세계문학의 숲 001

베를린
알렉산더 광장 1

2010년 8월 10일 초판 1쇄 인쇄
2010년 8월 17일 초판 1쇄 발행

지은이 | 알프레트 되블린
옮긴이 | 안인희
발행인 | 전재국

발행처 (주)시공사
출판등록 1989년 5월 10일 (제3-248호)

주소 | 서울 서초구 서초동 1628-1 (우편번호 137-879)
전화 | 편집 (02)2046-2851 · 영업 (02)2046-2800
팩스 | 편집 (02)585-1755 · 영업 (02)588-0835
홈페이지 | www.sigongsa.com
세계문학의 숲 홈페이지 | www.sigongclassic.com

ISBN 978-89-527-5963-4(04850)
       978-89-527-5961-0(set)